4

삼보태감三寶太監
서양기西洋記 통속연의通俗演義

(명) 나무등 저

홍상훈 역

明文堂

1. 이 번역은 [明] 羅懋登 著, 陸樹崙·竺少華 校點, 《三寶太監西洋記通俗演義》
   (上·下), 上海: 上海古籍出版社, 1985 제1쇄의 소설 본문을 저본으로 했다.

2. 원작에 인용된 시문(詩文)과 본문 중의 오류는 역자가 각종 자료를 참조해
   교감하여 번역했으며, 소설 작자의 창작된 문장이 많이 들어간 상소문이
   나 서신 등을 제외한 나머지 인용문들은 한문 독해 능력이 있는 독자들의
   이해를 돕기 위해 최대한 원문을 함께 수록했다.

3. 본 번역의 주석에서는 작품에 인용된 서양 풍물에 대한 묘사들은 대부분
   마환(馬歡)의 《영애승람(瀛涯勝覽)》과 비신(費信)의 《성사승람(星槎勝覽)》, 공
   진(鞏珍)의 《서양번국지(西洋蕃國志)》, 《명사(明史)》 〈외국열전(外國列傳)〉 등
   의 전적에 담긴 내용을 변용한 것이지만, 본 번역에서는 특별한 경우가 아
   니면 원래 기록과 일일이 비교하여 설명하지 않았다. 이에 관한 좀 더 전
   문적인 비교 분석은 본 번역의 저본 말미에 〈부록〉으로 수록된 샹다[向達]
   와 자오징선[趙景深]의 논문을 참조하기 바란다.

4. 본 번역의 역주는 필자의 역량으로 접근할 수 있는 범위에 한정해서 수록
   했기 때문에, 일부 미흡하거나 오류가 있을 수도 있다.

5. 본서의 번역 과정에서 중국어로 표기된 외국 지명을 확인하는 데에는 인
   터넷 학술 사이트인 남명망(南溟網, http://www.world10k.com/)으로부터 많
   은 도움을 받았다.

6. 본 번역에서는 서양의 인명을 가능한 한 실제 역사서에 등장하는 인물의
   이름을 찾아 표기했고, 가상 인물일 경우에는 중국어 발음을 고려하여 서
   양인의 이름에 가깝게 번역했다. 예) 챵 훌츠[姜忽刺], 챵 지니어[姜盡牙],
   챵 다이어[姜代牙]……

7. 본 번역에서 전집류나 단행본, 장편소설 등은 《 》로, 그 외의 단편소설이
   나 시사(詩詞), 악곡(樂曲) 등의 제목은 〈 〉로 표기했다.

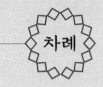

차례

● 일러두기 · 3

{제41회} 장 천사는 화모에게 연승을 거두고 화모는 계책을 써서 화룡을 빌려오다(天師連陣勝火母 火母用計借火龍) · 8

{제42회} 벽봉장로는 신통력으로 바리때를 운용하고 화모는 바리때에 갇히다(金碧峰神運鉢盂 金鉢盂困住火母) · 31

{제43회} 화모는 여산노모에게 도움을 청하고 여산노모는 태화산 진단노조에게 도움을 청하다(火母求驪山老母 老母求太華陳摶) · 75

{제44회} 여산노모는 벽봉장로와 화해하고 삼보태감은 절묘한 계책으로 승리를 거두다(老母求國師講和 元帥用奇計取勝) · 100

{제45회} 삼보태감은 자바 왕국을 엄히 다스리고 팔렘방 국왕을 후하게 대접하다(元帥重治爪哇國 元帥厚遇浡淋王) · 125

{제46회} 삼보태감은 몸소 여인국에 들어가고 명나라 군사들은 자모하의 강물을 잘못 마시다(元帥親進女兒國 南軍誤飮子母水) · 153

{제47회} 마 태감은 정양동으로 찾아가고 당영은 황봉선과 결혼하다(馬太監征頂陽洞 唐狀元配黃鳳仙) · 179

{제48회} 장 천사는 왕롄잉을 사로잡고 여왕은 공주를 파견하다(天師擒住王蓮英 女王差下長公主) · 206

{제49회} 장 천사는 홍련궁주와 격전을 벌이고 벽봉장로는 몸소 관음보살을 만나다〔天師大戰女宮主 國師親見觀世音〕• 229

{제50회} 여인국은 힘이 다해 투항하고 말라카 국왕은 성심을 다해 접대하다〔女兒國力盡投降 滿刺伽誠心接待〕• 254

{제51회} 선봉장 장계는 수간라[蘇乾刺]를 사로잡고 수마트라 추장은 명나라 군대에 자수하다〔張先鋒計擒蘇乾 蘇門答首服南兵〕• 285

{제52회} 선봉장들은 출전하여 넋이 나가고 왕명은 은신초(隱身草)를 얻다〔先鋒出陣掉了魂 王明取得隱身草〕• 315

{제53회} 왕명은 계략을 써서 적의 사령부에 들어가고 계략을 써서 오랑캐의 천서(天書)를 가져오다〔王明計進番總府 王明計取番天書〕• 344

{제54회} 왕명은 적군 총사령관의 목을 베고 장 천사는 금모도장과 대결하다〔王明砍番陣總兵 天師戰金毛道長〕• 369

{제55회} 벽봉장로는 금모도장을 설득하여 교화하고 하늘나라 궁궐을 샅샅이 조사하다〔金碧峰勸化道長 金碧峰遍查天宮〕• 397

삼보태감三寶太監
서양기西洋記 통속연의通俗演義

장 천사는 화모에게 연승을 거두고
화모는 계책을 써서 화룡을 빌려오다
天師連陣勝火母　火母用計借火龍

甲龍山上飛蠻沙	갑룡산 위에 오랑캐의 먼지 날릴 때[1]
甲龍山下人怨嗟	갑룡산 아래에는 사람들 원망하며 탄식한다.
天津流水波赤血	천진교(天津橋)의 물결은 붉은 핏빛이고

---

1 인용된 시는 당나라 때 이백의 〈부풍호사가(扶風豪士歌)〉에서 일부를 변형한 것이다. 원작은 다음과 같다. "삼월 낙양에는 오랑캐의 먼지 날아, 낙양성 사람들 원망하며 탄식하네. 천진교(天津橋)의 물결은 붉은 핏빛이고, 백골이 흐트러진 삼대처럼 서로 기대고 있구나. 나 또한 동쪽 오(吳) 땅으로 피난 가는데, 뜬구름 사방을 막았고 길은 멀기만 했지. 동쪽에 해가 뜨니 아침 까마귀 울어 대고, 사람들은 성문 열고 떨어진 꽃잎 쓸고 있었지. 오동나무 버들가지 화려한 우물 난간을 스칠 때, 부풍에서 온 호방한 선비는 술에 취했지. 부풍의 호방한 선비는 천하의 기재라서, 의지와 기개는 산도 옮길 만했지. 사람으로 태어나 장군의 기세에 기대지 않나니, 술 마실 때 어찌 상서의 기대를 생각하랴? 화려한 쟁반에 좋은 음식으로 많은 손님 모아놓고, 오 땅 노래 속에 조(趙) 땅의 춤을 출 때 바람에 향기 날렸지. 평원군(平原君)과 맹상군(孟嘗君)이 살던 전국시대에는, 마음 열고 회포를 쏟아

白骨相撑如亂麻	백골이 흐트러진 삼대처럼 서로 기대고 있구나.
我亦東奔向瀛海	나 또한 동쪽을 향해 큰 바다로 달려가는데
紅雲四塞道路賒	붉은 구름 사방을 막았고 길은 멀기만 했지.
東方日出啼早鴉	동쪽에 해가 뜨니 아침 까마귀 울어 대고
城門人開掃落花	사람들은 성문 열고 떨어진 꽃잎 쓸고 있구나.
梧桐楊柳拂金井	오동나무 버들가지 화려한 우물 난간을 스칠 때
來醉飛龍火母家	비룡동의 화모는 술에 취했지.

그러니까 여섯 장수가 돌아오자 삼보태감이 물었다.

"전과는 어찌 되었소?"

좌선봉 장계가 보고했다.

"그자는 온몸이 불덩어리라서 아무리 창칼로 베로 찌르고, 화살

군주에게 알게 했지. 집안에 각기 삼천 명의 선비 거느렸지만, 훗날 은혜에 보답한 이 누구였는가? 장검을 쓰며 눈썹 곧추세울 때, 말쑥한 눈썹과 하얀 이 얼마나 깔끔했던가! 모자 벗고 그대 향해 웃으며, 그대의 술 마시고 그대 위해 시 읊조리노라. 장량(張良)이 적송자(赤松子) 따라 떠나지 않았을 때, 다리 옆의 황석공(黃石公)은 내 마음 알아주었으리라![洛陽三月飛胡沙, 洛陽城中人怨嗟. 天津流水波赤血, 白骨相撑如亂麻. 我亦東奔向吳國, 浮雲 四塞道路賒. 東方日出啼早鴉, 城門人開掃落花. 梧桐楊柳拂金井, 來醉扶風 豪士家. 扶風豪士天下奇, 意氣相傾山可移. 作人不倚將軍勢, 飲酒豈顧尙書 期. 雕盤綺食會衆客, 吳歌趙舞香風吹. 原嘗春陵六國時, 開心寫意君所知. 堂中各有三千士, 明日報恩知是誰. 撫長劍, 一揚眉, 淸水白石何離離. 脫吾 帽, 向君笑, 飮君酒爲君吟. 張良未逐赤松去, 橋邊黃石知我心]"

을 쏘고, 망치로 쳐도 불꽃만 튈 뿐, 비명 한 번도 지르지 않고 손도 까딱하지 않았습니다."

"일종의 기장법(寄杖法)²인가?"

"아무리 그렇더라도 어찌 이렇게 많은 창칼의 공격을 감당할 수 있겠습니까?"

"어떻게 생긴 사람이었소?"

"기껏해야 키가 석 자 정도 되는 여자인데, 목은 한 자 정도나 되었습니다. 멀리서 보면 기러기나 거위 같은데, 가까이서 보니 작은 귀신이었습니다."

"그런 자가 어떻게 그리 대단할 수 있을까?"

"듣자 하니 배고프면 쇠 구슬을 먹고, 목마르면 구리를 녹인 물을 마셨다고 하던데, 그래서 상대하기 곤란한 듯합니다."

"서양에는 정말 기이한 사람이 많구려. 이런 작자를 어찌 처치하면 좋겠소?"

"그자가 천사님과 국사님을 지명했으니, 아무래도 이번에는 두 분께 폐를 끼치는 수밖에 없겠습니다."

"그럼 장 천사께 부탁하는 수밖에 없겠구려."

삼보태감이 즉시 장 천사를 청해 부탁하자, 장 천사가 말했다.

"귀신을 쫓고 요사한 것들을 없애는 게 제 본래의 일이니 당연히 나서야지요."

---

2 기장(寄杖)은 전설에 전해오는 요술을 일종으로서, 타격을 받으면 그 힘을 다른 사물로 옮겨 버림으로써 자기 몸에 고통을 느끼지 않는 술법이다.

그는 즉시 출전하여 좌우에 나는 용이 수놓아진 깃발을 세우고 그 아래 악무생과 도사를 늘어세운 뒤, 한가운데 '강서 용호산 인화 진인 장 천사'라고 커다란 글씨가 수놓아진 검푸른 깃발을 놓았다. 그리고 그 깃발 아래 칠성보검을 들고 푸른 갈기의 말에 탄 채, 한 발의 포성과 세 번의 북소리를 신호로 삼아 홀로 나섰다. 잠시 후 오랑캐 진영에 적장이 보이는데, 키는 석 자 정도에 목은 한 자 남 짓 했으며, 얼굴은 솥 바닥처럼 시커멓고, 손은 쇠칼 같은 까무잡잡 한 난쟁이였다. 다만 입과 눈, 코, 귀, 머리카락이 모두 새빨간 색이 어서 마치 불꽃 속에 서 있는 것 같았다.

"그대는 누구인가? 성명을 밝혀라!"

"나는 갑룡산 화룡동의 병정대나찰(丙丁大羅刹) 화모원군(火母元 君)이다. 그대는 누구인가?"

"위대한 명나라 황제 폐하로부터 인화진인에 봉해진 장 천사가 바로 이 몸이시다."

"너는 어째서 저번에 내 제자를 사로잡아 쪄 먹으려 했느냐?"

"그런 적이 없거늘, 어째서 원한을 품고 있는 것이냐?"

"네가 지금 나온 것은 나를 쪄 먹기 위해서냐?"

"네 스스로 불길에 몸을 태우고 있으면서, 누가 너를 쪄 먹는다 고 하더냐?"

"남의 단점을 함부로 얘기하는 게 아니다. 어찌 감히 내 스스로 내 몸을 태운다고 하느냐?"

그러면서 화모는 장 천사의 머리를 향해 화살을 하나 날렸다. 그런데 화살도 당연히 문제였을 뿐 아니라 그와 더불어 한 줄기 불꽃이 장 천사의 얼굴을 향해 날아오는 것이었다. 장 천사는 황급히 칠성보검으로 화살을 쳐 냈는데, 미처 쳐 내지 못한 불꽃이 그의 몸을 휘감아 하마터면 수염이 모두 시커멓게 그을릴 뻔했다.

'저자의 온몸이 불덩어리인 걸 보니, 불로써 수련한 모양이구나. 화(火)는 금(金)을 이기니 칠성보검으로는 당해 낼 수 없겠어. 토(土)는 수(水)를 이기고 수는 화를 이기니, 물로 상대하는 수밖에 없겠어.'

그는 잠시 머리를 숙이고 계책을 떠올렸다. 그리고 푸른 갈기의 말을 감(坎)의 방위에 세우고 손가락을 구부려 '임계결(壬癸訣)' 모양을 만든 다음, 중얼중얼 '설산주(雪山呪)'를 외고 나서 말했다.

"가소로운 귀신 같으니! 다시 한번 화살을 날려 봐라!"

"통구이가 될까 겁나지 않으냐?"

화모가 다시 "핑!" 하고 화살을 날리자, 장 천사는 임계결을 짚은 상태에서 입으로 가볍게 "뒈!" 하는 소리를 내면서 칠성보검을 슬쩍 들어 그 화살을 가리켰다. 그러자 그 화살은 그대로 땅에 처박히면서 불도 저절로 스러져 버렸다. 화모가 버럭 화를 내며 말했다.

"말코도사 놈, 제법이구나? 감히 내 앞을 가로막다니!"

그녀가 다시 화살을 날렸지만, 장 천사가 다시 나직하게 "뒈!" 하며 칠성보검으로 가리키자 화살은 다시 땅에 처박혀버리고 불도 스러져 버렸다.

'이 도사 놈, 정말 대단하구나! 이번에는 화살이 아니라 다른 방

법을 써야겠군. 어디 어쩌나 볼까?'

그러면서 그녀가 고함을 질렀다.

"장 천사, 화살 맛을 봐라!"

말은 그렇게 해 놓고 이번에 그녀는 불창을 던졌다. 하지만 눈썰미 좋은 장 천사는 기세가 심상치 않음을 눈치채고, 더욱 신중하게 "뛔!" 하면서 칠성보검을 들어 가리켰다. 그러자 불창 역시 화살처럼 땅에 처박히면서 불도 따라 스러져 버렸다. 그걸 보자 화모는 기분이 확 나빠지면서 화가 치밀어 연달아 세 번의 불창을 날렸다. 그러자 마치 유성이 달을 쫓듯이 온 하늘에 불길이 가득 날아왔다. 정말 살벌한 장면이 아닌가! 하지만 장 천사는 마음을 더욱 단단히 먹고 연달아 칠성보검을 들어 불창들을 가리켰고, 결국 세 개의 불창 역시 땅에 처박히면서 아무 피해도 주지 못하고 불도 따라 스러져 버렸다.

'내 화살은 수미산도 꿰뚫고, 내 창은 곤륜산 봉우리도 잘라낼 정도였는데, 오늘은 왜 전혀 효과가 없지? 설마 내 운수가 내리막길이거나 일진이 사나운 건가? 에라! 때를 알아야 준걸이라고 했으니, 오늘은 일단 물러섰다가 내일 다시 손을 써야겠구나.'

이렇게 마음을 정한 화모는 큰 소리로 말했다.

"오늘은 날이 저물었으니, 내일 다시 승부를 가리도록 하자!"

이튿날은 장 천사가 나와서 고함을 질렀다.

"거기 난쟁이 귀신아, 어제는 네가 불화살과 불창으로 나를 공격했으니, 오늘은 내가 공격할 차례겠지?"

"내가 겁먹을 줄 아느냐? 어제 여섯 장수가 여섯 가지 무기로 쏘고, 찌르고, 치고, 베고 해 봐야 내 수련만 도와주었을 뿐이었다. 그러니 하물며 너 같은 말코도사쯤이야 문제없지! 어디, 마음대로 공격해 봐라. 나는 손 하나 까딱하지 않겠다!"

장 천사는 상대가 큰소리를 치자 더욱 정신을 추스르고 진지하게 주문을 외면서 꼼꼼하게 수결(手訣)을 짚었다. 그는 한 손에 정안수 한 사발을 받쳐 들고, 다른 한 손에는 칠성보검을 들었다. 잠시 후 정안수가 담긴 사발에서 작은 귀신이 하나 걸어 나왔다. 그 귀신은 키가 석 자 정도의 여자 몸을 하고 있었으며, 또한 목의 길이도 한 자 남짓 되었으며 한 손에는 탄궁(彈弓)을, 다른 한 손에는 탄환을 들고 있었다. 이어서 장 천사가 소리쳤다.

"쏴라!"

그러자 그 귀신이 탄궁을 들어 탄환을 한 발 쏘았다. 사실 그 탄환은 별거 아니었지만 정확히 화모의 머리에 맞으면서, "팍!" 하는 소리와 함께 몇 개의 불똥이 터져 나왔다. 화모는 아무 일 없었다는 듯이 서 있었다. 장 천사가 다시 "쏴라!" 하고 소리치자, 그 귀신이 다시 한 발을 쏘았다. 이번 탄환은 교묘하게도 화모의 눈에 맞았는데, 그 순간 눈에서 몇 개의 불똥이 튀면서 그녀는 여전히 아무 일 없었다는 듯이 서 있었다. 장 천사가 다급하게 "쏴라!" 하고 연달아 외치자 그 귀신이 화모의 몸 이곳저곳으로 연달아 탄환을 쏘았다. 하지만 "팍!" "팍!" "팍!" 하는 소리와 함께 연달아 불똥만 튈 뿐, 화모는 여전히 아무 일 없었다는 듯이 서 있었다.

'저 난쟁이 귀신이 계속 아무 일 없었다는 듯이 서 있으니, 혹시 탄환이 너무 작아서 그런 것일까?'

그는 다시 주문을 외며 수결을 짚었다. 그러자 잠시 후 그 귀신이 한 손에는 커다란 활을, 다른 한 손에는 전통 하나를 들고 나타났다. 장 천사가 "쏴라!" 하자 그 귀신이 활을 당겨 화살 하나를 날렸다. 그 화살도 화모의 몸에 맞았으나 또 불똥만 튈 뿐, 그녀는 전혀 겁먹은 기색이 아니었다. 장 천사는 연달아 "쏴라!" "쏴라!" 하고 외쳤고 그 귀신도 연달아 화살을 날렸지만, 한 통을 다 쏘아도 화모의 몸에서는 계속 불똥만 튈 뿐, 여전히 아무 일 없었다는 듯이 서 있었다.

'아무래도 화살도 좀 작은 모양이야.'

장 천사는 다시 주문을 외며 수결을 짚었다. 그러자 잠시 후 그 귀신이 무기를 창으로 바꿔 들었다. 그리고 장 천사가 "던져라!" 하자 그 귀신이 "슉!" 하고 창을 던졌다. 장 천사가 계속해서 "던져라!" "던져라!" 하고 외치자 그 귀신도 계속해서 창을 던졌다. 그런데 앞서 탄환이나 화살을 쏘았을 때는 불똥이라도 튀었는데, 창을 던지자 불똥조차 튀지 않았으며, 말할 필요도 없이 화모는 더욱 겁을 먹지 않았다. 장 천사는 속으로 깜짝 놀랐다.

'내가 대대로 전해지는 천사의 직위를 이어받아 수많은 하늘 신장을 보고 수많은 요괴와 귀신을 잡아보았지만, 이 난쟁이 같은 귀신은 처음 보는군. 이건 모두 내 스스로 일으킨 사단이니 고칠 방도가 없구나!'

그때 화모가 입을 쩍 벌리고 "말코도사 놈아!" 하고 소리쳤다. 그러자 그녀의 입안에서 서너 길의 불꽃이 터져 나왔다.

"왜 부르느냐?"

"탄궁도 쏘고 화살도 쏘고 창도 던졌으니, 네 차례는 끝났다. 그러니 이번에는 내가 공격할 차례겠지?"

'그러면 내가 견뎌내기 어렵겠어. 차라리 오늘은 물러났다가 내일 다시 대책을 마련하자.'

"난쟁이 귀신아, 잘 들어라. 어제는 네가, 오늘은 내가 공격했으니까 네 차례는 내일이다."

"그럼 오늘은 이 정도로 하자."

"좋다!"

이렇게 해서 둘은 각자 자기 진영으로 돌아갔다.

이튿날 장 천사는 단단히 준비하고 다시 감의 방위에서 임계결을 집은 채 '설산주'를 외었다. 그때 화모가 달려 나와 소리쳤다.

"말코도사 놈아, 어제 보니 손속이 제법 매섭더구나! 오늘은 내 차례이니, 네놈에게 천지간에 도망칠 구멍이 없게 만들어 주겠다. 그러면 내 솜씨를 알게 되겠지!"

"하하, 지옥으로 들어가는 것은 사양하겠다. 하늘이야 본래 내 집인데, 찾아갈 길이 없을 리 있느냐?"

"아직도 주둥이가 살아 있구나!"

그녀가 "쏨!" 하고 불화살을 날렸지만, 장 천사는 저번처럼 "뙤!" 하면서 칠성보검을 들어 가리키자 화살은 저번과 똑같이 허사가 되어 버렸다. 불창을 날려 봐도 마찬가지였다.

'이것은 예상 못 했겠지!'

화모가 회심의 미소를 짓는 순간 한 마리 불 까마귀가 날아가서 장 천사의 구량건을 낚아채 가 버렸다. 그 바람에 화살이나 창이 날아올 줄로만 알고 있던 장 천사는 완전히 허를 찔려 버렸다. 다행히 그는 미리 준비해 둔 정안수가 담긴 사발을 꺼내더니, 대나무 가지에 물을 적셔 허공에 뿌렸다. 그러자 눈처럼 하얀 새매가 날아올라 까마귀를 쫓아가더니 구량건을 다시 빼앗아 왔다. 그걸 보자 화모는 열 마리, 백 마리, 천 마리, 만 마리의 불 까마귀를 날려 보냈다. 그렇게 되자 까마귀들이야 문제가 되지 않았지만, 온 하늘에 사발팔방으로 시뻘건 불길이 일어나 온 세상 사람들을 다 삼켜 버릴 듯이 쏟아져 내렸다. 장 천사는 순간적으로 어쩔 방법이 없었다. 다행히 그 불들이 그의 몸에 닿지 않았지만, 양쪽에 늘어서 있던 악무생과 도사는 다들 겁에 질려 다급히 머리를 조아려 댔다. 그때 장 천사가 다시 주문을 외며 수결을 짚자, 그 새매가 위아래로 오르내리며 까마귀들과 싸웠다. 그것은 마치 시뻘건 화로 위에 한 송이 눈처럼 아름답기 그지없었다.

'새매가 훌륭하기는 하지만 어쨌든 중과부적(衆寡不敵)일 수밖에 없는데, 저 까마귀들을 어떻게 해야 없애지?'

장 천사는 즉시 손바닥에 우레의 기운을 모아서 "차앗!" 하는 기합과 함께 내쏘았다. 그러자 천지가 갈라질 듯 "우르릉! 쾅쾅!" 하는 소리와 함께 그 수많은 불 까마귀들은 이런 꼴이 되어 버렸다.

無形無影一場空	형체도 그림자 없이 텅 비어
火滅烟消沒點紅	불도 연기도 스러져 한 점 붉은빛도 없구나.
有意桃花隨水去	정 많은 복사꽃이 물길 따라 떠나가는데
無情流水枉歸東	무정한 강물은 부질없이 동쪽으로 돌아갔구나.

화모는 불 까마귀 계책이 먹히지 않자 다른 계책을 떠올렸다. 그 순간 "휙!" 하며 온몸이 불로 둘러싸인 뱀이 나타났는데 하나에서 열 마리로, 열에서 백 마리로, 백에서 천 마리로, 천에서 만 마리로 늘어나면서 순식간에 수만 마리의 불뱀이 땅에 가득 퍼져서 마치 온 들판에 불이 난 것 같았다. 뱀들은 무리를 지어서 각기 동서남북의 방향으로부터 장 천사의 다리를 향해 재빨리 기어왔다. 그러자 장 천사는 주문을 외며 정안수가 담긴 사발을 들어 사방으로 물을 뿌렸다. 그 순간 길이가 여덟 자쯤 되는 새하얀 지네가 날아와서 뱀들을 쫓아가기 시작했다. 예로부터 지네는 뱀의 천적인지라, 그 뱀들은 곧 이리저리 정신없이 도망치기 시작했다. 사태가 불리해지자 화모는 다급히 그 핏빛 입을 벌려 수십 길에 이르는 거대한 불길을 연달아 뿜어냈다. 그와 더불어 불길에 휩싸인 수레바퀴를 이리저리 굴리며, 계속해서 더 길고 거대한 불길을 뿜어 대기 시작했다. 원래 땅바닥에 불 뱀들이 가득했던 데다가 이 불길까지 더해지자 하늘마저 태울 듯한 불길이 일어나면서, 사방 동서남북을 막론하고 온통 불길에 휩싸여 버렸다. 그걸 보자 장 천사도 다급해져

서 사발에 담긴 정안수를 모조리 하늘을 향해 뿌려 버렸다. 그러자 하늘에서 거센 소나기가 쏟아지기 시작했는데, 정오 무렵에 시작한 그 비는 신시(申時) 말엽 유시(酉時) 초가 되어서야 조금 가늘어졌다.

원래 장 천사의 정안수 사발은 벽봉장로의 바리때 못지않아서 강물과 바닷물을 삼키는 역량을 갖고 있었기 때문에, 여기에 담긴 물이 쏟아지자 이처럼 한나절 동안 끊임없이 소낙비가 내렸던 것이다. 그러니 불길이 꺼지고 불뱀들이 모두 사라진 것은 물론이요, 심지어 화모조차 물에 흠뻑 젖어서 몸 둘 곳을 모를 지경이 되었다. 그녀는 어쩔 수 없이 그 자리를 빠져나와 제자를 찾아갔다. 왕신녀는 화모의 모습을 보고 깜짝 놀랐다.

"사부님, 그렇게 오랫동안 타고 다니시던 화마(火馬)가 어쩌다 이렇게 비 맞은 닭처럼 변해 버렸습니까?"

"네 말대로라면 화마한테는 남들이 물도 뿌리지 못한다는 게냐?"

"그건 아니지만, 너무 많이 젖었다는 말씀이에요."

"알고 보니 그놈의 말코도사가 제법 대단한 재간을 가졌더구나."

"사부님께서도 당하셨군요?"

"그건 아니다."

"그럼 어떻게 그자의 재간이 대단하다는 걸 아셔요?"

"쓸데없는 소리 그만해라. 오늘은 패전하고 왔기 때문에 심지어 너희 국왕의 말도 듣기 싫다."

"사부님, 다른 계책을 생각해 보셔요."

"애야, 쇠가죽으로 천막을 하나 쳐다오. 그리고 주변 사람들에게 모두 조용히 하라고 해라. 너도 백 걸음 밖에서 대기해라. 천막 모퉁이나 발치에 연기가 보이거든, 네가 천막을 걷고 나를 보도록 해라."

그렇게 분부하고 나서 화모는 천막 안으로 들어가 자리에 앉았다. 그리고 쥐 죽은 듯 바람조차 불지 않는 고요가 내려앉았고, 왕신녀는 천막 밖에서 대기했다.

한편 장 천사가 중군 막사로 돌아오자 두 사령관이 말했다.

"천사님, 연일 노고가 많으십니다. 뛰어난 도력 덕분에 오늘 그 요괴를 물리칠 수 있었습니다."

"물리쳤다는 말씀은 거두시고, 그저 무승부라고 해둡시다."

"어떻게 해야 이 요괴를 항복시킬 수 있을까요?"

"활도 창도 매질도 겁내지 않으니, 도저히 어쩔 방법이 없구려."

"어쨌든 드넓은 도력을 펼쳐 공을 이루시기 바랍니다. 조정에 돌아가면 당연히 폐하께서 후한 은혜를 베푸실 겁니다."

"어쨌든 내일은 둘 중 하나로 승부가 결정 날 겁니다. 절대 그년을 쉽게 놔 주지 않을 거요!"

장 천사는 이를 갈며 벼르고 있었는데, 뜻밖에도 이후 사흘 동안 그 난쟁이 귀신의 얼굴을 볼 수 없었다.

"이 난쟁이 귀신이 사흘 동안 보이지 않으니, 틀림없이 또 무슨 사부를 부르러 간 게로구나."

그 말이 끝나기도 전에 호위병이 와서 보고했다.

"큰일 났습니다!"

"시끄럽다! 무슨 큰일이라는 게냐?"

"배에 재앙이 생겼습니다."

"무슨 일이냐니까!"

"모든 배의 돛대 위에 각기 온몸이 시뻘겋고 커다란 뱀이 한 마리 씩 휘감고 있습니다. 머리에는 한 쌍의 붉은 뿔이 나 있고, 목 아래 로는 붉은 비늘이 나 있고, 등에는 창날처럼 뾰족한 붉은 지느러미 같은 것이 한 줄로 길게 나 있고, 뒤쪽의 꼬리도 새빨간 색입니다."

"보아하니 화룡(火龍)인 게로구나. 그런데 어떻게 화룡이 돛대를 감고 있지? 분명 그 난쟁이 귀신의 농간일 테니, 너는 사령관께 그 렇게 말씀드리도록 해라."

삼보태감이 벽봉장로에게 이 일에 관해 묻자, 그저 장 천사에게 물어보라는 대답만 돌아왔다. 장 천사는 병사들에게 화룡에게 활 을 쏘게 했는데, 화룡이 불줄기를 내뿜자 화살들은 모두 재가 되어 버렸다.

"멈춰라! 활은 쏘지 마라."

장 천사는 다시 병사들에게 창으로 찌르게 했는데, 화룡이 불줄 기를 내뿜자 심지어 배의 선창까지 모두 타 버렸다.

"당장 멈춰라! 창을 찌르지 마라."

그러자 삼보태감이 말했다.

"화룡이 이리 흉악하니 배에 무슨 문제가 생기지 않을까 걱정입 니다. 어쩌면 좋겠습니까?"

장 천사는 모든 배의 돛대 아래 커다란 항아리를 놓고 물을 가득 채운 다음, 그 안에 길이가 서너 자 정도 되는 지네를 한 마리씩 넣어 두게 했다. 지네들은 모두 은근히 싸울 기미를 보이고 있었다. 장 천사는 또 낮에는 징과 북을 울리고 밤에는 수많은 등롱을 밝혀 놓고 화룡이 어떻게 나오는지 지켜보자고 했다. 하지만 이렇게 엿새가 지났어도 아무 낌새가 없었다. 그러자 장 천사가 말했다.

　　"이제 알겠소. 이건 그 난쟁이 귀신이 부린 농간이외다. 저 화룡에게는 진짜 기운이 없으니 위험하지도 않소이다."

　　장 천사가 즉시 칠성보검 끝에 부적을 사르자 용호현단(龍虎玄壇)의 조 원수(趙元帥)가 내려왔다. 장 천사는 무척 기뻐하며 말했다.

　　"우리 배에 화룡으로 가장한 괴물이 돛대를 감고 있으니, 그놈들에게 채찍을 한 대씩 날려 주시오."

　　조 원수가 즉시 허공으로 날아올라 화룡들에게 채찍을 휘두르자, 그놈들이 본래 모습을 드러냈다. 여러분, 그게 무엇이었을까? 알고 보니 그것들은 모두 나무뿌리의 껍질에 그림을 그려 만든 것이었다. 정천사가 하늘 신장에게 감사하고 사령관에게 보고하자, 삼보태감이 말했다.

　　"이번 일은 더욱 절묘했습니다. 그런데 이후로 또 무슨 괴물이 나타날지 걱정입니다."

　　"무슨 일이든 때가 있는 법이니, 이 기회에 제가 나가서 그 요괴를 사로잡아 오겠습니다."

　　그는 즉시 나가서 양쪽에 악무생과 도사를 늘어세우고, 중간에 검푸른 깃발을 세운 다음, 그 아래로 질풍같이 말을 달렸다.

　원래 화모는 천막 안에서 술법을 써서 화룡들을 이용해 명나라 배들을 불태워 버리려고 했는데, 조 원수가 나타나 채찍질을 할 줄은 꿈에도 몰랐다. 그 채찍질은 그녀가 앉아 있는 천막 안에도 연기가 가득 피어나게 만들어 버렸다. 왕 신녀가 나아가 천막을 젖히고 살펴보니, 화모가 다급히 비명을 지르고 있었다.

　"아이고, 나 죽는다! 아파 죽겠어!"

　"사부님, 왜 그러십니까?"

　"화룡계를 썼는데 그 말코도사가 조 원수를 모셔오는 바람에 채찍질을 당했다. 그 바람에 내 화룡들의 정체가 드러나고 말았어."

　"그럼 어쩌지요?"

　"애초에 오는 게 아니었어."

　그때 장 천사가 날아와서 화모를 잡으려 하자, 그녀가 깜짝 놀라 황급히 어떤 보물을 하나 꺼내서 공중으로 던졌다. 장 천사는 그녀가 손을 쓰는 것을 보자 뭔가 심상치 않은 물건인 줄 알아채고, 즉시 짚으로 엮은 용을 타고 공중으로 날아올랐다. 그 바람에 불쌍하게도 악무생들과 도사들만 곤욕을 치러야 했다. 그게 무슨 보물이기에 그들이 곤욕을 치러야 했을까? 알고 보니 그것은 구천현녀(九天玄女)[3]가 어려서 옷에 온기를 쐬던 바구니였다. 구천현녀는 저 혼세마왕(混世魔王)과 마갈산(磨竭山)에서 이레 밤낮을 꼬박 싸웠으

---

　3 구천현녀(九天玄女)에 대해서는 제19회의 각주 5)를 참조할 것.

나 승부를 내지 못했다. 혼세마왕은 변신술이 너무 뛰어나서 구천현녀도 어찌할 수 없게 되자, 이 바구니로 혼세마왕을 덮어 붙잡았다. 당시 화모는 구천현녀의 집에서 부엌일을 하던 하녀였기 때문에, 그 바구니가 신령한 능력이 있어서 크고 작게 변할 수 있다는 것을 알고 훔쳐 냈다. 그로부터 많은 세월이 흘렀어도 바구니의 영험한 능력은 변함이 없었다. 그래서 진언을 외우자마자 즉시 천지를 가릴 듯이 커져서 상대가 하늘 신장이라 할지라도 모조리 쓸어 담아 버릴 정도가 되었고, 주문을 외우자마자 구정(九鼎)[4]보다 무거워져서 상대가 하늘 신장이라 할지라도 도저히 빠져나올 수 없을 정도가 되었다. 명성이 없는 화모는 마치 자신이 구천현녀인 척했던 것인데, 장 천사가 공중으로 피하는 바람에 평범한 인간의 몸을 가진 악무생과 도사만 모조리 이런 곤욕을 치르게 되었던 것이다.

화모는 장 천사도 그 안에 갇힌 줄로 여기고 소리를 질러 왕 신녀를 찾았다.

"얘야, 어디 있느냐?"

"여기 있어요. 무슨 시키실 일이 있습니까?"

"장 천사는 지금 구천현녀의 바구니에 갇혀 있다. 이제 네 부스럼을 모조리 없애 버릴 참이다."

---

4 구정(九鼎)은 하(夏)나라 초기에 우(禹) 임금이 천하를 구주(九州)로 나누고 각 지역의 장관들에게 청동으로 솥을 만들되 그 몸체에 각 지역의 명산대천(名山大川)과 기이한 사물을 새겨서 바치라고 하여 만들어졌다는 아홉 개의 세발솥이다. 이후 구정은 구주를 통일한 왕조의 지고무상한 권위를 상징하는 물건이 되었다.

"그게 무슨 말씀이셔요?"

"나한테는 여섯 가지 보물이 있다. 그걸 바다에 놓으면 바닷물이 모두 말라 버리지. 이제 장 천사가 없으니 바닷물을 없애서 배들이 돌아가지 못하게 해야겠다. 뭍으로 도망친 놈들은 너하고 교해건이 군사를 이끌고 가서, 죽일 놈은 죽이고 사로잡을 놈은 사로잡아한 놈도 돌아가지 못하게 하고, 심지어 갑옷 한 조각도 돌아가지 못하게 해라. 그러면 부스럼을 모조리 쓸어버리는 셈이 아니더냐?"

쉰 명의 정찰병으로부터 이 소식을 들은 삼보태감은 장 천사를 찾아보지도 않고, 그저 그가 바구니에 갇힌 줄로만 알고 다급히 벽봉장로를 찾아갔다. 그러자 벽봉장로가 말했다.

"사령관, 안심하시구려. 내 나름대로 방법이 있소이다."

삼보태감이 막사로 들어가자 벽봉장로는 즉시 금두게체와 은두게체, 바라게체, 마하게체에게 구천현녀의 바구니를 다른 이가 훼손하지 못하도록 지키게 했다. 그리고 곧 한 장의 문서를 써서 사해 용왕에게 알렸다. 당시 그곳에 있던 용수왕보살(龍樹王菩薩)이 그 문서를 받아 즉시 사해용왕에게 알렸으니, 그 내용은 용궁의 설전(雪殿)을 열어 냉룡(冷龍) 천 마리를 꺼내 각자 명나라의 배가 있는 바다의 수면을 지키라는 것이었다. 벽봉장로는 또 호법가람인 위타천존(韋馱天尊)을 불러내려 이날 밤 삼경 무렵에 구름 위에 대기하면서 지시를 기다리라고 했다.

한편 화모는 삼경이 되자 왕 신녀에게 군사를 이끌고 가서 명나라 군대가 육지에 펼친 영채를 포위하여 그들이 바다 위의 영채에 구원병을 보내지 못하게 하라고 했다. 또 교해건에게 군사를 이끌고 명나라의 바다 위 영채를 감시하면서 뭍으로 도망치는 자가 없게 하라고 했다. 그리고 자신은 붉은 구름을 타고 바다 위에 이르러서 불화살이며 불창, 불 수레바퀴, 화마, 불 뱀, 불 까마귀를 허공에 뿌렸다. 그것들이 떨어져 내려 바닷물을 끓여 모조리 말려 버리게 하려는 것이었다. 그런데 잠시 후에 살펴보니 바다는 이런 모습이었다.[5]

貝闕寒流澈	패궐(貝闕)[6]에는 차가운 물 맑게 흐르고
氷輪秋浪淸	얼음 수레바퀴 가을 물결 속에 맑게 비친다.
圖雲錦色淨	그림 같은 구름 비친 수면은 비단처럼 아름답고
寫月練花明	달빛에 단향나무 꽃 환하게 비치는구나.

그 모습을 본 화모는 깜짝 놀랐다.

'내 보물을 물에 떨어뜨리면 항상 물이 끓어올랐는데, 오늘은 보

---

5 인용된 시는 당나라 때 낙빈왕(駱賓王)의 《가을 아침 치천의 모사마와 함께 읊은 가을에 관한 아홉 편의 노래[秋晨同淄川毛司馬秋九詠]》에 들어 있는 〈추수(秋水)〉 가운데 전반부인데, 제2구의 '빙륜(氷輪)'이 원작에서는 '옥륜(玉輪)'으로 되어 있다.

6 패궐(貝闕)은 조개로 장식한 궁전이라는 뜻으로서, 《구가(九歌)》 〈하백(河伯)〉에 따르면 그것은 황하의 신인 하백의 거처였다. 여기서는 바다를 가리키는 뜻으로 쓰였다.

물을 떨어뜨려도 물이 더욱 맑기만 하니 정말 이상한 일이로구나!'

그녀는 허공중에 있던 호법가람 위타존자가 중간에서 슬쩍 그 보물들을 낚아채 가 버린 것을 꿈에도 몰랐다. 게다가 해수면에는 천 마리의 냉룡이 단단히 지키고 있으니, 이 보물들이 떨어졌다 할지라도 바닷물은 더욱 맑아질 수밖에 없었다. 화가 치민 그녀가 중얼거렸다.

"이게 안 통하면 다른 방법을 쓰면 되지. 이건 어쩔 수 없고, 차라리 가서 장 천사하고 도사들이라도 몽땅 죽여서 잠사나마 분을 푸는 수밖에 없겠다."

그런데 그녀가 돌아와 보니 정천사는 고사하고 도사들까지 하나도 보이지 않았다. 그뿐 아니라 구천현녀의 바구니도 사라져 버린 상태였다. 그 바람에 그녀는 밤새 씩씩거렸는데, 이튿날 날이 밝고 나서 보니 불화살이며 불창, 불 수레바퀴, 화마, 불 뱀, 불 까마귀가 모두 천막 안의 제자리에 놓여 있었다. 그걸 보자 그녀는 더욱 화가 나서 즉시 머리 위에 바람 부채를 얹고 발에는 수레바퀴를 타고 명나라 군대로 달려가 고래고래 소리를 지르며 싸움을 걸었다.

"내가 분명히 말코도사를 바구니에 가뒀는데, 바구니가 사라져서 여태 찾지 못하고 있다. 이는 분명 까까머리 중놈이 훔쳐 갔을 것이다. 그러니 그놈에게 한 걸음 옮길 때마다 큰절을 한 번씩 하며 내게 와서 보물을 돌려주라고 해라! 그렇게만 한다면 모두 무사하겠지만, 조금이라도 거역하면 내 입으로 불길을 내뿜어 너희 배들을 모조리 불태워 재로 만들어 버리겠다!"

두 사령관은 그녀가 불을 뿜는다는 소리에 깜짝 놀라 황급히 벽봉장로를 찾아갔다. 그러자 장 천사가 말했다.

"이건 제 일인데, 간밤에 국사님께서 수고롭게도 그년의 바구니를 치워서 도사들을 구해 주셨습니다. 이 은혜만 해도 감당하기 어려운데, 어째서 오늘 또 국사님을 번거롭게 하십니까? 제가 나가서 저년과 자웅을 결판내겠습니다."

벽봉장로가 말했다.

"장 천사, 잠깐 기다리시게. '부드러운 것은 단단한 것을 이기고, 약한 것은 강한 것을 이긴다.'고 했네. 화모는 불같은 성질을 없애지 못해 정과를 이루지 못했네. 그런데 어찌 자네도 이리 성질이 불같단 말인가!"

"그렇게 분부하시니 따를 수밖에 없겠군요. 그런데 저 요괴를 어떻게 퇴치하실 생각입니까?"

"저 사람은 밥벌이할 살림살이를 잃어버렸기 때문에 이렇게 고생하고 있네. 지금 관리 한 명을 통해 구천현녀의 바구니를 돌려주면 될 걸세."

삼보태감이 즉시 명령을 내렸다.

"장수들 가운데 누가 구천현녀의 바구니를 저 늙은 요괴에게 돌려주겠는가?"

그 말이 끝나기도 전에 무쇠처럼 시커먼 얼굴에 커다란 종처럼 우렁우렁한 목소리를 지닌 장수가 나섰다.

"재주는 보잘것없지만 제가 해보겠습니다."

그는 바로 낭아봉 장백이었다. 장 천사가 말했다.

"그럽시다. 장 장군께 맡깁시다."

장백은 보물을 받아 품에 넣고 중군을 나와 말에 올라서 진영 밖으로 나왔다. 그런데 그가 아무 말도 하지 않고 낭아봉을 흔들고 있으니, 화모는 그가 보물을 돌려주려고 나왔다는 것을 전혀 알 수 없었다.

'가증스럽게도 이 까까머리 중놈이 보물은 돌려주지 않고 장수를 보내 나를 죽이려고 하는구나. 저놈에게 겁을 한 번 주어야 이 몸을 알아보겠다 이거지!'

그녀는 즉시 불화살과 불창, 불 뱀, 불 까마귀를 일제히 공중으로 던졌다. 그러자 순식간에 허공에 시커먼 연기가 가득 피어나면서 땅바닥에 천만 겹의 불꽃이 일어났다. 사방에서 "화르르! 화르르!" 하는 소리가 귀를 울리고, 눈에 보이는 것이라고는 온통 붉은색밖에 없었다. 천지가 온통 불바다이니 동서남북 상하고저를 분간할 수 없는 상황이라, 장백의 몸은 그대로 불덩이가 되어 버렸다. 예로부터 물과 불은 무정하다고 했으니, 상대가 대장군이든 뭐든 가리지 않았던 것이다.

다행히 장백은 그래도 대담하고 용감한지라, 재빨리 말고삐를 돌려 중군 막사로 되돌아왔다. 그는 비록 큰 상처는 입지 않았지만 눈썹과 머리카락, 수염이 조금 그을려 있었다. 삼보태감이 말했다.

"아무래도 이건 국사께서 직접 돌려주셔야겠습니다."

그가 보물을 건네주자 벽봉장로가 어이없다는 듯이 웃었다.

"내가 기껏 보물을 가져왔더니 자네들은 돌려주는 것도 못하고 오히려 나더러 직접 다녀오라고 하는구먼."

그가 보물을 받아 품에 넣자 장백이 말했다.

"국사님, 그 보물은 손에 들고 가시는 게 좋겠습니다."

"그게 무슨 말이오?"

"손에 들고 가시면 잘 보일 테니까, 그 요괴가 불을 내쏘지 않을 거 아닙니까?"

"그럼 품에 넣고 가면 어떻게 되는 건가?"

"제가 조금 전에 그랬다가 한바탕 곤욕을 치렀습니다."

"하하! 사람 따라 다른 법이지."

벽봉장로는 한 손에 바리때를, 다른 한 손에는 석장을 짚고 휘적 휘적 걸어 나갔다. 그 모습을 보고 화모가 생각했다.

'혹시 저 중이 명나라의 김벽봉장로인가 하는 작자일까? 그런데 그자는 호국국사라고 하던데 걸어서 나올 리가 있나?'

그녀는 약간 의심스러운 생각이 들어서 왕 신녀를 불렀다.

"애야!"

"예?"

"저기 걸어오는 작자가 김벽봉장로이냐?"

그가 과연 벽봉장로인지 아닌지는 다음 회를 보시라.

벽봉장로는 신통력으로 바리때를 운용하고
화모는 바리때에 갇히다

金碧峰神運鉢盂　金鉢盂困住火母

巒天北望接妖氛	하늘까지 이어진 산봉우리들에는 요사한 기운 이어지는데
談笑臨戎見使君	담소 나누며 전장에서 사신을 만난다.
徼外舊題司馬檄	변방에서는 옛날에 사마(司馬)가 격문(檄文)을 쓴 적 있어
日南新駐伏波軍	일남(日南)[1]에 새로이 복파군(伏波軍)[2]이 주둔했지.
釜魚生計須臾得	초라한 생계 순식간에 얻으니

---

1 한나라 무제 때 지금의 베트남 중부에 일남군(日南郡)을 설치한 적이 있는데, 동한 말엽 이후에는 임읍국(林邑國)의 영토로 편입되었다.

2 복파군(伏波軍)은 복파장군(伏波將軍)이 거느린 군대라는 뜻이다. 복파장군은 옛날에 뛰어난 장군에게 부여하던 봉호(封號)의 일종인데, 가장 유명한 인물로는 후한 광무제(光武帝) 때의 명장으로 서역의 강족(羌族)과 남방의 교지(交趾, 지금의 베트남)를 정벌한 마원(馬援: 기원전 14~서기 49)을 들 수 있다.

草木風聲遠近聞	초목에 이는 바람 소리 여기저기서 들려온다.
不獨全師能奏凱	모든 군대만이 개선가를 울릴 수 있는 것은 아니니
還看盟府勒高勳	맹부(盟府)에 적힌 큰 공훈을 세운 이들을 다시 보게나.

그러니까 화모가 왕 신녀에게 물었다.

"저기 걸어오는 작자가 김벽봉장로이냐?"

왕 신녀가 자세히 살펴보고 말했다.

"예. 맞습니다."

"저 까까머리는 상당히 무시무시하니, 나도 함부로 상대할 수 없지."

그녀는 즉시 삼매진화(三昧眞火)³를 모아 입으로 토해냈다. 그러

---

3 일반적으로 불교에서 삼매(三昧, samadhi)는 수련을 통해 혼란과 어둠으로부터 벗어나 일체의 고요와 평정을 이룬 마음의 경지를 가리키는데, 도교에서는 내단(內丹)의 수련을 통해 최고의 경지인 천선(天仙)의 도를 이룬 상태를 가리킨다. 한편 도교 경전 가운데 하나인 《지현편(指玄篇)》에는 이런 기록이 있다. "내게는 진정한 불이 세 가지가 있다. 심장은 불의 군주로서 화신이라고도 부르며, 그 이름은 상매이다. 신장은 불의 신하로서 정화라고도 부르며, 그 이름은 중매이다. 방광(즉 배꼽 아래의 기해[氣海]를 가리킴)은 불의 백성으로서 그 이름은 하매이다. 이것들을 모으면 불이 되고 흩어 놓으면 기가 되며, 이를 오르내려 순환시키면 주천의 도를 얻게 된다[吾有眞火三焉: 心者君火, 亦稱神火也, 其名曰上昧. 腎者臣火, 亦稱精火也, 其名曰中昧. 膀胱者民火也, 其名曰下昧. 聚焉而爲火, 散焉而爲气, 升降循環而有週天之道]."

자 온 하늘과 땅이 환하게 밝혀졌다.

'저 요괴가 진화를 쓸 줄 아니, 나도 함부로 상대할 수 없겠구나.'

그렇게 생각하며 벽봉장로도 단정(丹鼎)의 진기(眞氣)를 모아 슬쩍 입을 벌리고 "훅!" 불었다. 그러자 온 하늘의 불길이 순식간에 사라져 버렸다. 화모는 그걸 보고 깜짝 놀랐다.

'이 까까머리가 과연 대단하구나! 내 삼매진화를 어지간한 사람은 알아보지도 못하는데, 저자는 바로 알아보고 진기로 대응했어. 중이기는 하지만 신통력이 예사롭지 않아. 어디 한 번 말을 걸어서 어떻게 나오는지 보자.'

"거기 오는 자는 혹시 명나라의 김벽봉장로인가?"

벽봉장로가 나직이 대답했다.

"그렇소."

"그대는 불교에 몸을 담고 있고 나는 도교에 몸을 담고 있어서 서로 길이 다르고 하는 일도 다른데, 어째서 간밤에 나의 구천현녀 바구니를 멋대로 들추었소?"

벽봉장로가 손을 들어 가볍게 인사하며 말했다.

"그건 제 잘못이었소이다."

"그대가 내 보물을 들춘 것은 분명히 우리 도교를 무시한 행위였소."

"어허! 선재로다! '사람 하나의 목숨을 구하는 것이 칠층 탑을 쌓는 것보다 낫다.'라고 했소. 나는 그저 그 도사들을 구하고자 했을 뿐인데, 그게 어찌 도교를 무시한 것이겠소?"

"그게 아니라면 내 보물을 돌려줘야 하지 않소?"

"아미타불! 선재로다! 불문에 있는 이 몸은 여태 어떤 물건도 함부로 취한 적이 없는데, 어찌 그대의 보물을 가지려 하겠소?"

"그렇다면 내 보물은 지금 어디 있소?"

벽봉장로가 가볍게 그 보물을 꺼내 손에 들고 말했다.

"보물은 돌려드리겠소. 다만 번거롭더라도 그대가 국왕을 만나 해명하고 설득해 주시기 바라오. 군대를 거두고 항서 한 통을 바치고, 통관문서를 교환하라고 말이오. 이렇게 종일 전쟁으로 백성들을 도탄에 빠뜨리고, 재물과 곡식을 낭비해서 되겠소이까!"

화모가 뭐라고 입을 열기도 전에 벽봉장로가 구천현녀의 바구니를 공중으로 던졌다. 화모는 황급히 손을 휘저어 보물을 붙잡았다. 하지만 그녀는 거기서 그치지 않고 벽봉장로의 목을 베려 했다.

"도망치지 마라!"

그러면서 다시 구천현녀의 바구니를 공중으로 던졌다. 그녀는 벽봉장로 역시 장 천사처럼 단번에 그 바구니에 갇히게 될 줄 알았다. 그러나 부처님은 장 천사와는 확연히 달랐다. 그는 전혀 당황하지 않고, 느긋하게 소매를 펼쳐 그 입구를 공중으로 향하게 했다. 그러자 구천현녀의 바구니가 그대로 그의 소매 속으로 떨어져 버렸다. 이에 화모는 또 무시당했다는 생각에 화가 치밀어 불화살이며 불창, 불 뱀, 불 까마귀를 일제히 뿌렸다. 그녀는 낭아봉 장백이 그랬듯이 벽봉장로도 불길에 된통 당하게 될 줄 알았던 것이다. 그러나 시커먼 연기가 수없이 피어나고 시뻘건 불길이 천만 겹으로 일어나도, 천지가 온통 불덩어리가 되었다 해도 기껏 평범한 인간을 불태울 수 있을 뿐, 그걸로 부처님을 어쩔 수는 없었다. 벽봉장로는 느긋하게 입을 벌려 북쪽을 향해 침을 한 모금 탁 뱉었다. 그러자 사방팔방으로 먹구름이 잔뜩 퍼지더니 대야를 엎을 듯한 소낙비가 쏟아져서, 온 하늘의 불길이 모두 씻겨나가 스러져 버렸다. 이에 더욱 화가 치민 화모는 벽봉장로의 얼굴을 향해 항마검(降魔劍)을 휘둘렀다.

"어허! 선재로다! 출가한 몸이 어찌 이런 검을 감당할 수 있겠소!"

그러면서 벽봉장로는 손에 들고 있던 바리때를 느긋하게 공중으로 던졌다. 그러자 바리때가 공중에서 휙 뒤집히며 아래로 떨어져 내렸다. 그리고 자신만만한 화모가 미처 방비하지도 못한 사이에 바리때는 순식간에 그녀를 덮어서 가둬버렸다. 바리때에 갇혀 도저히 빠져나올 수 없게 되자 다급해진 화모가 고함을 질렀다.

"어이쿠! 김벽봉장로, 나를 꺼내 다오!"

하지만 한참이 지나도 대답이 없자 다시 고함을 질렀다.

"김벽봉 나리, 출가인은 자비를 근본으로 삼고 상대에 따라 교화하는 법이 아닙니까? 제발 한 번만 용서해 주세요!"

그 말을 듣자 벽봉장로는 가련한 마음이 들었다.

'사람을 감금하는 일은 본래 나 같은 출가인이 할 일이 아니지. 하지만 보아하니 저 사람은 백 일 동안 겪어야 할 재난을 아직 다 채우지 못했으니, 차라리 이 기회에 그 재난을 다 채워서, 저 사람의 화성(火性)을 없애고 거친 심성을 다스리도록 해 줘야겠구나.'

이렇게 생각을 정하고 벽봉장로는 중군 막사로 돌아가 버렸다. 바리때에 갇힌 화모는 아무리 고함을 지르고 발버둥을 쳐도 도저히 빠져나올 수 없었다. 전후좌우로 바리때를 들어 올려보려고 해도, 이리저리 어깨로 들이받아 봐도 바리때는 도무지 꼼짝도 하지 않았던 것이다.

한편 왕 신녀는 사부가 보이지 않자 사방으로 찾아보았으나 어디에서도 찾지 못했다. 그저 어디선가 사부의 목소리가 들리는 것 같아서 귀를 기울여 보니, 목소리가 들리는 듯 들리지 않는 듯 종잡을 수 없었다. 이에 다시 한참 동안 귀를 기울여 자세히 들어보니, 그녀의 사부가 이렇게 소리치고 있었다.

"김벽봉장로 나리, 살려주셔요!"

'분명히 사부님 목소리인데, 대체 어디 계신 거지?'

그녀가 풀밭을 꼼꼼하게 찾아보니 황동으로 만든 듯한 대야가 땅바닥에 엎어져 있고, 그 안에서 누군가 훌쩍훌쩍 울고 있는 소리가 들리는 듯했다. 가까이 다가가서 귀를 기울여 보니, 과연 그 안에서 누군가 훌쩍거리다가 대성통곡하고, 또 한참 동안 쿵쾅쿵쾅 두드리는 소리가 들리는 듯하더니 또 한참 동안 조용한 것이었다.

"설마 사부님이 이 안에 계신 걸까?"

그녀가 '사부'라는 말을 꺼내기 무섭게 대야 안쪽에서 다급한 외침이 들려왔다.

"얘야, 제자야!"

"예, 예! 여기 있습니다!"

"어서 나 좀 구해다오!"

"어쩌다 그 안에 갇히게 되셨어요?"

"그 김벽봉이라는 중놈한테 당했구나!"

"이게 뭔데 사부님을 가둘 수 있답니까?"

"이 안은 너무 어두워서 도무지 뭔지 보이지 않는구나. 바깥에 있는 네가 보려무나."

왕 신녀가 자세히 살펴보니 그것은 황동으로 만든 자그마한 바리때였다.

"사부님, 별것 아니에요!"

"그게 무슨 말이냐?"

"이건 중들이 동냥할 때 쓰는 바리때일 뿐이라고요!"

"정말 그렇다면 별거 아니로구나."

"안쪽에서 바리때 한쪽 면을 머리로 들이받아 올리면 빠져나올 수 있지 않겠어요?"

화모가 그 말대로 머리로 바리때의 한쪽 면을 들이받아 보았지만 아무 소용이 없었다. 두 번, 세 번을 시도해 보았지만 역시 마찬가지였다.

"애야, 머리 위에 태산이 놓인 것처럼 도무지 꼼짝도 하지 않는구나!"

"사부님 목의 힘이 약해지신 모양이군요."

"그게 무슨 말이냐?"

"척 보니 알겠는걸요?"

"척 보긴 뭘 척 보았다는 게냐?"

"사부님 목은 길이가 한 자도 넘잖아요. 그런데도 이것조차 못하시는 걸 보니 힘이 약해지신 게 아니냐는 말씀이지요."

"나보고 어찌 해보라고만 하지 말고, 너도 방법을 좀 찾아 봐라."

"제자 된 몸으로 어찌 감히 사부님의 일에 함부로 손을 쓸 수 있겠어요?"

"나는 여기 갇혀 목숨이 왔다 갔다 하는 판인데, 너는 거기서 그저 주둥이만 나불대고 있구나!"

"저더러 어쩌라는 말씀이셔요?"

"바리때를 들어 올리기만 하면 된다."

"알겠어요."

왕 신녀는 즉시 한 손을 뻗어 바리때를 들어보려 했으나 꿈쩍도 하지 않았다. 다시 두 손으로 들어보려 해도 마찬가지였다. 화가 치민 그녀는 온 힘을 다해 들어보려 했지만 역시 마찬가지였다.

"사부님, 온몸에 기운이 다 빠지도록 애를 써 봤는데 꿈쩍도 하지 않네요!"

"사람들을 더 불러와라."

"알겠어요."

그녀는 즉시 오랑캐 병사들을 불러 왔다. 하지만 한 명, 두 명, 세 명, 네 명이 나서도 결국 바리때를 들어 올리지 못했다.

"사부님, 안 되는군요!"

"사람을 더 불러와라."

"네 명이나 들러붙었는데도 실패했다고요!"

"그럼 여덟 명을 더 붙여 봐라."

"이 조그마한 바리때에 그렇게 많은 사람이 들러붙어요? 손을 댈 자리조차 없단 말이에요!"

"그럼 너희들이 밖에서 힘을 쓸 때, 나도 안쪽에서 머리로 들이받아 힘을 보태마. 이래도 안 되는지 보자꾸나."

"좋은 생각이군요. 그럼 그렇게 해 보도록 해요."

이에 화모는 온몸에 땀이 뻘뻘 나도록 머리로 들이받고, 바깥의 병사들도 진이 다 빠지도록 힘을 썼으나 그 바리때는 꼼짝도 하지 않았다. 그러자 화모가 말했다.

"너희들 밖에서 놀고 있는 거냐? 왜 이리 꼼짝도 안 하지?"

"사부님, 안에서 힘을 쓰시긴 하는 겁니까? 왜 이리 꼼짝도 안 하지요?"

"그렇다면 어쩔 수 없지. 다른 방법을 써 보자."

"그게 뭔데요?"

"병사들한테 삽하고 호미를 가져오라고 해라. 그걸로 동굴을 파서 나가면 될 게 아니냐?"

"사부님, 그럼 용이 사는 동굴처럼 팔까요, 아니면 개구멍처럼 팔까요?"

"개구멍 정도만 파도 된다."

"왜요?"

"어려움에 처하면 어미 개가 구해준다.[臨難母狗免]⁴"라는 말도 있지 않느냐?"

"알겠어요."

그녀는 즉시 병사들에게 삽과 호미를 가져오고, 그게 없으면 창이나 칼, 빈랑나무를 깎아 만든 막대기라도 가져오라고 했다. 이어서 일제히 달려들어 구멍을 팠는데, 한참 후에 다들 포기하고 연장을 놓아 버렸다. 그러자 안쪽에서 화모가 다급하게 소리쳤다.

"얘야, 아직 동굴을 파지 못했느냐?"

"팔 수가 없어요."

"아니, 어째서?"

"이 바리때는 정말 이상하군요."

"왜 이상하다는 게냐?"

"바리때 바깥으로 석 자 떨어진 곳에서는 굴을 팔 수 있는데, 그 안쪽은 팔수록 화만 나게 만드는군요."

"아니, 왜?"

"그쪽은 땅이 무쇠처럼 단단해서, 아무리 파려고 해도 흠집조차 낼 수 없어요. 그러니 화만 날 수밖에요!"

"그럼 내가 이대로 이 안에서 죽게 내버려 두렴."

---

4 이것은 《예기》〈곡례상(曲禮上)〉에 들어 있는 "제물은 구차하게 얻지 말고, 재난에 처하더라도 구차하게 벗어나지 말라.[臨財毋苟得, 臨難毋苟免]"라는 구절을 잘못 읽은 데에서 비롯된 것이다. 원문의 '무구(毋苟)'가 그 모양과 발음 때문에 '모구(母狗)'로 바뀌어 버린 것이다.

"차라리 제가 대신 들어가고 싶네요."

"내가 애초에 누구 때문에 왔더냐?"

"저도 지금 사부님을 위해 최선을 다하고 있잖아요?"

"그렇다면 도와줄 신선을 찾아보거나 점이라도 쳐 봐라. 그게 아니면 어디다 제사라도 지내서 기원해다오."

"제가 갈 데가 어디 있겠어요? 그러니 사부님께서 어디로 가야 할지 가르쳐 주셔요."

"호랑이 잡을 때 믿을 만한 사람은 형제밖에 없고, 전쟁에 나갈 때는 부자(父子) 관계의 병사들만 믿을 수 있다고 했다. 그러니 내 사부님을 모셔오는 게 좋겠구나."

"사부님께도 사부님이 계셔요?"

"나무도 물이 있어야 자라는 법이거늘, 나라고 사부가 없을 수 있겠느냐?"

"그분은 어떤 분이셔요?"

"얘기하자면 길다."

"그래도 말씀해 주셔요."

"내 사부님은 애초에 천지가 나뉘지 않고, 해와 달도 없고, 음양의 구분도 없었을 때부터 존재하셨던 분이시다. 그 사부님께서 반고(盤古)를 낳으셔서 비로소 천지가 나뉘고 해와 달, 음양의 구분이 생기게 되었지. 이렇게 지위가 대단히 높으신 분이기 때문에 석가모니 부처도 그분께 공손히 절하고, 옥황상제도 그분께는 허리 숙여 절을 올리지."

"그분 존함이 어떻게 되시는데요?"

"애초에 문자도 없었던 시절이니 무슨 성명 같은 게 있었겠느냐? 하지만 그분께서 반고를 낳으셨기 때문에 '노모(老母)'라고 불리셨는데, 또 그분이 여산(驪山)에 사시기 때문에 '여산노모' 또는 '치세천존(治世天尊)'이라고 불리시지."

"그분은 지금 어디 계시나요?"

"아직도 여산에 살고 계신다."

"여기서 여산까지는 얼마나 먼가요?"

"아마 백이십 유순(遊巡)쯤 될 게다."

"일 유순이면 몇 리쯤 되나요?"

"일 유순은 천이백 리에 해당한다."

"그럼 십사만 리가 더 되는 거로군요?"

"그래. 그쯤 되겠지."

"제가 구름을 타면 하루에 기껏 천 리밖에 가지 못하는데, 십사만 리라면 반년 정도 걸리겠군요. 가는 데 반년, 오는 데 반년이니 합쳐서 일 년이 걸리는데, 그 동안 그 안에서 버텨 내실 수 있겠어요?"

"애야, 생각해 보니 더 빠른 방법이 있겠구나."

"그게 뭔데요?"

"우선 갑룡산 비룡동에 가서 내가 좌선하던 전각으로 들어가도록 해라. 거기에 모셔진 것이 바로 여산노모 조사님의 신주(神主)이니라. 또 제사상 위에 육신을 벗어날 수 있는 경전이 있으니, 조사님 앞에 무릎을 꿇고 그 경전을 일곱 번 낭송하면 경전과 동화하게 된다. 그때 서쪽을 향하여 조사님의 호를 부르면서 스물네 번 큰절을 올리고, '뿌리 없는 물'을 한 그릇 떠서 경전과 함께 삼키도록 해라. 그러면 잠시 신선의 몸이 되어서 상서로운 구름을 탈 수 있으니, 하루도 안 돼서 여산에 도착할 수 있을 게다. 이러면 더 빨리 갈 수 있지 않겠느냐?"

"그런 방법이 있다면 제가 어찌 게으름을 피울 수 있겠습니까? 당장 다녀오겠습니다."

"내가 여기 땅속에 묻혀 있으니 안타깝게 생각하겠지만, 나는 아직 죽지 않았다."

"사부님, 염려 마십시오. 제가 그 방법을 써서 금방 다녀오겠습니다. 그럼, 다녀오겠습니다!"

왕 신녀는 말을 마치자마자 구름을 타고 비룡동으로 가서 경전을 삼키고 신선의 몸을 빌려 어느새 여산에 도착했다. 그러자 눈앞에 한없이 높고 큰 산이 하나 나타났다. 산 아래 사는 이들에게 물어보니 다들 그게 유명한 만리여산(萬里驪山)이라고 했다. 그 산은 폭이 대략 만 리쯤 되고 높이가 천 리나 되어서, 중국의 사방 변두리에서 유일무이하게 크고 높은 산이었다. 이를 증명하는 〈산부(山賦)〉[5]가 있다.

───────
5 이것은 남송 오숙(吳淑)의 《사류부(事類賦)》 권7 〈지부(地部)〉에서 인용한 것이다.

태산[6] 일관봉(日觀峰)과 종남산(終南山), 태일산(太一山)[7]

봉래산(蓬萊山)의 아홉 기운[8]과 곤륜산(崑崙山)의 오색구름[9]

천태산(天台山)의 적성(赤城)과 용문(龍門)의 적석(積石)

공동산(崆峒山)에는 도인을 찾아가고,[10] 막고야산(藐姑射山)에

서는 신선을 알아보았지.[11]

강랑산(江郎山)에서는 아들 하나가 집에 돌아왔고,[12] 융려산(隆

---

6 태산(泰山)은 천제(天帝)의 후손이라 해서 천손(天孫)이라고도 불린다.

7 《오경요의(五經要義)》에 따르면 태일산(太一山)은 부풍(扶風) 무공현(武功縣)
에 있으며 종남산과 이어진 산이라고 했다.

8 《십주기(十洲記)》에 따르면 봉래산(蓬萊山) 바깥쪽의 바다를 명해(溟海)라
고 부르는데, 그곳은 바람이 불지 않아도 백 길이 넘는 큰 파도가 일며, 그
위에 아홉 가지 기운이 있다. 또 이곳을 다스리는 이는 구천진관(九天眞官)
이라고 했다.

9 《박물지》에 따르면 곤륜산은 길이와 폭이 일만 천 리이며 신령한 물건들이
모여 있는 곳으로서, 그곳에서 오색구름이 피어나며 오색의 강물이 흘러나
온다. 그 강물의 동남쪽이 중국의 황하(黃河)라고 했다.

10 《장자》〈재유(在宥)〉에 따르면 황제(黃帝)가 공동산(崆峒山)의 광성자(廣成
子)를 찾아가 도에 관해 물었다고 한다.

11 《장자》〈소요유〉에 따르면 막고야산(藐姑射山)에 신선이 있는데 피부는
눈이나 얼음 같고, 처사처럼 느긋하게 지내면서 오곡(五穀)을 먹지 않고
바람을 들이마시고 이슬을 마시며, 구름과 용을 타고 사해의 밖으로 놀러
다닌다고 했다.

12 《군국지(郡國志)》에 따르면 강랑산(江郎山)에는 세 봉우리가 있고 거기에 각
기 커다란 바위가 하나씩 있는데, 전설에 따르면 옛날 그 산 아래 살던 삼형
제가 그곳에서 신이 되면서 남은 흔적이라고 한다. 또 담만(湛滿)이라는 이
의 아들이 진(晉)나라에서 벼슬살이하다가 영가(永嘉) 연간의 혼란 때문에
집에 돌아오지 못하자, 담만이 축종(祝宗)에게 세 바위에 가서 아들이 돌아
올 수 있도록 해 달라고 기도하게 했다. 이후 열흘 정도 지나서 외지에 있던

慮山)의 두 아이는 먹지 않아도 배가 고프지 않았지.[13]

저 높고 험준한 남산[14]도 한 줌 돌에서 시작되었지.[15]

기현(庋懸)[16]의 제사를 지낼 때는 반드시 배림(配林)에서 먼저 제사 지냈지.[17]

그러므로 양산(梁山)은 진(晉)나라를 대표하는 명산이 되었고,[18] 민산(岷山)은 강물의 발원지가 되었지.[19]

담만의 아들이 물가에서 목욕할 때, 세 소년이 나타나 그를 수레에 태우고 눈을 감게 했는데, 순식간에 허공을 날다가 내려왔다. 그가 어찌 된 영문인지 몰라 어리둥절하다가 살펴보니 어느새 자기 집 뜰 안에 도착해 있었다.

13 《안수내전(顔修內傳)》에 따르면 교순(橋順)에게는 장(璋)과 서(瑞)라는 두 아들이 있었는데, 이들은 융려산(隆慮山)에서 신선 노자기(盧子基)를 스승으로 모시고 하곡(霞谷)에 살면서 비룡약(飛龍藥) 한 알을 먹었는데, 십년 동안 배가 고프지 않았다고 한다.

14 원문의 "節彼南山"은 《시경》〈소아(小雅)〉〈절남산지십(節南山之什)〉〈절남산(節南山)〉에 들어 있는 구절로서, 그 주석에 따르면 '절(節)'은 높고 험준한 모양[高峻貌]이라고 했다.

15 《예기》〈중용(中庸)〉에는 "산이란 한 줌의 작은 돌이 많이 모인 것이지만, 그것이 넓고 커지면 거기에 초목이 자라고 날짐승 들짐승들이 살게 되며 보물창고가 생겨난다.[今夫山, 一拳石之多, 及其廣大, 草木生之, 禽獸居之, 寶藏興焉.]"라는 내용이 들어 있다.

16 기현(庋懸)은 산에 제사 지내는 것을 가리킨다.

17 《예기》〈예기(禮器)〉에 따르면 제(齊)나라 사람들은 태산(泰山)에 제사 지낼 때 반드시 먼저 배림(配林)에서 제사를 지냈다고 한다. 배림(配林)은 태산에 있는 숲 이름이다.

18 《이아(爾雅)》에서는 "양산은 진나라에서 가장 유명한 산이다.[梁山晉望也.]"라고 했다.

19 《상서》〈하서(夏書)〉에는 "민산은 강을 인도한다.[岷山導江.]"라는 내용이 들어 있다.

빼어난 향로봉(香爐峰)²⁰ 우뚝 솟아 있고, 사적산(射的山)²¹도 높이 솟아 있구나.

바위에 공기가 부딪쳐 구름을 토하고,²² 연못물을 머금어 공기 중에 퍼뜨리기도 하지.

진창산(陳倉山)의 귀한 닭을 울게 했고,²³ 순우산(淳于山)의 하얀 꿩을 날게 하기도 했지.²⁴

목수들에게 나무를 재게 만들기도 하고, 삼태기의 흙을 쏟는 데에 마음이 노닐게 하기도 했지.²⁵

---

20 《남옹주기(南雍州記)》에 따르면 무당산(武當山)은 산이 높고 언덕이 험준하여 마치 박산(博山)의 향로봉(香爐峰) 같다고 했다. 한편 여산(廬山)에도 향로봉이 있다.

21 《수경주(水經注)》에 따르면 회계(會稽) 땅에 사적산(射的山)이 있는데, 멀리서 바라보면 화살의 과녁처럼 생겼다고 했다. 또 그 지방 사람들은 그 빛으로 점을 치는데, 산이 어두우면 쌀값이 오를 것이라고 여긴다고 했다.

22 《설원(說苑)》에 따르면 "'오악(五嶽)'은 구름과 비를 널리 퍼뜨리기도 하고 거둬들일 수도 있는데, 산의 공기가 봉우리의 바위에 부딪치면 구름이 피어나고, 작은 구름이 모이면 금방 온 세상에 비가 내린다.[五嶽能大布雲雨焉, 能大斂雲雨焉, 觸石而出, 膚寸而合, 不崇朝而雨天下.]"라고 했다.

23 《삼진기(三秦記)》에 따르면 태백산(太白山) 남쪽에 있는 진창산(陳倉山)에는 닭과 똑같이 생긴 바위가 하나 있는데, 조고(趙高)가 그 산에 불을 지르자 닭이 날아가 새벽에 산꼭대기에서 우니, 그 소리가 30리 밖까지 들렸다고 하며, 혹자는 그 닭이 옥계(玉雞)라고 했다고 한다.

24 《무릉기(武陵記)》에 따르면 순우산(淳于山)과 백치산(白雉山)은 서로 가까이 있는데, 까마득한 골짜기의 중간에 꿩 모양의 하얀 바위가 있다고 한다. 이 꿩은 머리부터 꼬리까지 길이가 두 길 정도 되며, 마치 허공으로 날아오를 듯이 다리를 뻗고 날개를 펼치고 있다고 했다.

25 《논어》〈자한(子罕)〉: "산을 만드는 데에 삼태기 하나만큼의 흙이 모자라더

완위(宛委)에 올라 책을 얻고,[26] 그릇이 수레에 실려 나와 상서
로움을 나타내기도 했지.[27]

황제(黃帝)는 구자산(具茨山)에서 노닐었고,[28] 우(禹) 임금은 회
계산(會稽山)에 오른 적 있지.[29]

이에 우 임금의 동굴을 찾아 진(秦)나라의 공을 기록했지.[30]

모양새를 '아홉 아들'로 나타내기도 했고,[31] 제사 지낼 때는 삼

라도 그만두는 것은 내가 그렇게 한 것이고, 평지에 산을 만드는 데에 비록
삼태기 하나만큼 흙만 쏟아놓았다 하더라도 그걸 한 것은 나이다. [譬如爲
山, 未成一簣, 止, 吾止也. 譬如平地, 雖覆一簣, 進, 吾往也.]" 이것은 조금
의 모자람으로 인해 일이 실패하고, 목표를 이루기 요원할지라도 그것을
시작하는 것은 모두 자신의 게으름과 성실함에서 비롯된다는 뜻이다.

26 《오월춘추(吳越春秋)》에 따르면 우(禹)가 형산(衡山)에 올라 백마의 피로
제사를 지내자, 꿈에 화려한 수를 놓은 붉은 옷을 입은 이가 나타나 스스
로 현이창수사자(玄夷蒼水使者)라고 하면서 그에게 자기 산의 책을 얻으
려면 황제(黃帝)의 산에서 제사를 지내라고 했다. 이에 우가 사흘 동안 제
사를 지내고 완위(宛委)에 올라가 돌을 들춰보니 치수(治水)의 비결이 적
힌 금간옥자(金簡玉字)의 책을 얻었다고 한다.

27 《예기》〈예운(禮運)〉: "산에서는 그릇이 수레에 실려 나오고 황하에서는
용마(龍馬)가 그림을 지고 나왔다. [山出器車, 河出馬圖.]"

28 《양성기(陽城記)》에 따르면 황제(黃帝)가 구자산(具茨山)의 홍제(洪隄)에
올라가 황로동자(黃蘆童子)에게서 〈신지도(神芝圖)〉를 받았다고 했다.

29 《월절서(越絶書)》에 따르면 우(禹)가 월(越) 땅을 순수(巡狩)하다가 나라를
다스리는 도리에 대해 크게 깨닫고, 이에 모산(茅山)의 이름을 회계산(會
稽山)으로 바꿨다고 한다.

30 《수경주》에 따르면 회계산(會稽山) 동쪽에 '우 임금의 동굴[禹穴]'이 있는
데 바닥이 보이지 않을 정도로 깊다고 했다. 또 진시황(秦始皇)이 회계산
에 올라 이사(李斯)에게 돌비석에 공적을 기록하게 했다고 한다.

31 《구화산록(九華山錄)》에 따르면 봉우리의 모양이 이상한 것이 아홉 개라

공(三公)과 동등한 예로 하기도 했지.[32]

일찍이 사영운(謝靈運)은 나막신 신고 등산했다 하고,[33] 산이 무너진 것에 대해서는 백종(伯宗)에게 자문했지.[34]

또 문산(汶山)을 천정(天井)으로 삼고 기산(岐山)을 지유(地乳)로 삼기도 했지.[35]

유성(維星)은 동백산(桐柏山)에 응하고,[36] 필성(畢星)은 조서동

서 '아홉 아들[九子]'이라고 불렀는데, 나중에 이백(李白)이 구화(九華)라고 고쳐 불렀다고 했다.

32 《예기》〈왕제(王制)〉: "오악에 대한 제사는 삼공에 대한 예우로 하고, 사독에 대한 제사는 제후에 대한 예우로 한다.[五嶽視三公, 四瀆視諸侯.]"

33 사영운(謝靈運: 385~433)은 본명이 사공의(謝公義)이고 자가 영운이다. 동진(東晉)의 명장(名將) 사현(謝玄)의 손자인 그는 강락공(康樂公)의 작위를 세습했으며, 중국 산수시(山水詩)의 개창자로 알려져 있다. 《송서(宋書)》에 따르면 등산을 좋아했던 그는 나막신을 신고 산에 올랐는데, 위로 오를 때는 앞쪽 징을 뺐고 내려올 때는 뒤쪽 징을 뺐다고 한다.

34 백종(伯宗: ?~기원전 576)은 춘추 시기 진(晉)나라의 대부(大夫)로서 현명하고 직언(直言)을 잘한 인물이었으나, 훗날 참소를 당해 살해당했다. 《좌전》〈성공(成公) 5년〉의 기록에 따르면 양산(梁山)이 무너지자 진나라 제후가 그를 불러 이유를 물었는데, 그는 산에 썩은 흙이 있어 무너진 것은 산천을 주관하는 나라의 군주 때문이라고 했다. 이에 진나라 제후는 소복(素服)을 입고 장식이 없는 수레[縵]를 타고 악기를 치웠다고 한다.

35 《예문류취(藝文類聚)》 권7에 인용된 《하도(河圖)》에 따르면, 문산(汶山)이 있는 지역은 정수(井宿)에 대응하는 곳인지라 상제(上帝)는 응당 번창할 곳으로 여겼고 신이 복을 내렸다고 했으며, 또 기산(岐山)은 곤륜산(崑崙山)의 동남쪽에 위치하기 때문의 '지모(地母)의 유방[地乳]'에 해당한다고 했다.

36 《한서》〈천문지(天文志)〉에 따르면 북두칠성의 자루[斗杓] 뒤쪽에 있는 세 개의 별을 유성(維星)이라고 부른다고 했다. 한편 《태평어람》 권43 〈지

혈산(鳥鼠同穴山)과 이어져 있지.[37]

훌륭하도다, 상산(常山)에서 대국(代國)을 내려다볼 줄 알았던 무휼(無恤)이여![38] 아름답도다, 노(魯)나라를 작게 보았던 공자여![39]

머리띠를 두른 것처럼 생긴 것도 있고,[40] 북채를 들고 북을 치는 듯한 모습도 있지.[41]

부(地部) 8〉에 인용된 《하도(河圖)》에 따르면 동백산(桐柏山)은 지혈(地穴)이 되며, 그 위에 유성(維星)이 있다고 했다.

37 《태평어람》 권38 〈지부(地部) 3〉에 인용된 《하도(河圖)》에 따르면 조서동혈산(鳥鼠同穴山)은 땅의 기둥[幹]이며, 그 위쪽에 이십팔수 가운데 하나인 필성(畢星)이 있다고 했다. 조서동혈산은 지금의 간쑤성[甘肅省] 서우양현[首陽縣] 서남쪽에 있다.

38 《사기》 〈조세가(趙世家)〉에 따르면 조간자(趙簡子)가 아들들을 불러 놓고, 자신이 상산(常山) 즉 항산(恒山)에 귀중한 부적을 숨겨 놓았으니 그걸 먼저 찾아오는 이를 후계자로 삼겠다고 했다. 이에 아들들이 다투어 상산으로 달려갔으나 아무도 그 부적을 찾지 못했다. 다만 무휼(無恤, 毋恤이라고도 씀)은 상산에 오르면 대국(代國)이 내려다보이는데, 그 나라는 점령할 만하다고 하면서 그것이 바로 조간자가 숨겨 놓은 부적이라고 했다. 이에 조간자는 그 말이 맞다고 하면서 그를 후계자로 삼았다고 한다.

39 《맹자》 〈진심상(盡心上)〉에서 맹자는 "공자가 동산에 오르니 노나라가 작게 보였고, 태산에 오르니 천하가 작게 보였다.[孔子登東山而小魯登太山而小天下.]"라고 했다.

40 《선성도경(宣城圖經)》에 따르면 책산(幘山)은 까마득히 높은 봉우리들이 층층이 솟아 있는데, 그 모습이 마치 머리띠를 두른 것 같다고 했다.

41 《수도경(隋圖經)》에 따르면 역현(易縣)에 있는 연산(燕山)의 낭떠러지 옆에는 지상에서 백여 길 떨어진 곳에 북 모양을 한 바위가 있으며, 그 동남쪽에는 북채를 들고 북을 치려는 사람의 모습을 한 바위가 있다고 했다. 또 그곳 사람들의 말에 따르면, 연산의 돌 북이 울리면 전쟁이 일어난다고 했다고 한다.

마부를 꾸짖은 충신에게 감동하고,[42] 다듬이질하는 선녀를 알아보았지.[43]

목천자(穆天子)는 현포(懸圃)에 오른 적이 있고,[44] 소촉산(疎屬山)에는 이부(貳負)를 묶어두기도 했지.[45]

---

42 《한서》〈왕준전(王遵傳)〉에 따르면 낭야(琅邪) 사람인 왕양(王陽)이 익주 자사(益州刺史)가 되어 공래(邛郲) 땅의 구절판(九折阪)에 이르렀을 때, 선친의 유해를 운구하려면 이 험한 곳을 지나야 한다는 사실에 탄식했다. 그가 병으로 죽은 후 왕준(王遵)이 그곳 자사가 되어 역시 구절판에 이르렀을 때 왕량의 탄식을 떠올리더니, 곧 마부를 꾸짖었다. "몰아라! 왕량은 효자였고, 나 왕준은 충신이니라!" 이 때문에 훗날 이 이야기는 종종 나라에 헌신하기 위해 험난한 것을 두려워하지 않는 충신의 행위를 나타내는 뜻으로 쓰이게 되었다.

43 《군국지(郡國志)》에 따르면 옛날 영산(靈山)에 다듬이질하는 선녀가 있어서 그 산을 도의산(擣衣山)이라고도 부르게 되었으며, 산 남쪽의 절벽에 반질반질하게 빛나는 사각형의 바위가 있는데 그것을 옥녀가 비단을 두드리던 다듬잇돌 즉 옥녀도련침(玉女擣練砧)이라고 부른다고 했다.

44 《회남자》〈지형훈(墜形訓)〉에 따르면 곤륜산(崑崙山)에서 갑절이 높은 곳인 양풍산(凉風山)에 오르면 불사의 몸이 되고, 또 그 갑절이 높은 곳인 현포(懸圃)에 오르면 비바람을 부릴 수 있는 신령한 능력을 갖추게 되며, 또 그보다 갑절이 높은 곳인 상천(上天)에 오르면 신이 된다고 했다. 《목천자전(穆天子傳)》에 따르면 목천자가 곤륜산에 이르러 늦여름[季夏] 정묘(丁卯)에 춘산(春山)에 올라 사방을 둘러보니, 그곳이 천하에서 가장 높은 산이자 선왕(先王)이 얘기했던 현포(懸圃)였다고 한다. 《산해경》에서는 그곳을 상제(上帝)의 평포(平圃)라고 불렀다.

45 《산해경》〈해내서경(海內西經)〉: "이부(貳負)의 신하가 말했다. '위험하도다! 이부가 알유(窫窳)를 죽일 것이다!' 이에 황제(黃帝)가 그에게 쇠고랑을 채워 소촉산(疎屬山)에 묶어두었는데, 그의 오른발에 족쇄를 채우고, 머리카락을 모아 노끈으로 삼아 두 손을 뒤로 묶은 다음, 산 위의 나무에 묶어두었다. 이곳은 개제산(開題山) 즉 계두산(鷄頭山) 서북쪽에 있다.[貳

돌 돛이 홀로 솟기도 하고,[46] 지주산(砥柱山)은 황하의 물길을 갈라놓았지.[47]

거령신(巨靈神)이 화산(華山)을 쪼개놓았고,[48] 공공씨(共工氏)는 부주산(不周山)을 들이받았지.[49]

진망산(秦望山)에서는 금간옥서(金簡玉書)가 나왔으니 신령한 비밀이 숨겨진 곳이었고[50]

負之臣曰, 危與貳負殺窫窳. 帝乃梏之於疎屬之山, 桎其右足, 反縛兩手, 繫之於山上木. 在開題西北.]"

46 《하후쟁선지(夏侯爭先志)》에 따르면 회계산(會稽山)에 돛 모양의 바위[石帆]가 있는데, 바위들이 마치 수백 폭의 돛처럼 생겼다고 한다.

47 《수경주(水經注)》에 따르면 지주산(砥柱山)은 우(禹)가 홍수를 다스릴 때 그 산이 물길을 가로막고 있어서 그 산을 파서 물길이 통하게 했는데, 강물이 둘로 나뉘어 그 산을 안고 흐르는 모습이 마치 물 가운데 기둥이 솟아 있는 것처럼 보인다고 해서 그런 이름이 붙여졌다고 한다.

48 《곽연생술정기(郭緣生述征記)》에 따르면 화산(華山)과 수양산(首陽山)은 본래 하나였는데, 황사의 신인 거령(巨靈)이 강물이 통하도록 쪼개는 바람에 나뉘었으며, 그 때문에 그의 손바닥 자국이 남아 있다고 했다.

49 《산해경》〈대황서경(大荒西經)〉에 따르면 부주산(不周山)은 서북해(西北海) 바깥 대황(大荒)의 모퉁이에 있다고 했으며, 《회남자》〈도원훈(道原訓)〉에 따르면 그것은 인간 세계와 하늘나라를 연결하는 유일한 길이라고 했다. 또 《회남자》〈천문훈(天文訓)〉에 기록된 전설에 따르면 황제(黃帝)의 손자인 전욱(顓頊) 고양씨(高陽氏)가 염제(炎帝)의 후예인 공공씨(共工氏)와 싸웠는데, 이때 분노한 공공씨가 부주산을 들이받아 산이 무너져버리는 바람에 하늘을 떠받치는 기둥이 부러지고 지축이 끊어져 하늘이 서북쪽으로 기울었다고 한다.

50 《수경주》에 따르면 진망산(秦望山)은 회계(會稽) 땅의 정남쪽에 있고 했다. 또 《오월춘추》에 따르면 이 산이 무너졌을 때 그 안에서 금간옥서(金簡玉書)가 나왔는데, 이것은 황제(黃帝)가 남긴 잠언(箴言)이라고 했다.

나부산(羅浮山)에 있는 옥으로 만들어진 건물들은 신선들이 즐겁게 노닐던 곳이었지.[51]

또 듣자하니 진시황 때 돌을 몰고 갔던 적이 있고,[52] 우공(愚公)은 산을 옮기려 했다고 하지.[53]

화음산(華陰山)에서 수양공(修羊公)을 보았고,[54] 구지산(緱氏山)에서 왕교(王喬)를 만났지.[55]

---

51 《일남지(日南志)》에 따르면 나부산(羅浮山)은 본래 봉래산(蓬萊山)에 있는 봉우리 이름이며, 이곳에는 신선들이 사는 옥으로 만들어진 건물이 72개가 있다고 했다.

52 《삼제략(三齊略)》에 따르면 진시황이 바다 위에 돌다리를 만들어서 바다를 건너 해가 뜨는 곳을 보려 했는데, 어느 신이 돌을 몰고 가다가 돌이 빨리 굴러가지 않자 채찍질을 하는 바람에 돌들이 피를 흘려서 지금의 돌다리가 모두 붉은색이라고 했다.

53 《열자(列子)》〈탕문(湯問)〉에 따르면 태항산(太行山)과 왕옥산(王屋山)은 사방 칠백 리에 높이가 만 길이나 된다. 그 산은 본래 기주(冀州)의 남쪽, 하양(河陽)의 북쪽에 있었는데, 북산(北山)의 우공(愚公)이라는 아흔 살의 노인이 그 산 때문에 드나드는 것이 불편하다 하여 삼태기로 흙을 퍼 날라 산을 옮기려 했다고 한다. 그의 정성에 감동한 상제(上帝)가 과아씨(夸娥氏)의 두 아들에게 그 두 산을 각각 삭방(朔方)의 동쪽과 옹주(雍州)의 남쪽으로 져서 나르게 했다고 한다.

54 《열선전(列仙傳)》에 따르면 촉(蜀) 땅의 수양공(修羊公)이 화음산(華陰山)의 석실(石室)에서 벽에 걸려 있는 돌침대[石榻]를 보고, 그 위에 누웠더니 돌이 모두 무너져 내렸다고 한다.

55 《열선전》에 따르면 왕교(王喬)는 주(周)나라 영왕(靈王)의 태자(太子)인 진(晉)을 가리킨다. 그는 생황을 잘 불어서 봉황을 춤추게 할 수 있었는데, 이락(伊洛) 근처에 놀러 나갔다가 부구공(浮丘公)을 만나서 그를 따라 숭고산(嵩高山)에서 삼십 년 남짓 수행했다. 훗날 산에서 환량(桓良)을 만나자 그에게 "7월 칠석에 우리 가족들에게 구지산(緱氏山)에서 기다리라고

천궐(天闕)을 가리길 때 멀리 우두산(牛頭山)에 부탁했고,[56] 무기와 갑옷들을 멀리 웅이산(熊耳山)에 가지런히 쌓아 놓기도 했지.[57]

군옥산(群玉山)에는 책부(册府)가 있었고,[58] 곤륜산(崑崙山)은 상제(上帝)가 인간 세상에 세운 도읍이었지.[59]

첨(灊) 땅의 곽산(霍山)에는 동대(洞臺)가 있고,[60] 동해에는 원교산(員嶠山)과 방호산(方壺山)이 있지.[61]

전해 주시오."라고 말했다. 이윽고 그날이 도자 과연 그가 학을 타고 그 산꼭대기에 내려와 있다가 며칠 뒤에 떠났다고 한다.

56 《진서(晉書)》에 따르면 동진(東晉) 원제(元帝)가 장강을 건너 왕조를 세우고 궁궐 대문에 석궐(石闕)을 세우려 했는데 자리가 정해지지 않았다. 당시 왕도(王導: 276~339, 자는 무홍[茂弘])가 원제를 따라 선양문(宣陽門) 밖으로 나갔는데, 그때 원제가 멀리 우두산(牛頭山) 남쪽 봉우리를 가리키며 그곳을 천궐(天闕)로 삼으라고 했다고 한다.

57 《동관한기(東觀漢記)》에 따르면, 적미(赤眉) 기의군(起義軍)이 처음 항복했을 때, 갑옷과 무기 등을 웅이산(熊耳山) 등지로 날라다 쌓아 놓았다고 한다.

58 《목천자전(穆天子傳)》에 따르면 목천자가 군옥산(群玉山)에 이르러서 보니 사방이 모두 평탄했으니, 그곳이 바로 선왕(先王)이 말했던 책서(策書)를 보관해 놓은 곳 즉 책부(策府)였다고 한다.

59 《수신기(搜神記)》에 따르면 곤륜산(崑崙山)은 상제가 인간 세상에 세운 도읍 즉 하도(下都)로서 염화산(炎火山)에 둘러싸여 있다고 했다.

60 《황정내경경(黃庭內景經)》에 따르면 곽산(霍山) 아래에 동대(洞臺)가 있는데 사방 이백 리 규모이며, 이곳은 사명군(司命君)의 관청[府]이라고 했다. 첨(灊) 땅은 촉(蜀) 땅 즉, 지금의 쓰촨성[四川省]에 속한 곳이다.

61 《열자》〈탕문(湯問)〉에 따르면 발해(勃海)의 동쪽에 귀허(歸墟)라는 커다란 골짜기가 있는데 그 안에 대여(岱輿)와 원교(員嶠), 방호(方壺), 영주(瀛洲), 봉래(蓬萊)라고 하는 다섯 개의 산이 있다. 서로 칠만 리 거리를 두고

황제(黃帝)가 대(臺)를 쌓아 신들에게 술을 올렸고,[62] 고거산(高車山)에서는 사호(四皓)를 맞이했지.[63]

거꾸로 걸려 훨훨 나는 백학을 바라보기도 하고,[64] 똬리를 튼 용이 꿈틀대는 모습을 바라보기도 하지.[65]

떨어져 있는 이 산들은 높이와 둘레가 삼만 리이고 꼭대기의 평평한 곳이 구천 리나 되는데, 그 위에 있는 누대와 건물들은 모두 금과 옥으로 되어 있다고 했다. 또 옥으로 된 나무에 가득 달린 열매는 모두 맛이 좋고, 그걸 먹으면 불로장생할 수 있으며, 거기 사는 이들은 모두 신선이라고 했다.

62 《산해경》〈중차칠경(中次七經)〉에 따르면 종고산(鼓鍾山)은 황제가 대를 쌓아 신들에게 술을 올려 제사 지낸 곳이라고 했다. 《태평어람》 권42 〈지부(地部)〉7에 따르면 그곳에는 오산(烏酸)이라는 독초가 자라며, 지금은 그곳을 종산(鍾山)이라고 부르는데 육혼현(陸渾縣) 서남쪽 30리에 있다고 했다.

63 《고사전(高士傳)》에 따르면 고거산(高車山)에는 한나라 혜제(惠帝) 때 세운 사호(四皓)의 비석과 사당이 있다고 했다. 이곳은 한나라 고조(高祖)의 황후가 장량(張良)을 시켜서 사호를 맞이한 곳이기 때문에 고거산이라는 이름이 붙었다고 한다. 사호는 진(秦)나라 때의 유명한 은사(隱士)로서 한나라 때도 벼슬살이를 하지 않은 상산사호(商山四皓) 즉 소주(蘇州) 태호(太湖)의 녹리선생(甪里先生) 주술(周述)과 하남(河南) 상구(商丘)의 동원공(東園公) 당병(唐秉), 호북(湖北) 통성(通城)의 기리계(綺里季) 오실(吳實), 그리고 절강(浙江) 영파(寧波)의 하황공(夏黃公) 최광(崔廣)을 가리킨다.

64 《임해기(臨海記)》에 따르면 군(郡) 서쪽의 백학산(白鶴山)에는 산 위의 연못물이 폭포가 되어 흐르는데, 멀리서 보면 백학이 거꾸로 걸린 듯한 모습이어서 그 연못을 괘학천(掛鶴泉)이라고 부른다고 했다.

65 《태평어람》 권41 〈지부 6〉에 인용된 남조 송나라 때 서원(徐爰: 394~475, 본명은 서원[徐瑗], 자는 장옥[長玉])의 《석문(釋問)》에 따르면 제갈량(諸葛亮)은 종산(鍾山)의 모습이 마치 용이 똬리를 튼 것 같다고 했는데, 그곳이 바로 오늘날 난징의 장산[蔣山]이다.

소문산(蘇門山)의 맑은 휘파람 소리 듣고,[66] 소유산(小酉山)에
숨겨진 책을 찾아가기도 했지.[67]

간언산(干言山)에서 술 마시고 묵은 일을 노래했고,[68] 운정(云亭)에서는 봉선(封禪)을 기록했지.[69]

또한 난암산(蘭巖山)에서 학이 슬피 울었고,[70] 금화(金華)에서는 바위를 꾸짖어 양으로 변하게 했지.[71]

---

66 《십도지(十道志)》에 따르면 소문산(蘇門山)은 소령(蘇嶺)이라고도 하며, 완적(阮籍)이 손등(孫登)의 긴 휘파람 소리에 봉황들이 모여든 것을 본 곳이자 손등이 은거한 곳이라고 했다.

67 《형주기(荊州記)》에 따르면 소유산(小酉山)의 바위 동굴에는 진(秦)나라 때의 누군가가 남겨놓았다고 하는 천 권의 책이 있는데, 양(梁)나라 상동왕(湘東王)이 이곳을 찾곤 했다고 한다.

68 《시경》〈패풍(邶風)〉〈천수(泉水)〉: "간산에 나가 묵고, 언산에서 전별하네.[出宿於干, 飮餞於言]" 간산과 언산은 《순덕부지(順德府志)》와 《당산현지(唐山縣志)》에 모두 언급된 곳으로서, 지금의 허베이성[河北省] 싱타이시[邢台市]에 속한 룽야오현[隆堯縣]의 서쪽에 있다. 간언산(干言山)은 이 두 산의 이름을 합쳐 부른 것이다.

69 운정(雲亭)은 운운산(雲雲山)과 정정산(亭亭山)을 아울러 부르는 호칭인데, 이 두 산은 고대 제왕들이 봉선(封禪) 의식을 행하던 곳이다.

70 《신경기(神境記)》에는 다음과 같은 이야기가 실려 있다. 형양현(滎陽縣)에는 높이가 천 길이나 되고 가파른 난암산(蘭巖山)이 있는데, 전설에 따르면 이곳에 은거하여 지내던 부부가 수백 년 후에 한 쌍의 학으로 변했다. 그러던 어느 날 한 마리 학이 사람에게 해를 당하자, 나머지 한 마리가 일년 내내 슬피 울었다. 그 울음소리는 지금도 골짝을 울리는데, 그 학의 나이가 몇 살인지는 알 수 없다.

71 이는 갈홍(葛洪)의 《신선전(神仙傳)》에 수록된 황초평(黃初平 또는 皇初平)의 이야기를 빗댄 것인데, 이에 관해서는 제8회의 각주 55)을 참조하기 바란다.

봉우리가 두 겹 세 겹으로 겹치고,[72] 아침에 햇빛이 비치거나
저녁에 비치기도 하지.[73]

계양(桂陽)에는 말하는 돌이 있고,[74] 오(吳)나라 궁궐에서 향을
채취하기도 했지.[75]

으스스 풍문(風門)에서 바람 몰아치고,[76] 환하게 화정(火井)에
서 빛이 솟구치지.[77]

흙 위에 바위가 얹혀 있으면 돌산[岨]이 되고,[78] 초목이 많으

---

72 《이아(爾雅)》〈석산(釋山)〉: "산이 세 겹으로 겹치면 '척(陟)'이라 하고, 두
개가 겹치면 '영(英)'이라고 한다.[山三襲, 再成英.]"

73 《이아》〈석산〉: "산의 서쪽을 석양이라 하고, 산의 동쪽을 조양이라고 한
다.[山西曰夕陽, 山東曰朝陽.]"

74 《형주기(荊州記)》에 따르면 계양(桂陽) 만세산(萬歲山)에서는 영수초(靈壽
草)가 나는데, 신선의 비방에 따라 약을 지어 먹으면 불로장생할 수 있다
고 했다. 또 석산(石山)의 돌은 마치 사람과 이야기하는 것 같은 소리를 낸
다고 했다.

75 《오지기(吳地記)》에 따르면 향산(香山)은 오나라 왕이 궁녀를 보내 향을
채취하던 산이라서 그런 이름이 붙었으며, 그 산길 가운데는 채향경(採香
徑)이라는 곳이 있다고 했다.

76 《수경주》에 따르면 북굴현(北屈縣)의 풍산(風山)에는 수레바퀴처럼 생긴
굴이 있는데 바람이 쉼 없이 소슬하게 불어 나와서, 그 바람이 닿는 곳에
는 풀도 자라지 않는다고 했다. 그러므로 그 굴이 바로 바람의 문[風門]이
라는 것이다.

77 《군국지(郡國志)》에 따르면 연택부(連澤府) 요화산(遙火山)의 서쪽에 불의
우물[火井]이 있는데, 바닥이 보이지 않을 정도로 깊다. 그런데 그곳에서
는 항상 벼락같은 불기운이 솟아올라 풀을 대면 금방 연기가 피어나며 불
이 붙기 때문에 형대(熒臺)라고 부른다고 했다.

78 《이아》〈석산〉: "흙에 돌이 얹혀 있으면 돌산이 된다.[土戴石爲岨.]" 이에

면 숲 산[岵]이 되지.[79]

천주암(天柱巖)의 선도(仙桃)를 따고,[80] 화용(華容)에서 운모(雲母)를 채취하지.[81]

사부(謝敷)의 자석(紫石)을 찾고,[82] 환온(桓溫)의 백저산(白紵山)

대한 주석에 따르면 이것은 흙산 위에 바위가 얹혀 있는 것을 가리킨다고 했다.

79 《이아》〈석산〉: "초목이 많으면 숲 산이고, 초목이 없으면 민둥산이다.[多草木岵, 無草木屺.]"

80 《군국지》에 따르면 영대산(靈臺山) 천주암(天柱巖)에 높이 다섯 자 정도 되는 복숭아나무가 있는데, 그 열매의 겉은 복숭아 같고 속의 과육은 잣처럼 생겼다고 한다. 장릉(張陵)이 왕량(王良), 조승(趙升)과 함께 이곳에서 도술을 부렸는데, 사백 년이 지난 지금까지 복숭아나무가 썩지 않고 있어서 작은 비석에 그 일을 기록해 놓았다고 한다.

81 《형남지(荊南志)》에 따르면 화용(華容) 방대산(方臺山)에서는 운모(雲母)가 나는데, 그 지방 사람들이 채취할 때는 먼저 구름이 피어나는 곳을 찾아서 그 아래의 땅을 파면 많은 양의 운모를 채취하게 되며, 종종 대여섯 자나 되어서 병풍으로 쓸 만한 것도 나온다고 했다. 다만 땅을 팔 때는 소리를 내지 않도록 조심해야 하는데, 그렇지 않으면 채취한 것이 거칠고 품질이 나쁘다고 했다.

82 《공령부회계기(孔靈符會稽記)》에는 다음과 같은 기록이 있다. 제기현(諸暨縣) 오대산(烏帶山)에는 자석(紫石)이 많지만 세상 사람들은 그 사실을 몰랐는데, 은사(隱士)인 사부(謝敷: 362 전후, 자는 경서[慶緒])가 젊었을 때 여러 군데 산들을 옮겨 다니며 살다가 경비를 많이 쓰는 바람에 생계가 곤란해졌다. 훗날 이곳에 왔다가 꿈에 산신령을 만났는데, 그 산신령이 그에게 오십만 냥을 도와주겠다고 했다. 이튿날 아침 그가 일어나 보니 침상 아래에 영롱한 빛이 나는 특이한 돌이 있었는데, 그것을 닦아 보니 바로 자석(紫石)이었다. 그래서 다시 꿈에서 산신령에게 그 돌이 어디서 난 거냐고 물었더니 바로 그 산에서 나온 것이라고 했다. 이에 그가 그곳으로 가서 자석을 채취하여 많은 돈을 벌었다고 한다.

을 찾아가기도 하지.[83]

정자 같은 와궁(媧宮)의 모습에 놀라고,[84] 망루(望樓) 같은 구지산(仇池山)의 모습 알아보지.[85]

또 오룡백기산(烏龍白騎山)과 자개봉(紫蓋峰), 청니령(青泥嶺),[86] 양장새(羊腸塞)와 조핵산(鳥翮山)[87], 마안산(馬鞍山)과 우비산(牛脾

---

83 《선성도경(宣城圖經)》에 따르면 백저산(白紵山)은 본래 이름이 초산(楚山)이었는데, 환온(桓溫: 312~373, 자는 부자[符子], 시호[諡號]는 선무[宣武])이 종종 기생들을 거느리고 이 산에 놀러 와서 풍악을 울릴 때 〈백저가(白紵歌)〉를 자주 부르게 해서, 결국 산 이름을 바꾸었다고 한다.

84 《남강기(南康記)》에 따르면 군산(君山)는 녹음이 우거지고 아름다워서 멀리서 바라보면 마치 정자처럼 보이기 때문에 와궁(媧宮)이라는 별명이 붙었으며, 비바람이 그친 뒤에는 공기가 맑고 풍경이 아름다우며 종종 풍악소리 같은 것이 들린다고 했다.

85 《진주기(秦州記)》에 따르면 구지산(仇池山)은 본래 구유산(仇維山)이라고 불렸는데, 그 모습이 마치 자루를 씌워놓은 것 같다고 한다. 산 위에는 백경(頃)이나 되는 넓은 평지가 있고, 주변은 천 길 낭떠러지가 벽처럼 우뚝서 있어서 자연적으로 망루[樓櫓]의 모습을 이루고 있다고 한다.

86 《상주기(湘州記)》에 따르면 여성현(汝城縣)에 오룡백기산(烏龍白騎山)이 있는데, 거기에 용처럼 생긴 검은 바위와 말처럼 생긴 하얀 바위가 있다고 했다. 또 《형주기(荊州記)》에 따르면 형산(衡山)의 세 봉우리 가운데 하나가 자개봉(紫蓋峰)이라고 했고, 《군국지(郡國志)》에는 흥주(興州) 청니령(青泥嶺)은 만 길 깎아지른 절벽이 있고 구름이 많이 끼며 비가 많이 와서 길이 진흙탕으로 변하는 경우가 많다고 했다.

87 《군국지》에 따르면 양장새(羊腸塞)는 용문(龍門) 서쪽에 있다고 했다. 《산해경》에는 대핵산(大翮山)과 소핵산(小翮山)이라는 명칭이 보이며, 여기에 왕중(王仲)의 사당이 있다. 왕중의 자(字)는 차중(次仲)인데, 진시황 때 창힐(蒼頡)의 옛 문자를 변형하여 예서(隸書)를 만들어 냈다. 진시황이 매우 기뻐하며 그를 불러들여 벼슬을 내리려 했으나 거절하자, 진시황이 진노

山)도 있지.[88]

원문산(猿門山)은 높이 치솟았고,[89] 안새산(雁塞山)은 구불구불 이어지지.[90]

신선은 옥을 심고,[91] 열녀는 비녀를 갈았지.[92]

하여 그를 함거(檻車)에 가뒀다. 그러자 그는 커다란 새로 변해서 함거 밖으로 나와 날아올라 서문산(西門山)에 이르러 두 날개를 떼어냈다. 이 때문에 조핵산(鳥翮山)이라는 이름이 생겨났다는 것이다.

88 《군국지》에 따르면 침주(郴州) 마령산(馬嶺山)의 본래 이름이 우비산(牛脾山)이라고 했다. 또《속남월지(續南越志)》에는 다음과 같은 내용이 기록되어 있다. 진시황 때 누군가 마안산(馬鞍山)을 바라보면서 "남해(南海)에 오색 기운이 피어난다."고 하자, 진시황이 천 명의 군사를 동원하여 산언덕을 파서 줄기를 끊어버리는 바람에, 그 모양이 말안장처럼 변했다고 한다. 또《양양기(襄陽記)》에 따르면 초산(楚山)을 마안산(馬鞍山)이라고도 부른다고 했다.

89 《형주기》에 따르면 원문산(猿門山)은 부현(涪縣)에 있는데, 거기에는 원숭이가 많이 살고, 또 그곳 봉우리 두 개가 마치 문처럼 우뚝 서 있다고 했다.

90 《형주기》에 따르면 경산(景山)은 기러기가 남쪽으로 날아갈 때나 북쪽으로 이동할 때 반드시 그곳을 거치기 때문에, 사람들이 그 산을 안새산(雁塞山)이라고도 부른다고 했다.

91 《수신기(搜神記)》에는 다음과 같은 이야기가 수록되어 있다. 낙양현(雒陽縣)의 양옹백(羊雍伯)은 성품이 독실하고 효성이 지극하여, 부모의 장례를 마친 뒤에도 계속 무덤 곁을 지켰다. 그 산은 높이가 80리라서 물이 없는지라, 그는 물을 길어다가 언덕에 놓아두어 지나는 이들이 마실 수 있게 해 주었다. 그로부터 삼년 후 누군가 그 물을 마시고 나서 그에게 돌멩이 하나를 주면서, 높고 평탄하며 돌이 있는 곳에 그것을 심으면 거기서 옥이 생겨날 거라고 했다. 당시 양옹백은 아직 결혼하기 전이었는데, 그 사람은 그가 분명 훌륭한 아내를 얻게 될 거라는 말을 남기고 사라졌다. 양옹백이 그 돌을 심고 몇 해가 지나서 가끔 그곳에 들러 보면 옥이 생겨나 있었다. 그 무렵 우북평(右北平)에서 명망 높은 서씨(徐氏) 가문에 아름답고 재능 많은 딸이 있어서,

채탄(蔡誕)의 이야기를 듣고,[93] 안기생(安期生)의 약속을 믿었지.[94]

축융(祝融)이 숭산(崇山)에 내려온 것을 보았고, 악작(鸑鷟)이 기산(岐山)에서 우는 소리를 들었지.[95]

많은 이들이 청혼했으나 모두 거절당했다. 이에 양옹백이 시험 삼아 청혼을 했더니, 서씨가 그를 제정신이 아니라고 여기고 장난삼아 백벽(白璧) 한 쌍을 가져오면 딸을 주겠다고 했다. 이에 양옹백이 돌을 심어놓은 곳에 가서 백벽 다섯 쌍을 얻었고, 이것을 예물로 삼아 서씨의 딸과 결혼하게 되었다. 그 소문을 들은 황제도 특이한 일이라고 생각하여 그에게 대부(大夫)의 벼슬을 내렸고, 옥을 심은 곳의 네 귀퉁이에 한 길 높이의 커다란 돌기둥을 세우게 했다. 그 중앙의 넓은 땅을 옥전(玉田)이라고 부른다.

92 《수도경(隋圖經)》에 따르면 회융현(懷戎縣)에 마계산(磨笄山)이 있는데, 옛날 조양자(趙襄子)가 대(代)나라의 왕을 죽인 곳이라고 했다. 당시 대나라의 왕비는 "나라가 망했는데 나는 어디에 의지한단 말인가?" 하고 탄식하더니, 그 산에서 비녀를 갈아서 그걸로 가슴을 찔러 자살해 버렸다. 이에 그 지역 사람들이 그 산을 마계산이라고 불렀다고 한다.

93 《포박자(抱朴子)》에는 다음과 같은 이야기가 실려 있다. 채탄(蔡誕)이라는 이는 스스로 곤륜산(崑崙山)에 귀양을 갔다 온 적이 있다고 했다. 이에 사람들이 곤륜산이 어떠하더냐고 물으니, 그가 이렇게 대답했다. "높이가 얼마나 되는지 물을 필요 없이, 올려다보면 하늘과 불과 몇십 리밖에 떨어져 있지 않다오."

94 《열선전(列仙傳)》에는 다음과 같은 이야기가 실려 있다. 낭야(瑯琊) 부향(阜鄕)의 안기생(安期生)은 사람들이 모두 그 나이가 천 살이 넘을 거라고 했다. 이에 진시황이 그와 이야기를 나눠보고 나서 수천만 냥 어치의 금과 옥을 하사했다. 이후 그는 부향을 떠나면서 모든 재산을 남겨 놓고 한 냥 정도 되는 적옥(赤玉) 하나만을 지니고 떠나면서 이렇게 말했다. "천 년 뒤에 봉래산(蓬萊山) 아래에서 나를 찾으시오."

95 축융(祝融)은 본래 이름이 중려(重黎)로서 상고시대의 대표적인 제왕인 삼황오제(三皇五帝) 가운데 하나이다. 남방의 형산(衡山)에 살았다고 하는

또 호두산(壺頭山)에는 마원(馬援)이 살았고,[96] 양호(羊祜)는 현산(峴山)에 올랐지.[97]

소실산(少室山)의 석고(石膏)를 뜨고,[98] 동정호(洞庭湖)의 좋은 술 마셨지.[99]

그는 사람들에게 불을 사용하는 법을 가르쳐 주었다고 해서 적제(赤帝)라고 불리며, 불의 신으로 숭배되었다. 《국어(國語)》〈주어상(周語上)〉: "하나라가 일어날 때는 축융이 숭산에 내려왔고, 주나라가 흥성할 때는 악작이 기산에서 울었다.[夏之興也, 祝融降于嵩山. 周之興也, 鷟鸑鳴于岐山.]" 《신편분문고금류사(新編分門古今類事)》〈몽조문중(夢兆門中)〉에 따르면 봉조(鳳鳥) 가운데 오색을 띠고 붉은 문양이 있는 것을 봉(鳳), 푸른 문양이 있는 것을 난(鸞), 노란 문양이 있는 것을 원추(鵷鶵), 자줏빛 문양이 있는 것을 악작(鷟鸑)이라고 부른다고 했다.

96 마원(馬援: 기원전 14~서기 49)은 동한(東漢)의 개국공신으로서 복파장군(伏波將軍)을 지냈고, 신식후(新息侯)에 봉해진 인물이다. 《무릉기(武陵記)》에 따르면 무릉현(武陵縣) 동쪽에 호두산(壺頭山)이 있는데, 여기에 마원이 굴을 파고 살았던 곳이 있다고 했다. 또 그 안에는 커다란 뱀이 있는데, 사람들은 그것을 마원이 남기고 간 신령한 존재라고 여겼다고 한다.

97 양호(羊祜: 221~278, 자는 숙자[叔子])는 서진(西晉)의 개국공신이다. 《십도지(十道志)》에는 다음과 같은 기록이 있다. 양호가 자신의 시종 추담(鄒湛)과 함께 현산(峴山)에 올랐다가 눈물을 흘리며 탄식했다. 즉 우주가 생긴 이래 수많은 인사가 우리처럼 이 산을 올랐는데, 이제 모두 죽어 사라졌다. 이런 생각을 하면 슬퍼지지 않을 수 없다. 그러니 자신도 백 년 뒤에 혼백이 되어 이 산을 오를 것이라고 했다. 이에 추담은 양호의 덕이 천하의 으뜸이고 도량이 옛 현인들과 같으니 그 명망이 이 산과 더불어 오래도록 지속될 것이며, 양호가 말한 것처럼 덧없이 스러질 이들은 자신 같은 무리일 뿐이라고 위로했다.

98 《하도(河圖)》에 따르면 소실산(少室山)에는 백옥고(白玉膏)가 있는데, 그걸 복용하면 신선이 될 수 있다고 했다.

99 《박물지(博物志)》에 따르면 동정호(洞庭湖)의 군산(君山)에는 요(堯) 임금

또한 적안산(赤岸山)에서 아침노을을 바라보고,¹⁰⁰ 곡성산(穀城山)에서 황석(黃石)에게 축원했지.¹⁰¹

양기산(陽岐山)은 가져다 기록할 수 있었지만,¹⁰² 북망산(北邙

의 두 딸이 살고 있으니 바로 상부인(湘夫人)이라고 했다. 또《형주도경(荊州圖經)》에는 다음과 같은 이야기가 수록되어 있다. 이 산은 상군(湘君)이 노닐던 곳이기 때문에 군산(君山)이라고 부른다. 이곳에는 오(吳) 땅의 포산(包山)과 통하는 은밀한 길이 있고, 거기서 나는 훌륭한 술을 마시면 불로장생할 수 있다고 했다. 이에 한나라 무제(武帝)가 이레 동안 제사를 지내고 나서 수십 명의 남녀를 군산으로 보내 그 술을 얻었다. 무제가 그걸 마시려 하자 동방삭(東方朔)이 "제가 그 술에 대해 잘 아니 한 번 살펴보겠습니다." 하고는 꿀꺽 마셔버렸다. 무제가 그를 죽이려 하자 그가 말했다. "제가 죽으면 이 술이 효험이 없는 것이고, 만약 효험이 있다면 저를 죽이려 해도 죽지 않을 것입니다." 이에 무제가 그를 용서해 주었다.

100 《남연주기(南兗州記)》에 따르면 과보산(瓜步山)에서 동쪽으로 5리 떨어진 곳에 적안산(赤岸山)이 있다고 했다.

101 《사기》〈유후세가(留侯世家)〉에는 장량(張良)이 하비(下邳)의 흙으로 만든 다리 위를 거닐다가 황석공(黃石公)을 만나《태공병법(太公兵法)》을 전수받은 이야기가 기록되어 있다. 그리고 황석공은 제북(濟北) 곡성산(穀城山) 아래 있는 황석(黃石)이 바로 자신이라고 하면서, 장량에게 13년 후에 만나러 오라고 했다. 이후 장량은 그 돌을 얻고 보배로 삼아 사당을 지어 모셨고, 자신이 죽은 뒤에는 그 돌과 함께 묻혔다. 이에 사람들은 사당을 지어 절기마다 항상 제사를 올렸다고 한다.

102 《태평어람》권49〈지부〉14에 인용된《형주기》에 따르면, 석수현(石首縣)의 양기산(陽岐山)에는 특산물이 없어서 기록할 만한 가치가 없다고 했다. 그런데 범왕(范汪: 308?~372, 자는 현평[玄平])의 기록에는, "옛날 어른들이 전하는 말에 의하면, 동한 말엽의 대신 호광(胡廣: 91~172, 자는 백시[伯始])이 자신의 고향에는 산이 없어서 이 산을 가져다가 관리들이 호구(戶口)와 부세(賦稅), 인사(人事) 등을 기록하는 장부인 계해부(計偕簿)에 실었다."라고 했다.

山)을 어찌 평탄하게 만들 수 있었겠는가![103]

진음산(陳音山)은 그 사람 때문에 이름이 붙었고,[104] 장승(張嶸)
은 산 이름 때문에 이름을 얻었지.[105]

구름이 궁궐 모양을 이루기도 하고,[106] 효릉(崤陵)에서 비바람
을 피하기도 했지.[107]

---

103 《삼국지》〈위서(魏書)〉에 따르면 명제(明帝)가 북망산(北邙山)을 깎아 평
평하게 만들고 그 위에 관망대를 세우면 맹진(孟津)이 한눈에 보일 거라
고 하자, 신비(辛毗: ?~235, 자는 좌치[佐治], 시호는 수후[肅侯])가 자연을 인
공적으로 바꾸는 것은 순리에 어긋날 뿐만 아니라 백성들에게 쓸데없는
노역을 시키는 일이므로 재고하라고 간언했다. 이에 명제도 그런 생각
을 포기했다고 한다.

104 《회계기(會稽記)》에 따르면 옛날에 활을 잘 쏘는 진음(陳音)이라는 이가
있어서, 월(越)나라 왕이 병사들을 선발하여 북쪽 교외에서 그에게 궁술
을 배우게 했다고 한다. 이후 진음은 죽어서 그곳에 묻혔는데, 무덤의
벽에 말을 타고 활을 쏘는 모습을 그려놓았다. 그리고 그의 이름을 따라
그 산에 이름을 붙였다고 한다.

105 《태평어람》 권171 〈주군부(州郡部)〉 17 "강남도하(江南道下)"에 인용된
《남사(南史)》에 따르면, 장직(張稷: 자는 공교[公喬])이 섬현(剡縣)의 현령
이 되어 승정(嵊亭)에 이르렀을 때 아들을 낳아서, 그곳 지명을 따라 아
들의 이름을 승(嵊)이라고 지었으며, 장승(張嵊)의 자(字)는 사산(四山)이
라고 했다.

106 원숭(袁崧)의 《후한서(後漢書)》에 따르면 광무제(光武帝)가 태산에서 봉
선(封禪) 의식을 올리자 구름이 궁궐 모양을 이루었다고 한다.

107 《좌전》〈희공(僖公) 32년〉에는 다음과 같은 기록이 있다. 진(秦)나라 목
공(穆公)이 백리시(百里視: 자는 맹명[孟明]) 등에게 동문(東門) 밖에서 군
대를 이끌고 출정하게 했다. 당시 건숙(蹇叔)의 아들도 그 군대에 참여했
는데, 그가 아들을 전송할 때 통곡하며 이렇게 말했다. "진(晉)나라 군대
는 반드시 효(崤)에서 방어할 것이다. 효에는 두 개의 언덕이 있는데, 개

소실산에는 등선대(登仙臺)가 있고,[108] 구곡산(句曲山)은 복된 화양동천(華陽洞天)이라고 불렸지.[109]

연연산(燕然山)에서는 비석을 새겼고,[110] 기련산(祁連山)을 본떠서 무덤을 만들었지.[111]

공훈이 빛나는 곳도 있고, 신령한 신선들이 중시하는 곳도 있었지.

빼어나도다, 여산(驪山)이여! 영웅들의 각축 속에서 우뚝 섰구나![112]

중에 남쪽에 있는 것이 하(夏)나라 군주 고(皐)의 무덤이고, 북쪽에 있는 것은 문왕(文王)이 비바람을 피했던 곳이다. 죽더라도 그 근처에 있으면 내가 네 유골을 수습하마!"

108 《술정기(述征記)》에 따르면 소실산(少室山)에는 신령한 약초가 많은데, 한나라 무제(武帝)가 그곳에 등선대(登仙臺)를 지었다고 했다.

109 《모군내전(茅君內傳)》에 따르면 모산(茅山)은 구곡산(句曲山)이라고도 부르는데, 진(秦)나라 때는 그곳을 화양동천(華陽洞天)이라고 불렸다고 한다.

110 《후한서》에 따르면 두헌(竇憲: ?~92, 자는 백도[伯度])이 계락산(稽落山)에서 선우(單于)와 전투를 벌여 대승을 거두었는데, 이후 연연산(燕然山)에 올라 비석을 세우면서 반고(班固)에게 명문(銘文)을 짓게 했다고 한다.

111 한나라 때 곽거병(霍去病: 기원전 140~기원전 117)이 표기장군(驃騎將軍)의 신분으로 흉노를 격파하고, 기련산(祁連山)에 이르러 적군 3만 명의 목을 베고 흉노의 왕족부터 재상, 장수들을 포함하여 63명의 포로를 붙잡았다. 곽거병이 죽자 무제(武帝)가 그를 애도하여 속국(屬國)의 철갑군(鐵甲軍)을 뽑아 장안(長安)에서부터 무릉(茂陵)에 조성된 그의 무덤까지 늘어서게 했고, 또 무덤의 모양도 기련산의 모습을 본떠서 만들게 했다.

112 원작에는 이 구절이 없는데, 이 소설의 작자가 인용하면서 끼워 넣었다.

지나자면 몸에 열이 나고, 경유하자면 머리가 아프거늘[113]

부질없이 오랑캐 때문에 속을 썩이지만, 재물에는 아무 도움
이 되지 않았지.

天孫日觀, 終南太一.

蓬萊九氣, 崑崙五色.

天台赤城, 龍門積石.

訪至道於崆峒, 識神人於姑射.

江郞之一子還家, 林慮之雙童不食.

節彼南山, 始於一拳.

庋懸之祭, 配林是先.

故梁爲晉望, 而岷實江源.

聳香爐之秀出, 抗射的之高懸.

至若觸石吐雲, 含澤布氣.

鳴陳倉之寶鷄, 翔淳于之白雉.

旣含情於度木, 亦遊心於覆簣.

登宛委而得書, 出器車而表瑞.

黃帝之遊具茨, 夏王之登會稽.

---

113 《한서》 권96 〈서역전(西域傳)〉에 따르면 두흠(杜欽: ?~?, 자는 자하[子夏])
이 대장군 왕봉(王鳳)에게 계빈국(罽賓國)의 사신을 전송할 필요가 없다
고 얘기하면서, 그 나라로 가는 길에 대두통산(大頭痛山)과 소두통산(小
頭痛山), 적토(赤土), 신열판(身熱阪) 등이 있어, 그곳을 지나는 사람뿐만
아니라 나귀나 가축들까지도 몸에 열이 나고 얼굴에 핏기가 없어지며
두통과 구토를 일으킨다고 했다.

爾其探禹穴, 紀秦功.

或形標九子, 或禮視三公.

着屐嘗聞於靈運, 朽壤曾詢於伯宗.

至若汶爲天井, 岐爲地乳.

維應桐柏, 畢連鳥鼠.

嘉無恤之臨代, 美仲尼之小魯.

或形類冠幘, 或狀同枹鼓.

感叱馭之忠臣, 識擣衣之玉女.

懸圃嘗留於穆滿, 疏屬曾拘於貳負.

則有石帆孤出, 砥柱分流.

巨靈之擘太華, 共工之觸不周.

秦望則金簡玉書, 靈秘之所潛隱.

羅浮則璿房瓊室, 神仙之所嬉遊.

又聞嬴政曾驅, 愚公欲徙.

覿修羊於華陰, 見王喬於緱氏.

指闕遠屬於牛頭, 積甲搖齊於熊耳.

至有群玉册府, 崑崙下都.

洞臺灊霍, 員嶠方壺.

觸百神者帝臺, 迎四皓者高車.

及夫瞻掛鶴之悠揚, 望盤龍之宛轉.

聞蘇門之淸嘯, 訪酉陽之逸典.

詠于言之飮宿, 紀云亭之封禪.

亦有蘭巖唳鶴, 金華叱羊.

再成三襲, 朝陽夕陽.

桂陽話石, 吳宮彩香.

凛冽而風門激吹, 晶熒而火井揚光.

至其戴石爲砠, 多草爲岵.

摘天柱之仙桃, 采華容之雲母.

尋謝敷之紫石, 訪桓溫之白綻.

駭媧宮之臺榭, 識仇池之樓櫓.

亦有烏龍白騎, 紫蓋青泥.

羊腸鳥翮, 馬鞍牛脾.

猿門聳拔, 雁塞逶迤.

仙翁種玉, 烈女磨笄.

言聽蔡誕, 約信安期.

見祝融之降崇, 聞鷺鶯之鳴岐.

復聞馬援壺頭, 羊公峴首.

挹少室之石膏, 飲洞庭之美酒.

又若望朝霞於赤岸, 祝黃石於穀城.

雖陽岐之能買, 豈北邙之可平.

陳音以之而立號, 張嶸因之而得名.

雲氣或成於宮闕, 風雨曾避於崤陵.

與夫少室登仙之臺, 句曲華陽之洞.

燕然勒銘, 祁連作冢.

或功伐攸彰, 或靈仙所重.

卓哉驪山, 稱雄禹貢.

若過之而身熱, 經之而頭痛.
徒爲患於蠻貊, 而無資於財用.

왕 신녀는 한참 동안 그 경치에 빠져 구경하고 있다가 갑자기 이런 생각이 들었다.

'아참! 내가 사부님 목숨을 구하러 왔는데, 두보(杜甫)가 봄나들이하듯이 느긋해서는 안 되지!'

그녀는 즉시 향 하나를 들고 조사의 명호(名號)를 중얼거리며 세 걸음마다 한 번씩 절을 올리며 산을 올라갔다. 그런데 해가 뜨기 시작할 무렵부터 절을 올리기 시작해서 해가 기울 무렵까지 그렇게 했지만, 도무지 조사를 만날 낌새가 보이지 않았다. 그래서 그때부터 다시 절을 올리기 시작해서 이튿날 날이 밝을 때까지 계속하다 보니 비로소 붉은 대문이 하나 보였다.

'여긴 그래도 신선의 집 같은 분위기가 느껴지는구나.'

그녀가 고개를 들어 살펴보니 대문 위에 '벽운동(碧雲洞)'이라는 글씨가 새겨진 작은 현판이 세로로 걸려 있었다. 그녀는 그제야 이곳이 하늘나라에서도 둘도 없는 가장 훌륭한 곳인 줄 알고, 풀썩 엎어져서 그저 하염없이 절을 올렸다. 무릎을 꿇은 채 조사의 명호를 외치며 수만 번 머리를 조아렸다. 그러자 잠시 후 조그마한 계집아이가 걸어 나오면서 중얼거리는 소리가 들렸다.

"어디서 살아 있는 인간의 냄새가 나지?"

왕 신녀가 사람의 말소리를 듣고 너무 기뻐서 고개를 들고 쳐다

보니 푸른 옷을 입은 어린 도동(道童)이었다. 그녀는 일어서서 그 도동에게 절을 하며 말했다.

"말씀 좀 여쭙겠습니다."

"뭔데요?"

"여기가 만리여산이 맞나요?"

"세상에 유일무이한 게 바로 이 여산이지요."

"저 안에 세상을 다스리는 조사님이 계시나요?"

"반고 이래로 여기 말고 어디에 또 세상을 다스리는 조사가 두 명이나 있을 수 있겠어요? 그런데 우리 조사님에 대해서는 왜 묻는 건가요?"

"저는 갑룡산 비룡동에 계시는 화모원군(火母元君)의 심부름으로 왔습니다."

"무슨 일인데요?"

"여기 계신 조사님께 산 아래에 한 번 다녀와 주십사고 말씀드리려고요."

"무슨 일 때문인데요?"

"지금 그분이 바리때 갇혀 계시는지라, 조사님께서 좀 구해 주셨으면 해서요."

"그분이 우리 조사님하고 무슨 관계인데 그런 부탁을 하는 건가요?"

"그분은 여기 조사님의 제일 큰 제자입니다."

"무슨 말도 안 되는 소리에요? 우리 조사님께는 두 분의 제자만

69

있는데 첫째 분은 금련도장(金蓮道長)이시고, 둘째 분은 은련도장
(白蓮道長)이셔요. 갑룡산 비룡동인지 어딘지 산다는 화모라는 제
자의 이름은 들어 본 적도 없어요."

"제가 갑룡산에서 여기까지 십사만 리가 넘는 길을 왔는데, 어떻
게 잘못 알고 왔겠어요!"

"댁이야 제대로 찾아오셨는지 모르지만, 우리 조사님께는 그런
제자가 없어요."

"있어요."

"없다니까요!"

그 말이 끝나기도 전에 붉은 옷을 입은 도동이 걸어 나왔다. 왕
신녀가 황급히 인사를 하자 그 도동도 답례하고 물었다.

"무슨 일로 오셨는지요?"

"저는 갑룡산 비룡동에 계시는 화모원군의 심부름으로 왔습니다."

그러자 푸른 옷을 입은 도동이 말했다.

"이분 말씀이 화모라는 분이 우리 조사님의 큰 제자라는데, 네
생각에 그런 제자가 있는 거 같아?"

"우리가 어찌 알겠어?"

"어째서?"

"우리는 여기 온 지 칠팔백 년밖에 되지 않았으니, 그쪽의 전후
사정은 모르잖아."

"그렇다면 두 분께서 들어가 말씀 좀 전해 주십시오."

푸른 옷을 입은 도동이 말했다.

"우리는 댁이 어떤 사람인지도 모르는데, 왜 쟤하고 말을 섞어서 여기에 서 있게 만드는 거예요? 혹시 쟤한테 불결한 거라도 조금 묻었다가 나중에 조사님께서 알게 되신다면, 누구한테 잘못을 돌리겠어요?"

그는 화를 내면서 두 손으로 왕 신녀를 밀면서 말했다.

"가요! 어서 가라고요! 괜히 여기서 얼쩡대지 말라고요!"

왕 신녀가 한사코 돌아가려 하지 않자 붉은 옷을 입은 도동이 말했다.

"여기서는 우리 조사님과 같은 배분이거나 그 바로 아래 배분이라면 왕래할 때 명첩(名帖)을 제시해야 하는 규칙이 있어요. 그보다 더 아래 배분이라면 명첩을 제시하지 못하고 직접 뵙고 말씀드려야 하지요. 당신은 오늘 명첩도 제시하지 않고 직접 말씀드리지도 못하는데, 우리더러 안에다가 뭐라고 알리라는 건가요? 차라리 다시 돌아가서 자세히 알아보고 오셔요."

그 말을 듣자 왕 신녀가 속으로 생각했다.

'신선의 몸을 빌려서도 오는 데에 며칠이 걸렸는데, 이렇게 돌아가면 언제 또 온단 말이야? 그러다간 사부님께서 돌아가시고 말 거야!'

순식간에 걱정에 휩싸인 그녀는 자기도 모르게 대성통곡을 터뜨렸다. 그 소리에 깜짝 놀란 조사가 금련도장을 불러서 무슨 일인지 알아보라고 분부했다. 이에 금련도장이 밖으로 나와 왕 신녀에게 자세한 사정을 물어보고 다시 돌아가 사부에게 보고했다. 그의 사부가 고개를 두어 번 끄덕이자 금련도장이 물었다.

"화모는 언제 들이신 제자입니까?"

"내가 화로에서 천지를 두드려 만들 때 그 아이가 여기서 화롯불을 담당했는데, 그때는 화동(火童)이라고 불렀다. 그러다가 내 선단(仙丹)을 훔쳐 먹어서 벌을 주려 했더니 도망쳐 버렸지. 나중에 누가 그러는데 갑룡산 화룡동에서 수행하고 있다고 하던데, 어쩌다가 지금 이렇게 공연한 재앙을 불러일으켰는지 모르겠구나."

"제가 그렇게 얘기하고 돌려보내겠습니다."

"아니다. 이렇게 먼 길을 찾아온 것은 부탁할 게 있어서가 아니더냐? 게다가 그 화동은 내 문하에서 수만 년 동안 있었다. 여태 아직 무슨 훌륭한 신선은 되지 못했지만, 그래도 평범한 인간의 몸에서 벗어나 신선의 경지에 발을 들여놓아서 중팔동(中八洞)에 들어갈 정도는 되었다. 그런데 어떻게 한낱 중의 바리때에 갇혔는지 모르겠구나. 어디 어찌 된 일인지 한 번 점을 쳐 보자꾸나."

그리고 잠시 점을 쳐 보더니 조사도 깜짝 놀랐다. 그걸 보고 금련도장이 물었다.

"사부님, 왜 그러십니까?"

"알고 보니 이 중은 바로 삼천 부처들의 우두머리이자 만대(萬代) 선사(禪師)들을 이끄는 연등고불이 인간의 몸을 빌려 태어난 존재로구나. 그 아이가 어쩌다가 이런 굉장한 이를 적으로 삼게 되었는지 모르겠구나."

"상대가 그런 존재라면 사부님께서도 괜히 관여하실 필요가 없을 듯합니다."

"그래도 저 아이가 나를 찾아왔으니 몇 마디 얘기라도 들려주어서 원업(冤業)을 벗게 해 주어야 하지 않겠느냐?"

"그럼 제가 가서 불러오겠습니다."

"그 아이는 범속한 인간이니 몸이 불결할 수도 있겠다. 차라리 내가 직접 나가서 얘기하는 게 낫겠구나."

그렇게 말하고 조사는 정말로 밖으로 걸어 나갔으니, 그야말로 이런 모습이었다.[114]

瑤草迷行徑	기화요초가 오솔길을 가리고
丹臺近赤城	단대(丹臺)는 적성(赤城) 가까이 있구나.
山川遙在望	산천은 아득히 멀리 바라보이고
鷄犬不聞聲	닭 울음 개 짖는 소리 들리지 않는다.
谷靜松花落	고요한 계곡에 송화가 떨어지고
橋橫澗水鳴	걸쳐놓은 다리에서 계곡물이 울어 댄다.
移來隻鶴影	한 마리 학의 그림자 다가오더니
只聽紫雲笙	그저 자줏빛 구름 속에서 생황 소리만 들리는구나.

114 인용된 시는 명나라 때 주침(周忱: 1381~1453, 자는 순여[恂如], 호는 쌍애[雙崖])의 〈천태산 이 도사를 찾아가 재를 올리다[尋天台李道士齋]〉인데, 인용할 때 중간에 몇 글자를 바꿔 놓았다. 본 번역에서는 이것들을 원작에 맞추어 교감해 번역했지만, 마지막 두 구절은 작자가 인용하면서 의도적으로 고친 것으로 판단해서 그대로 둔다. 원작에서 이 두 구절은 다음과 같이 되어 있다. "구름 사이로 쌍쌍이 학이 내려오니, 자란의 생황소리 들리는 듯하네.[雲間雙鶴下, 疑聽紫鸞笙.]"

왕 신녀는 조사가 동굴 입구로 나오자, 황급히 무릎을 꿇고 머리를 몇 번 조아렸다. 조사가 물었다.

"어디서 온 누구인가?"

"서우하주 자바 왕국의 사령관 교해건의 아내 왕 신녀이옵니다."

"화모가 어떻게 그대를 보냈는가?"

"제가 그분의 제자이기 때문이옵니다."

"그대의 사부는 어쩌다가 명나라의 스님과 싸우게 되었는가?"

"명나라의 김벽봉이라는 중이 백만 명의 정예병을 이끌고 자바 왕국에 와서 노략질하는지라, 저희 사부님께서 무고하게 재난을 당한 이 나라 백성들을 불쌍히 여기셔서 그 중과 싸우게 되었사옵니다. 그런데 뜻밖에 그자의 자그마한 바리때에 그만 갇히고 말았사옵니다. 저희 사부님의 목숨이 경각에 달려 있지만, 어쩔 방법이 없어서 저더러 조사님을 모시고 오라고 하셨습니다. 이는 제 사부님의 목숨을 구하는 일일뿐만 아니라 우리나라 백성들을 재난에서 구하는 일이오니, 부디 조사님께서 자비로운 마음으로 큰 아량을 베풀어 주시옵소서. 그 또한 조사님의 한없는 공덕을 쌓는 일이 될 것이옵니다."

"일어나라. 돌려보내기 전에 내 너에게 몇 마디 해 줄 말이 있구나."

그가 왕 신녀에게 무슨 말을 했는지는 다음 회를 보시라.

화모는 여산노모에게 도움을 청하고
여산노모는 태화산 진단노조에게 도움을 청하다

火母求驪山老母 老母求太華陳摶

驪山一老母	여산의 늙은 선녀[1]
頭戴蓮花巾	연꽃 모양의 두건 썼네.
霓裳不濕雨	무지개로 만든 치마는 비에 젖지 않아
特異陽臺神	양대(陽臺)의 선녀[2]와는 아주 다르다네.
足下遠遊履	발에는 원유리(遠遊履)를 신고
凌波生素塵	물결 건널 때 하얀 먼지 피어나는구나.
尋儔向南嶽	신선 찾아 형산(衡山)으로 향하나니

---

1 인용된 시는 이백(李白)의 〈강가에서 형산(衡山)으로 여행을 떠나는 여도사 저삼을 전송하며[江上送女道士褚三淸遊南嶽]〉에서 첫 구절을 변형한 것이다. 원작의 첫 구절은 "吳江女道士"라고 했다. 이 외에도 인용자가 중간의 몇 글자를 바꿔 놓은 것이 있지만, 본 번역에서는 원작에 맞게 교감하여 번역했다.

2 '양대(陽臺)의 선녀'는 송옥(宋玉)의 〈고당부(高唐賦)〉에 언급된 무산신녀(巫山神女)를 가리킨다.

應見魏夫人　　　　　응당 위부인(魏夫人)³을 만나리라.

그러니까 여산노모가 왕 신녀에게 말했다.

"일어나라. 돌려보내기 전에 내 너에게 몇 마디 해 줄 말이 있구나."

"경청하겠나이다."

"돌아가서 네 사부에게 전하여라.

'너는 출가한 몸으로서 이미 삼계(三界)의 밖으로 벗어나 오행(五行) 속에 있지 않거늘, 어찌하여 산속에서 심성을 수련하지 않고 인간 세계에 가서 쓸데없는 일을 벌이느냐? 옛날 성인 말씀에 하늘이 일으킨 재앙은 그래도 피할 수 있지만, 자신이 재앙을 저지르면 살아남을 수 없다고 했느니라. 이는 네 스스로 죄를 지은 것이니, 다른 사람이 관여할 수 없다.'

이렇게 말이다."

"조사님, 제 사부님의 목숨이 경각에 달려 있사오니, 부디 이를

---

3 위부인(魏夫人: 252~334)은 서진(西晉) 때 사도(司徒)를 지낸 위서(魏舒)의 딸로서, 이름은 화존(華存)이고 자는 현안(賢安)이다. 도교 상청파(上淸派)의 시조(始祖)로 알려진 그녀는 《황정외경경(黃庭外景經)》(3권)을 편찬했다고 한다. 전설에 따르면 그녀는 남편 유문(劉文, 자는 유언[幼彦])과 별거한 지 석 달 만에 청허진인(淸虛眞人) 왕포(王褒)를 비롯한 여러 신선의 방문을 받아 《상청진경(上淸眞經)》 32권을 전수받았다고 한다. 또 《태평광기》 권58에 인용된 《집선록(集仙錄)》에 따르면 그녀는 태을현선(太乙玄仙)이 수레를 보내 맞이해 가려 하자 검(劍)에 몸을 싣고 신선으로 변해서 하늘나라로 올라갔으며, 자허원군(紫虛元君)에 봉해졌다고 한다.

불쌍히 여기시어 구해 주시기 바랍니다."

"내가 조금 전에 점을 쳐 보니, 네 사부의 운명에 백 일 동안의 재난이 깃들어 있더구나. 그 기한이 지나면 자연히 바리때에서 벗어나게 될 것이니라. 게다가 그 승려 역시 보통 중이 아니니, 절대 네 사부의 목숨을 해치지 않을 것이다."

왕 신녀는 조사가 하산하지 않으려 한다는 것을 알고 속으로 생각했다.

'장수를 부리는 데에는 격장지계(激將之計)가 최고지. 그러니 몇 마디 찔러 보고 어찌 나오는지 보자.'

이런 속셈으로 그녀가 말했다.

"조사님, 하산하지 않으시는 거야 괜찮지만, 그러면 그 중의 계략에 걸려드는 것이옵니다."

"그게 무슨 말인가?"

"제 사부님께서 그 바리때에 갇혀 그 중이 놓아주기만을 기다리고 계시지만, 그 중은 놓아줄 생각이 없습니다. 제 사부님께서 '나를 놓아주지 않으면 나중에 내 조사님을 모셔 와서 네게 빚을 받아내시게 하겠다.' 하고 말씀하시니까 그 중이 '네 조사가 누구냐?' 하고 물었습니다. 제 사부님께서 여산에서 세상을 다스리시는 조사님이라고 하자, 그 중이 오히려 껄껄 웃으며 이렇게 말했습니다.

'그 조사라고 하더라도 우리 불가(佛家)에는 앞자리를 양보해야 한다. 네가 그를 데려온다면 내가 당장 겨뤄 보마. 그 조사가 감히

올 수 있을 것 같더냐? 절대 나를 건들지 못할 거야!'

그러니 지금 조사님께서 하산하시지 않는다면 그자의 계략에 걸려드는 게 아닙니까?"

그 말에 여산노모가 진노하여 말했다.

"우리가 있어서 천지 세계가 열렸고, 그런 뒤에 그들의 불교가 생겨났거늘, 어찌 감히 그렇게 나를 무시한단 말이냐! 얘야, 먼저 가도록 해라. 내 당장 따라가마. 그 중놈을 사로잡기 전에는 절대 돌아오지 않겠다!"

이야말로 말 한마디에 나라를 일으키고 망하게 하는 격이었다. 그렇게 몇 마디 말로 세상을 다스리는 여산노모의 감정을 자극하는 데에 성공한 왕 신녀는 기뻐 어쩔 줄 몰라 하며 머리를 몇 번 조아린 다음, 상서로운 구름을 타고 산을 내려갔다. 여산노모는 즉시 금련도장과 백련도장을 부르고 또 독각금정수(獨角金精獸)와 일단의 신선 병사들 및 장수들을 거느린 채 상서로운 구름을 타고 동부(洞府)를 떠나 자바 왕국으로 달려갔다. 그런데 절반쯤 갔을 때 여산노모는 얼굴을 스치는 찬바람을 느꼈다.

"아직 여름인데 어떻게 이런 찬바람이 불지?"

금련도장이 말했다.

"찬바람 문제가 아닙니다. 이곳은 한빙령(寒氷嶺) 적설애(積雪崖)라는 곳으로서 냉기가 스며드니까, 마치 찬바람이 얼굴을 스치는 듯한 기분이 드는 것입니다."

"잠깐 멈추도록 해라."

노모가 즉시 구름을 내려 한빙령 적설애로 가서 살펴보니 한빙령은 이런 모습이었다.

天入鴻蒙銀笋出	홍몽(鴻濛)의 하늘로 은색 죽순 솟아나고
山搖鱗甲玉龍高	산에는 비늘 흔들며 옥룡이 높이 오르는 듯하구나.
臺前暖日今何在	누대 앞의 따뜻한 햇볕 지금은 어디 있나?
冷氣侵人快似刀	냉기가 칼날처럼 빠르게 몸을 파고드는구나!

또 적설애는 이런 모습이었다.

凹處平來凸處高	움푹한 곳은 평평하고 볼록한 곳은 높기만 하니
憑誰堆積恁堅牢	뉘라서 이토록 견고한 우리를 쌓아 놓았는가?
橫拖粉筆侵雙鬢	분필 함부로 그어 양쪽 귀밑머리까지 물들이고
暗領寒鋒削布袍	은밀히 차가운 칼날로 도포를 자르는구나!

여산노모는 잠시 그렇게 서 있더니 감탄을 터뜨렸다.

"정말 마음까지 서늘하구나!"

말주변 좋은 금련도장이 그 기회를 틈타 얘기했다.

"예전에는 사부님 성격이 불같으셔서 제가 감히 말을 못 했는데,

이제 마음까지 서늘하시다니 한 가지 드릴 말씀이 있습니다."

"무슨 말이냐?"

"이번 길은 사부님께서 그 아이의 허무맹랑한 말에 넘어가셔서 나서신 것이라, 삼교(三敎) 가운데 체면을 잃을 수도 있습니다."

"얘야, 네 말도 일리가 있다. 하지만 이 일은 조금 다르다. 화동은 내 제자이니 구해 줘야 하지 않겠느냐? 게다가 내 이미 그 아이한테 약속했으니, 설령 그 아이가 거짓말을 했다 한들 어찌 나까지 식언을 하겠느냐? 그러니 갈 수밖에 없구나."

"제 생각에는 하늘 병사들은 여기에 주둔시켜 놓고, 사부님하고 저희 제자들만 가서 그 바리때가 얼마나 신통한지 살펴보는 것이 좋겠습니다. 쉽게 들 수 있다면 저희가 그냥 하면 되고, 그렇지 않다면 그 승려더러 직접 하라고 하는 것이 양쪽의 체면을 모두 살리는 길이 아닐까 싶습니다. 그리고 그 승려가 무슨 말을 하면, 그때 대책을 마련하더라도 늦지 않을 것입니다."

"그 말도 맞다. 그럼 하늘 장수들은 모두 여기에 두도록 하자. 내 허락이 없이는 절대 함부로 움직이지 말도록 단단히 일러 두어라."

이렇게 해서 여산노모는 독각금정수와 두 제자만 데리고 상서로운 구름을 몰아 자바 왕국으로 갔다. 그때는 이미 삼경 무렵이었는데, 여산노모가 구름 위에서 소리쳤다.

"화동아, 어디 있느냐?"

바리때 안에 있던 화모가 사부의 목소리를 듣자 무척 기뻐하며 황급히 대답했다.

"사부님, 여기 있습니다!"

여산노모가 내려와 살펴보니 조그마한 황동 바리때가 땅 위에 엎어져 있었다.

"이게 뭐기에 이다지도 엄청나다는 말이냐!"

금련도장이 말했다.

"제가 한번 들어보겠습니다."

"어디, 해 봐라."

금련도장은 별거 아니라 생각하고 한 손으로 들려고 했다. 하지만 이상하게도 바리때가 꼼짝도 하지 않아서, 두 손으로 해 보려 했으나 역시 마찬가지였다. 백련도장까지 가세해서 네 개의 손으로 힘을 써 봐도 소용이 없었다. 화모가 안에서 소리쳤다.

"여러분이 밖에서 들면 제가 안에서 머리로 밀어 올리겠습니다. 양쪽에서 일제히 힘을 쓰면 들어 올릴 수 있을 겁니다."

그러자 금련도장과 백련도장이 "그럽시다!" 하고 셋이서 함께 힘을 써 보았지만 아무 소용이 없었다. 이를 보고 여산노모가 말했다.

"이건 불가의 보물이니 우습게 보지 마라!"

금련도장이 말했다.

"바리때는 불가의 보물에 지나지 않고, 사부님은 도가의 도사이시니 신통력을 발휘하여 화동을 구해 주십시오."

"그러자꾸나."

여산노모는 얼른 다가가서 두 손을 진흙에 꽂아 넣고 잠시 주문을 외고 나서 소리쳤다.

"대력귀왕(大力鬼王), 힘을 보태도록 하라!"

그러자 두 손으로 십만 팔천 근의 무게를 들어 올리는 힘을 지닌 대력귀왕이 여산노모와 함께 온 힘을 다해 바리때를 들어 올렸다. 하지만 이번에도 바리때는 꼼짝도 하지 않았다.

화가 치민 여산노모가 소리쳤다.

"독각수는 어디 있느냐?"

이 독각수는 원래 수미산(須彌山)에 살던 해치[獬]인데, 생김새는 양과 닮았지만 키가 열 길이 넘고, 몸길이도 세 길이 넘으며, 황금 빛으로 번쩍이는 두 눈은 마치 홍사등(紅絲燈) 같고, 이마에는 신령한 창과 같은 외뿔이 나 있었다. 그놈은 오로지 호랑이와 표범, 사자, 코끼리, 백택(白澤),[4] 기린 같은 것만 잡아먹었고 노루나 토끼, 사슴 따위는 죄다 간식거리에 지나지 않았다. 한 번은 그놈이 위력을 발휘하자 수미산이 절반이나 무너져 버렸다. 그런데 세상을 다스리는 여산노모가 반고를 낳고 하늘과 땅, 인간이 나타나게 된 뒤에, 그놈이 세계를 모두 잡아먹어 버릴까 염려하여 몸소 수미산으로 가서 거둬들였던 것이다. 그놈은 여산노모와 오랜 세월을 함께하면서 사나운 야성을 거두었고, 짐승의 탈을 벗고 적당한 키의 사

---

4 백택(白澤)은 곤륜산(崑崙山)에 산다는 전설적인 동물이다. 온몸이 하얗고 사람의 말을 할 줄 알며 만물의 정(情)을 이해한다는 이 동물은 천하를 다스릴 성인이 나타나면 문서를 받들고 나타나서 바친다고 했다. 이 동물은 또 흉험한 재앙을 복으로 바꾸는 능력을 지니고 있다고 하며, 전설에 따르면 황제(黃帝)가 천하를 순수(巡狩)할 때 바닷가에서 만난 적이 있어서 그것을 그림으로 그려놓았다고 한다.

내 모습으로 변하여 나름대로 조원(朝元)[5]의 정과를 이루었다. 다만 그 뿔은 여전히 남아 있었지만 원래처럼 그렇게 길지는 않았고, 힘도 여전히 남아 있었지만 원래처럼 그렇게 거칠지는 않았다. 여산노모는 그를 독각금정수라고 부르며 항상 곁에 두었는데, 급한 일이 있을 때면 그가 나서서 처리했고, 환난이 닥치면 도와주었다.

어쨌든 여산노모가 부르자 독각금정수가 대답했다.

"여기 있습니다!"

"나를 도와서 이 바리때를 들어 올리도록 해라."

"주인님, 노기를 거두십시오. 제 힘이면 수미산도 절반을 무너뜨리는데, 이깟 조그마한 바리때쯤이야 들지 못하겠습니까?"

그러더니 그가 얼른 다가서서 호통을 쳤다.

"이놈! 네까짓 게 무슨 신통력이 있다고 감히 이렇게 멋대로 구느냐!"

그러면서 그는 바리때를 향해 손바닥을 휘두르며 단번에 뒤집히리라 생각했다. 하지만 그의 손바닥에 맞은 바리때가 즉시 찬란한 금빛과 함께 수많은 불꽃을 피워 내는 바람에 독각금정수는 손바닥을 데고 말았다. 물론 바리때는 여전히 꿈쩍도 하지 않았다. 이야말로 잠자리가 돌기둥을 들이받는 격으로, 들이받을수록 돌기둥이 단단하다는 것을 실감할 뿐이었다.

그렇게 밤새 난리를 피우다 보니 어느새 날이 밝아오고 있었다.

---

5 오기조원(五炁朝元)을 가리킨다. 이것은 도가에서 양생(養生)을 통해 오장(五臟)의 정기(精氣)가 황정(黃庭) 즉 배꼽[臍]의 빈 곳으로 모인 상태라고 한다.

이때 왕 신녀가 달려와 땅바닥에 방아를 찧듯 머리를 조아리며 한 없이 감사했다. 그러자 여산노모가 말했다.

"나는 그저 네 사부를 위해 이 먼 길을 왔다. 그런데 이 바리때가 이렇게 대단할 줄이야!"

"저희 국왕께서 한 가지 계책을 준비했사옵니다. 삼나무 가지를 여러 개 준비하여 지렛대를 설치하고, 굵은 동아줄을 여러 가닥 묶어서 군사들에게 들어 올리자는 것입니다. 조사님께서는 어떻게 생각하시는지요?"

"우리 같은 신선들이 속세의 일을 어찌 알겠느냐? 알아서 하도록 해라."

왕 신녀는 곧 삼나무 가지를 준비하여 지렛대를 설치했다. 하지만 동아줄과 들어 올릴 막대는 마땅히 쓸 데가 없었다. 왜냐? 독자 여러분, 생각해 보시라. 그 매끈매끈한 바리때의 어디에다 동아줄을 묶을 것이며 어디에다 들어 올릴 막대를 대겠는가? 그러니 괜히 삼나무 가지만 허비한 셈이 되었다.

그때 화모가 바리때 안에서 소리쳤다.

"삼나무 가지가 있다면 나한테 좋은 생각이 있다."

왕 신녀가 물었다.

"어떻게 하시려고요?"

"내가 본래 불의 신이 아니냐? 네가 밖에서 삼나무 가지들을 쪼개서 땔감으로 써서 불을 붙이면, 내가 안에서 삼매진화를 이용해 바리때를 가열하마. 이렇게 안팎에서 열을 가하면, 기껏해야 황동으로 만든 이 바리때가 금방 녹지 않겠느냐?"

오로지 사부를 구하고 싶은 생각만 간절한 왕 신녀는 여산노모에게 의견을 물어보지도 않고 곧 화모의 말대로 실행하기 시작했다. 서둘러 삼나무 가지들을 쪼개고 유황가루처럼 불을 붙일 것들을 뿌리고 밖에서 불을 피웠다. 바리때 안의 화모도 자신의 십만 팔천 개 모공을 모두 열어 삼매진화를 피워 냈다. 그렇게 한참이 지나자 갑자기 안에 있던 화모가 고함을 지르기 시작했다. 왕 신녀가 물었다.

"사부님, 왜 그러셔요? 혹시 바리때가 녹고 있나요?"

"바리때는 녹지 않고 내 팔다리만 점점 녹아가고 있구나!"

"그럼 어쩌지요?"

"어서 불을 꺼라!"

왕 신녀가 황급히 삼나무 가지들을 치우자, 화모가 또 고함을 질렀다.

"사부님, 왜 또 그러셔요?"

"이 바리때서 뜨거운 열기가 나와서 한시도 몸이 편하지 않구나. 어서 내 사부님께 구해 달라고 말씀드려라!"

이에 왕 신녀가 또 여산노모에게 달려가 연신 고개를 조아렸다.

여산노모는 어쩔 수 없이 상서로운 구름을 타고 동해 용궁으로 달려가 용왕을 불렀다.

"연등고불이 바리때에 내 제자를 가둬 놓았는데, 그 아이의 제자가 맹랑한 짓을 저질러서 바리때에 불을 지폈네. 그런데 바리때는 녹지 않고 안에 갇힌 내 제자만 곤란하게 되었네. 그러니 바리때의 열기를 식혀 내 제자의 목숨을 살리도록 냉룡(冷龍) 네 마리만 빌려주게."

용왕은 말없이 생각에 잠겼다.

'냉룡을 내주자니 부처님께 꾸중을 들을 테고, 그렇다고 거절하면 조사님께 꾸중을 듣게 생겼구나. 이거 정말 이러지도 저러지도 못하는 난처한 상황이구나!'

여산노모가 그 속내를 눈치채고 호통을 쳤다.

"이놈! 조금이라도 거절할 기미가 보이면 이 수정궁(水晶宮)을 폐허로 만들어 버리고, 네놈을 음산(陰山) 뒤쪽에 떨어뜨려 영원히 다른 생을 살 수 없게 만들어 버릴 것이야!"

이러니 용왕은 결국 냉궁(冷宮)을 열고 네 마리 냉룡을 꺼내서 여산노모에게 바칠 수밖에 없었다. 여산노모는 곧 상서로운 구름을 타고 바리때가 있는 곳으로 와서 냉룡들에게 여차저차 분부를 내렸다. 이에 네 마리 냉룡이 바리때를 단단히 휘감았는데, 그렇게 네다섯 시간이 지나자 겨우 바리때의 열기가 식었다. 여산노모가 화모에게 물었다.

"얘야, 이제 그 안쪽은 어떠냐?"

"감사합니다. 이제 괜찮아졌어요. 그런데 한 가지……"

"뭐냐?"

"사부님, 일단 그 냉룡들을 돌려보내지 말고 계십시오. 그리고 먼저 거센 바람과 소나기, 벼락을 쳐서 냉룡들을 도와주십시오. 그리고 냉룡들더러 이 바리때를 발톱으로 움켜쥐고 공중으로 들어 올리게 하십시오. 그러면 제가 빠져나갈 수 있지 않겠습니까?"

"그럴듯하구나."

여산노모는 즉시 냉룡들에게 분부하는 한편, 먹구름을 불러 소나기를 내리게 하고 벼락신에게 벼락을 치게 했다. 네 마리 냉룡들은 부처님의 보물이 가진 묘용을 몰랐기 때문에 벼락의 위세를 빌려 힘을 써 보려고 했다. 그들은 이를 드러내고 발톱을 펼쳐서 각기 신통력을 발휘하며 바리때를 움켜쥐려고 했다. 하지만 그때 허공에 불법을 수호하는 위타존자가 나타나 호통을 쳤다.

"못된 짐승들! 어찌 감히 무례를 저지르려 하느냐! 너희들이 감히 부처님의 보물을 훼손하려 하느냐?"

네 마리 냉룡들은 마귀를 때려잡는 퍼런 몽둥이를 보자 깜짝 놀라 부들부들 떨며 미꾸라지처럼 바다로 달아나 버렸다. 여산노모도 그걸 보자 어쩔 수 없이 비바람을 거두고 벼락을 멈출 수밖에 없었다. 그리고 분기탱천하여 소리쳤다.

"김벽봉, 네 바리때로 내 제자를 어쩌지는 못할 것이다. 너희 불가의 힘을 지나치게 믿고 우리 도가를 멸시하려 하느냐?"

그리고 화모에게 분부했다.

"힘들겠지만 잠시만 거기 앉아 있어라. 내 반드시 너를 구해 주마."

그 말이 끝나기도 전에 여산노모는 벌써 상서로운 구름에 올라타고 있었다. 그때 금련도장이 구름을 붙들며 물었다.

"사부님, 어디 가시려고요?"

"한빙령에 가서 하늘 장수들을 데려와 그 중과 결판을 내야겠다."

"사부님, 그건 아닌 것 같습니다. 사부님과 김벽봉은 서로 얼굴도 보지 않은 사이인데, 어떻게 우리 도교를 기만하고 멸시했다고 여기십니까? 제 생각에는 우선 김벽봉에게 알려서 어떻게 나오는지를 보고 대처하는 것이 좋겠습니다. 그자가 사부님을 보고 바리때를 치워서 화동을 놓아준다면 양측이 화기애애하게 일을 마무리하게 될 것이고, 그자가 거절한다면 그때 가서 하늘 병사들을 데려와 결판을 내시더라도 늦지 않습니다."

"그럼 일단 네 말대로 해보자꾸나."

여산노모는 즉시 바람에 소식을 실어 벽봉장로에게 알렸다.

한편 천엽연화대에서 좌선을 하고 있던 벽봉장로는 한 줄기 바람이 스치는 것을 보고 즉시 무슨 뜻인지 알아챘다.

'세상을 다스리는 조사가 평범한 인간의 격장지계(激將之計)에 넘어가다니! 내 본래 바리때를 치워주지 않을 생각이었지만, 그러면 여산노모가 살심(殺心)을 품게 될지도 모르겠구나. 차라리 얼른 가서 화해하는 게 낫겠어.'

이때는 이미 초경 무렵이었는데, 벽봉장로는 배를 떠나서 상서로운 빛을 뿌리며 순식간에 바리때 근처로 갔다. 그때 여산노모가 한 길 여덟 자의 본래 모습을 드러내고, 좌우에 각기 금련도장과 백련도장을 대동하고, 뒤쪽에는 독각금정수를 거느리고 서 있었다.

'저쪽이 본래 모습을 드러냈으니, 나도 허상(虛像)으로 마주 대할

수 없지.'

그는 즉시 승모를 벗고 정수리를 두어 번 문질렀다. 그러자 찬란한 금빛이 일제히 피어나며 한 길 여섯 자의 자금(紫金)으로 된 본래 모습이 드러났다. 좌우에는 각기 아난(阿難)과 석가모니가 서 있었고, 뒤쪽에는 불법을 수호하는 위타천존이 서 있었다. 여산노모와 연등고불이 서로 예를 갖추어 인사를 하고 나자, 여산노모가 말했다.

"제 제자인 화동이 부처님께 죄를 지은 모양인데, 삼교(三敎)의 지위를 고려하여 한 번만 용서해 주시기 바랍니다!"

"아미타불! 제가 조사님의 제자를 조금 심하게 대했으니, 부디 양해해 주십시오!"

"제 제자가 성미가 급해서 앞뒤를 가릴 줄 몰랐습니다."

"제자 분께서 구천현녀의 바구니로 저희 장 천사를 가두어서 제가 구해 냈더니, 그 일로 제게 원한을 품은 모양입니다. 그래서 제가 어쩔 수 없이 직접 그 바구니를 돌려주며 사과했는데, 그 즉시 그 바구니로 저를 가두려 하더이다. 그래서 제가 다시 바구니를 거두고 제자 분을 바리때에 가뒀습니다. 하지만 일이 이 지경이 되어 조사님까지 나서시게 만들 줄은 몰랐습니다."

"부디 부처님께서 자비심을 베푸시어 바리때를 치워주십시오!"

"조사님 말씀인데 제가 어찌 거절하겠습니까? 다만 제자 분께서 나오거든 몇 마디 당부를 해 주시기 바랍니다. 제자 분더러 오랑캐 국왕을 설득하여 명나라의 전국옥새를 바치게 하라고 말입니다.

그러면 서로에게 무익한 전쟁을 할 필요가 없지 않겠습니까?"

"반드시 그렇게 하도록 하겠습니다."

이에 연등고불이 앞으로 나아가 손가락으로 바리때를 툭 튕겼다. 그걸 보고 여산노모가 속으로 생각했다.

'우리가 그렇게 애를 썼지만 꼼짝도 하지 않았는데, 저 양반은 어떻게 하는지 보자.'

그러는 사이에 연등고불은 느긋하게 손가락을 튕겼다. 그러자 그 즉시 바리때가 가볍게 뒤집혀 연등고불의 손바닥 위로 날아와 앉았다. 한참 동안 그 안에서 고생한 화모는 가슴 가득한 분기를 해소할 길이 없어 안달하던 차에, 마침 바리때가 치워지자 그저 자기 사부가 구해 준 줄로만 알았지 연등고불이 커다란 자비심으로 그녀를 용서해 준 줄은 몰랐다. 그녀는 발딱 일어나더니 피처럼 벌건 입을 쩍 벌려 열 길이 넘는 불길을 토해내며 고함을 질렀다.

"못된 까까머리! 네놈의 바리때 때문에 내가 얼마나 고생한 줄 알아?"

연등고불은 여산노모 앞이라 대꾸하기도 곤란하고 혼을 내주기도 곤란해서, 어쩔 수 없이 돌아서서 그 자리를 떠나려 했다. 그러자 화모가 쫓아오며 고함을 질렀다.

"어딜 도망치려고!"

그러면서 칼을 휘두르자 연등고불은 서두르지도 않고 느긋하게 돌아서더니, 한 손으로 칼을 옆으로 밀치면서 다른 한 손으로 바리때를 휙 던졌다. 그러자 "척!" 하는 소리와 함께 바리때가 다시 화모를 가둬버렸고, 연등고불은 그대로 상서로운 구름을 타고 배로 돌아가 버렸다. 그러자 여산노모가 다급하게 소리쳤다.

"부처님, 돌아오시구려! 제가 사죄하겠소이다!"

하지만 연등고불이 못 들은 척 그대로 떠나 버리니, 여산노모는 약간 멋쩍어졌다. 그러자 금련도장이 말했다.

"사부님, 고정하십시오. 이건 다 화동의 잘못입니다."

"그렇긴 해도 내 체면이 말이 아니게 되었구나."

"지금은 어쩔 수 없습니다. 호랑이 목에 방울을 풀려면 그걸 단 사람에게 맡길 수밖에 없으니, 다시 김벽봉에게 가서 부탁하는 수밖에요!"

여산노모가 뭐라고 대답하기도 전에 백련도장이 끼어들었다.

"사형, 정말 자존심도 없군요!"

"그게 무슨 말인가?"

"다시 가서 부탁한다면 우리 도교의 체면이 뭐가 되겠습니까? 자존심이 있다면 어찌 그런 말씀을 하실 수 있냐는 겁니다!"

"그럼 자네 생각은 어떻게 하자는 것인가?"

"절대 그 자에게 아쉬운 소리를 할 수는 없으니, 무슨 수를 써서라도 저 바리때를 치워야지요."

그러자 여산노모가 말했다.

"그 말이 맞기는 하다만, 지금으로서는 마땅한 대책이 없지 않느냐?"

"제 생각에는 백성이니 뭐니 하는 것을 생각할 여유가 없다고 봅니다. 사대부주(四大部洲)에 물의 여신[水母]이 있으니, 그를 데려와 신통력을 부리게 해서 이 나라의 땅까지 모조리 쓸어버리는 게 어떨까 싶습니다. 그러면 저 바리때가 놓을 곳이 없어지니까 화동을 구할 수 있지 않겠습니까?"

"물의 여신은 남선부주 사주(泗州)에 있다. 얘야, 수고스럽지만 네가 가서 좀 데려오너라."

"물의 여신은 죄를 지은 몸이기 때문에, 사부님께서 직접 다녀오셔야 할 것 같습니다."

"그렇겠구나."

여산노모는 즉시 상서로운 구름을 타고 남선부주 봉양부(鳳陽府)의 사주로 갔다. 사주를 담당하는 신이 마중을 나오자 여산노모가 물었다.

"물의 여신은 어디 있는가?"

"죄를 지은 몸이라 귀산(龜山) 아래에 갇혀 있사옵니다."

여산노모가 귀산으로 가서 보니, 서남쪽 깎아지른 절벽 아래에 깊은 연못이 있고, 산발치에 쇠사슬이 하나 보였다. 노모는 곧 손을 뻗어 쇠사슬을 위로 끌어당겼다. 그때 갑자기 산골짝에서 목동이 하나 달려 나오며 소리쳤다.

"그러지 마요!"

그 목동은 평범한 인간인지라 여산노모를 알아보지 못하고, 누군가 잘못된 일을 하는 줄 알았던 것이다.

'기왕 이렇게 되었으니, 저 아이에게 좀 물어봐야겠구나.'

여산노모는 곧 웃는 얼굴로 물었다.

"오빠, 왜 안 된다는 건가요?"

"그 안에는 사주의 신께서 가둬 놓은 요괴가 있어요."

여산노모는 모르는 척 다시 물었다.

"요괴라는 걸 어찌 알아요?"

"우리 집 어르신께서 늘 말씀하시기를, 귀산 아래에 요괴가 하나 갇혀 있다고 하셨거든요. 당나라 영태(永泰: 765) 연간에 이 지역의 섬을 다스리시던 이(李) 나리께서는 귀신을 믿지 않으셔서, 물소 백 마리를 동원해서 그 쇠사슬을 끌어내셨대요. 그렇게 사흘 동안 끌어내자 쇠사슬 끝에 검지도 않고 희지도 않은 피부에, 머리도 없고, 몸길이가 열 길이 넘는 괴물이 끌려 나왔는데, 금방 다시 연못 속으로 뛰어들어 버렸대요. 그 바람에 그 백 마리의 물소들까지 죄다 물에 빠져 죽고 말았대요."

"여긴 어딘가요?"

"이 산은 귀산이라고 부르고, 저 절은 귀산사(龜山寺), 이 다리는 홍택교(洪澤橋), 이 우물은 성모정(聖母井)이라고 하지요."

"그렇게 불리는 무슨 근거가 있나요?"

"송나라 때 주지미(周知微)⁶라는 분이 쓴 시가 그 증거지요."

"어떤 내용인데요?"

---

6 주지미(周知微: ?~?, 자는 명로[明老])는 소흥(紹興) 4년(1134) 진사에 급제하여 진양현위(晉陽縣尉)를 지냈다고 한다.

그러자 목동이 시를 읊조려주었다.[7]

潮隨暗浪雪山傾	어두운 물결 따라 조수가 흘러 설산(雪山) 같은 파도 기울어지고
遠浦漁舟釣月明	먼 포구의 고기잡이배들 밝은 달빛 아래 낚시를 드리웠네.
橋對寺門松徑小	다리 맞은편 절 문에는 소나무 숲 사이로 작은 오솔길 이어지고
檻當泉眼石波淸	난간 두른 우물에는 맑은 물결 바위 위로 솟아나네.
迢迢綠樹江天曉	아득히 푸른 숲 사이로 강 위의 하늘은 밝아오고
靄靄紅霞海日晴	자욱한 붉은 노을 속에서 바다 위로 맑은 해 떠오르네.
遙望四山雲接水	멀리 사방의 산들 둘러보니 구름은 수평선에 닿아 있고
碧峰千點數帆輕	수많은 푸른 봉우리들 사이로 돛단배들 가벼이 떠가네.

그 시를 듣고 나자 여산노모는 그 요괴가 바로 물의 여신을 가

---

7 인용된 시는 주지미(周知微)의 〈제귀산(題龜山)〉(또는 〈우이 귀산에 나들이 가서 지은 회문시[遊盱眙龜山作迴文]〉라고도 함)이다. 위경지(魏慶之)의 《시인옥설(詩人玉屑)》 권2에서는 이것이 소식(蘇軾)이 지은 것이며 제목은 〈금산사에서 쓴 회문체[題金山寺回文體]〉라고 했다.

리킨다는 것을 알았다. 그래서 곧 구름을 가져와 목동의 눈을 가리고, 손가락으로 결(訣)을 짚은 채 호통을 쳤다.

"죄 많은 짐승, 이리 나오너라!"

잠시 후 수면에서 "퐁!" 하는 소리와 함께 키가 열 길 남짓하고 피부가 시퍼렇고, 귀신처럼 흉악한 얼굴에 덥수룩한 눈썹 사이로 부리부리한 눈을 드러낸 신이 하나 나타났다. 여산노모가 물었다.

"여산에 살며 세상을 다스리는 조사인 나를 알아보겠느냐?"

물의 여신이 노모를 보고 깜짝 놀라 온몸을 부들부들 떨며 말했다.

"조사님, 무슨 일로 부르셨사옵니까?"

"서양 바다에 데려가서 한 가지 일을 시키려고 한다."

"저는 죄를 지은 몸이라서, 멋대로 이곳을 떠날 수 없사옵니다."

"내가 이미 통행증을 가져왔고, 옥황상제에게도 알렸다. 옥황상제는 내 말을 거역한 적이 없다."

"제 비파골에 쇠사슬이 꿰어 있어서 벗어날 수가 없사옵니다."

"잠시 풀어줄 테니, 이레 후에 다시 꿰도록 해라."

그 말이 끝나기도 전에 쇠사슬이 저절로 바위 위로 떨어졌다. 여산노모가 상서로운 구름을 타고 서양으로 떠나자 물의 여신도 따라갔다.

자, 이제 그가 어떻게 신통력을 펼치는지 보자. 원래 물의 여신은 물속에 사는 큰 짐승으로서 항상 요사한 짓만 일삼았다. 이에 사주의 신이 그를 굴복시켜서 줄곧 깊은 못 속에 가둬두었으니, 그야말로 천 리를 달리고 싶은 천리마를 마구간 구유에 매어 둔 꼴이었다. 그런데 이제 여산노모의 부름을 명령을 받게 되자, 그는 즉시 재주를 발휘했다. 그러자 온 세상의 강과 호수, 바다의 물이 순식간에 불어나며 하얀 파도가 하늘까지 치솟고 시뻘건 조수가 해를 삼킬 듯이 출렁거렸다.

한편 벽봉장로가 천엽연화대에서 좌선하고 있을 때 한 줄기 바람이 스치고 지났다. 그는 여산노모가 물의 여신을 시켜 일을 저질렀다는 것을 알고, 황급히 보고 업무를 담당하는 일치공조(日值功曹)를 통해 영산(靈山) 뇌음사(雷音寺)의 석가모니 부처에게 공문을 보냈다. 석가모니 부처는 즉시 아난을 시켜서 산을 하나 가지고 자바 왕국으로 가서 연등고불의 지시에 따르라고 분부했다.

그 무렵 자바 왕국에는 물길이 하늘을 덮을 듯 밀려들어, 명나라 군대는 일제히 뭍의 영채를 철거하고 배 위로 옮겼다. 그리고 두 사령관이 몸소 천엽연화대로 찾아갔다.

"이렇게 큰 홍수가 났는데, 이를 어쩌지요?"

"그게 홍수라는 걸 어찌 아시는지요?"

"국사님, 아직 모르고 계셨습니까? 지금 상황이 이렇습니다."[8]

---

8 인용된 시는 당나라 때 두보의 〈강물이 불다[江漲]〉에서 몇 글자를 고친 것이다. 원작에서는 제3구를 "大聲吹地轉"이라고 했고, 제7구의 '귀거(歸去)'를 '호거(好去)'라고 했다.

海發蠻夷漲	강물은 오랑캐의 땅에서 나와 불어났으니
山添雨雪流	산에는 눈과 비가 더해져 흐르기 때문이지.
大風吹地緊	매서운 바람이 거세게 땅을 불어 대니
高浪蹴天浮	드높은 파도 하늘 가까이 떠오른다.
魚鱉爲人得	물고기며 자라는 사람에게 잡힐 판이고
蛟龍不自謀	교룡들도 어쩔 줄 몰라 한다.
輕帆歸去便	작은 배는 편히 돌아가나니
吾道付滄洲	나의 이 길은 신선 세계로 이어지리라.[9]

그러자 벽봉장로가 말했다.

"물이 많기는 하지만 다행히 항구의 산이 높아서 막아 낼 수 있소이다. 사령관, 너무 걱정하지 마시고, 자리에 편히 앉아 계시구려."

'바닷가에서 산을 본 적이 없는데 무슨 소리지?'

두 사령관은 대꾸하자니 벽봉장로의 심기를 건드릴 것 같아 그저 풀이 죽어 돌아갈 수밖에 없다. 그런데 그들이 중군 막사에 이르렀을 때 호위병이 보고했다.

"항구에 갑자기 높이와 폭이 모두 천 길이 넘는 큰 산이 솟아나서, 바닷물이 아무리 하늘을 찌를 듯이 출렁여도 절대 넘어올 수 없게 되었습니다."

---

9 원문의 '창주(滄洲)'는 원래 물가의 땅이라는 뜻인데, 옛날에는 종종 은사(隱士)의 거처를 가리키는 뜻으로 쓰였다. 다만 여기서는 신선 세계를 가리킨다.

두 사령관은 어찌 된 영문인지는 몰랐지만, 아마 벽봉장로가 오묘한 수단을 썼으리라 생각하고 하염없이 "아미타불!"을 외쳤다.

한편 여산노모는 바닷물로도 연등고불을 어쩌지 못하자 기분이 몹시 상해 있었다. 그때 백련도장이 또 계책을 얘기했다.

"우리 도교에는 또 한 분의 신선이 계시지 않습니까? 그분이라면 저 바리때를 치울 수 있을 겁니다."

"누구 말이냐?"

"이 지긋지긋한 일을 소화산(少華山)에 계신 그 신선께 떠넘기면, 저 바리때를 해결할 수 있지 않겠습니까?"

"진단노조(陳搏老祖) 말이로구나. 그 양반이 오려 할까?"

"사부님께서 직접 가서서 청하면 오시지 않겠습니까? 그래도 오시지 않겠다고 고집을 부리시면, 몇 마디 말로 속여서 오시게 하시면 되지 않겠습니까?"

"일리 있는 말이다. 내가 직접 다녀올 테니, 너도 함께 가자꾸나."

둘은 곧 상서로운 구름을 타고 남선부주 옹주(雍州)[10]에 이르러 어느 산에 도착했다. 백련도장이 말했다.

"사부님, 이 산은 꼭 우리가 사는 산처럼 생겼는데, 크기만 조금

---

10 지금의 산시성[陝西省]에 있는 옹산(雍山)과 옹수(雍水)에서 비롯된 명칭이다. 그 위치는 지금의 산시성 관중평원(關中平原)과 산베이[陝北] 지역, 간쑤성[甘肅省]의 동남부를 제외한 대부분, 칭하이성[青海省] 동북 지역, 그리고 닝샤[寧夏] 회족자치구(回族自治區)의 일부를 포괄한다.

다르군요."

"눈썰미가 좋구나. 이 산은 원래 우리 산의 산기슭 하나가 날아
와서 여기에 자리를 잡은 것이란다. 그래서 여기도 여산(驪山)이라
고 불리지."

"그걸 어떻게 아서요?"

"예전에 이 산에서 달관자(達觀子)라는 제자를 하나 기른 적이 있
지. 지금 이 산에 내 사당이 하나 있는데, 학창의를 입고 지팡이를
짚은 모습이라 다들 나를 '여산노모'라고 부르지. 못 믿겠거든 가서
보여주마."

"바리때 일이 급하니까 먼저 진단조사부터 찾아봐야지요."

"그도 그렇구나."

그들은 즉시 다시 구름을 타고 어느 큰 산으로 갔다. 그림같이
아름다운 이 산은 사방이 깎아지른 절벽으로 둘러싸여 있고, 그 위
에는 아름다운 풍경과 신선들의 자취가 무수히 담겨 있었다.

이 산이 무슨 산인지는 다음 회를 보시라.

여산노모는 벽봉장로와 화해하고
삼보태감은 절묘한 계책으로 승리를 거두다

老母求國師講和　元帥用奇計取勝

西嶽崚嶒竦處尊	화산(華山)은 험준하게 치솟아 높다랗게 자리 잡고 있어서[1]
諸峰羅立如兒孫	봉우리들이 마치 자손처럼 늘어서 있구나.
安得仙人九節杖	어찌하면 신선의 아홉 마디 지팡이[2]를 얻어 짚고
拄到玉女洗頭盆	명성옥녀(明星玉女) 머리 감는 대야[3] 앞에 이를 수 있을까?

---

1 인용된 시는 두보의 〈망악(望嶽)〉이다. 인용된 부분의 몇 글자는 원작과 다르지만, 본 번역에서는 원작에 따라 교감했다.

2 《열선전(列仙傳)》에 따르면 왕열(王烈)이 적성노인(赤城老人)에게서 아홉 마디로 된 창등죽장(蒼藤竹杖)을 받았는데, 이것을 짚고 길을 가자 말도 쫓아오지 못할 정도로 빨리 걸었다고 한다.

3 《집선록(集仙錄)》에 따르면 화산(華山)의 사당에 명성옥녀(明星玉女)라는 선녀가 모셔져 있는데, 사당 앞에 다섯 개의 돌로 만든 절구가 놓여 있었다. 사람들은 그것을 그녀가 머리 감는 대야라고 불렀는데, 그 안에는 항상 맑은 물이 마르지도 넘치지도 않게 고여 있었다고 한다.

車箱入谷無歸路	수레가 골짜기로 들어서니 돌아갈 길이 없고
箭括通天有一門	화살이 하늘로 통하듯 문[4]이 하나 나 있구나.
稍待西風凉冷後	잠시 후 가을바람 쌀쌀해지면
高尋白帝問眞源	높은 백제(白帝)[5]의 거처 찾아가 진리의 근원을 물어보리라!

백련도장이 물었다.

"사부님, 여기는 무슨 산입니까?"

"바로 서악(西嶽) 화산(華山)이니라."

"왜 그렇게 불린답니까?"

"서방은 태음(太陰)의 기운이 있는 곳이라, 만물이 이를 통해 꽃을 피우기 때문에 그렇게 부르는 것이지."

"진단노조는 어디 계시지요?"

"여기 있지. 몇 걸음만 더 가면 된다."

그들이 부용봉(芙蓉峰)과 명월봉(明月峰), 옥녀봉(玉女峰), 창룡봉(蒼龍嶺), 흑룡담(黑龍潭), 백련지(白蓮池), 일월애(日月崖), 선장석(仙掌石), 득월동(得月洞), 총선동(總仙洞)을 지나자 백련도장이 물었다.

---

4 여기서 말하는 문은 화산 정상에 있는 남천문(南天門)을 가리킨다.

5 백제(白帝)는 옛날 전설상의 소호(少昊)를 가리킨다. 도가에서는 그를 서쪽을 주관하는 하늘의 신으로 모시고 있으며, 서쪽은 계절상으로 가을을 가리킨다.

"왜 여태 보이지 않지요?"

"바로 앞이야."

그들은 움푹한 골짝을 지나 모퉁이를 돌아 조그마한 암자로 들어갔다. 백련도장이 물었다.

"여긴가요?"

"여기는 희이암(希夷庵)이라는 곳이지."

하지만 그 암자에도 전단노조는 보이지 않았다. 이에 그들은 다시 향 연기가 진하게 풍겨 나오는 동굴로 들어갔다. 백련도장이 물었다.

"여기는 어딘가요?"

"진단노조가 잠자는 동굴이지."

잠시 후 그들은 돌 침상에 누워서 코를 골며 자고 있는 진단노조를 발견했다. 여산노모가 소리쳐 불렀다.

"희이선생(希夷先生), 푹 주무시는군요!"

잠시 후 진단노조가 돌아누우며 한숨을 쉬더니 눈을 떴다. 그러다가 여산노모를 발견하고 황급히 일어나 의관을 바로잡고 인사를 나누고 말했다.

"오시는 줄을 몰라 미처 영접하지 못했습니다."

"이렇게 실례를 무릅쓰고 찾아온 것은 제 제자가 재난에 처해 있기 때문입니다."

"어느 제자 말씀입니까? 그리고 재난이라니요?"

"제 첫 제자인 화동입니다. 그 아이가 지금 서양 자바 왕국에서 연등고불의 바리때에 갇혀 있어서 조사께 도움을 청하러 왔습니다. 그 바리때를 치워서 그 아이 목숨을 구해 주십시오."

"저는 이미 삼계를 초월한 몸인데 어떻게 인간 세계에 들어가라는 말씀입니까?"

"도와주지 않겠다는 말씀입니까?"

"그게 아니라 조금 불편한 데가 있다는 말씀입니다."

"조사님, 이런 말씀을 드려서 죄송하지만, 애초에 이런 세계며 이런 명산이 어디 있었소이까? 다 제가 만들어 놓았기 때문이 아닙니까? 도와주시지 않겠다면 저는 천하의 산을 모두 거둬들이겠습니다. 그러면 그대는 어디서 주무실 수 있겠소이까?"

여산노모가 이렇게 울컥하자 진단노조도 어쩔 수 없었다.

"고정하십시오. 제가 가면 될 거 아닙니까?"

"그럼 어서 가십시다."

"먼저 가시지요. 바로 따라가겠습니다."

그러자 백련도장이 말했다.

"함께 가시지요."

"이분은 누구신지요?"

여산노모가 말했다.

"그 아이도 제 제자입니다. 제 사저(師姐)를 위해 함께 왔지요."

"그럼 함께 가시지요."

이리하여 셋은 일제히 상서로운 구름을 타고 서양 자바 왕국으로 갔다. 진단노조가 바리때를 보고 여산노모에게 말했다.

"저 조그마한 바리때를 치우는 게 뭐가 어렵다는 것입니까?"

"그게 작기는 해도 들어 올리기가 어렵습니다."

진단노조가 손으로 바리때를 슬쩍 만지자, 바리때에서 상서로운 기운이 가득 피어났다.

'이거 정말 보물이로구나! 치울 수 있든 못하든 간에, 어쨌든 빚을 갚는 셈 치고 최선을 다하는 수밖에 없겠구나.'

그가 곧 손을 뻗어 이리저리 움직여보려 했지만 바리때는 꿈쩍도 하지 않았다. 이렇게 되자 진단노조는 작별인사도 하지 않고 그대로 상서로운 구름을 타고 돌아가 버렸다. 그걸 보자 여산노모는 더욱 기분이 나빠서 고함을 질렀다.

"연등고불 김벽봉! 네가 지금 이 바리때로 나와 승부를 겨뤄 보자는 얘기인데, 내 너를 손봐 주기 전에는 절대 돌아가지 않겠다!"

노모는 곧 상서로운 구름을 타고 한빙령 적설애로 가서 삼천 명의 일반 신선과 네 명의 천선(天仙), 그리고 일단의 하늘 병사들을 데려와 벽봉장로와 승부를 내려 했다.

한편 천엽연화대에서 좌선을 하고 있던 벽봉장로는 스쳐 가는 한 줄기 바람을 통해 이미 그 사실을 알아챘다.

'여산노모가 살심이 동했으니, 나중에 찾아오면 우리 배에 있는 이들의 이목을 놀라게 하겠구나.'

그는 즉시 뇌음사 석가모니에게 문서를 보내서 일단의 불교 병사를 파견해 달라고 하고, 또 동천문(東天門) 화운궁(火雲宮)의 원시대천존(元始大天尊)에게도 문서를 날려 일단의 신선 병사를 파견해 달라고 했다. 그렇게 문서를 보내고 나자 날이 점점 밝아왔다. 그때 두 사령관이 몸소 찾아와 말했다.

"화모가 또 사부를 데려왔는데, 자기 말로 무슨 세상을 다스리는 무당노모(無當老母)라고 합니다. 이 사람이 찾아와 싸움을 걸면서 국사님을 지명하며 나오라 하는지라, 이렇게 알려드리러 왔습니다."

'그대들이야 그저 저쪽에서 싸움을 걸어온 줄만 알지, 그 동안 내가 몇 차례나 저쪽의 기를 죽여 놓았는지는 모르겠지.'

그런 생각을 하며 그가 느긋하게 대답했다.

"사령관, 걱정하실 필요 없소이다. 제 나름대로 대책이 있으니까요."

그렇게 말하며 벽봉장로는 곧장 밖으로 나갔다. 배에서 내려 살펴보니 서쪽 하늘에 상서로운 구름이 여산노모를 감싸고 있는데, 그녀는 한 길 여덟 자의 진짜 모습을 드러낸 채 좌우에 각각 금련도장과 백련도장을, 뒤쪽에는 손에는 칠성황기(七星皇旗)를 들고 있는 독각금정수를 거느린 채 서 있었다. 이에 벽봉장로도 한 길 여섯 자의 자금색 몸을 드러내고 좌우에 아난과 석가모니, 뒤쪽에 마귀를 굴복시키는 퍼런 몽둥이를 들고 불법을 수호하는 위타존자를 대동한 채 상대와 마주했다. 여산노모가 말했다.

"연등고불 김벽봉! 네가 저 빌어먹을 바리때로 수작을 부렸는데, 이제 내 수단을 보여주마!"

"아미타불! 무슨 수단을 보여주시겠다는 것인지요?"

그 말이 끝나기도 전에 허공에서 "휙!" 하는 순간 깎아지른 높은 산이 세 개나 나타나더니 천천히 아래로 내려왔다. 그 바람에 하늘이 얼마나 높든, 사방팔방의 공간의 얼마나 크든, 해와 달과 별의 빛이 얼마나 밝든, 사대부주가 어디에 있든 간에 시커먼 안개가 드리우면서 사방이 온통 먹구름에 덮여버렸다. 그걸 보자 벽봉장로로 깜짝 놀랐다.

'저 산이 땅에 떨어지지는 않았지만 거리가 멀지 않구나. 만약 저대로 떨어져 버린다면 이 세상 모든 백성이 파묻혀버리겠구나!'

그렇게 생각하며 자비심에 찬 연등고불이 황급히 물었다.

"저 산들을 쪼개주실 신이 계시오?"

그러자 세 길 여덟 자의 키에 하늘을 쪼갤 듯한 커다란 도끼[開天大斧]를 든 하늘 장수가 아홉 개의 바퀴가 달린 바람 수레를 타고 나타나 절을 올리며 말했다.

"저는 영산에서 사대부주도원수(四大部洲都元帥)의 직책을 맡고 있는 구룡신(句龍神)이온데, 석가모니 부처님의 분부를 받들어 파견되었사옵니다."

그때 또 왼쪽에 세 길 넉 자의 키에 왼손에는 황금보탑(黃金寶塔)을 들고 오른손에는 불꽃 모양의 칼날이 달린 신창[火尖神槍]을 든 하늘 장수가 나타나 절을 올리며 말했다.

"저는 탁탑천왕(托塔天王) 이(李) 아무개이온데, 석가모니 부처님의 분부를 받들어 파견되었사옵니다."

이어서 오른쪽에 또 세 길 여섯 자의 키에 세 개의 머리와 여섯 개의 손, 여섯 개의 눈을 갖고 여섯 가지 무기를 든 하늘 장수가 나타나 절을 올리며 말했다.

"저는 나타태자(哪咤太子)이온데, 석가모니 부처님의 분부를 받들어 파견되었사옵니다."

연등고불이 말했다.

"이 산들은 여산노모가 떨어뜨린 것일세. 그대들 셋이 이 산들을 쪼개주시게."

이에 세 장수들은 일제히 "예!" 하고 달려나갔다. 그들은 연등고불의 법력을 믿고 평소 자신이 갖고 있던 신위를 펼쳐 보이기 위해 각자 하나씩 산을 맡아서 달려들었다. 그리고 연 봉우리를 쪼개 연밥을 찾고, 바다에서 나온 쌍룡이 웃으며 돌아가듯 깔끔하게 산을 쪼개버리려고 했다. 하지만 그 산들은 생철(生鐵)로 주조한 것일 뿐만 아니라, 그 위에 흡철석(吸鐵石)이 자라고 있었다. 이걸 어떻게 알 수 있느냐? 자, 보시라. 구룡신의 도끼는 이가 다 빠져 버렸고, 탁탑천왕의 탑은 꼭대기가 닳아버리고 불창은 창날이 찌그러져 버렸으며, 나타태자는 여섯 가지 무기를 다 썼지만 조그마한 흠집조차 내지 못 했던 것이다. 이러니 그게 생철로 주조한 것이 아니고 무엇이겠는가! 그렇다면 흡철석이 자란다는 것은 어찌 알 수 있느냐? 자, 보시라. 구룡신은 도끼를 잡아 빼지 못하고, 탁탑천왕의 탑도 불창도 모두 붙어서 아무리 잡아당겨도 꿈쩍도 하지 않으며, 나타태자의 여섯 가지 무기들도 모두 뿌리가 박힌 듯 떼어낼 수 없게

되었다. 이러니 그게 흡철석이 자란다는 증거가 아니고 무엇이겠
는가! 세 명의 신장은 산을 쪼개는 데에 실패하고 연등고불에게 보
고했다.

"이 산들은 정말 엄청납니다!"

연등고불은 그들을 보내고 나서 또 물었다.

"저 산들을 쪼개주실 신이 계시오?"

그 말이 끝나기도 전에 한 줄기 바람이 불더니 여덟 명의 신선
이 나타나 일제히 절을 올렸다. 그들은 각기 순서대로 한종리(漢鍾
離),⁶ 여동빈(呂洞賓), 이철괴(李鐵拐),⁷ 풍승수(風僧壽), 남채화(藍彩
和),⁸ 현호자(玄壺子),⁹ 조국구(曹國舅),¹⁰ 한상자(韓湘子)¹¹였다. 연등

---

6 종리권(鍾離權)을 가리킨다. 그는 자가 운방(雲房) 또는 적도(寂道)이고, 호는
정양자(正陽子) 또는 화곡자(和谷子)이다. 그의 원형은 원래 한나라 때의 대
장군이었기 때문에 종종 한종리(漢鍾離)라고 불린다. 전설에 따르면 그는 전
쟁에서 패하고 나자 종남산(終南山)에 들어갔다가 동화제군(東華帝君)에게
가르침을 받았고, 이후 진주(晉州) 양각산(羊角山)에 은거하여 득도했다고
한다. 전진도교(全眞道敎)에서는 그를 정양조사(正陽祖師)로 모시고 있다.

7 이철괴(李鐵拐)는 원래 이름이 이현(李玄)이라고 하며, 태상노군(太上老君)
을 만나 득도했다고 한다. 그러나 신유(神遊)를 하다가 실수를 저지르는 바
람에 혼이 의지할 데가 없어서, 어쩔 수 없이 굶어 죽은 이의 시체에 붙어
서 살아났다. 그 바람에 그의 형상은 봉두난발에 지저분한 얼굴, 배를 드러
내고 맨발로 쇠 지팡이를 짚고 다니는 모습으로 변했다고 한다. 그는 '팔선'
가운데 가장 오래된 내력을 지닌 인물이지만, 문헌에는 비교적 늦게 출현
한다.

8 남채화(藍彩和)는 당나라 말엽과 오대(五代) 시기의 인물을 원형으로 하는
데, 그는 괴벽한 행동을 하며 술과 노래에 탐닉했고, 평소 헤진 쪽빛 적삼
을 입고 한쪽 발에만 구멍이 숭숭 뚫린 가죽장화를 신고 지냈다고 한다. 또

고불이 그들에게 말했다.

"이 산들은 여산노모가 떨어뜨린 것일세. 기왕 그대들이 오셨으니, 이 산들을 쪼개주시게."

여덟 명의 신선들은 일제히 "예!" 하고 달려나갔다. 그들은 각기 신선의 역량을 발휘하여 각자의 보물을 꺼내 그 산들을 쪼개려 했다. 하지만 아무 소용이 없자, 개중의 한 명이 소리쳤다.

"다들 애써봐야 아무 소용이 없다면, 차라리 각자 갈 길로 떠납시다. 하지만 나한테 괜찮은 생각이 있소."

여름에는 솜옷을 입고, 겨울에는 눈밭에 누워 열기를 식히기도 했다고 한다. 그는 평소 석 자 길이의 대나무로 만든 박판(拍板)을 두드리고 노래를 하면서 거리를 돌아다녔다고 한다.

9 일반적으로 '팔선'은 풍승수(風僧壽)와 현호자(玄壺子) 대신 장과로(張果老)와 하선고(何仙姑)를 포함시킨다. 이 소설에서 '팔선'에 포함시킨 풍승수와 현호자에 대해서는 자세히 알려진 바가 없다.

10 조국구(曹國舅)는 보통 '팔선' 가운데 마지막으로 거명되며, 출현 시기도 가장 늦다. 일반적으로 그는 송나라 인종(仁宗)의 황후인 조(曹)씨의 동생이자 제양군왕(濟陽郡王)에 봉해진 조일(曹佾, 또는 조경휴[曹景休]라고도 함)을 원형으로 만들어진 신선이라고 설명한다. 그는 권세를 믿고 악행을 일삼는 자신의 아우를 부끄럽게 여기고 산에 들어가 수행하다가, 종리권과 여동빈을 만나 그들에게 가르침을 받아서 신선이 되었다고 한다. 또 그는 '팔선'에 속한 다른 인물들과는 달리 사모(紗帽)를 쓰고 붉은 관복(官服)을 입은 채 옥으로 만든 음양판(陰陽板)을 들고 다니는 것으로 묘사된다.

11 한상자(韓湘子)는 당나라 때 저명한 정치가이자 문학가인 한유(韓愈)의 조카(또는 질손[姪孫])인 한상(韓湘)을 원형으로 한다는 설이 있다. 그는 '팔선' 가운데 가장 의젓하고 한상 피리를 들고 다니는 잘생긴 청년으로 묘사되는데, 종리권과 여동빈에게 수행의 방법을 전수받고 종남산에서 도를 닦아 신선이 되었다고 한다.

다들 돌아보니 그는 바로 순양조사(純陽祖師) 여동빈이었다. 그는 이렇게 큰소리를 쳐 놓고, 즉시 등 뒤에서 호로를 꺼내더니 바닷물을 가득 채워서 산꼭대기에서 쏟아부었다. 그 물은 마치 오뉴월 장마처럼 장독을 뒤집을 듯이 밤낮으로 쉬지 않고 쏟아졌다. 만약 그 산이 일반적인 산이었다면 그 물에 무너져 버렸겠지만, 여산노모의 이 산은 너무나 엄청난 것이었다! 아무리 큰비가 쏟아져도 산꼭대기의 바위 하나도 까딱하지 않고, 산발치의 자잘한 초목조차 털끝만큼도 움직이지 않았다. 여동빈은 어쩔 수 없이 연등고불에게 사실대로 보고해야 했다.

이렇게 되자 연등고불은 기분이 몹시 상했다. 그때 왼편에서 아난이 나서서 절을 올리며 말했다.

"아무래도 불가에서 나서야 저 산을 어찌 해 볼 수 있을 것 같습니다."

"불가에서 가장 큰 능력을 지닌 나로서도 저 산을 깨뜨릴 수 없는데, 나만 한 능력을 가진 이가 또 있다는 말이냐?"

"미륵불과 석가모니 부처가 승부를 겨루었던 일을 떠올려 보십시오."

"언제 적에 겨루었던 것을 얘기하느냐?"

"석가모니 부처께서 미륵불의 철수화(鐵樹花)를 훔쳐서 세상을 다스리려 하실 때, 미륵불께서 세상의 모든 중생을 건곤차대(乾坤叉袋)라는 자루에 쓸어 담아 버린 적이 있지 않습니까? 그 건곤차대를 쓰면 되지 않겠습니까?"

"아마 그것으로도 안 될 게야."

"인간 세상에 훌륭한 사람이 얼마나 많습니까? 하지만 그런 사람들을 건곤차대에 담으면 한쪽 귀퉁이도 채우지 못합니다. 그러니 이 세 개의 고약한 산쯤이야 식은 죽 먹기가 아니겠습니까?"

"그도 그럴듯하구나."

연등고불은 즉시 한 줄기 금빛으로 변해서 서른세 군데 하늘 바깥의 안마천(雁摩天)에 있는 미륵궁(彌勒宮)을 찾아가서, 미륵불에게 서양에서 벌어지고 있는 일을 자세히 설명하며 건곤차대를 빌려 달라고 부탁했다. 미륵불은 감히 그 명을 거역하지 못하고 즉시 건곤차대를 꺼내더니, 그 안에 담겨 있던 훌륭한 사람들을 모두 자신의 소매 안에 털어 비운 다음, 자루를 연등고불에게 건네주었다. 다만 그 바람에 몇몇 훌륭한 사람들이 미륵불의 소매에서 나오게 되어서, 인간 세상에도 얼마 안 되나마 훌륭한 사람이 존재하게 되었다. 그렇지 않았더라면 인간 세계는 온통 나라를 어지럽히는 불충(不忠)하고 불효막심한 인간들만 가득해서 갈수록 꼴이 말이 아니게 변했을 것이다.

어쨌든 연등고불은 그 자루를 받아 들고 다시 한 줄기 금빛으로 변해 자바 왕국으로 와서 아난에게 건네주었다. 아난은 곧 상서로운 구름을 타고 날아올라 건곤차대를 아래로 던졌다. 그 순간 세 개의 산이 사라지면서 맑은 하늘과 밝은 해가 드러났다. 아난이 자루를 챙기는데, 이상하게 그 안에는 무슨 산 같은 것도 들어 있지 않고 비어 있었다. 이게 어찌 된 일일까? 알고 보니 이 산들은 바로 여산노모의 법신(法身)이 변신한 것이었다. 그런데 건곤차대가 던져지자 거기에 갇히게 될까 싶어서 "팍!" 하고 사라져 버렸던 것이다.

이때 연등고불이 고개를 들어 살펴보니, 서쪽 하늘의 상서로운 구름 위에 여산노모가 수많은 하늘 신장을 거느린 채 단정히 앉아 고함을 질렀다.

"연등고불 김벽봉! 오늘 내가 누구인지 똑똑히 보여주마!"

그 말이 끝나기도 전에 그녀는 들고 있던 황금 창을 공중에 던졌다. 그러자 그 창은 하나에서 열 개로, 열 개에서 백 개로, 백 개에서 천 개로, 천 개에서 만 개로 늘어나 연등고불의 정수리를 향해 쏟아져 내렸다. 이에 연등고불이 재빨리 천엽연화대를 드러내니, 천 송이 연꽃들이 만 개의 황금 창을 모조리 막아 버렸다. 이것이 바로 연등고불이 겪은 황금 창의 고난이었던 것이다. 당시 연등고불이 고난의 향기를 풍기자, 영소보전의 옥황상제가 깜짝 놀라 천리안 보살과 순풍이 보살을 불러 무슨 일인지 알아보라고 했다. 두 보살은 남천문(南天門) 밖으로 나가 살펴보고 돌아가 보고했다.

"연등고불과 여산을 다스리는 여산노모가 승부를 겨루는 중인데, 연등고불께서 황금 창의 고난을 겪는 바람에 그런 향기가 풍겼던 것입니다."

"아니, 그렇다면 내가 당연히 해소해 드려야지!"

옥황상제가 즉시 상서로운 구름을 타고 우선 보타낙가산(補陀落伽山) 자죽림(紫竹林)에서 관음보살을 만나 함께 서양으로 가서 연등고불을 찾아가니, 연등고불이 말했다.

"내가 명나라 황제의 명을 받아 오랑캐를 위무하고 보물을 찾으러 서양에 왔는데, 뜻밖에 여산노모가 아무 이유도 없이 제게 만 개의 창을 날렸소이다."

옥황상제와 관음보살이 말했다.

"부처님, 염려 마시고 진노를 푸십시오. 서로 화해를 하면 되지 않겠습니까?"

둘이 여산노모를 찾아가자 여산노모가 말했다.

"연등고불이 작은 재간을 자랑하며 바리때를 써서 백 일이 넘도록 내 제자를 가둬 놓고 놓아주려 하지 않으니, 이게 말이나 되오?"

"우선 황금 창부터 거두시지요. 저희 둘이 부처님께 바리때를 거두라고 말씀드리겠습니다."

"두 분께서 그리 말씀하시니 어쩔 수 없구려."

여산노모가 즉시 황금 창을 거두자 둘은 다시 연등고불을 찾아갔다.

"노모께서 황금 창을 거두셨으니, 부처님께서도 바리때를 거두서서 화동을 풀어주십시오. 괜히 이러다가 불가와 도가 양쪽 모두 체면을 잃게 됩니다."

"제가 일부러 이러는 것이 아니라, 저 노모가 자기 나이도 생각하지 않고 함부로 살심을 일으켰기 때문이오."

"노모께서 잠시 이성을 잃으신 것은 사실이지만, 부처님께서도 늘 관용을 베푸시지 않습니까?"

"두 분께서 그리 말씀하시니 저도 육신을 드러내서 저 바리때를 거두고, 노모의 제자를 풀어주겠소이다.”

이렇게 해서 옥황상제와 관음보살은 불가와 도가 사이의 분쟁을 중재하여 해결한 후 상서로운 구름을 타고 떠났다. 연등고불이 천엽연화대를 거두고 인간의 육신을 드러내자, 여산노모도 상서로운 구름을 내렸다.

한편 배에 있던 두 사령관과 장 천사, 그리고 일단의 장수들과 벼슬아치들은 벽봉장로가 나가는가 싶더니 갑자기 온 천지가 깜깜해지고 또 얼마 후에 맑은 하늘이 돌아오고, 하늘에서 산이 떨어져 내리는가 싶더니 또 얼마 후에 바닷물이 치솟는지라 영문도 모른 채 걱정에 휩싸였다. 벽봉장로의 모습도 오랑캐 병사들도 보이지 않으니, 배 위에 있던 사람들은 그야말로 죽을 맛이었던 것이다!

그러는 사이에 어느덧 이레가 지났는데, 갑자기 벽봉장로가 뒤쪽에 사손 운곡을 거느리고 땅 위에 모습을 드러냈다. 그 맞은편에는 여산노모가 서 있었다. 그 모습을 보고 다들 한없이 기뻐하는데, 여산노모가 말했다.

“나는 이미 황금 창을 거두었으니, 부처님께서도 바리때를 거두시지요.”

“화해했으니 당연히 그래야지요.”

그 말이 끝나기도 전에 벽봉장로가 소매를 슬쩍 흔들었다. 그러자 그 속에서 키가 한 자 두 치 정도 되는 조그마한 스님이 나와서 벽봉장로에게 절을 올렸다.

"무슨 일로 부르셨사옵니까?"

"가서 저 바리때를 가져오너라."

그 작은 스님은 서두르지 않고 느긋하게 다가가서 바리때의 아래쪽을 슬쩍 두드렸다. 그러자 바리때가 휙 뒤집혀서 그의 손바닥에 얹혀졌다. 그는 한 손으로 바리때를 들고 와서 두 손으로 공손히 벽봉장로에게 바쳤다. 그 모습을 보고 여산노모가 깜짝 놀랐다.

'내가 그렇게 고생하면서 수많은 하늘의 신선을 시켰어도 털끝만큼도 움직이지 못했는데, 저 조그마한 중이 별로 힘도 들이지 않고 들어 올리다니! 과연 부처의 힘은 대단하구나!'

여산노모가 속으로 감탄하고 있을 때, 밖으로 나온 화모도 이번에는 함부로 입을 놀리지 않았다. 여산노모가 말했다.

"애야, 부처님께 감사하고 잘못을 사과하도록 해라."

벽봉장로가 말했다.

"사과까지는 필요 없네. 자네는 국왕에게 얘기해서 어서 우리 전국옥새를 바치라고 하게. 그러면 모든 일이 깔끔하게 마무리될 걸세."

여산노모가 말했다.

"나는 제자를 데리고 돌아가겠소. 그런 쓸데없는 일에는 신경 쓰지 않겠소이다."

그러면서 상서로운 구름을 일으켰다.

한편 왕 신녀는 자기 사부가 바리때에서 벗어나고, 여산노모가 주절주절 떠드는 데에 비해 혼자 아무 말도 없이 서 있는 벽봉장로를 보고, 여산노모가 싸움에서 이긴 줄로 여겼다. 그래서 그녀는 나귀를 끌고 가서 사부를 만나고 싶었는데, 뜻밖에 사부가 여산노모를 따라 떠나려 하는 것이었다.

'사부님이 가시더라도 이런 중쯤이야 내가 손을 봐 줄 수 있지!'

그리고 즉시 말을 내달려 벽봉장로를 사로잡으려 했다. 벽봉장로는 그녀의 계책을 역이용해서 배 쪽으로 도망치는 척했다. 그것도 모르고 왕 신녀는 배 근처까지 쫓아왔다. 하지만 인간의 몸을 빌려 태어난 연등고불이 어찌 만만한 존재이겠는가? 그러니 그녀가 아무리 말을 빨리 달려도 도저히 벽봉장로를 따라잡을 수 없었다.

한편 벽봉장로는 삼보태감이 진즉 계책을 세웠음을 알았다. 이어서 한 발의 포성이 울리는가 싶더니 왼쪽 모퉁이에서는 좌선봉 장계가, 오른쪽 모퉁이에서는 우선봉 유음이, 전영(前營)에서는 왕량이, 후영(後營)에서는 무장원 당영이, 또 좌영(左營)에서는 질뢰추 황동량이, 행영(行營)에서는 임군당 김천뢰가, 전초(前哨)에서는 낭아봉 장백이, 후초(後哨)에서는 흑도사(黑都司) 오성(吳成)이, 좌초(左哨)에서는 선화부(宣花斧) 황전언(黃全彦)이, 우초(右哨)에서는 긴 창을 휘두르는 허이성(許以誠)이 일제히 달려 나와 왕 신녀를 포위하고 호통을 내질렀다.

"이런 못된 계집, 이번에는 어디로 도망치겠느냐!"

그들이 일제히 창칼과 몽둥이, 망치 등을 휘두르니 왕 신녀는 비 맞은 닭처럼 속수무책으로 당하고 말았다. 그녀는 분명히 주문을 외려 했지만 목구멍에서 아무 소리도 나오지 않았고, 빠져나가려 했지만 정수리에서는 연기가 한 줄기도 나오지 않았다. 결국 그녀는 말에서 떨어져 땅바닥에 털썩 자빠지고 말았다. 그 사이에 누구에게 당했는지는 모르지만, 그녀는 온몸에 피가 홍건하고 얼굴도 온통 시뻘건 피투성이가 되어 있었다. 장수들은 서로 공을 세우기 위해 왕 신녀를 낚아채려 했지만 아무도 성공하지 못했다. 사람 수가 많은 데다가 말까지 함께 뒤엉켜 있었기 때문이다. 그 바람에 불쌍한 왕 신녀는 말발굽에 짓이겨져서 고깃덩어리가 되고 말았다. 장수들은 그제야 손을 멈추고 개선가를 울리며 돌아왔다. 하지만 사령관에게 보고할 거리가 없어서, 그저 그 고깃덩어리만 들고 와서 공적의 증거로 삼아 달라고 했다. 그러자 삼보태감이 물었다.

"이 고깃덩어리는 진짜인가?"

그러자 벽봉장로가 말했다.

"그 여자가 저번에 맹세하지 않았소이까? 당연히 이번에는 진짜지요."

"맹세 한 번 한 것이 이렇게 들어맞다니!"

"당시 제가 주문을 관리하는 신에게 저 여자의 맹세를 기록해 두라고 했소이다."

"아니, 전투를 벌이는 마당에 어떻게 그런 신이 나타날 수 있었습니까?"

"조금 전에 제가 불러서 저 여자의 맹세를 돌려주라고 했소이다."

삼보태감이 껄껄 웃으며 말했다.

"어쩐지 국사께서 들어오실 때 뭐라고 중얼거리시는 것 같더라니요!"

"놓아줄 수도 있었지만 그러면 또다시 잡아들여야 하지 않겠습니까? 그렇지 않으면 호랑이를 키우는 우환을 남길 테니, 제가 어찌 그걸 감당하겠소이까!"

"이 못된 계집은 국사님의 법력 덕분에 해치웠으니, 이제 교해건만 해치우면 되겠군요. 국사님께 혹시 좋은 계책이 있으십니까?"

"그건 제 소관이 아니니, 저는 이만 물러가겠소이다."

벽봉장로는 정중하게 절을 하고 떠났는데, 이때는 이미 날이 상당히 어두워져 있었다. 삼보태감은 눈살을 찌푸리며 한참 생각하다가 한 가지 계책을 떠올렸다. 그는 즉시 쉰 명의 정찰병들을 불러 귓속말로 여차여차 분부를 내렸다. 그리고 좌선봉 장계와 우선봉 유음, 좌초부도독 황전언, 우초부도독 허이성 등을 차례로 불러 귓속말로 여차저차 분부했다. 그런데 그 말이 끝나기도 전에 호위병이 와서 보고했다.

"왕 신녀가 또 찾아왔습니다."

"아니, 어디 있느냐?"

"조금 전에 또 영채 밖에 혼자 찾아와서 한바탕 휘저어 놓고 갔습니다."

"제대로 본 것이더냐?"

"제가 똑똑히 보았습니다. 틀림없습니다."

"영채 밖을 휘저어 놓고 갔다면 어서 좌우 선봉에게 병사를 이끌고 추격하라고 해라. 그리고 좌초와 우초의 병사들도 함께 추격하라고 전해라."

그렇게 분부를 마치고 그가 한숨을 내쉬었다.

"이거 좀 곤란하게 되었구려. 어쩌지요?"

왕 상서가 말했다.

"이미 고깃덩어리로 변한 사람이 어찌 다시 살아날 수 있겠소이까!"

"이치로 따지자면 그래야겠지만, 실제로 그런 일이 벌어지지 않았소이까?"

마 태감이 말했다.

"애초에 국사께서 놓아주셨으니, 어쩔 수 없이 그분께 처리를 맡기는 수밖에요."

잠시 후 그들은 장 천사와 벽봉장로를 모셔 와서 그 일에 관해 얘기했다. 장 천사가 말했다.

"제가 조금 전에 소매점을 쳐 보니 그년이 죽었다고 나왔는데, 어찌 다시 살아날 수 있겠소이까?"

삼보태감이 말했다.

"그게 아니라면 어떻게 또 찾아와서 휘저어 놓고 갔겠습니까?"

다들 이러쿵저러쿵 말들이 많았지만, 벽봉장로는 내내 한마디도 하지 않았다. 그러자 삼보태감이 말했다.

"국사님께서는 어찌 생각하시는지요?"

"이건 저도 모르는 일이외다."

마 태감이 말했다.

"애초에 국사님께서 그년을 놓아주셨으니까, 이번에도 수고를 좀 해주십시오."

"사령관께서 이미 병사를 보냈으니 당연히 성공할 것이외다. 걱정하실 필요 없어요."

"그렇다면 국사님이 부르신 주문의 신이 별로 영험하지 않았던 모양입니다."

"그건 아닐 게요."

"그렇다면 왕 신녀가 다시 살아나서는 안 되지 않습니까?"

하지만 벽봉장로는 그저 머리를 숙인 채 눈을 감고 더 이상 아무 말도 하지 않았다.

한편 왕 신녀를 쫓아간 장수들은 혼자 달려가던 그녀가 잠시 후 교해건과 만나는 것을 보았다. 하지만 그 둘은 아무 말도 하지 않고 계속해서 앞으로 내달리기만 했다. 그러다가 장수들은 혁아(革兒)[12]라는 곳까지 쫓아가서 나치다[那刺打]라는 두목 하나를 만났는데, 알고 보니 그는 중국 광동 사람이었다. 그는 두 선봉장을 보자 중국 사람과 그 지역 원주민이 섞인 마을사람을 이끌고 나와 절구를 찧듯 머리를 조아리며 말했다.

"저희는 딴마음을 품고 있지 않으니, 오로지 장군님의 지시에 따

---

12 혁아(革兒)는 자바 왕국의 그레식(新村, Gresik)을 가리키며, 혁아석(革兒昔)을 줄여서 쓴 것이다.

르겠습니다."

이에 장계가 말했다.

"따로 시킬 일은 없고, 그저 공물을 바치고 우리 명나라의 신하로서 반역을 저지르지만 않으면 된다."

그러자 마을 사람들이 일제히 대답했다.

"이후로는 해마다 조공을 바치고 영원히 중국의 속국으로 지내면서, 절대 천자의 나라를 배반하지 않겠습니다."

장계는 곧 그곳에 행영을 차리고 주둔했다.

유음은 좌초와 우초의 부도독과 함께 계속해서 왕 신녀와 교해건을 추격했다. 그들이 수라바야[蘇兒把牙]라는 곳에 이르렀을 때, 수반바[蘇班麻]와 수치나[蘇刺麻]라는 두 명의 두목을 만났다. 그들은 일단의 서역인들을 거느리고 찾아와 머리를 조아리며 말했다.

"저희는 아무 상관이 없으니 부디 목숨을 살려주십시오!"

이에 유음이 말했다.

"살려주기는 하겠지만, 너희 모두 공물을 바치고 명나라의 신하가 되어 절대 배반하지 말아야 할 것이다."

"이후로는 해마다 조공을 바치고 영원히 중국의 속국으로 지내면서, 절대 천자의 나라를 배반하지 않겠습니다."

유음은 곧 그곳에 행영을 차리고 주둔했다.

하지만 좌초와 우초 부도독들은 계속해서 왕 신녀와 교해건을 추격했다. 얼마 후 그들은 마자파이(滿者白夷, Majaphit)라는 곳에 도착했는데, 바로 자바 왕국의 국왕이 거처하는 곳이었다. 왕 신녀는 추격병들이 가까이 닥쳐오자 교해건과 함께 궁궐로 들어가 국왕을 만났다. 그런데 국왕이 뭐라고 입을 열기도 전에 밖에서 황전언과 허이성이 쫓아 들어왔다. 국왕은 허둥지둥 궁궐 안쪽으로 피했다. 왕 신녀도 교해건을 내버려 두고 궁궐 안쪽으로 도망쳐 버렸다. 허이성이 긴 창을 휘두르며 쫓아가자 국왕은 백 자 높이의 누각 구층 꼭대기까지 도망갔고, 왕 신녀도 따라갔다. 허이성이 거기까지 쫓아가자 왕 신녀가 고함을 질렀다.

"대왕마마, 두려워 마십시오. 제가 지켜드리겠사옵니다!"

"명나라 군사가 이렇게 가까이 쳐들어왔는데 어찌겠다는 것이오?"

"제가 구름과 안개를 탈 줄 아는데 무슨 걱정이겠사옵니까!"

"고맙소. 이렇게 애써 주신 그대의 충정을 잊지 않겠소이다."

그 말이 끝나기도 전에 한 줄기 밧줄이 국왕을 꽁꽁 묶어 버렸다.

"아니! 왜 나를 묶는 것이오?"

"이래야 구름을 타기가 편합니다."

그녀가 국왕을 묶어서 대전으로 가니, 그곳에는 이미 교해건도 밧줄에 묶여 있었다. 이때는 마침 날이 막 밝을 무렵이라 사방이 어슴푸레했기 때문에 비록 등불이 있다 한들 사람들이 많아서 얼굴을 제대로 알아볼 수 없는 상황이었다. 교해건이 왕 신녀에게 말했다.

"여보, 우리는 부부지간인데 어찌 이리 지독하게 군단 말이오?"

"그게 아니라 이렇게 묶어야 구름을 타기가 편해요."

그러자 국왕이 소리쳤다.

"나도 데려가 주시오!"

왕 신녀는 양손에 각기 밧줄을 하나씩 잡고 모두 말 위에 얹고 나서 말했다.

"모두 눈을 감으셔요. 이제 말까지 함께 구름 위에 올라탈 거예요!"

그러면서 채찍을 휘두르자 말이 나는 듯이 내달렸다. 그러자 국왕과 교해건은 모두 두 눈을 질끈 감고 나름대로 생각에 빠졌다.

'이렇게 구름을 타고 가면, 내일 아침에는 어디쯤 도착해 있을까?'

드디어 날이 밝자 왕 신녀가 한 손으로 그 둘을 끌어내리며 호통을 쳤다.

"모두 눈을 떠라. 이미 구량성(九粱星)[13]에 도착했다. 하지만 너희가 앉을 자리는 없구나!"

이에 국왕과 교해건이 눈을 뜨고 주위를 살펴보니, 바로 명나라 군대의 중군 막사 안이었다. 위쪽에는 두 명의 사령관과 승려, 도사가 앉아 있었다. 국왕은 심장이 칼에 베인 듯, 폐부가 고양이 발톱에 할퀸 듯 아파 대성통곡하며 욕을 퍼부었다.

"죽어 마땅한 매국노 같으니! 감히 나를 망치다니!"

그러자 삼보태감이 물었다.

"누구한테 하는 말인가?"

---

13 구량성(九粱星)은 별자리 이름으로서 당나라 이래 황실에서 신으로 모시고 제사를 지냈으며, 민간에서도 그에 대한 제사가 널리 유행했다.

"나라를 팔아먹은 저 왕 신녀한테 하는 말이다!"

삼보태감은 그들 두 사람을 묶은 밧줄을 풀어주고, 망나니를 불러 두 사람의 비파골에 쇠사슬을 끼워 묶게 했다. 이어서 둘을 계단 앞에 꿇리고 물었다.

"두마반이 누구냐?"

그러자 국왕이 대답했다.

"나다."

"네까짓 게 무슨 국왕이라고 감히 천자의 나라의 사신과 수행원 백칠십 명을 죽였느냐? 그리고 감히 동쪽 왕국을 병탄(倂呑)하다니! 여봐라, 당장 이놈의 가죽을 벗기고 살을 발라라. 그리고 목을 쳐서 귀신이 되어서라도 우리 중국의 대장군들을 알아보게 만들어라!"

과연 국왕이 그런 꼴을 당하게 되었는지는 다음 회를 보시라.

삼보태감은 자바 왕국을 엄히 다스리고
팔렘방 국왕을 후하게 대접하다

元帥重治爪哇國　元帥厚遇浡淋王

北風吹落羽書前	삭풍이 우서(羽書)를 불어 떨어뜨리기 전에는
酋首高從大纛懸	추장이 커다란 양탄자 위에서 거들먹거렸지.
瀚海此時堪洗甲	이 무렵 한해(瀚海)[1]는 무기를 씻을 만했고
瀘江當日亦投鞭	노강(瀘江)[2]도 당시에는 막강한 군세(軍勢)를 자랑할 만했지.
鬼方何用三年克	오랑캐 땅 점령하는 데에 삼 년이나 필요할까?
鎬宴齊歌六月旋	태평성대에 일제히 노래하며 반년이면 개선할 수 있지.

---

1 한해(瀚海)의 구체적인 지명은 시대에 따라 자주 달라졌지만, 대체로 정벌 전쟁에서 무공(武功)을 세운 지역을 가리키는 뜻으로 쓰인다.

2 지금의 금사강(金沙江) 가운데 쓰촨[四川] 이빈[宜賓] 이상, 윈난[雲南]과 쓰촨의 경계지역을 흐르는 부분을 가리킨다.

| 自昔武侯擒縱後 | 옛날 제갈량이 맹획(孟獲)을 칠종칠금(七縱 七擒)한 뒤로 |
| 功名復爲使君傳 | 공적을 세운 명성 다시 사신에 의해 전해 졌지. |

그러니까 삼보태감이 오랑캐 국왕의 껍질을 벗기고 살을 바르고 목을 치라고 하자, 벽봉장로가 말했다.

"아미타불! 제 얼굴을 봐서라도 그자를 살려주시구려."

"국사께서 그렇게 말씀하시니 따를 수밖에 없지요. 여봐라, 그자 에게 큰 등나무 곤장으로 마흔 대를 치고, 이후로 다시 그따위 짓을 할 수 있는지 물어봐라!"

그 말이 끝나기도 전에 좌우 선봉장과 좌초 및 우초 부도독이 많 은 인원을 끌고 들어왔다. 첫 번째는 좌호위 정당(鄭堂)과 우호위 철릉(鐵楞)이었다. 이에 삼보태감이 말했다.

"전투에서 패했으니 군법에 따라 처리하라!"

그러자 또 벽봉장로가 말했다.

"이 사람들은 왕 신녀의 요술에 미혹되어서 그런 것이니, 마땅히 가벼운 벌로 용서해 주셔야 할 것이외다."

"비록 그렇다고는 하나 나라의 명예를 실추시킨 죄는 용서할 수 없으니, 각자에게 곤장 스무 대를 치도록 하라!"

두 사람은 곧 곤장을 맞고 사죄하며 자리를 떠났다.

두 번째는 나치다를 비롯한 열세 명의 두목이었다. 삼보태감이 말했다.

"이들은 포악한 군주를 도와 악행을 저질렀으니, 각자 살을 천점씩 베어내도록 하라!"

그 즉시 망나니들이 달려들어 열세 명의 두목들을 붙잡고 살덩이를 천 점씩 베어냈다. 그리고 한 점을 베어낼 때마다 오랑캐 국왕에게 보여주니, 그는 한쪽에 무릎을 꿇고 앉아 두려움에 온몸을 부들부들 떨었다.

세 번째는 좌두목 슐리치[蘇黎乞]와 우두목 슐리히[蘇黎益]였다. 삼보태감이 말했다.

"이들이 국왕에게 일찌감치 항서를 쓰라고 권했으나 국왕이 듣지 않았다는 사실은 이미 알고 있다."

그러더니 군정사의 관리더러 그 둘의 머리에 각기 꽃을 한 송이씩 꽂아주고, 붉은 비단을 한 필씩 걸어주라고 했다. 그들 둘이 굳이 사양하자 삼보태감이 말했다.

"감히 상이 너무 가볍다는 것이냐?"

그러자 두 사람이 일제히 대답했다.

"어찌 감히 그런 생각을 하겠습니까? 다만 군주가 근심하면 신하가 대신 곤욕을 치르는 것이 도리라고 생각해서 사양한 것입니다."

"그마나 너희가 사리를 살필 줄 아는구나."

그는 다시 군정사의 관리에게 명하여 그 둘에게 사모(紗帽)와 옷깃이 둥근 옷[圓領], 쇠뿔로 장식한 허리띠, 검은 가죽장화를 하사하게 하여 오랑캐 땅에도 제대로 된 신하가 있음을 표창하게 했다.

네 번째는 오랑캐 국왕의 궁전에 있던 시종들과 후비(后妃), 잉첩

(媵妾)들로서 모두 오백 명이었다. 삼보태감이 말했다.

"집안사람들이 법을 어기는 것은 가장의 책임이니, 저들은 아무 상관이 없다. 저들은 아무 처벌도 하지 말고 풀어주도록 하라."

그러자 그 오백 명의 남녀가 일제히 머리를 조아려 감사하고 물러가려 했다. 그때 벽봉장로가 말했다.

"잠깐만!"

그러자 호위병이 재빨리 그들을 붙들었다.

"다들 잠깐 기다려라!"

그들이 다시 돌아와서 일제히 무릎을 꿇자 삼보태감이 물었다.

"국사님, 무슨 분부하실 게 있습니까?"

"이 오백 명은 모두 가짜이외다."

"설마 또 왕 신녀 같은 일이 생겼다는 말씀입니까?"

"왕 신녀가 제법 요사한 술법을 쓸 줄 알았던 것 같소이다. 이들은 원래 사람이 아닙니다."

"그럼 무엇입니까?"

"직접 보시지요."

벽봉장로는 제자 운곡을 불러 바리때에 물을 떠오라고 했다. 그리고 그 물을 한 모금 머금더니 그 오백 명의 얼굴을 향해 "풋!" 하고 뿌렸다. 그러자 오백 명의 사람들은 순식간에 사백구십아홉 마리의 원숭이로 변했고, 오랑캐 국왕의 모친인 늙은 노파만이 원래 모습 그대로 있었다. 벽봉장로가 말했다.

"저분 하나만 사람입니다."

그때 장 천사가 칼끝에 부적을 살라 날리자, 하늘 신장이 나타나 원숭이들 한 마리에 한 칼씩 모두 사백구십아홉 번의 칼질을 했다. 삼보태감은 그 노파에게 푸른 천을 한 필 하사하고 잘 돌려보냈다.

다섯 번째는 교해건이었다. 삼보태감이 말했다.

"이 못된 놈은 재앙의 뿌리로서 죄가 가장 크니, 저놈도 천 점의 살덩이를 발라내도록 하라!"

그러자 자바 왕국의 국왕이 말했다.

"사령관님, 제발 그를 살려주십시오. 저희의 죄를 용서해 주시면 즉시 돌아가서 항서를 쓰고 통관문서를 교환해 드리고, 아울러 예물과 함께 토산품을 바쳐 속죄하겠습니다. 제발 너그러이 은혜를 베풀어 주십시오!"

"당당한 천자의 나라에서 네까짓 나라의 항서 따위에 무슨 관심이나 있겠느냐? 또 우리 천자의 군대가 서양을 지나는 것은 썩은 초목을 부러뜨리듯 쉬운 일이거늘, 네놈들이 통관문서 따위가 무슨 가치가 있겠느냐? 또 우리나라에 성스러운 황제가 계셔서 만방에서 조공을 바치거늘, 네까짓 나라의 예물이며 토산품 따위가 뭐 대단하다고 하겠느냐? 솥 안에 갇힌 물고기 같은 네놈 주제에 당장 죽음을 피하는 요행만으로도 충분하거늘, 어찌 감히 잔말이 많단 말이냐!"

여섯 번째는 바로 왕 신녀였다. 삼보태감이 말했다.

"왕 신녀에게 금화(金花) 두 쌍과 은화 두 쌍, 속옷과 겉옷으로 쓸 오색 비단 두 필을 상으로 내리도록 하라!"

그러자 관리들이 마음속으로 승복하지 못했다.

'조금 전까지 영명하시던 사령관께서 왜 갑자기 정신이 흐려지 셨지? 어떻게 왕 신녀한테 상을 내리실 수 있냐는 거야!'

잠시 후 왕 신녀가 그 상들을 받고 물러가려 하자, 오랑캐 국왕 이 소리쳤다.

"천한 계집! 네가 나를 잘도 팔아먹었구나! 하늘이 네 죄를 용서 하지 않을 것이다!"

교해건도 고함을 질렀다.

"왕 신녀, 그래도 우리는 부부인데 어떻게 나를 이 지경으로 만 들었느냐? 일의 성패가 모두 너 때문에 갈렸어!"

마 태감도 말했다.

"사령관님, 이건 아닙니다. 이 고약한 계집이 우리에게 얼마나 애를 먹였는데 오히려 상을 내리시다니요! 저번에는 국사께서 실 수하셨는데, 이번에는 사령관께서 실수를 되풀이하시는 게 아닙니 까?"

삼보태감이 왕 상서에게 물었다.

"이 상을 내려야 할까요, 말까요?"

"취소하셔야 합니다."

삼보태감이 또 장 천사에게 물었다.

"이 상을 내려야 할까요, 말까요?"

"이치로 따지자면 취소하셔야 합니다만, 상을 받는 사람이 왕 신 녀는 아닌 것 같습니다."

삼보태감이 또 벽봉장로에게 물었다.

"이 상을 내려야 할까요, 말까요?"

하지만 벽봉장로는 여전히 눈을 감은 채 아무 말이 없었다. 그러자 삼보태감이 왕 신녀를 불렀다. 왕 신녀가 사뿐사뿐 걸어오자 사람들은 그녀를 찢어 죽이지 못하는 것이 한스러운 듯이 노려보았다. 그러자 삼보태감이 말했다.

"그 가죽을 벗어라."

왕 신녀가 즉시 얼굴 가죽을 벗으니, 그 안에서 전혀 다른 사람이 나타났다. 알고 보니 삼보태감이 정찰병들을 불러 귓속말로 분부했던 것이 바로 그녀를 왕 신녀로 변장시키는 것이었다. 그렇게해서 교해건을 속여 붙잡았던 것이다. 그녀가 교해건과 함께 다니자 사람들은 더 이상 의심하지 않았고, 각 마을을 지날 때도 이런 속임수를 썼던 것이다. 또 좌우 선봉장들과 좌초와 우초의 부도독이 삼보태감에게서 귓속말로 들은 분부는 모두 일부러 왕 신녀를 추격하는 체하라는 것이었다. 마을을 지날 때마다 두목들을 사로잡고, 그대로 궁궐로 들어가 오랑캐 국왕을 사로잡은 것도 모두 앞뒤에서 서로 끌어주는 책략에 의한 것이었던 셈이다. 마 태감은 왕신녀가 바로 정찰병이 변장한 것임을 보고 나서야 모든 상황을 이해했다.

"정말 절묘한 계책이십니다! 저는 진짜 왕 신녀에게 상을 내리시는 줄로만 알았습니다."

그러자 장 천사가 말했다.

"그러니까 내가 말하지 않았소이까? 상을 받는 사람이 왕 신녀가 아니라고 말이오."

벽봉장로도 눈을 뜨고 말했다.

"제대로 맞히셨구려. 진짜 왕 신녀는 이미 고깃덩어리로 변해 버렸는데 어찌 다시 태어날 수 있었겠소이까?"

그러자 그 자리에 있던 모든 이들이 감탄했다.

"정말 절묘한 계책이었어!"

"사령관님 정말 대단하십니다! 막사 안에서 계책을 세워 천 리 밖의 전투에 승리하게 만드셨습니다."

그러자 삼보태감이 말했다.

"여러분들의 공로 또한 컸습니다."

그리고 군정사의 관리를 불러 각자 공적에 따라 상을 내리고, 성대한 연회를 베풀면서 두마반에게 술을 따르게 했다. 그리고 연회가 끝나자 출항하라고 지시했다. 그런데 그 말이 끝나기도 전에 두 사람이 말을 타고 나는 듯이 달려오며 고함을 질렀다.

"잠깐! 잠시 기다리시오!"

전령(傳令)이 말을 받았다.

"누구냐? 성명을 밝혀라!"

"저희는 자바 왕국 국왕을 호위하는 좌우 두목인 슐리치와 슐리히입니다."

"무슨 일이냐?"

"국왕의 속죄를 위해 항서와 토산품 등의 예물을 가져왔으니, 상관에게 보고해 주십시오."

전령의 보고를 받은 삼보태감이 말했다.

"다 필요 없으니, 그자들을 만나지 않겠다."

그러자 좌우 두목이 모래밭을 달려 따라오며 계속해서 간절하게
호소했다. 이를 보고 왕 상서가 말했다.

"찾아온 정성이 있으니 불러들여 어떻게 나오는지 보시지요."

이에 삼보태감은 그들을 배 위로 불렀지만 항서와 예물은 받
지 않았다. 왕 상서가 예물 목록을 받아 살펴보니 이렇게 적혀 있
었다.

온량상(溫凉牀)[3] 하나, 금실로 꽃을 수놓은 휘장 하나, 용의 비
늘 같은 무늬가 들어 있는 방석[龍鱗席] 하나, 봉황 깃털로 만든
요[鳳毛褥] 하나, 옥수향(玉髓香) 두 상자, 경고유(瓊膏乳) 두 병,
빈가조(頻伽鳥)[4] 한 조롱, 붉은 앵무새 네 조롱, 하얀 앵무새 네 조
롱, 하얀 사슴 육포 네 항아리, 하얀 원숭이 기름[白猿脂] 네 항아

---

3 여름에는 시원하고 겨울에는 따뜻한 침대를 가리키는 듯하다.

4 빈가조(頻伽鳥)는 원래 가릉빈가(迦陵頻伽, kalaviṅka)를 가리킨다. 이 새는
불경에서 종종 극락정토(極樂淨土)에 있다고 서술되며 목소리가 맑고 아름
답다고 한다. 가라빈가(歌羅頻伽), 가란가(加蘭伽), 가란빈가(迦蘭頻伽) 갈라
빈가(羯羅頻迦), 가릉빈가(迦楞頻伽), 가릉비가(迦陵毘伽), 가르가(迦陵伽), 갈
릉가(羯陵伽), 갈라빈가(羯羅頻伽), 갈비가라(羯毘伽羅), 갈릉가라(羯陵伽羅),
가리가라(迦毘伽羅), 갈비가라(鶡鶟伽羅), 갈비가라(羯脾伽羅), 가라(羯鞞伽
羅), 가비라(迦毘伽), 가미라(迦尾羅) 등으로 표기하기도 한다.

리, 극랑(極榔) 두 상자, 잠길보(蠶吉補) 열 쟁반, 하유주(蝦蟆酒) 열 단지, 광랑주(桄榔酒)[5] 열 단지, 유화주(柳花酒) 열 단지

삼보태감이 말했다.

"예물도 받지 않겠다."

그래도 좌우 두목이 재삼 간곡하게 애원하자 삼보태감이 말했다.

"우리가 일부러 받지 않는 것이 아니라, 너희 국왕의 죄가 극악하여 죽음을 면치 못하기 때문이다. 이제 그자에게 형틀을 씌워 우리나라로 압송하여 그 죄를 공개적으로 다스려서, 죽더라도 억울함이 없게 할 것이다."

왕 상서가 말했다.

"국왕의 죄가 중하기는 해도 좌우 두목의 정성이 가련하니, 목숨은 살려주시지요."

"그건 어렵습니다. 이런 악인은 당장 효수해야 마땅하지만, 지금 죽이는 것은 지나치게 제 전권을 남용하는 것 같아서 경사로 압송하려는 것입니다. 그때 죽이고 살리고는 황제 폐하에게 달리게 되겠지요."

"압송하는 것은 결국 겁박하는 것이나 마찬가지이니, 차라리 그자에게 진심으로 굴복하게 하는 것이 상책이 아니겠습니까?"

"진심으로 굴복한다면 더욱 그자가 직접 우리나라에 가서 사죄

---

5 광랑(桄榔)은 종려과의 나무로서 나무 자체와 꽃, 열매를 주로 관상용으로 쓴다. 광랑주는 이 나무의 열매로 담근 술을 가리킨다.

해야 하지 않겠습니까? 항서와 예물을 바치는 일도 모두 그 스스로 하도록 해야 합니다."

그러자 좌우 두목이 말했다.

"저희가 국왕을 호송하여 직접 조공을 바치도록 하겠습니다. 틀림없이 그렇게 시행하겠습니다."

왕 상서가 말했다.

"그걸 어떻게 보증하겠소?"

"저희가 사령관님께 자술서를 써 바치겠습니다. 그 내용에 거짓이 있다면 기꺼이 벌을 받겠습니다!"

"그것도 괜찮을 것 같구먼."

이에 좌우 두목이 즉시 국왕을 만나 상황을 자세히 얘기하자, 국왕이 이렇게 말했다.

"기꺼이 자술서를 쓰겠습니다. 다시는 맹세를 어기지 않겠습니다."

잠시 후 그들이 삼보태감에게 자술서를 바쳤는데, 그 내용은 이러했다.

자바 왕국 국왕 두마반과 좌두목 슐리치, 우두목 슐리히가 함께 조공을 바치러 가는 일에 대해 진술합니다.

저희는 궁벽한 곳에 살면서 하늘 높고 땅 두터운 줄 모른 채, 반평생을 어리석게 보내면서 해와 달이 밝게 비쳐줌을 알지 못했습니다. 이에 무고한 천자의 나라 사신과 수행원 백칠십 명을 살해하고, 강한 군대를 믿고 동쪽 나라를 병탄했으며, 천자의 군대가 저희 영토로 들어오는 것을 막으며 저항했으니, 이런 죄악들이 산처럼 쌓였습니다. 다행히 사령관께서 관대한 은혜를 베푸시어 이 어리석고 못난이들이 살 길을 열어주셨습니다. 이제부터는 지난날의 과오를 청산하고 개과천선하겠습니다. 우리 국왕의 목을 궁궐 대문에 묶고, 머리를 걸어 복종을 맹세합니다. 감히 이를 어길 경우는 즉시 하늘의 처벌을 받을 것입니다.

이상의 진술은 모두 진실임을 확인합니다.

삼보태감은 진술서를 받아들이며 두마반을 불렀다.

"네가 죽을죄를 지은 것은 알고 있느냐?"

"예."

"네 목숨을 살려줄 테니, 해마다 조공을 바치고 속국으로서 도리를 다해야 하는 것은 더 이상 말할 필요도 없다. 당장 채비를 꾸려서 직접 천자의 조정에 가서 조공을 바치도록 하라. 다만 우리 황제께서 네 죄를 용서하셔야만 네가 살 수 있다. 이후로 조금이라도 명을 어긴다면, 네 몸을 만 조각으로 잘라서 기름에 튀겨서 본때를 보여줄 것이다!"

국왕은 벌벌 떨며 황급히 대답했다.

"예, 예! 알겠습니다! 잘 알겠습니다!"

삼보태감은 또 좌우 두목을 불러 분부했다.

"너희는 두목의 신분이니 너희 왕이 선행을 하도록 보좌해야 할 것이다. 예로부터 중국이 있고 나서 오랑캐가 있게 되었다. 그러니 중국은 군주요 부모이며, 오랑캐는 신하요 자식이다. 모자는 버리는 한이 있더라도 발에 신지 않는 법이고, 신발은 아무리 새것이라 해도 머리에 쓰지 않는 법이다. 이제부터 너희가 감히 이를 어긴다면, 내 너희들을 태산으로 달걀을 깔아뭉개듯이 쓸어버리겠다. 알겠느냐?"

좌우 두목은 수없이 머리를 조아리며 다짐했다.

"알겠습니다! 명심하겠습니다!"

삼보태감은 다시 교해건을 불러 분부했다.

"너 이 천한 오랑캐 놈! 그저 창칼에만 의지하여 사방으로 전쟁을 일삼았고, 이제 우리 천자의 나라 장수들을 어떻게 취급했느냐? 감히 그런 무례를 저지르다니! 재앙의 싹인 네놈은 살덩어리를 만 점이나 베어내도 모자라다. 여봐라, 이놈을 뱃머리로 끌고 나가 단칼에 두 동강을 내서 바다의 신에게 제사 지내고 나서 배를 출항시키도록 하라!"

이러니 자기 목숨조차 간신히 부지하고 있던 오랑캐 국왕과 좌우 두목이 어찌 교해건의 목숨을 구걸할 틈이 있었겠는가? 그들은 그저 쥐구멍으로 숨어드는 생쥐처럼 꽁무니를 빼야 했다. 결국 교해건은 뱃머리로 끌려가 단칼에 목이 베어 시신이 바다에 던져지고 말았다.

항구를 출발한 함대는 그대로 전진하다가 중갈라(重迦羅, Jungala)

라는 곳을 지났다. 이곳은 나라라기보다는 그저 하나의 마을에 지나지 않았다. 그곳은 사방으로 까마득히 높은 산에 둘러싸여 있었는데, 그 가운데 어느 바위 동굴에는 앞뒤로 세 개의 문이 있고, 그 안에 이삼만 명을 수용할 수 있어서 기묘하기 그지없는 곳이었다. 이곳에서는 어느 나이 많고 덕망 있는 노인이 머리에 상투를 틀고 위에는 얇은 장삼을, 아래에는 수건을 두른 채 함대를 맞이하며 다음과 같은 물건들을 바쳤다.

영양(羚羊) 열 마리, 앵무새 한 쌍, 목면(木綿) 백 근, 야자 백 개, 차조[秫]로 빚은 술 열 동이, 해염(海鹽) 열 자루.

삼보태감은 이곳 풍속이 순박하고 사람들이 선량한 데다가 이렇게 정성스러운 예물까지 바치자, 군정사의 관리에게 분부하여 그 예물을 받아 간수하게 했다. 그리고 절건(折巾) 하나와 해청(海靑) 한 벌, 장화와 양말 각기 한 켤레를 답례로 내주었다. 그 노인은 감사의 절을 하고 떠났다.

함대는 다시 항해를 계속하여 며칠 동안 손다라(孫陀羅),[6] 비파타(琵琶拖),[7] 단리(丹里),[8] 원고(圓嶠),[9] 팽리(彭里)[10] 등 여러 곳을 지났

---

6 손다라[孫陀羅]는 손타(孫陀) 또는 손타(孫他)라고도 쓴다. 지금의 인도네시아 자바 섬 동쪽의 섬이다.

7 비파타(琵琶拖)는 비파(琵琶)를 잘못 쓴 것으로 보인다. 이곳은 지금의 인도네시아 자바 섬 근처 또는 그 동쪽의 숨바와(Sumbawa) 섬 동북쪽의 비마(Bima)를 가리키는 것으로 여겨진다.

다. 이곳들에서는 함대가 지나자 수많은 사람이 나와 구경했다. 그들은 모두 봉두난발을 하고 맨발이어서 지저분하기 그지없었다. 그들도 모두 예물을 바쳤는데 표범 가죽이며 곰 가죽, 사슴 가죽, 영양의 뿔, 대모(玳瑁), 소주(燒珠), 오색 비단[五色絹], 인화포(印花布)[11] 등이었다. 이것들을 보고 삼보태감이 물었다.

"이것들은 어디서 난 것인가?"

"사신님, 솔직히 저희는 불행히도 오랑캐의 나라에 태어나 농사 지을 논밭도 없어서 먹고살기가 힘들어서, 오가는 상인들의 물건을 노략질해서 하루하루를 그저 간신히 살아가고 있습니다. 오늘 사신님을 뵈오니 구름과 안개가 걷혀 맑은 하늘을 보게 된 듯하여 이렇게 보잘것없는 예물이나마 준비하였사오니, 하해와 같은 아량으로 받아 주십시오."

"지혜로운 선비는 훔쳐 온 샘물을 마시지 않고, 군자는 '옛다!' 하고 던져준 음식을 먹지 않는다고 했다. 이 의롭지 못한 물건들을 내 어찌 받을 수 있겠느냐? 다만 그 정성만은 가상하게 생각해서,

---

8 단리(丹里)는 단중(丹重)을 잘못 쓴 것으로 보인다. 일반적으로 이것은 단융무라(丹戎武囉), 단중포라(丹重布囉)를 줄여 쓴 명칭으로서, 이곳은 탄종푸라(Tanjongpura) 또는 칼리만탄((Kalimantan)) 섬, 특히 이 섬의 중부와 남부 일대를 가리킨다고 여겨지고 있다. 일설에는 칼리만탄 섬의 동남부 또는 롬보크(Lombok) 섬의 탄융(Tanjung)을 가리킨다고 여기기도 한다.

9 원교(圓嶠)는 원교(貝嶠)라고도 쓰며, 지금의 인도네시아의 작은 순다 군도 (Lesser Sunda Islands, 즉 Nusa Tenggara) 동쪽의 웨타(Wetar) 섬을 가리킨다.

10 팽리(彭里)는 지금의 인도네시아 발리(Bali) 섬을 가리킨다.

11 인화포(印花布)는 백토를 이용하여 천에 염색을 한 것을 가리킨다.

이 가운데 베 한 필만 받고자 한다. 옛말에 '따뜻한 봄이 은혜를 펴뜨리니, 만물이 찬란한 빛을 피워낸다[陽春布德澤, 萬物生光輝]'고 했다. 너희가 지금 이렇게 살기 어려운 것은 우리의 은택이 아직 퍼지지 못했기 때문이다."

이에 그들은 놀라고 감복하여 통곡하며 떠났다.

함대는 다시 항해를 계속해서 며칠 후 길리지민(吉里地悶, Timor)이라는 작은 왕국을 지나게 되었다. 먼저 정찰병들이 살펴보고 와서 보고했다.

"이곳은 토지가 비옥하여 곡물이 풍성하고, 기후는 아침에는 덥고 저녁에는 춥습니다. 남녀 모두 짧은 머리에 짧은 적삼을 입으며, 밤에는 이불을 덮지 않습니다. 서양의 배들이 이곳에 정박하면 대개 아낙네들이 배에 올라가 교역을 하는데, 성병 때문에 열에 여덟이나 아홉이 죽는다고 합니다."

삼보태감이 말했다.

"이런 못된 풍습이 있나! 추장에게 곤장 다섯 대를 쳐라!"

그리고 추장을 향해 꾸짖었다.

"남녀유별(男女有別)은 인간의 중요한 윤리이다. 그런데 추장인 네가 어찌 아낙네들이 멋대로 배에 올라 교역하게 하여 성병을 펴뜨린다는 말이냐? 내 너에게 곤장 다섯 대를 치는 것은 이후로 인류에는 다섯 가지 중요한 도리가 있다는 것을 깨달아 함부로 잘못을 저지르지 못하게 하기 위해서이니라!"

추장이 머리를 몇 번 조아리며 말했다.

"잘 알겠습니다!"

이것들은 모두 삼보태감이 중국의 문화로 오랑캐들의 야만적인 풍속을 변화시킨 예이다.

함대가 다시 며칠을 항해하자 이번에는 제법 큰 나라에 도착했다. 배를 도랑 입구에 정박했는데, 그곳의 물은 담수(淡水)였다. 삼보태감이 무척 기뻐하며 석공(石工)에게 그곳에 비석을 하나 세우게 하고, 거기에 '담구(淡溝)'라는 글자를 새기게 했는데, 그 지명은 지금까지 이어지고 있다. 그때 정찰병들이 돌아와서 보고했다.

"이 나라는 육지보다 물이 많아서, 국왕을 제외하고는 오직 장수들만 뭍에다가 집을 짓고 삽니다. 나머지 백성들은 모두 물 위에 집을 짓고 사는데, 큰돈을 들이지 않고도 마음대로 옮겨 다닐 수 있습니다."

"이 나라 이름은 무엇이라 하더냐?"

"이곳 말로는 팔렘방(浡林邦, Palembang)이라 하고, 중국에서는 구항국(舊港國)이라고 부릅니다."

"이곳의 토지는 비옥하더냐?"

"다른 곳에 비해 두 배 이상 비옥해서, '한 철에 씨를 뿌리면 세 계절 동안 금을 거둬들인다.'라는 속담도 있다고 합니다. 쌀과 곡식이 풍성해서 금싸라기가 나는 것 같다는 얘기입니다."

"풍속은 어떠하더냐?"

"백성들은 모두 우리 중국의 광동과 조주(潮州) 출신이라 수전(水戰)에 능해서 약탈로 먹고삽니다."

그 말이 끝나기도 전에 항구에서 작은 배가 한 척 나왔는데, 뱃머리에는 한 장수가 앉아 있었다.

臉玄明粉的白	얼굴은 현명분(玄明粉)[12]처럼 새하얗고
手肉苁蓉的紅	손은 육종용(肉苁蓉)[13]처럼 빨갛다.
倒拖巴戟麥門冬	창을 거꾸로 끌며 겨울 보리밭 입구를 나서는데[14]
虎骨威靈三弄	호랑이 같은 골격에 위세를 드러낸다.
怕甚白荳蔻狠	희멀건 도적처럼 사나운 적인들 무서우랴?
怯甚赤荳蔻凶	시뻘건 강도처럼 흉악한 적인들 겁내랴?[15]
殺得他天門不見夜防風	하늘 문에서도 밤에 경비가 도망칠 정도로 살벌하니[16]

---

12 현명분(玄明粉)은 광물질을 갈아 만든 새하얀 가루 형태의 약재로서 백룡분(白龍粉), 풍화소(風化消), 원명분(元明粉)이라고도 부르며, 주로 감기를 치료하거나 해열제로 쓰인다.

13 육종용(肉苁蓉, Herba Cistanches)은 대운(大芸) 또는 촌운(寸芸)이라고도 하는 열당과(列當科)의 다년생 기생초(寄生草)로서, 줄기는 굵고 가지가 없다. 또 줄기에는 비늘 모양의 노란 각질이 기와처럼 덮여 있다. 주로 내몽고와 칭하이[青海], 신쟝[新疆] 등지에 자란다.

14 이 구절에 쓰인 파극(巴戟)과 맥문동(麥門冬) 역시 약재 이름이다.

15 이 두 구절에서는 백두구(白荳蔻)와 적두구(赤荳蔻)라는 약재 이름이 활용되었다.

16 이 구절에는 천문동(天門冬)과 방풍(防風)이라는 약재 이름이 활용되었다.

| 藿亂淫羊何用 | 발정 난 양들이 난동을 부린들 무슨 소용이랴?[17] |

전령(傳令)이 멀리서 그 배를 발견하고 소리쳤다.

"더 이상 접근하지 말고, 성명을 밝혀라!"

그러자 오랑캐 장수가 대답했다.

"저는 광동 조주부(潮州府) 출신인 시진경(施進卿)이라고 하는데, 온 가족이 이곳으로 이주해 살고 있습니다. 오늘 다행히 천자의 군대가 찾아와서 영접하러 나왔습니다. 결코 다른 뜻은 없습니다. 상관께 알려주시기 바랍니다."

"조금 더 떨어져 있도록 해라. 잠시 후 보고하고 나서 알려주겠다."

"여긴 저하고 하인 하나 외에 다른 사람은 없습니다. 나리, 너무 염려하지 마십시오."

전령이 말을 전하자 호위병이 중군 막사로 들어가 보고했다. 삼보태감이 그를 배 위로 데려오라고 하자, 시진경이 들어와 절을 올리고 말했다.

"저는 광동 조주부의 시진경이라고 합니다. 홍무(洪武) 연간에 해적에게 약탈당하고 나서 온 가족이 이곳으로 이주했습니다. 하지만 늘 고국을 생각하며 황제 폐하를 우러르는 마음을 간직하고

---

17 이 구절은 음양곽(淫羊藿, Epimedium)이라는 약재 이름을 이용해서 만든 것이다. 음양곽은 양곽엽(羊藿葉), 선령비(仙靈脾), 삼지구엽초(三枝九葉草), 강전(剛(剛)前), 건계근(乾鷄筋), 흘릉각(鐵菱角)이라고도 불리며 기침과 해소를 다스리고 혈액순환을 돕는 강장제로도 쓰인다.

있었습니다. 그러다가 오늘 천자의 군대를 만났으니, 삼생(三生)의 행운이라 생각하여 이렇게 영접하러 나왔습니다."

"설마 겉으로는 이렇게 순종하는 척하면서 뒷전에서 수작을 꾸미는 건 아니겠지?"

"저는 홀몸으로 왔고, 옷 안에 갑옷도 입지 않았으며, 밖으로 무기 하나도 들고 있지 않습니다. 그러니 설령 뒷전으로 수작을 부리려 해도 방법이 없습니다."

"뒷전으로 수작을 피우는 게 아니라면, 공사(公事)를 이용하여 사사로운 원한을 갚으려는 속셈인 게 분명하구나."

그러자 시진경이 깜짝 놀라 고개를 조아리며 말했다.

"나리, 과연 선견지명을 갖고 계시는군요!"

"그래, 무슨 일이더냐?"

"제 고향 사람인 진조의(陳祖義)[18]가 몰래 외국과 내통하다가 발각되어 이곳으로 도망쳐 왔습니다. 오래 살다 보니 두목이 되었는

---

18 진조의(陳祖義: ?~1407)는 명나라 때 실존했던 해적 두목이다. 광동(廣東) 조주(潮州) 출신인 그는 홍무 연간에 온 가족이 남양(南洋) 즉 말레이시아 군도(群島)와 필리핀군도, 인도네시아 군도가 있는 지역으로 이주했다. 그는 말라카(馬六甲, Malacca)에 근거지를 두고 십여 년 동안 해적질을 했는데, 가장 전성기 때는 그 집단의 성원이 만 명이 넘었고 전함도 백 척이 넘었다고 한다. 이런 무력을 이용해서 그는 일본과 타이완, 인도양까지 아우르며 패권을 휘두르며 선박을 약탈하고 연해 지역의 도시들을 습격했다. 이에 명나라 태조(太祖)는 그를 잡는 데에 은 50만 냥의 현상금을 내걸기도 했는데, 영락 5년(1407) 9월에 정화가 그를 체포하여 중국으로 압송했고, 결국 그를 공개 처형하여 효수했다.

데, 횡포가 이만저만이 아닙니다. 그자는 지나는 상인들의 재물을 약탈하는 짓을 일삼는데, 이곳 국왕도 그를 어쩌지 못하고 있습니다. 이런 사정이 있어서 우선 알려드리려고 온 것입니다."

왕 상서가 말했다.

"이건 그래도 공적인 악행이니까, 공사를 이용하여 사사로운 원한을 갚는 것과는 조금 다르구먼."

삼보태감이 말했다.

"여기는 무슨 나라이냐?"

"중국에서는 구항국이라고 부르는데, 이곳에서는 팔렘방이라고 부릅니다."

"국왕의 이름은 무엇이냐?"

"마나저우리[麻那者巫里]라고 합니다."

"예전에 조정에서 그에게 벼슬을 내린 적이 있는데, 너도 알고 있느냐?"

"예. 홍무 황제께서 이 나라 국왕 다마사나아자[怛麻沙那阿者]가 세 차례 조공을 바치자 그때마다 《대통력(大統曆)》과 함께 수놓아진 비단을 하사하셨습니다."

"그렇지. 너는 잠시 물러가 있도록 해라. 진조의는 즉시 이리로 잡아들여 처리하겠다."

시진경이 떠나자 삼보태감은 좌호위 정당(鄭堂)을 불러 호두패(虎頭牌)를 하나 내주면서 팔렘방의 국왕을 불러오되, 조금이라도 거역하면 군대를 동원해서 온 나라를 초토화하겠다고 얘기하라고 했다.

정당은 즉시 팔렘방으로 가서 국왕과 장수들에게 그 말을 전했다. 국왕이 장수들과 함께 호두패를 받아서 보니 거기에는 이렇게 적혀 있었다.

위대한 명나라 황제의 명을 받들어 온 흠차총병초토대원수(欽差統兵招討大元帥) 정화가 오랑캐를 위무하고 보물을 구하는 일에 관해 통지한다.

중국에서 역대로 전해지던 전국옥새는 진(秦)·한(漢) 이래 천년이 넘도록 대대로 전해졌으나, 원나라 순제(順帝)가 그것을 지닌 채 하얀 코끼리를 타고 서양으로 도망쳐 버렸다. 하늘의 성대한 덕이 이미 우리 천자 폐하께 응했거늘, 종실의 기물을 어찌 오랫동안 없는 상태로 둘 수 있겠는가? 이 때문에 지금의 황제께서 나에게 천 척의 함대와 천 명의 장수, 용맹한 군사 백만 명을 이끌고 서양으로 와서 오랑캐 땅의 정치를 보살피고 옥새의 행방을 알아보라고 하셨다. 그러므로 이 패를 받은 각 나라 국왕과 장수들은 함대가 도착하면 해당 국가에 옥새의 유무를 사실대로 보고하라. 이렇게 되면 다른 사달은 일어나지 않을 것이다. 그러니 해당 나라에서 이 틈을 이용해 간악한 짓을 꾀하거나 따로 분쟁을 일으켜 전쟁을 초래하지 않도록 하라. 이를 어기면 하늘의 법령에 따라 추호도 용서 없이 너희 소굴을 쓸어버릴 것이다.

국왕이 그걸 보고 말했다.

"우리 부자(父子)는 명나라 황제로부터 큰 은혜를 입고도 오랫동안 갚을 기회가 없었소이다. 오늘 천자의 사신께서 강림해 주셨으니, 어서 장수 한 명을 파견해 영접하도록 하시오. 나는 항서와 조공으로 바칠 예물을 준비하여 직접 사령관을 찾아뵙고, 여기 머무시는 동안 성의껏 접대해 드려야겠소. 이래야 도리에 맞는 일이 아니겠소?"

그 말이 끝나기도 전에 훤칠한 키에 온몸에 갑옷을 입은 장수가 나섰다.

"제가 재주는 미흡하오나 먼저 나가 천자의 사신을 영접하겠사옵니다."

그는 바로 좌표사호대두목(左標沙胡大頭目)을 맡고 있는 진조의였다.

"맛이야 있건 없건 고향의 물이 최고요, 친하든 친하지 않든 고향 사람이 최고라고 했으니, 그대가 나가는 게 적합하겠소."

진조의는 곧 작은 배를 타고 정당과 함께 배로 찾아와서 절을 하자, 삼보태감이 물었다.

"그대는 누구인가?"

"저는 광동 출신의 진조의라고 하는데, 지금 팔렘방 국왕 밑에서 좌표사호대두목이라는 직책을 맡고 있습니다."

그는 삼보태감의 안색이 좋지 않은 걸 보고 몇 마디 덧붙였다.

"사령관님, 의심하지 마십시오. 조금 전에 저희 국왕이 조금 다른 생각을 하기에, 제가 찬찬히 설명하자 입을 다물었습니다. 그래서 제가 우리 국왕의 마음을 더 단단히 먹게 해 주려고 먼저 영접하러 나온 것입니다.”

“여봐라, 당장 저 흑심을 품은 작자를 포박하라!”

그러자 진조의가 깜짝 놀라 소리쳤다.

“투항하러 온 사람을 죽이는 것은 상서롭지 못한 일입니다. 왜 저를 포박하는 것입니까?”

“너는 중국에 있을 때 외국과 밀통했으니, 법률에 따라 참수형에 처해야 마땅하다. 또 외국에서 노략질을 일삼았으니, 그 또한 법률에 따라 참수형에 처해야 마땅하다. 네 머리가 두 개라 하더라도 참수를 면치 못할 판인데, 하나밖에 없는 상황이니 무슨 말이 더 필요하겠느냐?”

“사령관님, 좋은 마음으로 온 저를 이리 억울하게 대하시다니요!”

“네가 나를 영접하러 온 것은 공사를 이용하여 사사로운 원한을 갚으려는 수작일 뿐이거늘, 무슨 좋은 마음을 품었다는 것이냐?”

진조의는 너무 놀라 아무 말도 못 했다.

‘명나라에 이리 신통한 사령관이 있다니! 내 속마음을 훤히 꿰뚫어 보고 있구나!’

삼보태감는 그를 한쪽으로 끌어다 놓고, 국왕을 접견한 후 목을 베어 효수하기로 했다. 그 말이 끝나기도 전에 호위병이 보고했다.

“팔렘방 국왕이 찾아왔습니다.”

삼보태감이 들여보내라고 해서 서로 인사를 나누고 나자 국왕이 황제께 올리는 상소문을 바치니, 삼보태감이 받아서 중군의 관리에게 보관하게 했다. 국왕이 또 항서를 하나 바쳤는데 그 내용은 이러했다.

　팔렘방 국왕 마나저우리가 삼가 두 번 절하며 위대한 명나라
의 흠차총병초토대원수께 올립니다.
　듣자 하니 중원과 그 바깥의 오랑캐는 복식(服飾)이 다르고, 안
으로 존엄을 세우고 밖의 세력을 물리치면서 수시로 민정(民情)
시찰하신다고 하옵니다. 하물며 저희 팔렘방은 항상 보살핌을
받고 있사옵니다.《대통력》을 하사받았고 또 수놓아진 비단으로
호사로운 옷을 지어 입게 해 주셨으니 선황(先皇)께서 베푸신 은
혜는 저승에 가더라도 잊지 못할 것입니다. 또 과분한 벼슬과 함
께 수레와 말까지 하사해 주셨으니, 미천한 몸이 두 황제로부터
더욱 많은 보살핌을 받았사옵니다. 해와 달의 광명을 받들어 눈
서리의 추위가 물러가고, 신령한 비의 은택을 입어 대문 안에 꽃
피는 봄이 찾아왔사옵니다.[19]
　게다가 천자의 사신께서 이렇게 영광스럽게 왕림해 주셨으니
기쁨을 형용할 수 없습니다! 그런데도 이렇게 조잡한 글밖에 올
리지 못하오니, 부디 하해와 같은 아량으로 받아 주시옵소서! 너
무나 감격스럽고 송구한 마음을 담아 올리옵나이다.
　모월 모일 재배하며 삼가 올림.

---

19 이 구절은 당나라 때 장구령(張九齡: 678~740, 자는 자수[子壽])의〈사사향약
　면지표(謝賜香藥面脂表)〉에서 따온 것으로서, 원문은 다음과 같다. "捧日
　月之光, 寒移雪海, 沐雲雨之澤, 春入花門."

삼보태감이 그걸 읽고 나서 말했다.

"적힌 내용만 보더라도 왕께서 우리나라를 등지지 않을 것임을 잘 알 수 있었습니다."

국왕이 또 조공 예물의 목록을 올리자 삼보태감이 받아서 펼쳐 보았다. 거기에는 이렇게 적혀 있었다.

신령한 사슴[神鹿](크기는 큰 돼지만 하고 키는 석 자 남짓. 앞쪽 절반은 짙은 검은색이고 뒤쪽 절반은 하얀 꽃무늬가 있으며, 털이 곱고 짧아 무척 아름다움. 초목만 먹으며 고기는 먹지 않음.) 한 쌍, 학정조(鶴頂鳥, 크기는 오리만 하고 검은 깃털이 나 있으며, 목이 길고 주둥이가 뾰족함. 두개골이 한 치 남짓으로 두꺼우며, 밖은 분홍색이고 안쪽으로 노란색이라 무척 아름다워서 허리띠 장식으로 쓸 수 있음.) 한 쌍, 화계(火鷄, 머리에 비단 두 조각을 얹은 것 같은 연분홍 볏이 있고, 온 몸에 푸른 양털 같은 털이 덮여 있음. 발톱이 무척 날카로워서 사람을 할퀴면 죽음에 이를 수도 있음. 석탄을 잘 먹기 때문에 화계라고 하며, 곤봉으로 때려도 죽지 않음.) 한 쌍, 유리병 한 쌍, 산호 한 쌍, 곤륜노(崑崙奴,[20] 춤과 노래에 뛰어남) 한 쌍, 혈결(血結, 상처를 치료하는 데에 효험이 좋음) 두 갑(匣), 장미수(薔薇水) 두 단지, 금은향(金銀香, 그 색깔은 은을 세공할 때 그릇에 은으로 꽃을 새겨 넣는 데에 쓰는 검은 아교와 비슷함. 중간에 하얀 덩어리가 있는데, 상등품은 하얀 부분이 많고 하등품은 검은 부분이 많음. 냄새가 아주 독하여 코를 마비시킬 정도임) 두 상자, 온눌제향(膃

---

20 곤륜노(崑崙奴)는 이민족 노예를 가리킨다. 이들은 대개 힘이 세고 성품이 온순하고 성실하여 귀족 가문에서 선호했다고 한다.

肭臍,²¹ 이 동물은 생김새는 여우와 비슷하고 나는 듯이 빨리 달림. 그 성기를 기름에 잰 것을 온눌제향[膃肭臍香]이라고 함.) 쉰 개

삼보태감이 목록을 보고 나서 말했다.

"아주 많은 예물을 준비하셨군요. 감사합니다. 이런 것은 받지 않아야 마땅하지만, 국왕의 진심과 성의가 담겨 있으니 감히 거절할 수 없겠군요."

그리고 내저(內貯)의 관리에게 예물을 간수하라고 하는 한편, 연회를 준비하라고 분부했다. 그때 국왕이 또 하나의 예물 목록을 바치며 말했다.

"바깥에 또 소략하나마 몇 가지를 가져왔사오니, 군사들에게 나눠 주시기 바랍니다."

"공적인 예물 외에는 아무리 사소한 것이라도 받을 수 없습니다."

국왕이 재삼 간곡히 청하자 삼보태감이 하는 수 없이 목록을 받아 보니, 거기에는 흰 쌀 백 섬이 들어 있었다.

"이것만으로도 충분합니다."

삼보태감은 군정사의 관리에게 쌀 백 섬을 간수하게 하고, 그 외에는 일체 받지 않았다. 이어서 연회가 준비되어서 국왕을 대접했는데, 국왕이 고기를 전혀 먹지 않자 삼보태감이 물었다.

"대왕, 왜 고기는 잡수시지 않는지요?"

---

21 온눌제(膃肭臍)는 보통 해구신(海狗腎)이라고 부르는, 물개나 바다표범의 음경(陰莖)과 고환(睾丸)을 떼어서 그늘에 말린 것이다.

"저는 불에 익힌 음식은 먹지 않습니다. 그렇게 되면 이 나라에 큰 기근이 들기 때문입니다."

"아니, 어찌 그런 일이!"

"믿기시지 않겠지만 또 한 가지 금기가 있습니다."

"그건 무엇입니까?"

"저는 목욕하지 않습니다. 그렇게 되면 이 나라에 큰 장마가 진답니다."

"그럼 국왕께서는 익힌 음식도 잡수지 않고 목욕도 하지 못하신다는 말씀입니까?"

"먹는 것은 곡식 가루뿐이고, 목욕할 때도 장미즙[薔薇露]으로만 합니다."

그러자 장 천사가 고개를 두어 번 주억거렸다. 삼보태감은 곧 군정사의 관리에게 관복과 말안장을 하나씩 가져와 국왕에게 드리게 했다. 국왕이 감사의 절을 올리며 받자, 삼보태감은 진조의를 데려오라고 분부했다. 국왕은 형틀을 차고 있는 진조의의 모습을 보고 깜짝 놀랐지만, 감히 영문을 물어보지도 못했다.

삼보태감이 진조의를 어떻게 처리하는지는 다음 회를 보시라.

삼보태감은 몸소 여인국에 들어가고
명나라 군사들은 자모하의 강물을 잘못 마시다
元帥親進女兒國　南軍誤飲子母水

征南大將出皇朝	남쪽 정벌하는 대장군 조정을 나와
巡海而西去路遙	바다를 돌아 서쪽으로 먼 길 떠났지.
旗鼓坦行無狗盜	깃발 세우고 북 울리며 평안히 가는 길에 도적도 없고
蠻烟盡掃有童謠	오랑캐의 연기 모조리 쓸어 동요가 울려 퍼졌지.
劍揮白雪除妖獸	눈 서리 같은 검 휘둘러 요사한 짐승 제거하고
箭射青空下皂雕	푸른 하늘에 화살 쏘아 검은 독수리 떨어뜨렸지.
怪底孼餘陳祖義	깜짝 놀란 해적 잔당 진조의는
敢撐蛇臂漫相招	흉악한 팔 함부로 휘둘렀지.

그러니까 삼보태감이 진조의를 데려오라고 분부하자, 국왕은 형

틀을 차고 있는 진조의의 모습을 보고 깜짝 놀라면서도 무슨 영문인지 몰랐다. 그러자 삼보태감이 말했다.

"저 진조의는 원래 중국에서 외국과 밀통했다가 들통이 나자 도망친 자입니다. 지금은 팔렘방에서 노략질을 일삼고 있으니, 큰 재앙 덩어리이자 그 죄가 막심합니다. 국왕께서도 이런 사실을 알고 계셨습니까?"

"저는 애초에 그런 줄도 모르고 벼슬을 내리는 실수를 저질렀으니, 지금은 저 사람을 어찌하기가 조금 곤란합니다."

"제가 여기서 저자의 죄를 낱낱이 밝혀 귀국의 재앙 덩어리 하나를 없애 드리겠습니다."

그리고 망나니에게 진조의를 막사 밖으로 끌고 나가 참수하여 효수하라고 명령하자, 진조의가 고함을 질렀다.

"살려주십시오! 저는 아무 죄도 짓지 않았습니다!"

하지만 삼보태감은 못 들은 척했다. 잠시 후 그의 목이 베어져 수급이 바쳐지자, 국왕이 허리 숙여 예를 표하며 말했다.

"사령관님, 이 재앙 덩어리를 없애 주셔서 감사합니다. 그런데 우리나라에 또 하나의 재앙 덩어리가 있는데 이것도 처리해 주실 수 없는지요?"

"그게 무엇입니까?"

"나라 안에 동굴이 하나 있는데, 그곳에서 해마다 수만 마리의 소들이 뛰쳐나와 닥치는 대로 들이받아 두 동강을 내놓습니다. 그놈들한테 걸리면 십중팔구는 죽게 되니, 피해가 정말 막심합니다.

사령관님, 부디 이걸 좀 해결해 주십시오."

"이 일은 천사님의 도움이 필요하겠습니다."

장 천사는 즉시 부적을 하나 꺼내 국왕에게 주었다.

"이걸 가져가서 내일 자시 삼각(子時三刻)[1]에 동굴 위에서 태우면 그 소들이 저절로 없어질 것이외다."

국왕이 감사의 절을 올리자 삼보태감은 또 시진경을 불러들여 관복에 차는 허리띠를 하사하면서, 그에게 진조의의 직책을 대신 맡도록 했다.

"바로 직전에 보았던 진조의의 일을 타산지석(他山之石)으로 삼아 성심껏 직무를 수행하고 선량하게 행동하도록 하라!"

그런 다음 국왕과 시진경이 일제히 절을 올리고 떠났고, 함대는 다시 항해를 계속했다. 그러자 왕 상서가 말했다.

"사령관님, 시진경이 고발할 때 진조의의 얼굴을 보지도 않은 상태였지 않습니까? 그런데 어떻게 진조의가 금방 올 거라는 사실을 아셨습니까?"

"이렇게 공사를 빌려 사적인 원수를 갚으려는 자는 제가 알아서 우리를 찾아와 어떤 명분으로 삼으려 하지 않겠습니까? 그래서 제가 호두패에도 '이 외에 다른 뜻은 없다.'라고 쓴 것이지요. 그러니까 그자가 더욱 방심하고 대담하게 찾아왔으니, 이야말로 딱 계책에 걸려든 게 아니고 뭐겠습니까?"

---

1 자시 삼각(子時三刻)은 오늘날의 시간으로 저녁 11시 45분에 해당한다.

그 말에 다들 칭송했다.

"과연 선견지명이십니다!"

"그거야 별거 아니지만, 천사님, 어제 보니 국왕이 불로 익힌 음식도 먹지 않고 목욕도 하지 않는다고 하자 고개를 두어 번 끄덕이셨는데, 그건 무엇 때문입니까?"

"그건 제가 점을 쳐 보고 알았기 때문입니다."

"무슨 점괘가 나왔는지요?"

"점괘에서는 그 국왕이 용의 정령이라고 하더이다."

"용은 불을 무서워하니까 불을 보면 가뭄이 들고, 물을 좋아하니까 물을 보면 물난리가 난다 이거로군요?"

그 말이 끝나기도 전에 호위병이 와서 보고했다.

"팔렘방 국왕이 사람을 시켜서 땔감과 채소 따위 보내왔습니다. 지금 열 척의 작은 배를 타고 와서 분부를 기다리고 있습니다."

"품목별로 절반만 받아 두고 나머지는 돌려보내도록 하라."

"그리고 새로 두목의 자리에 오른 시진경이 돼지와 양, 닭, 오리, 술, 쌀 따위를 보내와서 지금 네 척의 작은 배가 분부를 기다리고 있습니다."

"그자가 보낸 것은 터럭 하나라도 받을 수 없다."

"시진경이 보낸 것은 모두 이 나라 백성들이 정성껏 모아 바치는 것이랍니다. 천사님의 부적을 오늘 자시 삼각에 동굴에서 태웠더니, 그 재가 식기도 전에 갑자기 '우르릉!' 하는 소리와 함께 수많은 대나무가 자라나서 동굴 입구를 꽉 막아 버렸답니다. 이에 백성들

이 환호하며 각자 조금씩 갹출하여 시진경을 통해 성의를 전하고
자 한 것이랍니다."

"그렇다면 품목별로 조금씩만 받아 성의를 받아들인 것으로
해라."

작은 배들이 돌아가고 나자 함대는 다시 항해를 시작했다. 이때
는 마침 삼월이라 경사 쪽을 돌아보니 봄나들이하기에 딱 좋은 시
절이었으니, 이를 증명하는 시[2]가 있다.

仙子宜春令去遊	선녀는 봄을 맞아 나들이를 가자는데
風光猶勝小梁州	풍경은 작은 양주(梁州)보다 빼어나구나.[3]
黃鶯兒唱今朝事	노란 꾀꼬리는 오늘 아침의 일을 노래하고
香柳娘牽舊日愁	향기로운 버들 아래 아가씨는 옛 시름 푸는구나.[4]
三棒鼓催花下酒	세 번의 북소리는 꽃 아래 술잔을 재촉하고

---

2 인용된 시는 조익(趙翼: 1727~1814, 자는 운숭[雲崧] 또는 운숭[耘崧], 호는 구북
[甌北] 또는 구악[裘蕚], 삼반노인[三半老人])의 《해여총고(陔餘叢考)》 권24
에 인용된 《객중집(客中集)》에 수록된 명나라 때 서분(舒芬: 1487~1531, 자
는 국상[國裳], 호는 재계[梓溪])이 지은 시인데, 원작에서는 첫 구절의 '선
자(仙子)'를 '위애(爲愛)', 제5구의 '삼봉고(三棒鼓)'를 '삼도고(三擣鼓)'라고 했
다.

3 이 두 구절에서 〈의춘령(宜春令)〉과 〈소량주(小梁州)〉는 모두 곡패(曲牌) 이
름이다.

4 이 두 구절에서 〈황앵아(黃鶯兒)〉는 총 96자의 두 소절로 이루어진 사패(詞
牌) 이름이고, 〈향류낭(香柳娘)〉은 남곡(南曲)의 곡패 이름이다.

一江風送渡頭舟　　　온 강의 바람은 나루터의 배를 전송하지.[5]

嗟予沉醉東風裏　　　아아, 나는 봄바람 속에 취해 누워

笑剔銀燈上小樓　　　웃으며 은 등잔 심지 자르고 작은 누각에
　　　　　　　　　　올라가노라.[6]

　그때 호위병이 보고했다.

　"앞쪽에 어떤 나라가 있는 모양입니다."

　중군에서는 돛을 걷고 닻을 내려 배를 멈추게 했다. 그런 다음 다시 예전처럼 해상과 뭍에 두 개의 영채를 차렸다. 삼보태감은 정찰병들에게 뭍에 상륙하여 정탐해 보라고 지시했다. 얼마 후 정찰병들이 일제히 돌아와 보고하니, 삼보태감이 물었다.

　"여기는 무슨 관문이라 하더냐?"

　"여긴 상당히 이상한 곳입니다."

　"그게 무슨 소리냐?"

　"여기 사는 사람들은 모두 용모가 아주 수려합니다."

　"그야 지역마다 풍토가 다르기 때문이 아니겠느냐?"

　"이곳 사람들은 모두 귀밑머리가 검고 얼굴은 하얀 데다가 분을 바르고 기름칠을 했습니다."

---

5 이 두 구절에서 〈삼봉고(三棒鼓)〉는 후베이[湖北]를 비롯한 북곡(北曲)에서 자주 사용되는 곡패 이름이고, 〈일강풍(一江風)〉역시 원나라 때 많이 사용되던 남곡의 곡패 이름이다.

6 이 두 구절에서 〈심취동풍[沉醉東風]〉과 〈척은등(剔銀燈)〉은 곡패 이름이고, 마지막 구절은 역시 곡패 이름인 〈소상루(小上樓)〉를 변형한 것이다.

"사람마다 차림새가 다른 법이지."

"이곳 사람들은 모두 수염이 없고 붉은 입술에 새하얀 이를 드러내고 있습니다."

"사람들 생김새도 원래 제각각인 법이 아니더냐?"

"이곳 사람들은 모두 쪼그려 앉아 소변을 보는데, 계곡 사이에 샘이 하나 있고 양쪽 언덕에는 풀이 우거져 있습니다.[7]"

삼보태감이 잠시 생각에 잠기더니 이렇게 말했다.

"그럼 모두 여자라는 말이냐?"

"그건 저희도 잘 모릅니다. 하지만 이걸 좀 들어 보십시오."

그리고 정찰병들은 노래를 하나 읊조렸다.[8]

汗濕紅粧花帶露	땀에 젖은 붉은 화장은 이슬 머금은 꽃과 같고
雲堆綠鬢柳拖烟	구름처럼 올린 푸른 머리는 안개 머금은 버들 같구나.
恍如天上飛瓊侶	하늘나라 날아다니는 선녀인가

---

7 계곡의 샘과 양 언덕의 풀은 여성의 성기를 우회적으로 표현한 것이다.

8 인용된 시는 작자를 알 수 없는 옛 시 〈미녀(美女)〉의 일부로서, 전문은 다음과 같다. "먼 산등성이 같은 눈썹은 짙푸르게 이어지고, 새하얀 이와 붉은 입술 고운 자태 선명하구나. 땀에 젖은 붉은 화장은 이슬 머금은 꽃과 같고, 구름처럼 올린 푸른 머리는 안개 머금은 버들 같구나. 하늘나라 날아다니는 선녀인가, 달나라에서 쫓겨난 선녀인가? 푸른 날개 같은 치마 끌며 봉황처럼 춤추나니, 그 모습 마치 바람에 하늘거리는 연꽃 같구나![遠山眉黛翠微連, 皓齒朱唇麗色鮮. 汗濕紅粧花帶露, 雲堆綠鬢柳拖烟. 恍如天上飛瓊侶, 疑是蟾宮謫降仙. 步拽翠翹金鳳舞, 何殊風拂一枝蓮.]"

疑是蟾宮謫降仙　　달나라에서 쫓겨난 선녀인가?

그 노래를 듣고 나자 왕 상서가 삼보태감에게 말했다.

"그렇다면 이곳은 여인국인가 봅니다."

"여인국이라면 여자들만 살고 남자는 없다는 얘기 아닙니까?"

"그렇지요."

"여자들만 나라를 이루어 살 수 있다는 것입니까?"

"물론이지요. 국왕도 있고, 문무 관리와 백성도 있지요."

"그렇다면 이들에게도 항서를 받아야겠군요."

그러자 마 태감이 말했다.

"남녀유별이라 직접 물건을 주고받는 것은 곤란하니, 그냥 지나 가시는 게 어떨까요?"

삼보태감이 말했다.

"천자의 사자는 천하에 적이 없는 법이다. 그냥 지나쳤다가 나중 에 구설수에 오르면 곤란하지 않겠느냐? '옛날 누군가 서양에 갔는 데, 심지어 여인국도 정복하지 못했다더라.' 이렇게 말이다."

왕 상서가 말했다.

"그냥 지나칠 수 없다 하더라도 함부로 정벌해서도 곤란합니다. 말솜씨 좋은 사람을 하나 보내서, 저들에게 항서를 바치고 통관문 서를 교환하도록 설득하는 게 어떻습니까? 그러면 양쪽 모두 편하 겠지요."

삼보태감이 잠시 생각하고 나서 말했다.

"제가 다녀올까요?"

"직접 다녀오시는 것도 좋겠지만, 사령관께서 영채를 벗어나시면 무슨 문제가 생기지 않을까 염려됩니다."

"호랑이 새끼를 잡으려면 호랑이 굴에 들어가야지요! 자신이 병사들 앞에 나서는 것은 옛날 명장들도 다 그렇게 했던 일이 아닙니까? 중군의 모든 업무는 잠시 상서께 맡기겠습니다."

"굳이 그러시겠다면 저로서는 감히 말리지 못하겠습니다."

삼보태감은 잠시 생각에 잠기더니 곧 채비를 꾸렸다. 왕 상서가 말했다.

"무슨 좋은 계책이 있습니까?"

"전쟁에서야 적을 속이는 게 잘못이 아니지 않습니까? 관문을 들어갈 때는 오랑캐 장수로 변장하고 들어가서, 여왕을 만나면 본래 모습을 드러낼 참입니다."

"그렇게 하시는 무슨 이유가 있습니까?"

"관문을 들어갈 때는 막히게 되면 아예 여왕과 이야기도 못 해보게 될 테니까 오랑캐 장수로 변장하는 것입니다. 여왕을 만났을 때는 제 나름대로 할 말이 준비되어 있습니다. 여왕도 중국의 장수를 보면 감히 거역할 수 있겠습니까? 그래서 그때는 오히려 정체를 드러내는 것입니다."

"오라! 과연 묘책입니다!"

삼보태감은 머리에 여자처럼 쪽을 틀어 올리고, 위에는 짧은 적삼을 입고, 아래에는 꽃무늬 수건을 두르고, 양쪽 다리 아래쪽에는 무릎뼈를 드러낸 채 말에 올랐다. 그리고 혼자서 몇 리를 달려가자 과연 관문이 하나 나타났다. 관문에는 악어가죽으로 만든 북이 몇 개 설치되어 있고, 아래쪽에는 빈랑나무로 만든 창을 든 병사들이 몇 명 서 있는데, 다들 얼굴은 분을 바른 듯했고 입술을 붉게 칠해 제법 교태가 흘렀다.

'세상에 희한한 일도 다 있군! 온 나라 여자들이 평생 배필이란 것도 모른 채, 환관인 나처럼 이렇게 고생하며 살다니 말이야!'

그가 그런 생각을 하고 있을 때 창을 든 병사가 소리쳤다.

"누구냐?"

원래 삼보태감은 위구르 출신인지라 여든세 종류의 오랑캐 말들을 알아들었다. 그는 즉시 오랑캐 말로 몇 마디 둘러댔다.

"저는 백두국(白頭國)[9]의 사자인데, 귀국의 지고무상한 분[昔嚓馬哈剌札, Sri Mahārajal[10]을 뵐 일이 있소. 나는 육 년 만에 오는 것이니 얼른 통보해 주시오!"

그 병사는 그게 정말인 줄 알고 즉시 안에다 보고했다. 알고 보니 여인국에도 총사령관이 있었는데, 그 이름은 왕롄잉[王蓮英]이었다. 보고를 받은 그녀는 "백두국에서 육 년 동안 왕래가 없었던

---

9 백두국(白頭國)은 인도를 가리킨다. 《영환지략(瀛環志略)》 권3 〈아세아(亞細亞)〉 "오인도(五印度)"의 기록에 따르면 이 나라 사람들은 머리에 하얀 천을 싸고 다니기 때문에 중국의 월동(粤東, 중국 광둥성[廣東省] 동부의 차오저우[潮州]와 산터우[汕頭] 계양[揭陽], 산웨이[汕尾], 메이저우[梅州]를 아울러 부르는 명칭임) 사람들이 이렇게 부른다고 했다.

10 원문에는 '석의마합자(昔儀馬哈剌)'라고 표기되어 있으나 바로잡는다.

것은 사실이지." 하면서 관문을 열고 들여보내라고 분부했다. 삼보태감은 안으로 들어가서 왕렌잉과 만나자 또 몇 마디 말로 둘러댔다. 그러자 그녀는 또 "우리나라하고 그대의 나라가 육 년 동안 왕래가 없었던 것은 사실이지." 하고 말했다.

'황제 폐하의 홍복 덕분에 대충 나오는 대로 둘러댄 게 딱 맞아떨어진 모양이로구나!'

왕렌잉은 그를 안내하여 국왕의 궁궐 앞으로 갔다. 그리고 자신이 먼저 들어가서 여왕에게 이렇게 보고했다.

"백두국에서 장수 한 명을 보냈는데, 두 통의 서신을 들고 있습니다. 대왕마마를 뵙고 아뢸 일이 있다는데, 제가 마음대로 할 수 없어서 먼저 이렇게 보고하옵니다."

"그럼 들여보내도록 하세요."

그런데 왕렌잉이 다시 궁궐 문밖으로 나와 보니 백두국에서 온 사신의 모습이 보이지 않는 것이었다. 이게 어찌 된 일일까? 알고 보니 그곳에 관리가 한 명 있기는 한데, 조금 전의 그 서양인 모습이 아니라 머리에 금으로 장식된 삼산모(三山帽)를 쓰고, 이무기와 용의 무늬가 수놓아진 비단 도포를 입고, 허리에 영롱한 옥대(玉帶)를 차고, 발에는 고위 관료들이 신는 까만 가죽장화를 신고 있었다. 왕렌잉이 좌우를 두리번거리며 깜짝 놀라자 삼보태감이 말했다.

"놀라지 마시게. 조금 전에 만난 사람이 바로 나일세!"

"당신은 누구신가요?"

"사실 나는 백두국에서 온 사신이 아니라네."

"그럼 어디서 오셨나요?"

"남선부주의 위대한 명나라 황제 폐하를 모시는 흠차초토대원수 정화라는 사람일세. 천자의 명을 받들어 오랑캐를 위무하고 보물을 찾기 위해 천 척의 함대와 천 명의 장수, 정예병 백만 명을 이끌고 서양에 왔다네. 그러다가 오늘 그대의 나라를 지나게 되었는데, 차마 군대를 보내 이 나라를 해칠 수 없어서, 내가 직접 자네들 국왕을 만나 항서를 받고 통관문서를 교환하러 왔네. 이렇게 해서 조용히 다른 나라로 떠나게 되면 서로에게 좋지 않겠는가?"

"알고 보니 믿음이 가지 않는 사람이군요. 아까 오자마자 중국 사람이라고 했더라면 제가 대왕마마께 중국 사람이 왔다고 보고드렸을 거 아니에요? 그런데 왜 서양 사람이라고 거짓말을 하셨어요? 제가 이미 대왕마마께 당신이 서양 사람이라고 말씀드렸는데, 어떻게 다시 말을 바꾸어서 보고하라는 건가요?"

"다시 보고할 필요 없네."

"그게 무슨 말이에요?"

"자네가 보고한 그 서양 관리가 여기 없으니, 자네는 군주를 기만한 죄를 저지른 셈이 아닌가? 그러니 차라리 다시 보고하지 않는 게 낫지 않겠는가?"

"차라리 다시 보고해서 벌을 받는 게 낫지 어찌 감히 군주를 기만하겠어요?"

그녀는 황급히 다시 들어가 보고했다.

"마마, 죽을죄를 지었나이다!"

"무슨 일이에요?"

"조금 전에 제가 백두국에서 사신이 왔다고 아뢰었는데, 알고 보니 가짜였사옵니다."

"아니, 그럼 그게 누구였어요?"

"남선부주의 위대한 명나라 황제 폐하를 모시는 흠차초토대원수 정화라는 사람인데, 천자의 명을 받들어 오랑캐를 위무하고 보물을 찾기 위해 천 척의 함대와 천 명의 장수, 정예병 백만 명을 이끌고 서양에 왔다고 하옵니다. 그러다가 지금 우리나라에 이르러서 무슨 항서와 통관문서를 요구하고 있사옵니다. 조금 전에 잘못 아뢴 제 죄를 용서해 주시옵소서!"

그 말을 들은 여왕은 얼굴에 기쁜 미소를 지으며 말했다.

"그야 그 사람이 거짓말을 해서 그렇게 된 것인데, 그대에게 무슨 잘못이 있겠어요? 어쨌든 대국에서 온 사신이니 들여보내도록 하셔요."

왕렌잉이 나와 안내하자 삼보태감은 즉시 들어가 여왕을 만났다. 여왕은 그를 보고 무척 기뻐했다.

'한 나라의 왕으로서 나는 한없는 즐거움을 누리고 있지. 하지만 잠자리를 함께할 사람이 없다는 것만은 아무래도 불만이었어. 다행히 하늘이 좋은 인연을 맺어주시려고 이렇게 중국의 사령관을 만나게 해 주셨구나. 저런 사람하고 하루만이라도 부부로 지낼 수 있다면 죽어도 여한이 없을 거야!'

그렇게 생각하며 여왕이 황급히 물었다.

"선생, 고향은 어디인가요? 성함은 뭐죠? 지금 맡고 계신 직책은 무엇인가요?"

"저는 중국 명나라의 정화라는 사람으로서, 지금 정서대원수의 직책을 맡고 있소이다."

"대국의 사령관께서 무슨 일로 이런 서양 나라까지 오셨나요?"

"황제 폐하의 명을 받들어 전국옥새의 행방을 찾기 위해 천 척의 함대와 천 명의 장수, 정예병 백만 명을 이끌고 서양에 왔소이다."

"우리나라는 중국하고 몇 만 리나 떨어져 있고 또 연수양과 홉철령에 가로막혀 있는데, 여기까지 어떻게 오셨나요?"

"우리 함대에 귀신을 부리고 요괴를 사로잡는 능력을 지닌 도사가 한 분 계시오. 또 하늘과 땅을 소매에 담고 해와 달을 품에 넣을 수 있는 능력을 지닌 스님이 한 분 계시지요. 그래서 연수양이나 홉철령도 평지를 지나듯 쉽게 지나왔지요."

"우리나라에는 여자들만 있고 《시경》이니 《서경》이니 하는 것은 읽지도 않은데, 뭐 하러 힘들게 여기까지 오셨나요?"

"이 나라에 여자들만 사는지라 전쟁에 익숙하지 않을 것 같아, 일부러 군대를 보내지 않고 나 혼자 찾아왔소이다. 그저 항서 한 장과 통관문서 하나만 주시면 되오이다. 이 외에 다른 뜻은 없소이다."

"그것들은 내일 하나도 빠짐없이 모두 바치겠어요."

삼보태감은 그녀가 선뜻 응낙하자 무척 기뻐하며 일어나 작별인사를 하려 했다.

그런데 여왕은 삼보태감의 말쑥한 인물과 시원한 말솜씨, 단아

한 행동거지를 보고 음란한 마음이 일어나, 냉수 한 사발을 마시듯 단번에 꿀꺽 삼키지 못해 안달이었다. 그래서 그녀는 황급히 만류했다.

"인연이 있어 천 리 먼 곳까지 오셔서 이렇게 만나게 되지 않았나요? 천행으로 오늘 그대를 만나게 되었으니, 조촐한 술자리를 마련하여 회포를 풀고 싶어요. 제발 거절하지 말아 주셔요."

잠시 후 잔칫상이 차려지고 술잔이 몇 바퀴 돌았다. 양쪽에 시립해 있는 이들은 모두 서양의 아낙과 궁녀였고, 춤과 함께 울리는 풍악도 모두 서양의 음악이었다. 삼보태감은 잠시 앉아 있으면서 생각했다.

'이 여자들도 이성에 대한 느낌은 있는 모양인데, 어째서 이웃 나라 남자들과 결혼하지 않을까? 아무래도 좀 물어봐야겠구나.'

그리고 여왕에게 물었다.

"이 나라에는 모두 여자들만 있는데, 원래 어디서 오셨는지요?"

"애초에 어디서 왔는지 지금은 알 수 없어요. 다만 우리 서양 나라의 남자들은 더 이상 접촉할 수 없어요. 조금이라도 접촉하게 되면 남녀 모두 즉시 독창(毒瘡)이 생겨서 사흘 안에 몸이 문드러져 죽고 말아요. 그래서 우리나라 여자들은 모두 맑은 물처럼 깨끗한 몸이랍니다."

"그렇군요. 이제 술이 많이 취해서 이만 일어나야겠소."

하지만 여왕이 자꾸 잔을 들어 권하자, 삼보태감이 말했다.

"제가 주량이 그리 크지 않아서 더는 못 마시겠소이다."

"친한 사이가 되기 위한 잔인데 왜 거절하셔요?"

삼보태감은 아주 순진한 사람인지라 그녀의 속셈을 몰랐기 때문에, 그저 주는 대로 두 개의 큰 잔을 비웠다. 여왕이 다시 여자의 구두 모양으로 된 한 쌍의 커다란 금 술잔에 술을 가득 따라 그에게 권했다.

"더는 못 마시겠소이다."

"이건 화합주예요. 우리 함께 마셔요."

삼보태감은 그게 무슨 뜻인지도 모르고 또 그 술잔을 비웠다. 여왕이 또 금을 박아 장신한 연꽃 모양의 술잔을 가득 채워 권했다.

"이젠 정말 더는 못 마시겠소이다."

"이건 병두련주(竝頭蓮酒)[11]예요. 우리 함께 마셔요."

삼보태감은 그게 무슨 뜻인지도 모르고 또 그 술잔을 비웠다. 여왕이 또 팔보를 박아 장신한 오색 난새[鸞] 모양의 술잔에 술을 가득 따라 권했다.

"이번엔 진짜 못 마시겠소이다."

"이건 전란배(顚鸞杯)[12]예요. 우리 함께 마셔요."

삼보태감은 여왕이 남자와 몸을 섞지 못한다는 얘기를 들은 바 있기 때문에, 이번에도 아무 의심도 하지 않고 또 그 술잔을 비웠

---

11 병두련(竝頭蓮)은 병체련(竝蒂蓮) 또는 병체부용(竝蒂芙蓉)이라고도 하며, 하나의 줄기에 두 송이가 핀 연꽃을 가리킨다. 이것은 대개 사랑하는 부부 사이를 비유할 때 쓰인다.

12 전란(顚鸞)은 전란도봉(顚鸞倒鳳)을 줄여 표현한 것으로서, 세상일이 순서가 뒤바뀐 경우를 비유하거나 남녀 사이의 성교를 암시한다.

다. 여왕이 또 팔보를 박아 장식한 봉황새 모양의 황금 술잔에 술을 가득 따라 권했다. 삼보태감이 정말 더 마실 수 없었기 때문에 한사코 사양하자, 그녀가 말했다.

"이건 도봉배(倒鳳杯)예요. 이것만 마시면 더 권하지 않을게요."

그러자 삼보태감도 거절하기 어려워서 또 그 잔을 비웠다. 그 바람에 그는 이제 두 볼이 모두 발그레하게 달아올라 거나하게 취해 버렸다.

여왕은 그가 취한 틈에 느긋하게 노를 저어 취한 물고기를 잡듯 음흉한 짓을 하려 했다. 이에 시종들에게 촛불과 향로를 준비하고, 삼보태감을 부축하여 구불구불 복도를 따라 궁궐 안으로 들어가, 아찔한 향기가 코를 찌르는 서양식 침대에 눕혔다. 그제야 삼보태감은 사태를 파악했지만 어쩔 도리가 없어서 그저 그들이 하자는 대로 내버려 두었다. 잠시 후 여왕은 좌우를 물리고 몸소 침대로 올라와 삼보태감을 부축해 일으켰다.

"이봐요, 동방에 화촉 밝히고 미녀와 밤을 보내는 것이 장원급제 하는 것보다 낫다는 말도 있잖아요? 당신은 명나라에서 제일 뛰어난 문장가이고, 저는 서양 여자들 가운데 우두머리니까, 아주 잘 어울리는 한 쌍이잖아요. 그런데 왜 거절하시는 거예요?"

"이 나라 여자들은 모두 순결해서 남자와 몸을 섞지 못한다고 하지 않았소!"

"그야 서양 남자들을 두고 한 말이지요. 당신은 중국 사람이니 상관없어요."

"그럼 옛날부터 지금까지 이 나라에 온 중국 사람이 하나도 없었다는 것이오?"

"그래요. 설령 한두 명쯤 있었다고 해도 여기서는 나눠 갖는 게 불공평해서 너도나도 다들 한 줌씩 쥐어뜯어 버리는 바람에, 향 조각처럼 조각조각 쪼개져서 주머니 속으로 들어가 버리니 동침을 할 수나 있었겠어요?"

"그럼 나도 내일 그 꼴이 된다는 말이오?"

"다행히 많은 사람을 데려오셨잖아요. 당신은 사령관이니까 여왕인 저하고 짝이 되고, 배에 있는 다른 장수들은 우리 궁중의 관료들하고 짝이 되고, 일반 사병들은 우리 백성들하고 짝이 되면 되잖아요. 남자와 여자가 각기 짝을 맞출 수 있는데, 무슨 불공평하느니 하는 말들이 나오겠어요?"

'이건 간식으로 쓰는 부추 만두로구나. 이러다간 끝이 없겠어! 내 임무는 어쩌라고!'

그 여왕은 원래 음란한 데다가 그렇게 한참 동안 음란한 말을 늘어놓다 보니 더욱 음란한 마음이 불붙었다. 그래서 그녀는 예의니 염치니 하는 것은 따지지 않고, 필사적으로 삼보태감을 끌어안고 찰싹 매달렸다. 그 바람에 오히려 삼보태감이 당황했다.

"사람을 잘못 보셨소이다. 나는 환관이라는 말이오."

하지만 환관이 무엇인지 모르는 여왕은 삼보태감이 겸양을 떨며 별것 아닌 벼슬아치인 환관이라고 하는 줄로만 알았다.

"저하고 부부가 되는데 벼슬이 높고 낮은 게 무슨 상관이겠어요?"

그러면서 다짜고짜 그를 꽉 끌어안았다. 하지만 삼보태감은 고개를 돌린 채 계속 모르는 척했다. 그녀가 삼산모를 벗겨도, 신을 벗겨도, 상의를 벗겨도, 바지를 벗겨도, 그리고 이불로 그의 몸을 덮어주어도 계속 모르는 척 내버려 두었다. 보라! 그녀는 아주 신이 나서 자기 머리장식을 풀고 옷을 벗더니 침대로 기어올랐다. 그리고 이불 한쪽을 슬쩍 들어 살펴보니 백설 같이 하얗고 옥처럼 반질거리는 그의 살결이 보이는 것이었다. 그걸 보자 그녀는 더욱 기뻤다.

'내가 전생에 정말 많은 공덕을 쌓았나 보다. 이렇게 멋진 남편을 만나게 되다니 말이야!'

그녀는 음심이 발동해서 삼보태감을 꽉 끌어안으며 "자기야!" 하면서 연신 달콤한 말을 늘어놓으며 당장 운우지락을 즐기고 싶어 안달했다. 하지만 삼보태감이 꼼짝도 하지 않고 있는지라 자기가 먼저 손을 내밀어 더듬어 보았는데, 그야말로 '앞마당에는 하늘로 뻗은 기둥을 찾을 수 없고, 대문 밖에는 오리들 노니는 연못만 있는' 격이었다. 그녀는 깜짝 놀라 벌떡 일어났다.

"사령관님, 당신은 남자예요 여자예요?"

"몸은 남자지만 실제로는 여자나 마찬가지라오."

"그게 무슨 소리지요?"

"나도 원래는 당당한 사내대장부였으니 몸이 남자지만, 나중에 거세하는 바람에 거시기가 없어져서 거시기를 할 수 없게 되었으니 여자나 마찬가지라는 얘기요."

그 얘기를 들은 여왕이 "빽!" 고함을 질렀다.

"아이! 정말 짜증나!"

'괜히 이렇게 창피한 짓만 했잖아. 에라, 모르겠다! 이자를 없애 버리면 창피한 꼴은 피할 수 있겠지.'

여왕은 곧 시종들을 불렀다.

"여봐라, 이자를 궁궐 밖으로 끌고 나가 목을 쳐서 효수하라!"

그러자 삼보태감이 말했다.

"우리 명나라에는 천 명의 장수와 백만 명의 정예병이 있소. 나를 죽이면 즉시 이 나라는 잿더미로 변할 것이오."

그러자 여왕도 겁이 나서 당장 그를 끌고 나가 옥에 가두라고 고함을 질렀다. 그러자 삼보태감이 소리쳤다.

| 盤根錯節偏堅志 | 나무뿌리와 가지 얽히듯 일이 복잡해져도 의지는 오히려 굳건해지나니 |
| 爲國忘家不憚勞 | 나라 위해 가족도 잊고 힘겨운 수고 마다 하지 않으리라! |

하지만 그는 일단 그들의 처분에 따르고, 나중에 다시 대책을 마련하는 수밖에 없었다.

여왕은 사람을 보내 명나라 함대의 상황을 정탐하게 했다.

한편 중군 막사에 있던 왕 상서는 장수들을 불러 모아놓고 이렇게 말했다.

"사령관께서 가신 지 이틀이 되었는데도 아무 소식이 없소. 여러 분 중에 누가 병사를 이끌고 나가 탐문해 보지 않겠소?"

그 말이 끝나기도 전에 우선봉 유음이 높다란 코를 씰룩이고 퉁 방울 같은 눈을 부릅뜨며 말했다.

"재주는 보잘것없지만 제가 다녀오겠습니다."

"그럼 쉰 명의 병사를 선발하여 다녀오시기 바라오."

유음은 안령도(雁翎刀)를 들고 오명마(五明馬)에 올라 나는 듯이 달려갔다. 한참 달려가다 보니 멀리 커다란 다리가 하나 보였다.

隱隱長虹駕碧天	긴 무지개 은은히 푸른 하늘에 걸려
不雲不雨弄晴烟	구름도 비도 없이 맑은 안개 피워 낸다.
兩邊細列相如柱	그 양쪽으로 사마상여의 다리 기둥[13]들 조 그맣게 늘어섰거늘
把筆含情又幾年	붓 들고 정감을 품은 채 또 몇 년을 보냈 던가!

가까이 가서 보니 과연 커다란 다리였다. 양쪽 난간에는 모두 정 교하게 조각한 아이들의 모습이 장식되어 있었다. 유음이 고삐를 당기고 잠시 살펴보자, 따라오던 병사들도 잠시 다리의 모습을 구

---

13 진(晉)나라 때 상거(常璩, 자는 도장[道將])가 편찬한 《화양국지(華陽國志)》 〈촉지(蜀志)〉에 따르면, 사마상여(司馬相如)가 장안(長安)으로 가다가 승선 교(昇仙橋)를 지날 때 다리 기둥에 반드시 출세하여 돌아가겠다는 맹세를 적어 놓았다고 한다.

경했다. 그 다리 밑으로는 한 줄기 맑은 강물이 흐르고 있었다.

一帶縈回一色新	허리띠처럼 돌아 흐르는 강물 신선하기 그지없고
碧琉璃滑淨無塵	푸른 유리처럼 매끄럽고 티끌 하나 없구나.
個中淸澈無窮趣	맑디맑은 물결에는 무한한 멋이 담겨 있어
孺子應歌用濯人	아이들 노래하며 목욕하기 좋겠구나!

유음이 다리 아래를 내려다보자 따라온 병사들도 다리 아래를 내려다보았다. 그런데 강물을 보자마자 병사들이 일제히 비명을 질러댔다.

"아이고, 배야!"

"창자가 끊어지는 것 같아!"

한참 동안 그렇게 비명을 질러 대던 병사들은 모조리 다리 위에 쓰러져 이리저리 뒹굴어 댔다. 병사들은 물론이고 심지어 유음까지 배가 너무 아파 말에서 내려 한참 동안 몸부림을 쳤다.

"서양의 독을 품은 공기 때문인 것 같구나. 다리 아래 물은 맑고 계속 흐르니까 괜찮은 것 같다."

그러자 병사들 가운데 누군가가 말했다.

"물에도 독이 있을지 모릅니다."

"각자 표주박을 꺼내서 독이 있는지 살펴봐라."

"예!"

병사들은 일제히 달려가 차례로 다리 아래로 내려가 표주박에 물을 떠서 마시고, 다시 다리 위로 올라왔다. 그리고 나이나 계급을 따지지 않고 모두 땅바닥에 앉았다. 그렇게 앉아 복통이 사라지기를 기다렸지만, 시간이 갈수록 점점 배가 부풀어 오르는 것이었다. 처음에는 작은 돌솥만 하더니 점점 등나무 줄기로 엮은 바구니만큼 커져서, 결국 몸을 움직이기조차 힘들게 되어 버렸다.

그들이 어쩔 줄 몰라 하고 있는데, 갑자기 북소리가 들리면서 사람들이 시끌벅적 떠드는 소리가 들렸다. 유음과 병사들은 여인국에서 어떤 장수가 왔나보다 생각했는데, 다리 위로 올라온 이들은 마침 명나라 군사들이었다. 이들의 모습을 본 낭아봉 장계는 깜짝 놀랐다. 유음이 전후 사정을 자세히 들려주자, 장계는 안 되겠다 싶어서 부하들을 시켜서 거기 있던 병사들을 부축하고 업어서 함대로 돌아갔다. 그 소식을 들은 왕 상서가 말했다.

"조심하지 않고 독을 먹은 모양이로구나."

그는 즉시 정찰병들에게 다리 근처에 가서 그곳 주민들에게 이 일에 대해 알아보라고 지시했다. 그런데 정찰병들이 떠난 지 한참이 지났는데도 아무도 돌아오지 않는 것이었다. 다급해진 장계가 혼자 말을 타고 달려갔는데, 얼마 후 머리에 야채를 이고 가는 여자를 만났다. 그는 단숨에 그녀를 붙잡아서 중군 막사로 돌아왔다. 왕 상서를 본 그 여자는 겁에 질려 온몸이 사시나무 떨듯 떨어댔다.

"무서워 마라. 그저 물어볼 게 하나 있어서 데려왔다. 저 길 끝에 있는 큰 다리는 이름이 무엇이냐?"

"영신교(影身橋)라고 합니다."

"왜 그렇게 부르는 것이냐?"

"이 나라에는 여자들만 있기 때문에 자식을 낳을 수 없습니다. 그
래서 매년 팔월 보름이면 위로 국왕으로부터 아래로 일반 백성들
까지 모두 이 다리에 와서 자기 모습을 비춰 봅니다. 신분과 나이에
따라 다리 위에 서서 아래를 내려다보았을 때, 그림자가 비치면 모
두 임신을 하게 되는 것입니다. 그래서 영신교라고 부릅니다."

"다리 아래에 흐르는 강물은 뭐라고 부르느냐?"

"자모하(子母河)입니다."

"왜 그렇게 부르는 것이냐?"

"임신해서 아이를 낳지 못하면, 그 다리 아래로 가서 물 한 바가
지를 마십니다. 그러면 열흘 안에 아이를 낳게 됩니다. 그래서 자
모하라고 부르는 것입니다."

이 말을 들은 유음은 깜짝 놀랐다.

'이제 나는 여자가 되고 말았구나!'

병사들도 놀라기는 마찬가지였다.

"이제 우리 고추도 있으나 마나 한 게 되어 버렸어!"

왕 상서가 또 그 여자에게 물었다.

"그 물에 독이 들어 있느냐?"

"그건 아니고 그저 출산을 촉진할 뿐입니다."

"혹시 예전에도 그 물을 잘못 마신 사람이 있었느냐?"

"임신한 것 같으면서도 제대로 임신이 되지 않으면 잘못 먹은 것

입니다."

"그런 경우에 어떻게 해야 하느냐?"

"여기서 백 리쯤 떨어진 곳에 있는 고루산(骷髏山)에 정양동(頂陽洞)이라는 동굴이 있습니다. 그 안에 성모천(聖母泉)이라는 샘이 하나 있는데, 실수로 강물을 먹었을 때 그 샘물을 먹으면 됩니다."

"그 샘물은 쉽게 떠 올 수 있느냐?"

"우리나라 사람이라면 누구나 떠 올 수 있습니다만, 여러분은 먼 타향에서 오신 분들이라 조금 어려운 점이 있습니다."

"그게 무슨 말이냐?"

"지금 그 동굴에 금두궁주(金頭宮主)와 은두궁주(銀頭宮主), 동두군주(銅頭宮主)라는 세 분의 주인이 살고 계십니다. 여러분은 먼 타향에서 오셨고, 또 모두 남자라서 그분들이 들여보내지 않을 겁니다."

왕 상서는 그 여자에게 후하게 사례하고 돌려보낸 다음 장수들에게 물었다.

"누가 병사를 이끌고 가서 성모천의 샘물을 가져오겠소?"

그 말이 끝나기도 전에 마 태감이 말했다.

"사령관께서도 직접 호랑이 굴에 들어가셨으니, 제가 재주가 미흡하긴 하지만 이 일을 해보겠습니다."

"그렇다면 병사들에게도 다행스러운 일이오, 그래도 호위병이 필요할 텐데, 누가 호위병으로 나서시겠소?"

그 말이 끝나기도 전에 무장원 당영이 나섰다.

"그렇다면 제가 호위해서 다녀오겠습니다."

"그 동굴에는 세 명의 주인이 있다고 하니, 호위 장수가 한 명 더 있어야 하지 않겠소?"

이번에는 어떤 장수가 나설지 다음 회를 보시라.

마 태감은 정양동으로 찾아가고
당영은 황봉선과 결혼하다

馬太監征頂陽洞　唐狀元配黃鳳仙

| 王母丁年跨鶴去 | 서왕모는 성년이 되어 학을 타고 떠났고[1] |
| 山鷄晝鳴宮中樹 | 한낮에 궁중의 나무에선 꿩이 울어 대지. |

---

1 인용된 시는 당나라 때 왕건(王建: 767?~831?, 자는 중초[仲初])의 〈온천궁(溫泉宮)〉에서 일부를 몇 글자 바꾼 것이다. 이 시의 원작은 다음과 같다. "10월 1일에 천자가 오니, 푸른 노끈 같은 길에는 먼지 하나 없구나. 궁전 안팎의 목욕탕 따로 있는데, 탕마다 백옥 같은 부용이 피었구나. 조원문은 산을 향해 서 있고, 성을 둘러싼 푸른 산에 따뜻한 물줄기 용처럼 굽이 흐른다. 밤중에 궁궐 문 열고 은하수 바라보며, 궁녀들은 밝은 달빛 아래 시간을 알게 되지. 황제가 신선이 되니 서왕모는 떠나고, 한낮에 꿩은 궁중 나무에서 울어 대지. 온천수는 콸콸 궁궐 밖으로 흘러나가고, 궁중의 관리는 해마다 화려한 건물 수리하지. 황제의 친위병들은 모두 떠나 사냥도 나가지 않고, 해 저물 때 노루 사슴 성벽 위로 올라오지. 이원의 재주꾼들은 악보를 훔쳐, 흰 머리 되어 민간에서 가무를 가르치지.[十月一日天子來, 靑繩御路無塵埃. 宮前內裏湯各別, 每個白玉芙蓉開. 朝元門向山上起, 城繞靑山龍暖水. 夜開金殿看星河, 宮女知更月明裏. 武皇得仙王母去, 山鷄晝鳴宮中樹. 溫泉泱泱出宮流, 宮使年年修玉樓. 禁兵去盡無射獵, 日西麋鹿登城頭. 梨園弟子偸曲譜, 頭白人間敎歌舞.]"

聖泉決決出宮流	황제의 온천수는 콸콸 궁궐 밖으로 흘러 나가고
宮使年年修玉樓	궁궐 관리는 해마다 화려한 건물 수리하지.
番兵去盡無射獵	오랑캐 병사들 모두 떠나 사냥도 하지 않아
日西麋鹿登城頭	해 저물 때 노루 사슴 성벽 위에 올라오지.
天馬西下水子母	천마가 서쪽에 와서 자모하의 물을 마셨으니
願借勺餘解救苦	부디 바가지에 남은 물로 고난에서 구해 주오!

그러니까 왕 상서가 말했다.

"그 동굴에는 세 명의 주인이 있다고 하니, 호위 장수가 한 명 더 있어야 하지 않겠소?"

그 말이 끝나기도 전에 유격도사(遊擊都司) 호응봉(胡應鳳)이 나섰다.

"그동안 제가 공을 세우지 못했으니, 이번에 당 장군과 협력하여 마 태감을 호위하겠습니다."

잠시 후 두 장수와 마 태감은 고루산 정양동을 향해 떠났다. 사실 그곳은 백 리나 떨어져 있다고 했으나 그것은 보폭이 좁은 여자의 입장에서 한 말이었고, 실제로는 사오십 리에 지나지 않아서 금방 도착할 수 있었다. 그때 순찰하던 여자 병사가 동굴 주인에게 보고하자, 주인이 물었다.

"찾아온 사람이 남자더냐 여자더냐?"

"깃발을 흔들고 북을 치며 무력시위를 하는데, 모두 남자였습니다."

"어디서 온 자들이라 하더냐?"

"우리 서양 사람처럼 생기지는 않았습니다."

"설마 중국 사람들인가?"

"인물들이 출중하고 산뜻한 갑옷과 투구를 착용하고 있는 것으로 보아, 중국 사람들이 아닌가 싶습니다."

"우두머리는 몇 명이더냐?"

"세 명입니다."

"제대로 본 것이냐?"

"물론입니다."

그러자 세 주인이 깔깔 웃음을 터뜨렸다.

"하나라면 둘이 나눠 먹어야 할 판이라 싸움이 났을 테고, 둘이라 하더라도 하나가 비니 말다툼이 벌어졌을 테지. 다행히 여기에 여자가 셋인데 찾아온 남자도 셋이로구나. 이야말로 하늘이 안배한 교묘한 인연이 아니더냐?"

그들은 일제히 갑옷을 챙겨 입고 말에 올랐다. 금두궁주는 중앙에서 마 태감을, 은두궁주는 왼쪽에서 무장원 당영을, 그리고 은두궁주는 오른쪽에서 호응봉을 맞이했다.

이제까지 전장에 나가 본 적이 없는 마 태감은 금두궁주가 흉험한 기세로 칼을 휘둘러오자, 어떻게 손을 써 보지도 못하고 단번에 붙들려 버렸다. 당영이 그걸 보고 깜짝 놀라 은두궁주를 내버려 두고 금두궁주에게 달려들었다. 그런데 갑자기 은두궁주가 뒤쪽에서 아홉 가닥 명주를 꼬아 만든 밧줄을 던져 단번에 당영을 묶어 버렸다. 세 명의 장수가 왔다가 순식간에 두 명을 잃고 호응봉 하나만 남게 된 것이다. 하지만 그는 정신을 가다듬고 홀로 동두군주와 맞서 싸웠다. 그런데 동두군주의 무예도 만만치 않았다. 이에 호응봉이 말머리를 돌려 도망치는 척하자 동두군주가 쫓아왔다.

'이번에는 제대로 걸렸어!'

그는 재빨리 말을 멈추고 뒤쪽을 향해 벼락같이 무기를 휘둘렀다. 그는 마치 하늘에 벼락이 치듯이, 짙은 구름을 뚫고 해와 달이 높이 떠오르듯이 일거에 승기를 잡으려 했던 것이다. 그런데 어찌된 영문인지 상대는 바다 밑에 떨어진 바늘처럼, 물속의 달처럼 잡히지 않았다. 알고 보니 동주군주는 백전노장이라, 그가 무기를 휘두르자 재빨리 등자 아래로 몸을 숨겨 버렸던 것이다. 그 바람에 호응봉의 무기는 빈 말안장만 휩쓸고 말았다! 그 틈에 동주군주는 재빨리 말머리를 돌려 동굴로 나는 듯이 달려갔다. 호응봉은 이제 그녀를 잡았다고 생각하고 마음 놓고 쫓아갔다. 동두군주는 쫓아오는 말방울 소리를 듣자 상대가 가까이 오기를 기다렸다가, 재빨리 말머리를 돌리더니 호응봉의 얼굴에 정통으로 주먹을 날렸다. 깜짝 놀란 호응봉은 재빨리 창을 치켜들려고 했으나, 어느새 상대가 그걸 낚아채서 이십오 리 밖으로 내던져 버린 뒤였다. 결국 호응봉마저 말에 탄 채로 붙들려 동굴로 들어갔다.

그때 금두궁주의 동궁 안에서는 풍악이 요란하게 울려 천지를 뒤흔들고 있었다. 알고 보니 그녀는 마 태감을 사로잡고 너무 기분이 좋아서 잔치를 열고 무희를 불러 가무를 추게 하면서 마 태감에게 몇 잔 먹이고, 자신은 벌써 얼큰하게 취해 있었다. 보라! 그녀는 마 태감을 두 손으로 꼭 끌어안고 입맞춤을 하더니, "사랑스러운 자기!" 하면서 보드라운 볼을 비비며 운우지락을 시작하려 했다. 그러자 마 태감이 껄껄 웃음을 터뜨렸다.

"아니, 왜 웃어요?"

"당신이 번지수를 잘못 찾았으니 우스워서 말이오."

"그게 무슨 말이에요?"

"내가 남자이기는 하지만 남자의 본전이 없거든."

"그건 또 무슨 소리에요?"

"이미 잘라 버렸으니 없지."

그녀가 믿지 못하고 손으로 더듬어 보니 과연 손에 잡히는 게 전혀 없었다. 이에 당황한 그녀가 물었다.

"저쪽 두 사람은 본전이 있나요?"

'이 아낙과는 말을 섞기 곤란하군. 어디 한 번 골려 줄까?'

"그 두 사람에 관해 얘기하자면 눈물이 나오!"

"아니, 왜요?"

"이게 다 염라대왕이 불공평하기 때문이 아니겠소? 저 두 사람한테는 남아도는데 나한테는 모자라니 말이오!"

"그게 어떻게 남고 부족할 수 있나요?"

"나한테는 터럭 반쪽만 한 것도 없는데, 저 두 사람은 두세 개씩이나 갖고 있다 이거요!"

그 말을 듣고 속이 쓰린 금두궁주는 즉시 마 태감을 밀쳐 버리고 은두궁주의 동굴로 달려갔다. 마침 은두궁주는 당영과 마주 앉아 합환주를 마시고 있었다. 언뜻 보니 당영은 붉은 입술에 새하얀 이를 갖고 있어서, 귤껍질처럼 울퉁불퉁한 마 태감의 얼굴에 비할 바가 아니었다.

'이 사람은 절망 두세 개의 본전을 가질 만하구나!'

그런 생각을 하며 금두궁주가 소리를 질렀다.

"아주 잘들 노시는구면!"

은두궁주가 대답했다.

"그게 무슨 말이에요?"

"내 짝은 이미 거세를 해 버려서 본전이 없으니, 어디서 재미를 본담?"

그러자 은두궁주가 버럭 화를 냈다.

"그건 언니가 재수가 없는 탓인데, 누구한테 하소연해요!"

"흥! 못된 년! 애초에 우리가 한 맹세를 잊었어? 벼슬살이도 같이 하고 말도 함께 타자고 했잖아? 오늘 이후로 너 혼자 쓸쓸히 늙어 가더라도 나를 찾지 마! 그저 네 팔자나 원망하라고!"

"원망은 언니나 하시지! 독수공방 팔자를 언니한테도 반을 떼서 나눠줄 테니까!"

"반쪽 같은 소리 하고 자빠졌네! 집에는 가장이 있고 나라에는 대신이 있으니, 먼저 내가 쓰고 나서 남은 게 있어야 너한테도 차례가 돌아가지 않겠어?"

그 말이 끝나기도 전에 금두궁주는 한 손으로 덥석 당영을 낚아채 버렸다. 그러자 은두궁주가 말했다.

"내 입에 다 들어온 밥을 낚아채다니! 대가리를 부숴버리겠어!"

그러면서 두 손으로 다시 당영을 낚아챘다. 그 바람에 화가 치민 금두궁주가 은두궁주의 얼굴을 향해 사납게 주먹을 휘둘렀다. 다급해진 은두궁주가 재빨리 칼을 뽑아 반격했다. 그 바람에 금두궁주는 어깨부터 등까지 뭉텅 잘려 버렸다. 그때 두 언니가 싸우는 소리를 듣고 동두궁주가 달려왔다.

"각자 하나씩 있으면 됐지, 왜 곱으로 차지하려고 그래요?"

당초에 그녀는 두 언니를 화해시킬 생각이었으나, 도착해 보니 어느새 큰언니는 어깨부터 등까지 뭉텅 잘려 있었다. 그 모습을 보고 화가 치민 그녀가 욕을 퍼부었다.

"못된 년! 독수공방이 싫은 줄만 알고 자매 따위는 상관없다 이거야?"

그리고 그녀도 칼을 뽑아 들고 둘째 언니의 목숨을 끊어 버렸다. 그런데 그 칼은 별로 길지도 않은 계수도(戒手刀)였는데 어떻게 은두궁주를 죽일 수 있었을까? 알고 보니 은두궁주는 마침 발가벗은 채 당영을 침대에 눕히려던 참이어서 무기가 하나도 없었기 때문에, 순간적으로 그 칼을 피하지 못하고 자매를 죽인 대가를 치러야 했던 것이다.

은두궁주를 죽이고 난 동두군주가 이불을 들춰 보니, 새하얀 옥처럼 아름답고 연지처럼 부드러운 당영의 피부와 반듯한 두 눈썹, 섬세한 열 손가락이 그녀의 눈을 사로잡았다. 이에 음심이 발동한 그녀는 둘째 언니의 시신을 끌어내려 시녀들에게 밖으로 끌어다 내버리라고 소리쳤다. 그리고 침대로 올라가 당영의 허리를 끌어안고 입맞춤을 하며, "내 귀염둥이!" 하고 속삭였다. 그런데 당영이 틀렸구나 하고 생각하는 순간, 갑자기 동두궁주의 엉덩이뼈 근처에서 "푹!" 하는 소리와 함께 핏줄기가 솟구쳤다. 당영이 저승사자가 와서 자신의 결백을 지켜주나 보다 생각하고, 자세히 살펴보니 동두궁주의 엉덩이뼈 위쪽에 커다란 구멍이 뚫려 있었다. 깜짝 놀라서 벌떡 일어나 옷을 입고 동굴 밖으로 나가 보니, 마 태감이 손에 칼을 든 채 히죽히죽 웃으며 말했다.

"당 장원, 이 칼 정말 좋군요!"

당영은 일부러 자세히 살펴보는 척하며 말했다.

"이건 칼이라기보다 풍월(風月)을 쪼개는 도끼 같군요."

그때 호응봉이 달려와서 말했다.

"알고 보니 그 칼이 풍월을 쪼개는 도끼였군요! 잘못하면 사람 잡겠군요!"

당영이 물었다.

"이 여자는 누가 죽였습니까?"

마 태감이 말했다.

"저 자매들이 서로 사내를 차지하려고 싸우는 틈에 내가 죽여 버렸소이다."

"이 동굴은 어떻게 알고 찾아오셨습니까?"

"시녀들이 시체를 치우는 것을 보고 그들에게 물어보니 이런 사연을 얘기하기에, 즉시 달려왔소이다."

호응봉이 말했다.

"여담은 그만합시다. 영채에서 성모천의 샘물을 기다리고 있지 않습니까!"

세 사람은 즉시 샘물을 떠서 말에 올라 즐겁게 개선가를 울리며 달려가 왕 상서를 찾아갔다. 왕 상서는 무척 기뻐하며 유음에게 샘물을 주면서 쉰 명의 병사에게도 나눠 주라고 했다. 그 샘물은 과연 효과가 있어서, 사흘이 지나기도 전에 모두 몸이 회복되었다. 왕 상서가 말했다.

"다행히 유 장군의 몸이 회복되었소. 하지만 사령관으로부터 아직 연락이 없으니, 누군가 군사를 이끌고 가서 소식을 알아봐야 할 것 같소이다. 어느 분이 다녀오실 수 있소이까?"

그 말이 끝나기도 전에 이십사기(二十四氣)의 태세회(太歲盔) 투구를 쓰고, 물고기 비늘처럼 빽빽한 철판으로 엮인 유혼갑(油渾甲) 갑옷을 입고, 꽃무늬를 투각한 황금 허리띠를 차고, 한쪽에만 날이 달린 말운창(抹雲槍)을 든 채 봉원(鳳苑)[2]에서 기른 눈꽃 문양이 있

---

2 봉원(鳳苑)은 원래 당나라 때 궁중에서 말을 기르던 곳인 양마방(養馬房)을 가리킨다. 《신당서(新唐書)》〈백관지이(百官志二)〉에 따르면 측천무후(則天武后) 만세통천(萬歲通天) 1년(696)에 비룡(飛龍), 상린(祥麟), 봉원 등의 양마방을 설치했다고 한다.

187

는 명마인 분전적(奔電赤)을 탄 장수가 나서서 막사 윗자리를 향해 포권(包拳)하며 말했다.

"부족하지만 제가 다녀와서 작은 공이라도 세울까 합니다."

그는 바로 정서유격장군(征西遊擊將軍) 황표(黃彪)였다. 왕 상서가 말했다.

"여기가 여인국이기는 하지만, 그래도 남녀 사이에서 주도권은 남자에게 있는 법이오. 황 장군, 상대를 가벼이 여겨서는 안 되오."

황표가 다시 포권하며 말했다.

"명을 준수하여 실수가 없도록 하겠습니다."

그는 곧 말에 올라 병사를 이끌고 여인국을 향해 출발했다. 그들이 백운관(白雲關)에 이르렀을 때 이미 여인국의 총사령관이 연지마(胭脂馬)[3]를 탄 채 난새 모양의 수실이 달린 칼을 들고 여자 병사들을 이끌고 나와 있었으니, 그 모습은 이러했다.

臉不搽鐘乳粉	얼굴에는 종유분(鐘乳粉) 바르지 않았고
鬢不讓何首烏	귀밑머리는 하수오(何首烏)에 못지않다.[4]
不披鱉甲不玄胡	별갑(鱉甲) 같은 갑옷도 입지 않고 검은 수염도 없지만

---

3 연지마(胭脂馬)는 서역에서 난다는 명마로서, 그 이름으로 추측컨대 털빛이 붉은 연지와 비슷해서 그런 이름이 붙은 듯하다. 일설에서 동한 말엽의 여포(呂布)가 탔던 적토마(赤兔馬)가 바로 이 종류라고 하기도 한다.

4 종유분(鐘乳粉) 즉 성련종유분(成煉鐘乳粉)은 기침을 비롯한 폐병을 치료하는 약물이고, 하수오(何首烏)는 약초 이름이다.

賽過常山貝母	상산(常山)의 패모(貝母)와 견줄 만하다.[5]
細辛的杜仲女	섬세하지만 사나운 중년의 여자
羌活的何仙姑	오랑캐 땅의 하선고(何仙姑)[6] 같은 선녀[7]
金鈴琥珀漫相呼	금방울이든 호박이든 마음대로 부르라 하지
單鬪車前子路	수레 앞에서 홀로 싸우는 자로(子路) 같은 여걸일세![8]

---

5 이 구절의 별갑(鱉甲)과 현호(玄胡), 패모(貝母) 역시 모두 약재나 약초 이름이다. 별갑은 갑어(甲魚) 또는 단어(團魚)라고 부르는 자라의 등딱지이고, 현호는 원호(元胡) 또는 연호색(延胡索), 현호색(玄胡索)이라고도 부르는 약초이며, 패모 역시 비늘이 덮인 줄기를 약재로 쓰는 다년생 식물 이름이다.

6 하선고(何仙姑)는 이른바 '팔선(八仙)' 가운데 하나로 자주 거론되는 선녀로서 지역에 따라 출신과 신선이 되는 과정 등에 대한 설명이 다양하다. 《고금도서집성(古今圖書集成)》〈박물휘편(博物彙編)〉〈신이전(神異典)〉〈신선부(神仙部)〉의 기록에 따르면, 그녀는 복건(福建) 무평현(武平縣) 출신으로서 여동빈(呂洞賓)에게서 받은 선도(仙桃)를 먹고 신선이 되었다고 한다.

7 이 구절의 세신(細辛), 두중(杜仲), 강활(羌活)은 모두 약재 또는 약초 이름이다. 세신은 소신(小辛), 세초(細草), 독엽초(獨葉草) 등으로도 불리며 감기나 중풍의 치료에 쓰이고 두중은 사련수피(絲楝樹皮), 사면피(絲棉皮), 면수피(棉樹皮), 교수(胶樹) 등으로도 불리는 약초의 껍질로서 종종 보양제의 재료로 쓰인다. 강활은 강청(羌青), 호강사자(護羌使者), 호왕사자(胡王使者), 강활(羌滑), 퇴풍사자(退風使者), 흑약(黑藥) 등으로도 불리며 감기나 중풍, 해열제의 재료로 쓰이는 약초이다.

8 이 구절에서 금령(金鈴)은 천동실(川楝實)이라고도 불리며 진통제나 구충제로 쓰이는 약재인 금령자(金鈴子)를, 호박(琥珀)은 보석이면서도 진정제나 이뇨제(利尿劑) 등으로 쓰이는 약재이다. 또 차전자(車前子)는 차륜채(車輪菜)라고도 하며 우리말로는 질경이라고 부르는 약초로서 해열제나 이뇨제 등에 쓴다.

여인국 총사령관도 고개를 들어 살펴보니 명나라 장수 역시 예사로운 인물이 아니었다.

地下的大腹子	지하의 배 뚱뚱한 사내
天上的鎭南星	천상의 남쪽을 다스리는 별[9]
威風震澤瀉猪苓	연못을 진동하는 위세로 호령하나니
神曲將軍麻稱	신령한 장군이라 불릴 만하다.[10]
小瓜蔞誰橘梗	젊고 견문 부족하다고 누가 따져 묻는가?
浮瞿麥敢川荊	함부로 매도하여 감히 헛소문 내겠는가?[11]

---

9 이 구절의 대복자(大復子)와 남성(南星)은 모두 약재 이름이다. 대복자는 대복빈랑(大腹檳榔) 또는 저빈랑(猪檳榔)이라고도 부르는 빈랑의 일종으로서 해열이나 구충, 각기병(脚氣病) 등을 치료하는 약재이다. 남성은 산포미(山苞米), 산봉자(山棒子)라고도 불리는 천남성(天南星)을 가리키는데 진통과 거담(祛痰) 등의 효과가 있다고 한다.

10 이 구절의 택사(澤瀉)와 저령(猪苓), 신국(神麴)은 모두 약재나 약물 이름이다. 택사는 수사(水瀉), 수택(水澤), 건택사(建澤瀉), 망우(芒芋), 곡사(鵠瀉), 택지(澤芝), 천아단(天鵝蛋), 천두(天禿), 우손(禹孫)이라고도 부르며 해열제와 이뇨제 등의 약재로 쓰인다. 저령은 지오도(地烏桃), 저복령(猪茯苓), 저령지(猪靈芝), 가저시(猳猪矢), 시탁(豕橐) 등으로도 불리는 버섯의 일종으로서 해열제와 이뇨제 등의 약재로 쓰인다. 신국은 육신국(六神麴), 천주신국(泉州神麴), 범지국(范志麴), 백초국(百草麴)이라고도 불리며 한나라 때의 명의 유의(劉義)가 만들었다는 약물이다. 이것은 주로 소화불량과 설사를 치료하는 데에 쓴다. '국(麴)'은 '국(麵)'이라고도 쓰며 '곡(曲)'으로 쓰기도 하기 때문에 여기서는 이를 이용해서 묘사했다.

11 이 구절의 과루(瓜蔞), 귤경(橘梗), 구맥(瞿麥), 천형(川荊)은 모두 약재 이름이다. 과루는 괄루(栝蔞), 약과(藥瓜), 과라(果裸), 야고과(野苦瓜), 대두과(大肚瓜) 등 여러 가지 이름으로 불리며 폐와 기관지 질병을 치료하는 약재

神槍皂角掛三稜	신창(神槍)의 검은 뿔 같은 날 세모꼴로 걸려 있으니
梔子連翹得勝	그걸 들면 항상 싸움에서 이길 수 있지.[12]

여인국 총사령관 왕렌잉은 속으로 조금 겁이 났지만 용기를 내서 큰소리로 말했다.

"너는 누구냐? 성명을 밝혀라!"

"명나라 황제 폐하의 명을 받고 파견된 정서유격대장군 황표이다. 너는 누구이기에 감히 나와 대적하려고 나왔느냐?"

"나는 서우하주 여인국 국왕을 모시는 호국총병관(護國總兵官) 왕렌잉이다. 이 어미의 손속이 매섭다는 걸 아직 모르고 함부로 주

로 쓰인다. 귤경은 도라지를 가리키며, 구맥은 십양경화(十樣景花) 또는 죽절초화(竹節草花)라고도 불리는 술패랭이꽃으로서 주로 이뇨와 혈액순환을 돕는 약재로 쓰인다. 천형은 목근피(木槿皮), 천근피(川槿皮), 백근피(白槿皮) 등으로도 불리는 천형피(川荊皮)를 가리키는데 주로 위통과 복통, 관절통 등에 진통제로 쓰인다. 한편 이 구절은 글자 자체로는 뜻이 통하지 않아서 해음(諧音)을 이용하여 풀이할 수밖에 없다. 물론 이런 식으로 해석하자면 다양한 해석이 가능하지만, 여기서는 과루(瓜蔞)는 과루(寡陋), 귤경(橘梗)은 힐항(詰抗), 구맥(瞿麥)은 거매(去買), 천형(川荊)은 엉뚱하게 전해진 소문을 의미하는 천정득인(穿井得人)이라는 고사의 천정(穿井)으로 풀이했다.

12 이 구절의 조각(皂角), 삼릉(三稜), 치자(梔子), 연교(連翹)는 모두 약재나 약초 이름이다. 조각은 중풍 등의 치료제로 쓰이는 쥐엄나무 열매인 조협(皂莢)을, 삼릉은 흑삼릉(黑三稜) 또는 호삼릉(湖三稜))이라고 불리는 약초이다. 연교는 황화조(黃花條), 연각(連殼), 청교(青翹), 낙교(落翹), 황기단(黃奇丹) 등으로도 불리는 개나리를 가리키는데, 이것은 종종 감기나 발열 등의 치료제로 쓰였다.

둥이를 놀리는구나!"

그 말에 발끈한 황표가 그녀의 머리를 향해 창을 내지르자, 역시 백전노장인 왕롄잉도 칼을 들어 맞받아쳤다. 이렇게 치고받기를 스무 차례가 넘었으나 승부가 나지 않았다. 이에 왕롄잉이 말머리를 돌려 도망치는 척하자, 황표가 노기충천하여 고함을 질렀다.

"이런 쳐 죽일 년, 어딜 도망치느냐!"

그가 네다섯 걸음쯤 쫓아갔을 때, 왕롄잉이 조그마한 철통을 하나 꺼내더니 뭐라고 주문을 외었다. 그 순간 철통 안에서 한 줄기 검은 연기가 하늘로 치솟더니 황표의 몸으로 떨어져 좌우로 칭칭 감아 버렸다. 그런데 알고 보니 그것은 검은 연기가 아니라 누에에서 뽑은 실이어서 황표의 몸을 고치처럼 칭칭 감아 버린 것이었다. 그러니 그가 아무리 관우나 장비처럼 용맹하다 할지라도 속수무책으로 여자 병사들에게 끌려갈 수밖에 없었다.

보고를 들은 왕 상서가 말했다.

"누가 다시 출전하겠소?"

그 말이 끝나기도 전에 낭아봉 장백이 강철 같은 수염을 휘날리며 호랑이 같은 눈을 부릅뜨고 나섰다.

"제가 나가겠습니다."

"조심하셔서 실수하지 않도록 하시구려."

"어찌 감히 방심하겠습니까!"

그는 오추마에 훌쩍 올라 왕롄잉에게 달려가 낭아봉을 연달아 휘둘렀다. 그녀는 시커먼 태세신이나 불같은 금강야차 같은 그의 모습에 벌써 겁을 먹었다. 게다가 무겁기 그지없는 낭아봉을 빗방울 쏟아지듯이 빠르게 휘두르니, 그녀는 도저히 상대가 되지 않겠다 싶어서 황급히 말머리를 돌려 도망치면서, 다시 철통을 꺼내서 주문을 외고 장백을 향해 실을 내뿜었다. 그 바람에 장백 역시 황표와 같은 신세가 되어 버렸다. 화가 치민 장백은 도저히 벗어날수 없게 되자 고함을 질렀다.

"천한 계집! 이따위로 나를 묶다니!"

하지만 그 역시 여자 병사에게 끌려가고 말았다.

연달아 두 명의 중국 장수를 사로잡은 왕롄잉은 개중의 하나를 남편으로 삼을까 하다가 다시 생각했다.

'중국 사람들은 인물이 빼어난데, 이 두 장수는 그렇지 않아. 하나는 얼굴이 솥 밑바닥 같고, 다른 하나는 생강처럼 생겨서 둘 다 마음에 들지 않아. 차라리 이들을 대왕에게 압송하여 공이나 세우고, 나중에 봐서 다시 방법을 마련해야겠어.'

그들을 여왕에게 압송하니, 여왕도 그들이 마음에 들지 않아서 그대로 옥에 가두고 말았다.

한편 왕롄잉이 다시 싸움을 걸어온다는 호위병의 보고를 듣자, 왕 상서가 말했다.

"이런 여인국에서 날마다 패전하고 장수들이 사로잡히는 판에, 어찌 큰 나라를 정벌하고 보물을 찾을 수 있겠소? 정말 분통이 터지는구려!"

그 모습을 본 당영이 포권하며 말했다.

"제가 나가서 저년을 사로잡아 오겠습니다."

"벌써 두 번이나 패배했으니, 이번에는 실수하지 않도록 하시오."

"사령관의 위세에 힘입으면 단번에 승리할 수 있을 것입니다."

그 말이 끝나기도 전에 세 번의 북소리와 한 발의 포성이 울리자, 당영은 창을 움켜쥐고 말에 올라 그대로 왕롄잉에게 달려갔다. 그녀는 이목구비가 수려하고 복사꽃처럼 발그레한 볼에 세 가닥 수염을 기른 채 미소 띤 그의 얼굴을 보고 속으로 생각했다.

'이 사람이야말로 내 짝으로 제격이로구나!'

그리고 큰소리로 물었다.

"그대는 누구인가요?"

"머리 땋고 치마를 입고도 시세를 모르는 천한 네까짓 게 어찌 이 무장원 당영을 알겠느냐?"

왕롄잉은 '장원'이라는 말에 더욱 기분이 좋아졌다.

'이야말로 딱 이 시에 맞는 사람이로구나!¹³

五百名中第一先   오백 명 가운데 일등으로
花如羅綺柳如烟   비단처럼 곱고 안개 머금은 버들처럼 유
                연하구나.

---

13 인용된 시는 명나라 때 서분(舒芬)이 쓴 〈급제(及第)〉의 전반부이다. 후반부는 다음과 같다. "청운을 밟고 평민의 신분 벗어나, 계수나무 들고 높은 하늘로 올라간다. 사람들이여 이른 나이에 급제했다고 놀라지 마오, 달 속의 항아는 젊은이를 좋아한다네![足躡青辭白屋, 手攀丹桂上蒼天. 時人勿訝登科早, 月裏嫦娥愛少年.]" 여기서 계수나무를 들었다는 것은 과거에 급제했다는 것을 암시한다.

綠袍着處君恩重　　녹색 도포[14] 입을 때 군주의 은혜 막중하고
黃榜開時御墨鮮　　방문[15] 붙여질 때 황제의 필적 선명하구나.

세상에서 장원만이 일등이니, 오늘 저 사람을 사로잡아 저녁에 동침해서 운우지락을 즐겨야겠어. 내일 아침에 일어나면 나는 장원의 마님이 되어 있을 테니, 이 얼마나 신나는 일이냐고!'

그녀는 오로지 그와 재미를 볼 생각만 하고 있었기 때문에 자신이 칼을 어떻게 휘두르고 있는지, 타고 있는 말이 어떻게 달리고 있는지도 모를 지경이었다. 그러다가 불현듯 정신을 차리고 보니 당영의 창날이 자기의 머리와 얼굴을 향해 정신없이 찔러오고 있었다. 그녀가 황급히 말머리를 돌려 달아나자, 당영은 의아했다.

'저 계집이 싸움도 하지 않고 왜 도망부터 치는 거지? 설마 속임수를 쓰는 건가? 그래도 명색이 장원 체면에 추격하지 않을 수 없지!'

그는 힘껏 채찍질하여 추격했다. 그때 왕롄잉이 손을 움직이는가 싶더니 검은 연기가 피어나자, 당영은 그녀가 술법을 부린다는 것을 눈치채고 검은 연기를 향해 창을 내질러 어떻게 되는지 보려고 했다. 그런데 뜻밖에도 그 연기는 창날에도 잘리지 않고 오히려

---

14 당나라 때는 삼품 이상의 벼슬아치는 자줏빛 도포를, 사품과 오품은 붉은 [緋] 도포를, 육품과 칠품은 녹색 도포를, 팔품과 구품은 푸른색 도포를 입도록 규정되어 있었다. 과거에서 장원급제하면 일반적으로 육품의 벼슬을 내린다.

15 전시(殿試)가 끝난 후 조정에서 공포하는 방문은 노란 종이에 글을 썼기 때문에 황방(黃榜)이라고 불렀다.

창을 휘감아서 낚아채 버리는 것이었다. 창을 빼앗긴 당영은 재빨리 활을 꺼내 화살을 쟀다. 하지만 그가 시위를 당기기도 전에, 화살을 쏘기도 전에 두 손이 꽁꽁 묶여 버리고, 온몸이 누에고치처럼 변해 버렸다. 이렇게 해서 그 역시 여자 병사들에게 끌려가 버렸다.

당영을 사로잡은 왕롄잉은 너무나 기뻐서 부하들에게 명령했다.

"어서 내 집으로 데려가라!"

이에 여자 병사들이 그를 들어 메고 왕롄잉의 집으로 들어가 대청 아래에 내려놓았다. 그러자 왕롄잉이 몸소 내려와 오랏줄을 풀어주고 자리를 권했다. 그리고 그녀는 두세 번 절을 올리고 말했다.

"조금 전에는 물정도 모르고 장군의 위엄에 무례를 범했으니, 부디 용서해 주셔요!"

"죽일 테면 죽이고, 목을 치려면 어서 쳐라! 무례는 무슨 무례라는 말이냐!"

"그건 아니지요. 두 번의 생을 살더라도 사람으로 태어나기는 어려운 법이요, 죽은 사람은 다시 살아나기 어려운 법인데, 그렇게 목숨을 가벼이 여기시면 되나요?"

"정의를 위해 몸을 바치고 옳은 일을 위해서는 목숨을 버리는 법! 네까짓 게 뭘 알아?"

"호호! 인연이 있으면 천 리 밖에 떨어져 있다가도 만나게 되고, 천 리 밖에 떨어져 있어도 남녀 간의 인연은 실처럼 이어져 있는 법이지요. 제가 많이 부족하기는 하지만 장군과 한 이불을 덮고 자고 싶은데, 어떠셔요?"

"헛소리! 천자의 나라 대장군인 내가 어찌 너 같은 오랑캐 계집과 사사로이 결혼한단 말이냐!"

"장군, 우리 서양을 우습게 보지 마셔요. 저하고 결혼하게 되면 크고 화사한 저택에서 호의호식하며 살 수 있어요. 옷감으로는 능라비단이 천 상자나 있고, 음식으로는 산해진미가 다 준비되어 있어요. 그리고 당상(堂上)에서 한 번 호령하면 아랫것들이 뭐든 들어 주지요. 그뿐 아니라 저하고 부부가 된다면 우리 조정에 별로 인물이 없으니, 당신은 여인국의 황제가 되고 저는 황후가 될 수 있어요."

당영은 그녀가 호의호식 어쩌고 할 때부터 기분이 상당히 나빠져 있었는데, 반역을 꾀한다는 말까지 하자 도저히 화를 참을 수 없었다.

'이 계집은 아비도 군주도 아랑곳하지 않는 못된 년이로구나. 이야말로 강태공(姜太公)[16]의 탄식이 딱 들어맞는구나.

靑竹蛇兒口	푸른 대밭에는 뱀이 입을 벌리고 있고
黃蜂尾上針	노란 벌은 꼬리에 침을 달고 다니지.
兩般猶未毒	이 둘은 그래도 지독하지 않지만
最毒婦人心	가장 지독한 것은 아낙네의 마음일세!

이러지 않았던가!'

---

16 인용된 시는 강태공이 출세하기 전에 자신을 버리고 떠난 아내 마씨(馬氏)를 두고 읊은 것이라고 전해진다.

이렇게 생각한 그는 벌떡 일어나 그녀의 얼굴에 침을 뱉으며 호통을 쳤다.

"닥쳐라! 간덩이 부은 계집 같으니! 어찌 감히 그따위 도리에 어긋난 말을 지껄인다는 말이냐! 나는 짐승들하고는 상종하지 않으니, 어서 죽여라! 네가 나를 죽이지 않으면 내가 너를 죽이고 말겠다!"

이런 대담한 꾸지람에 왕롄잉은 창피하여 얼굴이 벌게지면서 온몸에 식은땀을 흘렸다. 이에 그의 마음을 돌리기는 틀렸다고 생각하고, 부하들에게 그를 끌고 나가 목을 베라고 명령하며, 그 즉시 그를 계단 아래로 밀쳐 버렸다.

그런데 개중에는 예전에 장원급제했던 황봉선(黃鳳仙)이라는 여자 장수가 하나 있었다. 그녀는 국왕이 내린 금 술잔을 떨어뜨리는 바람에 군주를 모독했다는 죄명을 뒤집어썼고, 그 바람에 당시 탐화(探花)로 급제했던 왕롄잉이 장원이 되었고, 그녀는 옥을 관리하는 하급 벼슬을 받게 되었다. 황봉선은 비록 여자였지만 문무를 겸비하고, 글재주도 뛰어나고, 식견이 넓고 깊었다. 그녀는 용모 단정하고 말솜씨도 시원시원한 당영을 보고 이렇게 생각했다.

'이 사람은 그릇이 예사롭지 않아서 훗날 높은 지위에 오를 거야. 간단한 계획을 세워 이 사람을 구출해야겠어. 이런 사람하고 혼인할 기회를 찾기는 어려울 테니까 말이야.'

그녀는 얼른 무릎을 꿇고 이렇게 건의했다.

"이 장수는 참수해야 마땅하지만, 명나라 함대에 인화진인이라는 도사와 호국국사라는 승려가 있습니다. 우리는 아직 그들의 실력을 모르니, 훗날 전투의 승패도 예측할 수 없습니다. 제 생각에는 이 사람을 살려서 앞서의 두 장수와 함께 옥에 가둬두는 것이 좋을 듯합니다. 나중에 명나라 함대와 전투에서 대패하게 되면 이들을 상황을 해결하는 수단으로 이용할 수 있고, 혹시 대승을 거두게 되면 그 도사 및 승려와 함께 참수하더라도 늦지 않습니다."

이렇게 조리 정연한 말에 누가 넘어가지 않겠는가? 왕롄잉도 즉시 허락했다.

"데려가서 옥에 가둬두고, 절대 함부로 놓아주지 말도록 하라."

"인정은 철석같은 듯하지만 실제로는 철석이 아니고, 관청의 법은 화로 같으면서 실제로 화로처럼 뜨거운 법이니, 어찌 감히 함부로 놓아줄 수 있겠습니까?"

그녀는 곧 당영을 사옥사(司獄司)로 데려가 감금했다.

당영이 장백과 황표를 만나자 두 사람이 각자 한바탕 신세타령을 하고 나서 이렇게 말했다.

"그 요괴가 쓴 게 무슨 물건인지 모르겠지만, 아교처럼 몸에 딱 들러붙어 이렇게 고약한 꼴을 당하게 했습니다."

당영이 또 물었다.

"사령관께서는 어디 계시오?"

"무슨 남쪽 옥에 갇혀 계신다고 합니다."

그 말이 끝나기도 전에 황봉선이 찾아와 대화에 끼어들었다. 세 사람은 인사를 나누고 차를 한 잔씩 마시고 나서, 당영이 황봉선에게 말했다.

"조금 전에 제 목숨을 구해 주셔서 뭐라고 감사해야 할지 모르겠습니다. 그런데 또 이렇게 차까지 주시니 감당하기 어렵군요."

"무슨 말씀을! 사실 우리 총사령관께서도 원래 호의로 그런 말씀을 하신 거예요. 하지만 말이 통하지 않으니 은혜를 원수로 갚으려 하신 것이지요."

장백이 말했다.

"그게 진심이 아닐 수도 있지요."

황봉선이 말했다.

"남자는 아내를 구하고 여자는 남편을 구하는 게 사람들의 가장 큰 바람 가운데 하나인데, 어찌 진심이 아닌 말씀을 하셨겠어요?"

"그럼 제가 중매를 서 드릴까요?"

"서로 어울리는 사람을 구해야지요."

"그쪽도 우리 당 장군에게 마음이 있는 모양인데, 그럼 이분하고 중매를 서 드리겠습니다. 두 분이 아주 잘 어울리지 않습니까?"

"당 장군께서 제가 오랑캐 여자라서 결혼하기 꺼리시는 것 같습니다."

당영이 고개를 숙인 채 아무 말도 하지 않자, 황봉선이 말을 이었다.

"당 장군, 저를 받아 주세요. 저하고 결혼하면 우리 총사령관의 술법도 당장 깨드릴 수 있어요."

그 말에 당영이 생각했다.

'이 여자 말대로 한다면 사적으로 오랑캐 여자와 결혼한 죄를 저지르게 될 테고, 거절하자니 이 술법을 깰 수 있다는 말이 걸리는구나. 에라, 모르겠다! 사령관께서 멀지 않은 곳에 계시다니, 그분께 여쭈어서 결정에 따르는 수밖에!'

이에 그가 그녀에게 말했다.

"그렇게 생각해 주시니 감사합니다. 다만 제가 굳이 거절하려는 것은 아니지만, 그래도 우리 사령관을 좀 모셔 와주시기 바랍니다. 그러면 제 나름대로 방법을 찾아보겠습니다."

황봉선은 즉시 남쪽 옥을 열고 삼보태감을 데려왔다. 세 장수가 조촐하게 인사를 올리자, 삼보태감이 물었다.

"이렇게 다들 붙잡혀 있으니, 우리 임무를 언제 끝낼 수 있겠소?"

장백이 말했다.

"총사령관의 이 요사한 술법을 어떻게 깨야 할지 모르겠습니다."

"그걸 깰 사람을 어디서 구해야 할지 모르겠구려."

"이 옥을 관리하는 황봉선이라는 이가 방법을 안답니다. 다만 그 여자는 당 장군과 결혼을 해야 그렇게 해 주겠다고 합니다."

"그렇다면 당 장군 개인뿐만 아니라 우리의 공무에도 모두 유리한데, 거절할 이유가 없지 않소? 제가 이 혼사를 주관하겠소이다."

"그렇다면 더욱 잘된 일입니다. 당 장군, 예물로 쓸 만한 게 있소이까?"

"아쉬운 대로 제가 차리고 있는 옥대를 풀어서 예물로 쓰십시다."

이에 즉시 황봉선을 불러 상견례를 하고 예물을 교환했다. 이어서 삼보태감이 말했다.

"두 분은 사택(私宅)으로 가시는 게 좋겠습니다. 아무래도 옥 안에는 다른 이들의 이목이 있으니까요."

이에 당영과 황봉선이 모두 "알겠습니다!" 하고 대답했다. 그리고 황봉선은 당영과 함께 자신의 사택으로 돌아갔다. 이때는 이미 삼경이 되어 있었는데, 결국 두 사람은 신방으로 들어갔다.[17]

水月精神氷雪肤	물속의 달처럼 산뜻하고 얼음이나 눈처럼 새하얀 피부
連城美璧夜光珠	아름다운 연성벽(連城璧)[18]인 듯 야광주인 듯
玉顏偏是書中有	옥 같은 얼굴은 책에서나 볼 수 있는 것이고
國色應言世上無	나라와도 바꿀 만한 미색은 인간 세상에 더 없다네.

---

17 인용된 시는 명나라 때 여상두(余象斗: 1561?~1637?, 자는 앙지[仰止], 호는 문대[文臺] 또는 삼대산인[三臺山人])가 편찬한 《만금정림(萬錦情林)》 권1 〈종정려집(鍾情麗集)〉에서 인용한 것이다.

18 연성벽(連城璧)은 푸젠성[福建省] 룽옌시[龍巖市] 관할의 롄청현[連城縣]에서 생산되는 유명한 옥이며, 청나라 때 이어(李漁: 1611~1680, 본명은 선려[仙侶], 자는 입홍[笠鴻] 또는 적범[謫凡], 호는 입옹[笠翁], 필명은 각세패관[覺世稗官], 수암주인[隨庵主人] 등을 사용])가 자신의 소설집 제목으로 쓰면서 더욱 유명해졌다. 현대에 들어서 많은 인기를 누린 구룡(古龍: 1938~1985, 본명은 슝야오화[熊耀華])의 무협소설 《소십일랑(蕭十一郎)》에 등장하는 인물 이름으로도 쓰였다.

翡翠衾深春窈窕	비췻빛 이불 깊숙이 춘색이 아리땁고
芙蓉褥隱繡模糊	부용 같은 요 위에 은은한 자태 흐릿하다.
何當喚起王摩詰	어찌하면 왕유(王維)를 불러내
寫作和鳴鸞鳳圖	다정하게 지저귀는 난새와 봉새의 그림을 그리게 할까!

이튿날 아침 당영은 다시 옥으로 들어갔다. 황봉선이 막 세수하고 머리를 빗고 있는데, 총사령관 왕렌잉으로부터 급한 전갈이 왔다.

"옥을 관리하는 황봉선은 즉시 사령관 저택으로 출두하라!"

그녀는 간밤의 비밀이 누설된 줄 알고 혼비백산 놀랐다. 이야말로 사람은 모름지기 양심에 어긋난 일을 하지 말아야 한밤중에 누가 대문을 두드리더라도 놀랄 일이 없다는 격이었다. 황봉선이 총사령관의 저택으로 달려가 계단 아래에서 전전긍긍하고 있을 때, 왕렌잉이 말했다.

"원한이 적으면 군자가 아니요, 독하지 않으면 장부가 아니라고 했다. 당장 땔감 삼백 묶음을 준비해서 유황을 비롯해서 인화 물질을 뿌려서 동문(東門) 밖에 높이 쌓아라. 그리고 명나라의 세 장수와 앞서 구금해 놓았던 태감을 모조리 포박해서 끌고 나오너라. 내 이것들을 모두 불태워 죽여서 분을 풀어야겠다. 한 치도 어김없이 시행하라!"

"명령대로 시행하겠습니다!"

총사령관의 저택에서 나와 옥으로 간 황봉선이 그 이야기를 들려주자, 삼보태감과 세 장수들은 깜짝 놀랐다.

"일이 이렇게 되었으니, 이제 모든 일은 그대에게 달렸소이다."

"명령이 내려왔으니 저로서는 따를 수밖에 없어요. 너무 갑작스러운 일이기는 하지만, 여러분이 상의해서 좋은 계책을 마련해 보셔요."

그러자 당영이 말했다.

"오랏줄을 묶을 때, 우리가 쉽게 풀고 빠져나오도록 약간 느슨하게 묶어주면 어떻소?"

"그러겠어요."

그러자 장계가 말했다.

"그럼 오랏줄을 풀고 나서 어디로 도망치지요?"

당영이 말했다.

"부인, 아무래도 당신이 길을 열어줘야겠소."

"그럴게요."

다시 장백이 말했다.

"맨손으로 도망쳐서는 아무 소용이 없습니다. 말과 갑옷, 무기가 있어야 합니다."

당영이 말했다.

"그건 한 가지 계책만 쓰면 모두 해결할 수 있소이다."

"그게 뭡니까?"

"부인, 총사령관을 만나거든 우리 명나라 장수들은 죽음을 두려워하지 않지만 갑옷이며 말, 무기는 이곳에 남겨두려 하지 않는다고 얘기하시구려. 그러니 그것들까지 한꺼번에 태워주면 죽더라도 여한을 없을 테지만, 그렇지 않으면 죽어서 귀신이 되어 밤낮으로 소란을 피울 거라고 하시구려. 어떻게 태울 거냐고 묻거든, 각자의 물건을 자기 앞에 두면 죽은 뒤에도 탈이 없을 거라고 얘기하도록 하시오."

"아주 훌륭한 계책이군요."

그녀는 즉시 왕렌잉에게 가서 보고했다.

"땔감을 모두 준비했습니다. 사령관께서 명령을 내려 주시면 명나라 장수들을 끌어내서 처리하도록 하겠습니다."

"그럼 명나라의 태감 정화와 유격대장 황표, 낭아봉 장계, 무장원 당영을 단단히 포박하여 동문 밖으로 끌고 나가도록 하라. 실수하지 않도록 조심하라!"

그들을 동문 밖으로 끌고 나가서 일이 어찌 되는지는 다음 회를 보시라.

제48회

장 천사는 왕롄잉을 사로잡고
여왕은 공주를 파견하다

天師擒住王蓮英　女王差下長公主

西洋那識綺羅香	서양에 사는지라 비단 냄새 어찌 알랴?[1]
未擬良媒自主張	좋은 중매쟁이 흉내 내지 않고 스스로 짝을 정했지.
爲愛風流高格調	풍류 넘치는 고상한 격조 좋아하니
最堪塵世儉梳粧	속세에 살면서 소박하게 치장해도 너무나 잘 어울리지.

---

1 인용된 시는 당나라 때 진도옥(秦韜玉: ?~?, 자는 중명[中明] 또는 중명[仲明])이 쓴 〈가난한 여자[貧女]〉에서 몇 글자를 바꾼 것이다. 원작은 다음과 같다. "초가집에 사는지라 비단 냄새는 모르고, 좋은 중매쟁이 의지하고 싶어도 마음만 상할 뿐. 풍류 넘치는 고상한 격조 좋아하는 이 누구인가? 유행 따르는 세태 불쌍히 여기며 소박하게 치장하네. 감히 열 손가락으로 섬세한 수놓는 솜씨 뽐내지만, 눈썹 그리고 누가 화장 잘했느니 다투지 않는다네. 아아, 한스러워라, 해마다 수를 놓고 있지만, 남들 혼례복만 만들어 주고 있는 신세라네![蓬門未識綺羅香, 擬托良媒益自傷. 誰愛風流高格調, 共憐時世儉梳粧. 敢將十指誇纖巧, 不把雙眉鬪畫長. 自恨年年把針線, 爲他人作嫁衣裳.]"

敢將十指誇纖巧	감히 열 손가락으로 섬세한 수놓는 솜씨 뽐내지만
不把雙眉鬪畫長	눈썹 그리고 누가 화장 잘했느니 다투지 않는다네.
此日狀元遭厄難	이날 무장원 당영이 재난을 만났으니
殷懃全仗硬擔當	은근한 정성으로 모든 문제를 맡고 나섰다네.

총사령관의 군령이 떨어지자 황봉선은 명나라 장수들이 죽음을 두려워하지 않으며 갑옷이며 무기, 말을 남겨두려 하지 않는다는 얘기를 자세히 들려주었다. 그러자 왕롄잉이 깜짝 놀라서 말했다.

"다행히 그대가 그 얘기를 해 주었으니 망정이지, 그렇지 않았더라면 우리 집안 모든 이들이 편안하지 않을 뻔했구먼. 모든 일은 그대가 알아서 처리하도록 하라!"

'과연 당 장군의 계책이 들어맞았구나!'

잠시 후 세 번의 북소리가 울리자 황봉선은 즉시 네 사람을 끌어내서 동문을 나가 땔감을 쌓아둔 곳에 이르렀다. 장계가 곁눈질로 살펴보니 과연 네 개의 갑옷과 무기, 말이 준비되어 있었다. 그는 치미는 화를 참지 못하고 버럭 고함을 지르며, 온몸을 묶은 오랏줄을 단번에 끊어 버렸다. 나머지 세 사람도 재빨리 오랏줄을 풀고 각자의 갑옷과 무기를 챙겼다. 그리고 일제히 말에 올라 명나라 함대를 향해 내달렸다.

보고를 들은 왕롄잉은 이를 갈며 눈을 부릅뜨고 욕을 퍼부었다.

"못된 계집! 네가 실력이 얼마나 대단하기에 감히 나라를 팔아서 일신의 영화를 꾀한다는 것이냐!"

그녀는 즉시 정예병을 선발하여 갑옷을 입고 말에 올라 동문 밖으로 추격해 나오며 고함을 질렀다.

"못된 매국노 계집, 어딜 도망치느냐!"

그 소리를 듣고 당영이 황봉선에게 말했다.

"부인, 누군가 쫓아오는 모양인데 어쩌면 좋겠소?"

"한 손으로는 두 주먹을 당해낼 수 없는 법. 저와 여러분 네 사람이 저 여자 하나가 뭐가 무서워요?"

"저 여자가 요사한 술법을 쓰니, 그게 좀 문제라서 말이오."

"그건 제게 맡겨요. 조금 있다가 어떻게 깨뜨리는지 보셔요."

그 말이 끝나기도 전에 왕롄잉이 병사들을 뒤로 한 채 혼자 말을 달려 다가왔다. 당영은 황표에게 삼보태감을 호위하여 먼저 가라고 하고, 나머지 세 사람은 말을 멈추고 일자로 늘어섰다. 중앙에는 황봉선이 서고, 좌우에 각각 당영과 장백이 자리를 잡았다. 잠시 후 왕롄잉이 진세를 펼치며 소리쳤다.

"개 같은 년! 내가 애써 잡은 것들을 네 마음대로 차지하고, 게다가 우리 강산까지 팔아먹어?"

그러자 황봉선이 응대했다.

"창피한 줄도 모르는구나! 인두겁을 쓰고 태어나서 하루 내내 사정하다가 뜻대로 되지 않으니까, 네가 잡은 사람을 내가 차지했다고 덮어씌우는구나!"

그러면서 칼을 휘두르자 왕롄잉이 다급히 막았다. 둘은 이렇게 해서 서로 치고받으며 한참 동안 격전을 벌였다. 황봉선을 한입에 씹어 먹지 못해 안달이었던, 왕롄잉은 갈수록 힘이 솟았다. 황봉선이 밀리는 듯한 모습을 보자 당영이 창을 들고 옆에서 협공했다. 그걸 보자 더욱 기분이 나빠진 왕롄잉이 당영을 향해 달려들었다. 그렇게 서너 차례 맞붙고 나자, 왕롄잉이 슬쩍 말머리를 돌려 달아나는 척했다. 당영은 황봉선이 보는 앞에서 재간을 자랑할 마음으로 재빨리 뒤쫓았다. 왕롄잉의 속셈을 알고 있는 황봉선도 다급히 따라갔다. 그 순간 왕롄잉이 철통을 꺼내 검은 연기를 피워냈다. 그 연기가 다시 떨어지려 하자 황봉선의 소매에서 한 마리 까마귀가 하늘로 날아오르더니, 공중에서 몸을 뒤집어 새매[鷂]로 변신하여 다시 떨어져 내렸다. 그 새매가 왕롄잉의 머리 가까이 떨어지자 검은 연기도 사라져 버렸다. 술법이 깨져 버리자 왕롄잉은 기분이 상해 돌아가 버렸다.

세 사람은 말머리를 돌려서 채찍도 쓰지 않고 느긋하게 함대로 돌아갔다. 도중에 당영이 물었다.

"저 여자의 검은 연기는 무슨 술법을 쓴 것이오?"

"그건 지주라망법(蜘蛛羅網法)이라는 것인데, 철통 안에 들어 있던 거미가 뚜껑을 열면 하늘로 날아올랐다가, 떨어져 내릴 때 실을 뽑아 사람을 꽁꽁 묶어 버리는 것이지요."

"그럼 부인의 소매에서 나온 것은 무엇이오?"

"그건 오아법(烏鴉法)이에요. 거미가 까마귀를 보면 제 몸을 돌보기에도 정신이 없을 테니, 실을 뽑아낼 겨를이 어디 있겠어요? 그러니 자연스럽게 그 술법이 깨질 수밖에요!"

"거 참 절묘한 방법이구려! 정말 절묘해요!"

그들이 함대로 돌아와 삼보태감을 만나자, 삼보태감은 무척 기뻐하며 각자의 공에 따라 상을 내렸다. 이어서 장수들을 만나 인사하자 다들 기뻐하며 칭송을 아끼지 않았다.

"정말 절세의 미인이로세!"

"당 장군은 재주 많은 인재이고 황봉선은 그야말로 절세가인이니, 재자가인(才子佳人)이 좋은 짝을 이룬다는 게 소설 속의 이야기만은 아니구먼!"

그러자 당영이 황봉선에게 말했다.

"오늘은 별일 없을 테니 잠시 쉬도록 합시다."

"총사령관이 어제 패전해서 달아났으니, 속이 부글부글 끓고 있을 거예요. 아마 잠시 뒤에 또 쳐들어올 거예요."

그 말이 끝나기도 전에 호위병이 보고했다.

"왕롄잉이 와서 싸움을 걸면서 황봉선을 지명하며 나오라고 합니다."

그러자 삼보태감이 지시했다.

"정예병을 선발하여 황봉선을 도와 출전하게 하라."

그때 마 태감이 나서서 건의했다.

"방금 귀순한 신부인지라 속내를 알 수 없습니다. 혹시 안팎에서 호응하여 변고를 일으킬 수도 있지 않겠습니까?"

"황봉선은 후덕하고 선량하며 충심을 가진 사람이니, 지나친 의심은 삼가라. 또 의심스러운 사람은 기용하지 말고, 기왕 기용할거면 절대 의심해서는 안 되는 법이다."

"아주 지당하신 말씀이십니다."

이에 즉시 황봉선에게 출전하게 했다. 이에 두 여장군이 마주 서니 그야말로 은인을 만나면 한없이 반갑지만, 원수를 만나면 눈에 불이 켜지는 격이 아니겠는가! 왕렌잉이 고함을 질렀다.

"우리 풍속을 망치고 나라를 욕보인 천한 계집, 손발을 놀리기도 귀찮으니 당장 말에서 내려 내 칼을 받아라!"

"호호! 못된 계집, 죽어 봐야 정신을 차리겠구나!"

그녀는 즉시 말을 치달려 왕렌잉의 머리를 향해 칼을 휘둘렀다. 왕렌잉도 고함을 지르며 응대했다.

"네까짓 게 감히 나한테 덤벼?"

둘은 한동안 격렬하게 싸웠다. 이때 황봉선이 계책을 떠올리고 슬쩍 말머리를 돌려 달아나는 척했다. 왕렌잉이 분기탱천해서 쫓아오자, 황봉선이 재빨리 몸을 돌리며 "쏙!" 하고 화살을 내쏘았다. 하지만 왕렌잉도 눈썰미가 좋아서 재빨리 칼을 휘둘러 화살을 두 동강 내 버렸다. 그런데 그 순간 잘린 화살 중간에서 각기 열 개의 작은 화살들이 터져 나오더니 왕렌잉을 향해 날아왔다. 그 바람에 왼쪽 허벅지에 상처를 입은 왕렌잉은 아픔을 견디지 못하고 달아나 버렸다. 알고 보니 그 화살은 안쪽에 스무 개의 작은 화살을 숨겨 놓은 것으로서, 활을 쓰지 않고도 그냥 소매에 넣어 두었다가 바로 쏠 수 있는 것이었다. 그러면 상대가 어쩔 수 없이 무기를 들어쳐 내게 되는데, 그때 화살이 부러지면서 안에 있던 작은 화살들이 터져 나오게 되어 있었다. 게다가 화살 수도 많으니 해를 당하지 않을 수 없었던 것이다. 이것은 바로 자모전(子母箭)이라는 것이었다. 황봉선은 스승으로 모신 신선에게 그것을 전수받았는데, 백발백중이었기 때문에 왕롄잉도 당할 수밖에 없었다.

황봉선은 그 기세를 타고 쫓아가려 했지만, 왕롄잉은 그 와중에도 잔꾀를 부려 바닷가로 도망쳤다. 그러다가 황봉선이 쫓아오자 그녀는 말에 탄 채 그대로 바다로 뛰어들었다. 황봉선이 뒤에서 욕을 퍼부었다.

"천한 계집! 네년이 죽을 줄은 알지만, 이번만은 수작을 부려 도망치도록 놓아주마!"

그녀가 곧 개선가를 부르며 함대로 돌아오자, 삼보태감이 무척 기뻐하며 후한 상을 내렸다. 그녀가 상을 받고 돌아오자 당영이 말했다.

"아마 그 사령관은 거짓으로 죽은 체했을 것 같구려."

"기껏해야 물의 장막을 이용해서 도망쳤겠지요. 설마 이런 술법까지 부릴 줄은 몰랐어요."

이튿날 호위병이 또 보고했다.

"어제 그 여자가 또 싸움을 걸어옵니다."

그러자 당영이 말했다.

"그것 보십시오. 거짓으로 죽은 체한 것 같다고 하지 않았습니까?"

그러자 삼보태감도 깜짝 놀랐다.

"진짜 그 여자이더냐?"

"생김새도 똑같고 자기 입으로 왕롄잉이라고 하니, 틀림없지 않겠습니까?"

마 태감이 말했다.

"오랑캐의 마음 씀씀이가 바르지 않다는 것은 이것만 보고도 알겠군요."

왕 상서가 말했다.

"거짓으로 공을 날조했으니, 군령에 따라 참수형에 처해야 합니다."

이에 삼보태감이 황봉선을 불러 따져 물었다.

"어제 그대가 세운 공은 사실이 아닌 것 같구려."

"제가 거짓으로 보고한 것이 아닙니다. 그년이 바다로 뛰어든 것은 모든 병사가 목격한 일입니다."

"그대는 이역 사람이니 우리나라의 법도를 잘 모를 것이오. 하지만 거짓으로 공을 날조한 경우는 군령에 따라 참수형에 처하게 되어 있소. 알겠소?"

"알겠습니다. 다만 제가 다시 출전하여 공을 세워서 속죄할 수 있도록 해주십시오."

"그것도 괜찮겠구려."

당영은 삼보태감의 말투에서 뭔가 미심쩍어한다는 것을 눈치채고, 곧 앞으로 나아가 포권하며 말했다.

"제가 함께 나가서 병사를 감독하면서 힘을 보태도록 하겠습니다."

삼보태감이 허락하자 두 사람은 즉시 갑옷을 입고 말에 올랐다. 그때 왕롄잉이 앞쪽에서 달려오며 황봉선에게 소리쳤다.

"개 같은 년! 이제 내 무서움을 알겠지?"

"오냐! 이번에는 기필코 너를 사로잡고 말겠다!"

둘은 다시 맞붙어 스무 판이 넘도록 싸웠으나 승부가 나지 않았다. 이때 왕롄잉이 술법을 부려 높이가 세 치 정도 되는 작은 호로를 하나 꺼내더니 태양을 향해 흔들었다. 일찌감치 그걸 발견한 당영이 말을 달려 나아가 호로를 향해 창을 내질렀다. 그 순간, 호로에서 갑자기 천만 갈래의 금빛이 쏟아져서 당영은 번갯불에 맞은 듯 눈을 뜰 수가 없어서 그만 말에서 털썩 떨어지고 말았다. 왕롄잉이 그를 향해 칼을 휘두르려 하자, 혼비백산 놀란 황봉선이 재빨리 막아서 당영을 구했다. 이에 왕롄잉이 다시 황봉선을 향해 달려들었다. 그리고 잠시 후 그녀가 다시 호로를 꺼내서 태양을 향해 흔들자, 다시 십만 가닥의 금빛이 쏟아졌다. 하지만 황봉선은 코웃음을 쳤다.

"그건 내가 이미 한참 전에 써먹던 수법인데, 감히 나한테 그걸 들고 나와?"

그녀는 슬쩍 입을 벌리더니 서북쪽을 향해 입김을 훅 불었다. 그러자 그 금빛들이 모조리 사라지고 말았다. 두 번째 술법까지 무산되자 왕롄잉은 황봉선의 정수리를 향해 칼을 날렸다. 하지만 이번에도 황봉선이 코웃음을 치며 손가락을 슬쩍 가리키자, 그 칼은 그 대로 땅바닥에 꽂혀 버렸다. 왕롄잉이 당황하고 있을 때 황봉선이 다시 화살을 꺼내자, 다급해진 왕롄잉이 휴전을 선언했다.

"오늘은 날이 이미 저물었으니 그렇게 비겁한 화살은 쓰지 마라. 내일 다시 승부를 겨루도록 하자!"

"이제야 내 무서운 줄을 알겠느냐?"

어쨌든 둘은 다시 자기 진영으로 물러났다. 삼보태감은 무척 기뻐하며 당영 부부에게 또 상을 내렸다.

이튿날 다시 전장에서 마주하게 되자 왕롄잉이 말했다.

"천박한 계집, 오늘은 기필코 네 목을 치고 말리라!"

"나 역시 오늘은 기필코 네년의 그 나귀 대가리를 베고 말겠다!"

둘은 다시 격렬하게 전투를 벌였다. 이삼십 판쯤 싸웠을 때 왕롄잉이 슬쩍 말머리를 돌려 도망치는 척하자, 황봉선은 상대의 수작을 알면서도 겁내지 않고 쫓아갔다. 과연 그녀가 다가가자 왕롄잉은 재빨리 돌아서며 칼을 휘둘렀다. 황봉선이 미처 말을 멈추지 못하는 사이에 그 칼이 그녀의 정수리로 떨어져 내렸다. 그 모습을 본 당영이 온몸이 떨리도록 놀라서 황급히 창을 들어서 막았다.

"너 이 못된 년, 어딜 도망치느냐!"

원래 성스러운 천자는 온갖 신들이 도와주고, 대장군은 사방팔방의 위세를 지니고 있는 법이라, 그의 호통을 들은 황봉선의 말이 깜짝 놀라 두어 걸음 뒤로 물러섰다. 그 바람에 왕롄잉의 칼은 말 앞쪽의 허공을 베고 말았다. 왕롄잉은 혼자서는 둘을 어찌해볼 수 없다는 걸 깨닫고 칼을 거두었다. 하는 수 없이 그녀는 다시 바닷가로 달려가 바다로 뛰어들었다. 그걸 보고 당영이 말했다.

"이건 도망치려는 수작이니, 여기다 영채를 세우고 저년이 언제 나오는지 지켜봅시다."

하지만 며칠이 지나도 왕롄잉이 나올 기미를 보이지 않는지라, 그들은 어쩔 수 없이 철수하여 중군 막사에 보고했다. 삼보태감은 다시 후한 상을 내렸다.

이튿날이 되자 호위병이 또 보고했다.

"왕롄잉이 또 와서 싸움을 걸고 있습니다."

삼보태감이 짜증을 내며 말했다.

"서양에는 온통 이런 여자들뿐이니, 정말 시끄럽구려."

그러자 홍 태감이 말했다.

"이 여자들은 모두 요사한 술법을 쓰니까, 천사님께 처리해 주시라고 청하는 게 어떻습니까?"

이에 장 천사에게 의향을 묻자, "아무래도 국사께 부탁드리는 게 낫지 않겠소?" 하는 것이었다. 이에 벽봉장로를 찾아가자 그가 이렇게 말했다.

"제가 그 여자를 사로잡으려면 건장한 남자 하나를 뽑아서 제 지시에 따르게 해 주셔야 하오이다."

"어떤 남자가 필요하십니까?"

"천지도 귀신도 두려워하지 않고, 물과 불 속을 자유롭게 드나들 수 있는 남자라야 하오."

이에 삼보태감이 막사 안에 모인 장수들을 향해 말했다.

"이 가운데 그런 사람이 있소?"

그 말이 끝나기도 전에 장백이 나섰다.

"제가 할 수 있습니다."

"그걸 어찌 자신하시오?"

"저는 천지도 귀신도 두려워하지 않고, 물과 불 속을 자유롭게 드나들 수 있기 때문입니다."

그러자 벽봉장로가 말했다.

"이 여자는 물 속에도 잘 들어가서 매번 패주하는 척하며 바다로 뛰어들었소이다. 그러니 장군께서는 내일 그 여자하고 싸우실 때, 그 여자가 물에 뛰어들거든 장군도 따라 들어가야 하오. 게다가 바닷물 속에서 그 여자와 싸워서 사로잡을 자신이 있어야 하는데, 그러실 수 있겠소이까?"

장백이 잠시 생각해 보았다.

'바다로 뛰어드는 것은 괜찮지만, 그러다 익사하면 곤란하지 않아? 귀신이 되어 버린다면 적장의 목을 베는 공을 세울 수도 없겠지. 게다가 다시 살아나 중국으로 돌아갈 수도 없잖아? 아무래도 이건 안 되겠어.'

하지만 속으로는 그렇게 생각하면서도 아무 말도 하지 못했다. 벽봉장로가 그의 속내를 짐작하고 웃으며 말했다.

"장군께서는 용맹하기는 하나 지모가 부족하니 큰일을 해낼 수 없소. 다른 사람은 없습니까?"

그 말이 끝나기도 전에 황봉선이 무릎을 꿇고 말했다.

"제가 재주는 미흡하지만 어떻게든 해보겠습니다."

"그 여자가 바다에 뛰어들면 그대도 따라 뛰어들어야 하오. 죽음을 두려워하지 않아야만 해낼 수 있소."

"나라를 위해 헌신하겠다고 작심했는데 죽음을 마다하겠습니까?"

벽봉장로는 그녀의 기개에 감탄하면서, 즉시 소매에서 보물을 하나 꺼내 그녀에게 건네주었다. 황봉선이 받아 살펴보니 그것은 눈동자만큼 크고 반질반질한 진주였다.

"국사님, 이 보물의 이름은 무엇입니까?"

"그건 벽수분어(碧水分魚)라는 것일세."

"왜 그렇게 부르는 것입니까?"

"그걸 들고 물에 뛰어들면 물이 양쪽으로 갈라지면서 중간에 큰 길이 나타나게 되네. 그러면 물속의 교룡이든 물고기든 자라든 모두 볼 수 있게 되니 그런 이름이 붙은 것일세. 우리 중국의 점쟁이들이 모두 그것을 쓰는 이유도 그런 묘용이 있기 때문일세."

"그런데 왕렌잉은 구름과 안개를 타는 재주도 있습니다."

"그건 내가 따로 알아서 조치할 테니, 자네는 그저 안심하고 출전하시게."

황봉선은 벽봉장로에게 절을 올리고 나서 보물을 들고 떠났다. 그러자 장백이 말했다.

"제가 간이 좀 작아진 모양입니다. 그런 보물이 있는 줄 알았더라면……"

이거야말로 일이 닥쳤을 때는 나서지 못하다가 뒷전에서 북을 치는 격이었다. 벽봉장로는 또 장 천사를 불러 그에게 짚으로 엮은 용을 준비해 놓았다가, 바다에 뛰어들었던 요사한 여자가 구름을 타고 뛰쳐나오면 놓치지 말고 사로잡으라고 당부해 놓았다.

이렇게 안배를 마쳤는데, 이튿날 날이 밝자 왕롄잉이 또 찾아와 싸움을 걸었다. 이에 황봉선이 홀로 나가 또 한 차례 격전을 벌였다. 한창 싸우고 있을 때 왕롄잉이 또 어제와 같은 수작을 벌이며 바닷가로 달아났다. 그러자 황봉선이 코웃음을 치며 말했다.

"이번엔 아무 데도 도망치지 못할 게다!"

왕롄잉이 말에 탄 채 그대로 바다로 뛰어들자 황봉선이 소리쳤다.

"천한 계집, 너만 바다에 뛰어들 줄 아는 모양이구나!"

그리고 그녀 역시 말에 탄 채 그대로 바다로 뛰어들었다.

'저년이 오늘은 제 발로 죽을 곳을 찾아오는구나!'

왕롄잉이 고삐를 당기고 말을 세워서 둘은 또 바닷속에서 스무 번도 넘게 맞붙었다. 하지만 바닷물이 자꾸 갈라지면서 황봉선이 익사하지 않고 오히려 더욱 힘을 내게 되자, 왕롄잉은 일이 여의치 않게 돌아간다고 생각했다. 이에 그녀는 즉시 주문을 외더니, 말에 탄 채 그대로 검은 구름을 타고 공중으로 날아올랐다. 그것 보자 황봉선이 분기탱천하여 소리쳤다.

"너만 구름을 탈 줄 아는 모양이로구나!"

그리고 그녀 역시 검은 구름을 타고 공중으로 날아올랐다. 그런데 왕롄잉이 나오기를 기다리고 있던 장 천사가 아홉 마리 용이 수놓아진 손수건을 휙 던졌다. 황봉선은 그 소리를 듣자 혹시 일이 잘못되지나 않을까 싶어서 재빨리 구름을 내리고 먼저 땅으로 내려왔다. 그러자 잠시 후 손수건에 사로잡힌 왕롄잉이 떨어져 내렸다. 그 순간 황봉선이 다가가 거침없이 칼을 휘둘러 그녀의 수급을 베어 버렸다. 장 천사가 짚으로 엮은 용을 타고 내려와 보니, 황봉선은 이미 피가 철철 흐르는 왕롄잉의 수급을 들고 있었다.

"천사께서 계신 줄 모르고 제가 함부로 끼어들었습니다."

장 천사가 보물을 거둬들이며 말했다.

"적을 베는데 함부로 끼어들고 말고 할 게 어디 있는가?"

둘은 곧 삼보태감을 찾아가 수급을 바쳤다. 삼보태감은 무척 기뻐하며 후한 상을 내리고 성대한 잔치를 베풀었다.

"이제는 더 이상 여인국에 이런 적수가 없겠지요."

그러자 여러 장수와 벼슬아치들이 말했다.

"눈앞에서 승리를 거두었으니 곧 좋은 소식이 들릴 겁니다."

한편 여왕은 왕롄잉의 목이 잘렸다는 소식을 듣고 벌벌 떨며 학사에게 분부하여 항서를 쓰게 하고, 상서에게 분부하여 바칠 예물을 준비하게 했다. 또 백성들에게 명나라 사신을 맞이하도록 향로와 꽃병을 준비하라고 분부했다. 그때 갑자기 동궁(東宮)에서 홍련궁주(紅蓮宮主)가 찾아와 여왕에게 절을 올리고 말했다.

"어마마마, 무슨 걱정이 있으셔요? 제게 말씀해 주셔요."

여왕이 명나라 함대가 찾아오고, 황봉선이 투항하고, 왕렌잉의 목이 잘린 일에 대해 자세히 들려주자 홍련궁주가 말했다.

"별것도 아닌 일에 왜 걱정을 하셨어요?"

"아니, 그게 무슨 말이냐?"

"허풍이 아니라 어마마마의 홍복과 제 능력만 있으면 황봉선을 잡아 와서 만 조각을 내고, 그 함대에 있는 것들을 잡아다가 가루를 만들어 버리는 것도 전혀 어렵지 않아요."

"그 배에는 비바람을 부르고 귀신을 부리는 인화진인이라는 도사가 있고, 또 해와 달을 가슴에 품고 천지를 소매에 담는 능력을 지닌 호국국사라는 승려가 있다. 그런데 그게 무슨 잠꼬대 같은 소리더냐!"

"그게 아니에요. 그런 도사쯤이야 단번에 말코로 만들어 버리고, 그런 까까머리 중 따위야 단번에 도로아미타불로 만들 수 있어요!"

"궁궐 깊은 규방에서만 자란 네가 어떻게 전쟁이라는 것을 알겠느냐?"

"제가 어려서부터 심심할 때마다 육도삼략(六韜三略)을 익혀 정통하고, 자라서는 천선(天仙)을 만나 천 가지 병법을 전수받았어요. 그러니 어려서 배워 두었다가 어른이 되어서 실행에 옮겨야 하듯이, 이번이야말로 제가 능력을 발휘할 때가 된 게 아니겠어요?"

"얘야, 무예에 정통하지 않으면, 그건 제 발로 사지에 뛰어드는 격이다. 아서라!"

"개미도 제 목숨을 아끼는 법인데, 제가 어찌 아무 생각도 없이 사지로 뛰어들겠어요?"

"그렇다면 네 마음대로 해 봐라. 부디 큰 공을 세우기 바란다."

홍련궁주는 곧 대전에서 물러나 병사들을 점검하고 백운관을 나섰다. 호위병의 보고를 받은 삼보태감이 말했다.

"또 어디서 여장군이 나타났다는 말이냐?"

"자칭 홍련궁주라고 하면서 불손한 말을 해대고 있습니다."

왕 상서가 말했다.

"그렇다면 분명히 대담하고 능력도 제법 뛰어나겠구먼."

삼보태감이 말했다.

"황봉선을 불러와라. 그 사람에게 물어보면 알 수 있겠지."

황봉선에게 묻자 그녀가 대답했다.

"홍련궁주라는 분이 계시는 줄은 아는데, 그분에게 무슨 능력이 있는 줄은 몰랐습니다."

삼보태감이 물었다.

"어느 장수가 병사를 이끌고 출전해 보겠소?"

그 말이 끝나기도 전에 좌선봉 장계가 나섰다.

"제가 나가 저 여자를 사로잡아 오겠습니다."

"새로 등장한 여장군이니 경시하다가 위명을 잃지 않도록 조심하시오."

"명심하겠습니다!"

장계는 자루가 긴 표두도(豹頭刀)를 들고, 갈기가 새하얀 과설마(抓雪馬)에 올라 일단의 철갑야한병(鐵甲夜寒兵)을 이끌고 나는 듯이 달려나갔다. 그가 호랑이 같은 머리를 들어 고리눈을 부릅뜨고 살펴보니, 오랑캐 진영에 이렇게 생긴 여장군이 하나 서 있었다.

巧樣佳人鬢挽雲	아리따운 미녀 귀밑머리 구름처럼 틀어 올렸는데
金裝攢甲越精神	무기 들고 갑옷 입으니 그 모습 더욱 활기차다.
眉分柳葉一彎翠	버들잎처럼 갈라진 두 눈썹 푸르게 굽었고
臉帶桃花兩朶春	복사꽃 가득한 두 볼엔 봄기운이 피어난다.
勒馬自知心上事	말고삐 당긴 것은 제 심사 스스로 알기 때문이니
迎風誰是意中人	맞이하는 이들 중에 마음에 둔 이 누구인가?
西洋絶域偏孤零	외진 서역에서 홀로 쓸쓸히 지내다 보니
雲雨巫山認未眞	남녀 간의 운우지정 아직 잘 모른다네.

장계가 큰소리로 물었다.

"그대는 누구이기에 감히 우리 길을 막는가?"

"나는 서양 여인국 여왕을 모시는 동궁시어(東宮侍御) 홍련궁주이다. 그대는 누구인가?"

"나는 위대한 명나라 황제 폐하께서 파견하신 정서전부좌선봉(征西前部左先鋒) 장계이다."

"명나라에서 파견한 관리라면 그래도 사리를 조금 알아야 마땅하거늘, 어찌하여 굳이 남의 나라에 쳐들어와 괴롭히는가?"

"이렇게 보잘것없는 작은 나라가 감히 천자의 군대에 저항하는 마당에 어찌 감히 괴롭힌다는 말을 쓰는 것인가?"

"우리가 왜 저항한다는 것인가?"

"그게 아니라면 어째서 진즉 항서를 바치고, 통관문서를 교환해 주고, 전국옥새를 바치지 않는 것인가?"

"뭐라? 아무 이유 없이 우리나라를 침범해 놓고 무슨 항서 따위를 달라는 게냐!"

그 말을 끝내기도 전에 그녀가 칼을 휘두르며 달려들자 장계도 맞받아쳤다. 예로부터 '상대를 용서하려거든 손을 쓰지 않고, 기왕 손을 쓴다면 인정사정 봐 주지 말라.[容情不擧手, 擧手不容情]'라고 했듯이, 둘은 서로 치고받으며 사오십 번이나 격렬하게 싸웠으나 승부가 나지 않았다. 그러자 홍련궁주가 일부러 칼을 허공에 휘두르고 말머리를 돌려 달아나는 척했다. 장계는 그녀가 칼을 휘두르는 것이 어지러워지자 상대가 정말로 역부족이어서 도망치는 줄로 여기고 마음 놓고 쫓아갔다. 그때 홍련궁주가 품에서 무언가를 꺼내더니 이렇게 중얼거렸다.

"부처님! 부처님! 제게 주신 이 보물이 정말 영험한지요?"

그러면서 재빨리 그것을 공중으로 던졌다. 그 순간 그 보물에서 수만 갈래 정결한 빛이 피어나면서 수천 겹의 상서로운 기운이 피어났다. 그와 동시에 "휙!" 하는 소리와 함께 그 빛이 장계에게 쏟아지니, 장계는 이리저리 비틀거리며 몸을 가누지 못하고 그대로 땅바닥에 떨어지고 말았다. 그 순간 오랑캐 진영에서 딱따기 소리가 울리더니, 일단의 병사들이 우르르 몰려와서 그를 끌고 가버렸다.

이튿날 홍련궁주가 다시 찾아와 싸움을 걸자 삼보태감이 말했다.

"좌선봉을 잃었으니 정말 맥이 빠지는구려."

그때 우선봉 유음이 포권하며 말했다.

"제가 나가서 좌선봉의 복수를 하겠습니다."

"이 여장군들은 모두 술법을 쓰니까, 출전하시는 분들은 각별히 유념하셔야 할 것이오."

"명심하겠습니다!"

유음은 안령도(雁翎刀)를 들고 오명마(五明馬)에 올라 새로 선발한 정예병들을 이끌고 달려나가 소리쳤다.

"못된 계집! 이 유 어르신을 아느냐?"

그가 안령도를 유성처럼 휘두르자 획획 칼바람이 일어났다. 홍련궁주는 상대가 안 되겠다 싶어서 두어 번도 맞붙기 전에 칼을 내리고 달아나기 시작했다.

'또 수작을 부리는군. 그냥 달아나게 내버려 두고 어쩌는지 보자.'

그 사이 홍련궁주는 계속 내달려서 점점 멀어져 관문 안으로 들어갔다.

'나도 잠시 배로 돌아갔다가 다시 와야겠군.'

그는 고삐를 당겨 방향을 바꾸어 느긋하게 돌아가기 시작했다. 그런데 홍련궁주가 어느새 그의 뒤쪽까지 슬그머니 쫓아와서 보물을 하나 꺼내 들더니, 입김을 훅 불어서 공중으로 던졌다. 그 순간 천지를 가르며 울리는 듯한 천둥번개가 치면서 수만 갈래 금빛과 수천 줄기 상서로운 기운이 피어났다. 그리고 유음의 머리에 "번쩍!" 벼락이 떨어지니, 제아무리 공자라 할지라도 그걸 피할 수는 없었다. 다시 오랑캐 진영에서 딱따기 소리가 울리면서, 일단의 병사들이 달려 나와 그를 끌고 가버렸다.

이튿날 홍련궁주가 다시 찾아와 싸움을 걸자, 삼보태감이 뭐라고 말하기도 전에 낭아봉 장백이 고함을 질렀다.

"한낱 개구리 같은 하찮은 것하고 무슨 말을 섞는단 말인가! 저 자바 왕국의 왕 신녀도 그 정도밖에 되지 않았어!"

그러면서 그는 무쇠 두건을 단단히 고쳐 쓰고, 쇠뿔로 만든 허리띠를 쓱 끌어올리고, 낭아봉을 들고 손바닥에 탁 치더니 이렇게 말했다.

"사령관님, 잠시만 앉아 계십시오. 제가 나가서 저 요사한 계집을 사로잡아 오겠습니다."

즉시 말에 올라 밖으로 달려간 그는 다짜고짜 홍련궁주의 머리를 향해 낭아봉을 내리치며 고함을 질렀다.

"받아라!"

벼락이 치는 듯한 그 고함 소리가 끝나기도 전에 빗방울이 쏟아지듯 낭아봉이 휘둘러졌다. 시커먼 얼굴에 타고 있는 말까지 새까맣고, 힘도 세고 기세도 살벌한 데다가 낭아봉까지 무시무시하니, 진퇴양난으로 빠져나갈 길이 없어진 홍련궁주는 그대로 말에서 떨어지고 말았다. 그 순간 그녀가 다급히 중얼거렸다.

"보살님! 보살님! 이 보물이 영험한지요?"

장백은 그녀가 당황해서 '보살'을 외친 줄로만 알았지, 그녀가 손으로 수작을 부릴 줄은 꿈에도 생각하지 못했다. 그가 땅에 쓰러진 그녀의 수급을 베려고 칼을 들었을 때, 갑자기 "꽉!" 하는 소리와 함께 장백의 머리 위에서 수만 줄기 금빛과 수천 갈래 자줏빛 안개가 피어나더니 태산처럼 그를 짓눌렀다. 이어서 오랑캐 진영에서 딱따기 소리가 울리더니, 일단의 병사들이 달려 나와 그를 끌고 가버렸다. 그를 여왕 앞에 끌고 가자 여왕이 말했다.

"잠시 옥에 가둬두도록 하라!"

홍련궁주는 옥에서 소란이 일어날까 염려스러워 "죽여 버리는 게 나아요!" 하면서 칼을 뽑아 들었다. 그 순간 장백은 지난번 불에 타죽을 뻔한 때의 상황을 떠올리고 온 힘을 다해 기합을 내질렀다. 그러자 그를 묶고 있던 오랏줄이 또 마디마디 끊어져 버렸다. 그가 즉시 낭아봉을 들고 좌충우돌 휘두르며 앞뒤로 이리저리 구르고 뛰면서 흡사 산을 휘젓는 나찰처럼 날뛰니, 주변의 누구도 감히 접근하지 못했다. 그는 재빨리 오추마에 뛰어올라 나는 듯이 중군 막사로 돌아가서 삼보태감에게 그간의 일을 자세히 설명했다.

"그래도 대처가 좀 소홀했던 것 같소."

"그때 도와주는 사람이 둘만 있었어도 그년의 독수에 걸리지 않았을 겁니다."

"그렇다면 이번에는 장수를 몇 명 더 파견해야겠구려."

이튿날 홍련궁주가 또 오자 명나라 진영에서 세 번의 북소리와 함께 두 명의 장수가 몰려 나왔다. 왼쪽은 정서유격대장군 황표, 오른쪽은 정서전영대도독 왕량이었다. 그들이 일제히 소리쳤다.

"어디서 나타난 못된 계집이기에 제법 재간을 부려 우리 대국의 장수들을 사로잡았느냐?"

두 장수는 각자의 무기를 휘둘러 비바람에 꽃잎들이 떨어지듯이, 바닷물이 거대한 파도로 치솟아 눈처럼 부서지듯이 정신없이 공격을 퍼부었다. 새하얀 피부에 갓 피어난 부용꽃처럼 아리따운 홍련궁주는 바람에 흔들리는 버들가지 같은 하늘하늘한 몸매를 한 채 말에 타고 있었다. 하지만 겉으로 보기에는 사랑스럽기 그지없는 여인이었지만, 마음속에는 온통 눈 하나 깜짝하지 않고 사람을 죽일 수 있는 담력이 가득 차 있었다. 두 명의 장수가 살벌하게 공격해오자 그녀는 도저히 손을 섞어볼 만한 상대가 아니라는 것을 알고, 재빨리 말머리를 돌려 달아났다. 분기탱천한 두 장수는 그녀가 요사한 술법을 부릴 줄 안다는 것 따위는 아랑곳하지 않고 오로지 그녀를 생포할 생각만 하며 말을 치달려 추격했다.

결국 이 전투의 승패가 어떻게 될지는 다음 회를 보시라.

장 천사는 홍련궁주와 격전을 벌이고
벽봉장로는 몸소 관음보살을 만나다

天師大戰女宮主　國師親見觀世音

陰風獵獵滿旌竿	음산한 바람은 깃발 가득 펄럭펄럭[1]
白草颼颼劍戟攢	쌩쌩 우는 하얀 풀은 창칼처럼 무성하다.
九姓羌渾隨漢節	아홉 성씨의 오랑캐들[2] 한나라의 통제를 받고

---

[1] 인용된 시는 당나라 때 설봉(薛逢: ?~?, 자는 도신[陶臣])의 〈영주 전 상서를 전송하며[送靈州田尙書]〉에서 몇 글자를 바꿔 쓴 것인데, 원작은 다음과 같다. "음산한 바람은 깃발 가득 펄럭펄럭, 쌩쌩 우는 하얀 풀은 창칼처럼 무성하다. 아홉 성씨의 오랑캐들 한나라의 통제를 받고, 여섯 지역의 소수민족들 전쟁에 나섰다. 무서리 속에서 변방에 들어가니 활도 뻣뻣하고, 달빛 아래 영채로 들어가니 옥 휘장 차갑구나. 오늘 길가에서 누군들 손가락질 하지 않으랴? 사마양저의 제자들처럼 지휘대 오르는 데에 익숙하거늘![陰風獵獵滿旌竿, 白草颼颼劍戟攢. 九姓羌渾隨漢節, 六州蕃落從戎鞍. 霜中入塞琱弓響, 月下翻營玉帳寒. 今日路旁誰不指, 穰苴門戶慣登壇.]"

[2] 원문의 구성(九姓)은 아홉 개의 부족을, 강(羌)은 강족을, 혼(渾)은 고대 선비족(鮮卑族)인 토곡혼(土谷渾)이다. 이들은 모두 중국 서북방에 있던 소수민족을 대표한다.

六州番落從戎鞍	여섯 지역³의 소수민족들 전쟁에 나섰다.
霜中入塞雕弓響	무서리 속에서 변방에 들어가니 활도 뻣뻣하고
月下翻營玉帳寒	달빛 아래 영채로 들어가니 옥 휘장 차갑구나.
底事戎衣着紅粉	어이해 전포 대신 울긋불긋 치장하고
敢誇大將獨登壇	감히 대장이라 자랑하며 홀로 지휘대에 올랐는가?

그러니까 황표와 왕량은 홍련궁주를 사로잡을 생각으로 열심히 쫓아갔다. 그런데 갑자기 그녀가 상체를 비틀어 뒤를 향하더니, "팍!" 하는 소리와 함께 수만 줄기 금빛과 수천 갈래 자줏빛 안개가 피어나 산이 무너지듯 땅이 꺼지듯 그들의 머리 위로 쏟아졌다. 결국 또 오랑캐 진영에서 딱따기 소리가 울리더니, 일단의 병사들이 몰려나와 그들을 끌고 가버렸다. 승리를 거둔 홍련궁주는 기뻐 어쩔 줄 몰라 하며 떠났고, 호위병의 보고를 받은 삼보태감은 진노했다.

"저런 못된 계집한테 우리 장수 네 명이 생포되다니, 이 무슨 창피한 일이란 말이냐!"

---

3 원문의 '육주(六州)'는 당나라 때 서북쪽 소수민족들이 살던 이주(伊州)와 양주(梁州), 감주(甘州), 석주(石州), 위주(渭州), 저주(氐州)를 가리킨다. 일설에는 연연주(燕然州)와 계록주(鷄鹿州), 계전주(鷄田州), 동고란주(東臯蘭州), 연산주(燕山州), 촉룡주(燭龍州)를 가리킨다고도 한다.

왕 상서가 말했다.

"요사한 것들을 사로잡는 것은 그래도 장 천사가 전문이지 않습니까?"

삼보태감이 장 천사를 찾아가 청하자 장 천사가 즉시 나섰다. 잠시 후 명나라 진용에서 세 번의 북소리와 함께 한 발의 포성이 울리면서 일단의 군대가 나섰다. 홍련궁주가 보니 전후좌우로 깃발이 번쩍이고 살기가 뭉실뭉실 피어나고, 중간에 세워진 검푸른 깃발 아래 이목구비가 청수하고 반듯한 용모에 수염을 기른 도사가 구량관을 쓰고, 구름무늬가 수놓아진 학창의를 입고, 칠성보검을 든 채 갈기가 푸른 말을 타고 있었다.

'저자가 혹시 인화진인 장 천사인가? 어디 한 번 불러보고 어떻게 나오는지 보자.'

그녀가 곧 큰소리로 물었다.

"거기 오는 자는 도사인가?"

"닥쳐라! 이 몸이 바로 위대한 명나라 황제 폐하로부터 인화진인에 봉해진 장 천사이다. 어디다 대고 도사 운운하는 게냐!"

"이런 쳐 죽일 것! 네놈 대가리가 세 개도 아니고 팔이 네 개도 아닌데, 어째서 감히 군대를 이끌고 우리나라를 침범했느냐?"

그녀가 칼을 휘두르며 달려들자 장 천사도 맞받아쳤다. 둘이 서너 차례 맞부딪쳤을 때 장 천사의 칼끝에서 한 줄기 불꽃이 일어났다. 그걸 보고 홍련궁주가 말했다.

"이놈! 재주가 모자라니까 괜히 칼끝에 불꽃만 피우는구나!"

그 말이 끝나기도 전에 칠성보검 끝에서 부적이 하나 타오르면서 장 천사의 호통이 이어졌다.

"오너라!"

그 순간 남쪽에서 얼굴이 시뻘겋고 머리카락이 주사처럼 붉고 온몸에 불길이 일렁이는 듯한 하늘 신장이 눈을 부릅뜬 채 손에 황금 채찍을 들고 나타나, 장 천사에게 포권하며 물었다.

"천사님, 무슨 일로 부르셨는지요?"

그는 바로 적담충량(赤膽忠良) 왕(王) 원수(元帥)[4]였다.

"이 여인국에 홍련궁주라는 요사하기 그지없는 여자가 우리 명나라 장수 네 명을 사로잡고 길을 막고 있소이다. 번거로우시겠지만 저 여자를 사로잡아서 이 나라를 지나갈 수 있게 해 주시오."

왕 원수는 즉시 상서로운 구름을 타고 공중으로 날아올라 아래로 떨어지면서 홍련궁주의 머리를 향해 채찍을 휘둘렀다. 그런데 홍련궁주의 몸에서 수만 줄기 금빛과 수천 갈래 자줏빛 안개가 피어나 왕 원수는 두 눈이 연기에 쐰 듯, 불길에 타는 듯, 바늘에 찔린 듯 따갑고 앞이 보이지 않았다. 결국 그는 이쩔 도리가 없어서 그대로 상서로운 구름을 타고 떠나 버렸다. 그러자 장 천사는 "이런 못된 계집!" 하면서 연달아 몇 장의 부적을 살랐다. 그러자 하늘에

---

4 적담충량(赤膽忠良) 왕 원수는 《서유기》 제7회에서 손오공과 싸웠던 왕 영관(靈官)을 가리킨다. 당시 그는 우성진군(佑聖眞君)의 좌사(佐使) 신분이었으며, 사용하는 무기는 황금 채찍이었다. 훗날 그는 도교의 호법진산신장(護法鎭山神將)으로 받들어졌다.

서 다시 방(龐) 원수와 유(劉) 원수, 구(苟) 원수, 필(畢) 원수까지 네 명의 신장이 내려와 일제히 포권하며 물었다.

"천사님, 무슨 일로 저희를 부르셨습니까?"

"죄송하지만 저 오랑캐 여자를 사로잡아주시구려."

네 명의 신장은 즉시 구름을 내려서 홍련궁주를 붙잡으려 했다. 하지만 홍련궁주의 몸에서 수만 줄기 금빛과 자줏빛 안개가 사방으로 자욱하게 피어나면서, 그녀도 금빛을 밟고 공중으로 날아올랐다. 금빛의 길이가 한 길이 되면 그녀도 한 길 공중으로 떠오르고, 열 길로 늘어나면 열 길 높이로, 백 길로 늘어나면 백 길 높이로, 천 길로 늘어나면 천 길 높이로, 만 길로 늘어나면 만 길 높이로 떠오르면서 그대로 거의 하늘 근처까지 올라 가버렸다. 이에 네 신장이 보고했다.

"이 여자는 이미 신선의 몸을 이루고 있어서 저희가 잡기가 쉽지 않습니다."

결국 네 신장도 구름을 타고 떠나자, 장 천사가 혀를 내둘렀다.

"이런 일개 여자가 어떻게 신선의 몸을 이루었지? 이야말로 듣도 보도 못한 일이로구나!"

그 말이 끝나기도 전에 홍련궁주가 보물을 허공으로 던졌다. 그러자 즉시 "휙!" 하는 소리와 함께 수만 줄기 금빛과 수천 갈래 자줏빛 안개가 피어났다. 장 천사도 어쩔 수 없이 짚으로 엮은 용을 타고 공중으로 날아올라 중군 막사로 돌아왔는데, 그는 온몸이 땀으로 흠뻑 젖고 숨을 헐떡이고 있었다. 그 모습을 보고 삼보태감이 깜짝 놀랐다.

"천사님, 왜 행색이 이렇게 되셨습니까?"

장 천사가 자초지종을 설명하자 삼보태감이 말했다.

"천사께서도 이런 지경이시니, 하물며 다른 장수들이야 오죽하겠습니까!"

그러자 마 태감이 말했다.

"이렇게 어려운 일이라면, 지금이라도 일찌감치 짐 싸서 돌아가는 게 낫겠군요!"

왕 상서가 말했다.

"기왕 여기까지 왔으니 오로지 전진만 있을 뿐 후퇴는 없소. 어찌 돌아가자는 말씀을 하시는 게요! 설사 요사한 것이 방해한다 해도 아직 국사님이 계시지 않소? 왜 그리 걱정만 하시는 게요!"

삼보태감이 어쩔 수 없이 벽봉장로를 찾아가자, 벽봉장로가 말했다.

"그렇다면 제가 가서 권유해 볼 수밖에 없겠구려."

이튿날이 되자 호위병이 또 홍련궁주가 와서 싸움을 걸고 있다고 보고했다. 벽봉장로는 허름한 비로모를 쓰고 낡아빠진 가사를 걸치고 한 손에는 바리때를, 다른 한 손에는 구환석장을 짚은 채 휘적휘적 걸어 홍련궁주에게 다가갔다. 홍련궁주는 중국의 승려가 대단한 신통력을 지니고 있다는 것을 알기 때문에 감히 방심하지 못하고 물었다.

"그대는 혹시 김벽봉장로가 아니신가요? 스님, 출가하신 분께서 어찌 불교의 삼규오계(三規五戒)[5]를 모르시고, 이 죄 많은 중생과 함께 이렇게 많은 죄업을 지으십니까?"

"궁주, 제가 일부러 그러려는 것이 아니라, 우리 황제께서 옥새를 찾고자 하셔서 명을 받고 온 것이외다."

"옥새는 우리나라에 없는데 왜 굳이 군대를 동원하셨나요?"

"그렇다면 항서 한 장을 바치고 통관문서를 교환해 주시구려. 그럼 나중에 좋은 보답을 받을 것이외다."

그러자 홍련궁주는 기분이 조금 나빠졌다.

"그게 무슨 말씀이시오! 우리나라는 이제껏 당신네 나라하고 교통이 없었는데, 어째서 우리한테 항서를 바치라는 건가요? 이런 말씀 드린다고 기분 나쁘실지 모르겠지만, 제가 살아 있는 한 당신네 함대도 편치 않을 것입니다!"

"아미타불! 선재로다! 이 함대에는 장수가 천 명에 백만 명의 정예병이 있으니, 어찌 이곳을 지나갈 수 없겠소이까?"

"당신도 큰소리를 치시는군요. 내가 연일 출전해서 당신네 장수들을 생포했는데, 오직 저 얼굴 시커먼 작자만 도망칠 수 있었지요. 하지만 한 번은 도망칠 수 있었다 하더라도 결국 항아리 속의

---

5 삼규오계(三規五戒)는 삼귀오계(三皈五戒)를 가리킨다. 삼귀는 귀의불(皈依佛), 귀의법(皈依法), 귀의승(皈依僧)의 귀의삼보(皈依三寶)를 말하는데, 귀의불에서는 양족존(兩足尊) 즉 복혜쌍원(福慧雙圓)을, 귀의법에서는 이욕존(離慾尊) 즉 무욕무위(無慾無爲)를, 귀의승에서는 중중존(衆中尊) 즉 청정무염(淸淨無染)과 중생해모(衆生楷模)를 추구한다. 오계는 살생(殺生)과 도둑질[偸盜], 사음(邪淫), 망어(妄語), 음주(飮酒)를 경계하는 것을 가리킨다.

자라요 독 안에 든 쥐이니, 제까짓 게 어디로 도망치겠어요?"

"아미타불! 우리 명나라의 장수를 생포하는 게 그리 녹녹한 일은 아니외다!"

그러자 홍련궁주도 화가 치밀어 소리쳤다.

"닥쳐요! 당신네 장수들뿐만 아니라 당신을 생포하는 것도 전혀 어렵지 않아요!"

"그게 그리 쉽지 않을 거요!"

그러자 홍련궁주가 말을 몰아 달려들며 칼을 들어 벽봉장로의 머리를 치려고 했다. 하지만 벽봉장로는 전혀 서두는 기색이 없이 구환석장으로 땅바닥에 선을 쓱 그었다. 그러자 홍련궁주의 말이 갑자기 수십 걸음 뒷걸음질을 치더니 때려죽여도 앞으로 나아가려 하지 않았다.

'이 중놈의 재간이 내 말조차 겁을 먹게 할 정도라니!'

그녀는 다시 아홉 근 네 냥 무게의 구리 망치를 꺼내 벽봉장로의 머리를 내리쳤다. 그런데 그 망치가 벽봉장로의 정수리에 닿자마자 금빛이 하늘로 솟구치면서 자줏빛 안개가 비스듬히 깔렸다. 그리고 하늘로 치솟은 금빛은 천 개의 잎을 가진 연꽃으로 변하더니, 그 망치를 구름 속에 가두어 꼼짝도 못 하게 만들어 버렸다.

'정말 엄청나구나!'

그녀는 다시 상문검(喪門劍)을 뽑아 공중으로 던졌다. 그 칼은 곧장 벽봉장로의 머리를 벨 듯이 날아왔다. 하지만 벽봉장로는 이번에도 서두르지 않고 손가락을 가볍게 튕겼다. 그러자 그 칼은 알록

달록한 나비로 변해 바람에 팔랑거리며 날았다.

'정말 엄청나구나! 내 무기까지 모두 빼앗겨 버렸어. 그렇다고 내가 포기할 줄 알아?'

그녀는 다시 백발백중의 화살 아홉 개를 꺼내 일제히 벽봉장로를 향해 내던졌다. "쉭!" 하고 날아온 그 화살들은 모두 벽봉장로의 몸에 적중했다. 하지만 벽봉장로가 가사를 슬쩍 털자 아홉 개의 화살이 모두 땅바닥에 떨어져 버렸다.

'저렇게 낡아빠진 가사조차 뚫지 못한다는 것인가? 정말 대단하구나!'

그녀는 다급히 보물을 꺼내 허공을 던졌다. 그러자 수만 줄기 금빛과 수천 갈래 자줏빛 안개가 피어났다. 그러자 벽봉장로가 느긋하게 바리때를 던져 그 보물을 거둬 버리려고 했다. 하지만 홍련궁주의 보물도 만만치 않은 것이어서 오히려 바리때를 공중에 딱 붙들어 버렸다. 이에 벽봉장로가 바리때를 거둬들이자 그녀도 보물을 거둬들였다. 그걸 보자 벽봉장로가 생각했다.

'저건 무슨 보물이지? 출처를 알 수 없으니 대처할 방도가 마땅히 떠오르지 않는구먼.'

그는 염불을 한 번 하면서 속으로 계책을 생각했다.

'일단 육신을 두고 다른 곳에 가서 자세히 조사해 보기로 해야겠구나.'

그 생각이 끝나기도 전에 홍련궁주가 다시 보물을 날렸다. 그러자 벽봉장로가 공중에 쓰러지더니 혼백이 아득한 저승으로 돌아가

버렸다. 홍련궁주는 벽봉장로가 죽자 무척 기뻤지만, 감히 다가가서 수급을 베지 못하고 그대로 돌아갔다. 그리고 여왕을 만나 이렇게 보고했다.

"명나라 도사를 패배시켰을 뿐만 아니라, 오늘은 또 명나라 중을 때려죽여서 전승을 거두었어요. 며칠 안에 저 함대까지 다 쓸어버리고 장수들을 모조리 사로잡아 버리면, 우리나라는 튼튼한 기반 위에서 영원토록 근심 걱정 없이 지낼 수 있을 거예요."

"애야, 정말 고생이 많았구나. 덕분에 이 나라를 보존할 수 있게 되었다."

여왕은 곧 성대한 잔치를 열어 병사들에게도 큰 상을 내렸다. 그 잔치는 닷새 가까이 계속되었다.

한편 홍련궁주의 눈을 속이고 피신한 벽봉장로는 천천히 육신을 수습하여 배로 돌아갔다. 그리고 삼보태감을 만나 살벌했던 자초지종을 죽 들려주었다.

"그럼 어떻게 하실 생각입니까?"

"잠시 저 여자에 대해 조사를 좀 하고 나서 대처하도록 하겠소이다."

"그 여자가 내일 또 찾아올 텐데, 누구를 시켜 상대하게 할까요?"

"내가 죽은 것처럼 속였으니, 아마 사나흘 동안은 오지 않을 거외다."

"그렇다면 다행히군요."

벽봉장로는 천엽연화대로 돌아와 제자 비환을 불러 물었다.

"다섯 가지 피하는 방법 가운데 네가 가장 잘하는 것이 어떤 것이냐?"

"물의 장막을 이용해 피하는 것입니다."

"그렇다면 오늘 밤 여인국 홍련궁주의 궁으로 들어가서, 그 여자가 무슨 보물을 가지고 있으며 어디에 두는지 보고 오너라. 네가 손을 써서 가져올 수 있으면 그렇게 해보고, 어려울 것 같으면 즉시 돌아오도록 해라."

"즉시 다녀오겠습니다."

비환선사는 가부좌를 틀고 참선하는 평상 위에 앉았다. 벽봉장로는 시중드는 승려에게 정갈한 물을 한 사발 떠다가 그 평상 아래에 놓아두라고 분부했다. 그 사이에 비환선사는 백운관을 지나 여인국으로 들어갔다. 그는 궁전 안을 한 바퀴 돌아보고 나서 홍련궁주의 궁으로 갔다. 그때 홍련궁주의 품에서 금빛과 자줏빛 기운이 퍼지면서 오색 무늬를 이루는 것을 보았지만, 그게 무엇인지는 자세히 알 수 없었다.

'저건 저 여자가 저녁에 잠들 때나 손에 넣을 수 있겠구나.'

그러다가 날이 저물어 일경 무렵이 되자 홍련궁주가 손을 씻고 향을 사른 다음 옷을 벗고 잠자리에 들었다. 비환선사가 기회를 노리고 있는데, 문득 그녀의 가슴가리개 앞쪽에 자줏빛 비단으로 만든 주머니가 보였다.

'저 주머니에 담긴 게 바로 그것인가 보구나.'

하지만 홍련궁주가 그걸 떼어 놓지 않은 채 침대에 누워 있는지라 훔쳐낼 방법이 없었다.

'완전히 잠이 들어야 손을 쓸 수 있겠구나.'

어느덧 삼경 무렵이 되어 자세히 귀를 기울여 보니, 홍련궁주가 깊이 잠이 든 듯 가볍게 코고는 소리가 들렸다.

'바로 지금이야!'

그가 슬그머니 손을 내밀어 그 주머니에 손을 대는 순간, 갑자기 홍련궁주의 몸에서 "팟!" 하는 소리가 들리는가 싶더니, 머리가 셋에 팔이 여섯 개요, 얼굴은 피를 바른 듯 시뻘겋고 머리카락은 주사처럼 벌건 신장이 나타나서 항마저(降魔杵)를 움켜쥐고 손바닥에 탁탁 두드리는 것이었다. 혼비백산 놀란 비환선사는 단번에 풀쩍 뛰어서 되돌아오고 말았다. 알고 보니 그 비단 주머니 안에는 불가에서 제일 귀한 보물이 들어 있어서 항상 호법제천(護法諸天)이 지키고 있었다. 그런데 지금 비환선사가 그걸 건드리자 머리가 셋에 팔이 여섯 개 달린 그 신장이 나타났던 것이다. 비환선사는 깜짝 놀라 천엽연화대로 돌아와 벽봉장로를 찾아갔다.

"그래, 무슨 보물이더냐?"

비환선사가 자초지종을 들려주자 벽봉장로가 말했다.

"그렇다면 그건 우리 불가의 보물이로구나."

그는 즉시 입정(入定)에 들어가면서 제자에게 방문을 닫고 등불을 준비하라고 분부했다. 그리고 육신을 떠나 한 줄기 금빛으로 변해 부처들이 모인 영산(靈山)으로 가서 석가모니 부처에게 말했다.

"서양 여인국의 어느 여인이 대단한 능력을 지녔던데, 대체 그 여자는 무슨 요괴이기에 우리 불가의 보물을 훔쳐서 갖고 있는지 모르겠소이다. 한 번 조사해 주시구려."

석가모니 부처는 연등고불 앞인지라 감히 태만하지 못하고 자세히 조사해 보게 했지만, 불가의 보물 가운데 없어진 것은 하나도 없었다. 이에 연등고불은 영산을 떠나 한 줄기 금빛으로 변해 동천문 화운궁의 삼청조사(三淸祖師)를 만났다.

"서양 여인국의 어느 여인이 대단한 능력을 지녔던데, 대체 그 여자는 무슨 요괴이기에 도가의 보물을 훔쳐서 갖고 있는지 모르겠소이다. 한 번 조사해 주시구려."

삼청조사는 연등고불 앞인지라 감히 태만하지 못하고 자세히 조사해 보게 했지만, 도가의 보물 가운데 없어진 것은 하나도 없었다. 이에 연등고불은 화운궁을 떠나 한 줄기 금빛으로 변해 남천문 영소보전의 옥황대천존(玉皇大天尊)을 만났다.

"서양 여인국의 어느 여인이 대단한 능력을 지녔던데, 대체 그 여자는 무슨 요괴이기에 하늘나라의 보물을 훔쳐서 갖고 있는지 모르겠소이다. 한 번 조사해 주시구려."

옥황대천존는 연등고불 앞인지라 감히 태만하지 못하고 자세히 조사해 보게 했지만, 하늘나라의 보물 가운데 없어진 것은 하나도 없었다.

'이 세 곳이 아니라면 무슨 보물이지? 아무래도 다시 가서 내가 직접 조사해 봐야겠구나.'

그는 다시 한 줄기 금빛으로 변해서 천엽연화대로 돌아왔다. 그때 마침 삼보태감이 사람을 보내서 그를 만나러 갔다.

"국사님, 그 여자가 며칠 동안 오지 않다가 오늘 또 찾아와 싸움을 걸면서 온갖 소리를 거리낌 없이 지껄이고 있습니다."

"뭐라고 하던가요? 설마 저를 때려죽였다고 하던가요?"

"바로 그렇게 말했습니다."

벽봉장로는 코웃음을 치며 자리에서 일어났다. 그는 밖으로 나가면서 잠시 생각하더니 게체신을 불렀다. 그러자 서쪽에서 금두게체가 내려와 무릎을 꿇고 말했다.

"부처님, 무슨 일로 부르셨사옵니까?"

벽봉장로는 그를 일으켜 세우고 나직이 말했다.

"이러이러하니 천기를 누설하지 말도록 하라!"

금두게체가 "예!" 하고 떠나자, 벽봉장로는 휘적휘적 느긋하게 걸어 나갔다. 그는 여전히 그 비로모를 쓰고, 그 가사를 입은 채 그 바리때를 들고, 그 구환석장을 짚고 있었다. 멀리서 그의 모습을 본 홍련궁주는 깜짝 놀랐다.

'알고 보니 저 중이 죽지 않았구나! 쳇! 그동안 저 작자를 잘못 알고 있었어.'

그는 벽봉장로가 가까이 다가오기도 전에 그의 머리를 향해 보물을 내던졌다. 그 바람에 벽봉장로는 다시 땅바닥에 쓰러져 버렸다.

"저번에는 그대로 두고 가는 바람에 다시 살아났으니, 이번에는 오랏줄에 묶어서 데려가야겠다."

잠시 후 딱따기 소리와 함께 일단의 병사들이 달려와 벽봉장로를 끌고 갔다. 그러자 홍련궁주가 말했다.

"이 중은 머리만 반질반질할 뿐만 아니라 잔대가리도 보통이 아니니, 또 시끄러운 일이 벌어질지 모른다. 그러니 살려 두면 안 되겠어!"

그녀는 즉시 망나니들에게 그의 목을 베라고 했다. 잠시 후 망나니들이 그의 수급을 베어서 성루에 걸고 사람들에게 전시했다. 이에 여왕이 말했다.

"얘야, 아주 큰 공을 세웠구나!"

"이게 모두 어마마마의 홍복 덕분에 제가 능력을 제대로 발휘할 수 있었기 때문이에요."

하지만 그녀는 자신이 때려죽인 사람이나 오랏줄에 묶은 사람, 목을 벤 사람도 모두 게체신이었다는 것을 꿈에도 알지 못했다. 그 사이 벽봉장로의 진짜 몸은 이미 홍련궁주의 궁 안에 들어가 있었다. 홍련군주는 기분 좋게 궁으로 돌아와 불당 안으로 들어갔다. 알고 보니 그녀는 아주 착한 여자로서 따로 불당을 하나 마련해 놓고 있었는데, 거기에는 나무구고구난관세음보살(南無救苦救難觀世音菩薩)이 모셔져 있었다. 그녀는 향을 사르고 네 번의 절을 올리며 말했다.

"보살님의 보물 덕분에 오늘 중의 목을 벨 수 있었사옵니다. 내일은 명나라 군대를 물리칠 수 있을 것이옵니다."

그리고 다시 두 번의 절을 올리고 자줏빛 비단 주머니를 풀어 관음보살 앞의 제사상에 놓더니, 보물을 꺼내 두어 번 만지면서 다시 향을 사르고 또 두 번의 절을 올렸다. 그런 다음에야 그녀는 다시 보물을 주머니에 넣고 젖 가리개 앞쪽에 걸더니 침실로 들어갔다. 벽봉장로는 그 모습을 지혜의 눈으로 똑똑히 지켜보았다. 그랬더니 과연 그 보물은 예사로운 것이 아니었다. 그것은 바로 관세음보살의 양류정병(楊柳淨瓶)이었던 것이다.

'저런 보물이 있었으니 대단할 수밖에!'

그는 서둘러 밖으로 나와 한 줄기 금빛으로 변해 남해 보타낙가산 조음동의 관음보살을 만나러 갔다.

"보살, 보물을 잃어버렸는데도 찾을 생각도 안 하시는구려!"

"그럴 리가요! 없어진 게 없는데요?"

"그대의 정병은 어디 있소?"

관음보살은 연등고불 앞이라 감히 속이지 못하고 실토했다.

"그건 좀 사연이 있습니다만, 잃어버린 것은 아닙니다."

"무슨 사연이란 말씀이오?"

"서양 여인국 여왕이 낳은 공주가 불심이 지극하고 경전을 열심히 읽으며 저를 아주 정성스럽게 공양하기에, 제가 그 아이를 제도하여 중국으로 보내기 위해 그 정병을 주었습니다. 오랑캐가 쳐들어오면 그걸 써서 막으라는 뜻이었지요. 그러니 잃어버린 게 아니지 않습니까?"

"그 아이를 제도하여 중국으로 보내려 하셨다니, 고맙기 그지없구려. 덕분에 우리 중국은 벌써 그 아이에게 실컷 욕을 보고 있소이다!"

고난을 구제하는 것을 일념으로 삼는 관음보살은 그 말을 듣자 그만 무안해지고 말았다.

"알고 보니 그 아이는 제도할 만한 인재가 아니었군요."

"그 아이 때문에 고생했을 뿐만 아니라, 그 아이가 우리 길을 막고 있으니, 대체 우리더러 언제 중국으로 돌아가라는 말씀이오?"

"부처님, 용서하십시오. 제가 내일 용녀(龍女)를 보내 보물을 회수하겠습니다."

벽봉장로는 관음보살과 작별하고 곧장 천엽연화대로 돌아와서 삼보태감을 만나러 갔다. 삼보태감이 깜짝 놀라며 말했다.

"국사님, 사람입니까, 귀신입니까? 하늘에서 떨어졌습니까, 땅에서 솟아났습니까?"

"아미타불! 사령관, 그게 무슨 말씀이시오?"

"분명히 어제 패전하여 홍련궁주에게 처형당하셨는데, 어떻게 오늘 이렇게 다시 살아나신 겁니까?"

"어제 목이 잘린 것은 제가 아닙니다."

그래도 두 원수와 장수들은 모두 미심쩍은 표정이었다. 삼보태감이 말했다.

"국사님, 어디를 다녀오시는 길입니까?"

"여인국에 가서 네 장수를 보고 왔습니다."

"그분들은 감금되어 있는데, 어떻게 보고 오셨습니까?"

"못 믿으시겠거든, 잠시 후 제가 그분들을 데려오겠습니다."

"말씀만으로 바로 데려오기는 어려운 일 아닙니까?"

그러자 벽봉장로는 천엽연화대로 올라가 비환선사를 불러 분부했다.

"다시 여인국의 옥으로 가서 네 장수를 데려오너라. 나올 때 거기에 정갈한 물 세 방울을 떨어뜨려서 알 수 있게 해 주어라."

비환선사가 그 명에 따라 옥으로 가서 네 장수를 만나자, 그들이 모두 깜짝 놀랐다.

"선사님, 어디서 오셨습니까?"

"사부님의 분부를 받들어 여러분을 배로 모시고 가려고 왔습니다."

"우리는 이렇게 옥에 갇혀 있는데, 어찌 쉽게 탈출할 수 있겠습니까?"

"그냥 눈을 꽉 감고 저를 따라오시면 됩니다. 제가 기침을 하기 전까지는 절대 눈을 뜨시면 안 됩니다."

이에 네 장수는 일제히 눈을 꼭 감은 채 비환선사에게 단단히 매달렸다. 비환선사는 앞에서 그들을 인도하면서 중얼중얼 주문을 외며, 사발에 담긴 정갈한 물 세 방울을 그곳에 떨어뜨렸다. 그리고 잠시 후 그가 기침 소리를 내자 네 장수가 일제히 눈을 떴는데, 그들은 어느새 중군 막사 안에 서 있는 자신들을 발견했다. 삼보태감은 깜짝 놀라서 연신 감탄했다.

"국사님, 이렇게 신통한 술법을 하실 줄 아시면서, 어찌 그 일개 여자 때문에 걱정하시는 것입니까?"

"사령관, 이제 제 말을 믿으시겠소이까?"

"당연하지요!"

"잠시 후에 홍련궁주를 데려오겠습니다."

"진즉 이렇게 해 주셨더라면 이런 고생을 하지 않았을 게 아닙니까?"

그 말이 끝나기도 전에 호위병이 보고했다.

"홍련궁주가 찾아와 싸움을 거는데, 뭔가 화가 난 듯 벼락처럼 펄펄 뛰고 있습니다."

알고 보니 비환선사가 떨어뜨린 물 세 방울로 인해 그 옥은 석 자 깊이의 물에 잠겨 버렸던 것이다. 그 바람에 감옥의 관리가 깜짝 놀랐는데, 물이 빠지고 나서 살펴보니 명나라의 네 장수가 모두 사라져 버린 것이었다. 보고를 받은 홍련궁주가 벽봉장로의 수급을 가져오라고 해서 살펴보니, 통 안에는 사람의 머리 대신 반질반질한 표주박만 하나 들어 있었다. 이에 화가 머리끝까지 치민 그녀는 명령을 내릴 때 쓰는 화살을 하나 집어 들고 두 동강을 내면서, 벽봉장로와 명나라 장수들을 사로잡지 못하면 스스로 그 화살처럼 벌을 받겠노라고 하늘에 맹세했다. 그런 다음 즉시 군대를 이끌고 달려왔기 때문에 이처럼 펄펄 뛰었던 것이다.

잠시 후 벽봉장로가 느릿느릿 휘적휘적 걸어 나가자, 그를 한입에 씹어 먹지 못하는 것이 한스러운 홍련궁주가 고함을 질렀다.

"이놈의 중, 감히 나를 이렇게 희롱하다니! 내 오늘 너를 붙잡아 두 동강을 내놓지 않으면 사람이 아니다!"

"아미타불! 선재로다! 어떻게 두 동강을 낸다는 것이오?"

그러자 홍련궁주는 분통에 찬 신음을 내뱉더니, 무기는 들지 않고 한 손으로 그 보물을 들어 공중으로 던졌다. 벽봉장로도 그녀를 속이려고 바리때를 공중으로 던졌다. 잠시 후 벽봉장로가 바리때를 거둬들이자, 그녀도 보물을 거둬들이려고 허공을 올려다보았다. 하지만 뜻밖에 선재동자와 용녀가 공중에서 그 보물을 받아 들고 그대로 조음동으로 돌아가 버린 뒤였다. 하지만 정작 그 사실을 모르는 그녀는 벽봉장로가 보물을 낚아챘다고 생각하고 사납게 말을 몰아 달려들어, 양손에 각기 칼과 망치를 들고 공격했다. 두 개의 무기로 공격하는 게 하나를 쓰는 것보다 낫겠다고 여겼기 때문이다. 하지만 한 수만 잘못 두어도 백 수가 허사로 돌아가는 법. 벽봉장로가 가볍게 바리때를 던지자 그녀는 단번에 그 안에 갇히고 말았다.

벽봉장로가 그쪽을 돌아보지도 않고 돌아오자 오히려 삼보태감이 놀랐다.

'남의 집에 들어가거든 집안의 흥성이나 쇠락을 애기하지 말지니, 얼굴만 보면 바로 알 수 있기 때문[入門休問榮枯事, 觀着容顏便得知]이라더니! 오늘 국사님의 얼굴을 보니 아무래도 패전하고 돌아오는 것 같구나. 차라리 승부가 어찌 되었는지 묻지 않는 게 좋겠다.'

그런데 벽봉장로도 한참 동안 아무 말이 없었다. 그러자 입이 가벼운 마 태감이 물었다.

"국사님, 눈살을 찌푸리시고 안색에 수심이 깃들어 있는데, 무엇 때문입니까?"

"제가 홍련궁주를 바리때에 가둬버렸으니, 너무 가슴이 답답하구려!"

사실 저번에 그 바리때에 갇혔던 화모는 그래도 제법 이름 높은 신선이었지만 이번에는 평범한 사람이었기 때문에 기분이 언짢았던 것인데, 벽봉장로는 그저 이렇게 대충 설명하고 말았던 것이다. 하지만 두 사령관과 장수들, 벼슬아치들은 모두 기뻐하며 주절주절 말들을 늘어놓았다. 삼보태감이 말했다.

"잘된 일이기는 하지만 바리때를 열 수도 없겠습니다."

"사흘 뒤에 저절로 열릴 것이외다."

"홍련궁주를 사로잡았으니, 여인국에 더 이상 저런 여자가 없겠지요? 그럼 어느 장수에게 병사를 이끌고 가서 항서를 받아오게 할까요?"

"그럴 필요 없소이다. 사흘 후에 홍련궁주가 스스로 가서 가져올 것이외다."

그러자 홍 태감이 끼어들었다.

"국사님, 왕 신녀의 일을 잊으셨습니까? 또 무슨 화모니 여산노모니 하는 것들을 데려오면, 저희 일은 늙어 죽을 때나 끝나게 되지 않겠습니까!"

"이번에는 다른 안배를 해 둘 것이외다."

하지만 다들 그 말에 조금 미심쩍은 표정이었다.

사흘 후 벽봉장로를 찾아가자 그가 말했다.

"제 제자를 시켜 바리때를 가져오도록 하지요!"

그리고 곧 비환선사를 불러서 손가락 두 개 정도 넓이의 쪽지를 건네주며 이렇게 분부했다.

"우선 이 쪽지를 바리때 위에 놓고, 그 주위를 세 바퀴 돌고 나서 바리때를 들어 올리도록 해라."

"혹시 아직까지 무기를 들고 있으면 어쩌지요?"

벽봉장로가 고개를 내저으며 말했다.

"무기는 없을 게다. 그러니 그 여자더러 속히 가서 항서를 가져 오라고 해라. 늦으면 벌을 내리겠다고 단단히 일러라!"

벽봉장로가 이렇게 쉽게 얘기하자, 주변의 여러 사람들은 물론 심지어 비환선사마저도 약간 미심쩍은 생각이 들었다. 그러자 벽봉장로가 재촉했다.

"어서 다녀오너라!"

비환선사는 "예!" 하고 바리때가 있는 곳으로 가서 벽봉장로가 시킨 대로 바리때 위에 쪽지를 놓고 주위를 세 바퀴 돈 다음, 손을 뻗어 바리때를 집어 들었다. 딥딥해 어쩔 줄 몰라 하던 홍련궁주는 바리때가 열리자마자 낚싯바늘에서 벗어난 물고기가 꼬리를 치며 머리를 흔들 듯이 난리를 피웠다. 그러던 그녀가 갑자기 펄쩍 뛰어 오르더니 곧바로 쉴 새 없이 비명을 질렀다.

"살려주세요! 제발 살려주세요!"

그걸 보고 비환선사가 호통을 쳤다.

"시끄럽다! 당장 가서 항서를 가져오너라. 조금이라도 늦으면 네 몸뚱이를 만 조각으로 잘라버리겠다!"

홍련궁주는 연신 "예! 예! 잘 알겠습니다!" 하고 대답하더니, 실컷 얻어맞은 것처럼 풀이 죽어 돌아갔다. 돌아가는 도중에 그녀는 혼자 생각했다.

'기세 좋게 나왔는데 어쩌다 이 꼴이 되어서 돌아가지? 어쩔 수 없이 어마마마께 일단 거짓말로 속여 넘기고 나서 다시 대책을 찾아와야겠어.'

그녀가 궁궐로 들어가자 여왕이 맞이하며 물었다.

"얘야, 며칠 동안 어디 있었어?"

"연일 격전을 벌여서 대승을 거두었어요."

하지만 그 말이 끝나자마자 그녀의 입에서는 "살려주서요! 제발 살려주서요!" 하는 비명이 터져 나왔다.

영문을 모르는 여왕이 깜짝 놀라 물었다.

"왜 그러느냐?"

하지만 그녀가 한동안 말이 없자 여왕이 다시 물었다.

"이번엔 누구를 사로잡았느냐?"

"중을 잡았어요."

하지만 그 말이 끝나자마자 그녀의 입에서는 "살려주서요! 제발 살려주서요!" 하는 비명이 터져 나왔다.

여왕이 깜짝 놀라 물었다.

"아니, 얘가 귀신이 들렸나? 계속 잠꼬대 같은 소리만 하고 제대로 말도 못하는구나."

잠시 후 여왕이 또 물었다.

"또 공격하러 나갈 거냐?"

"그래야지요."

하지만 그 말이 끝나자마자 그녀의 입에서는 "살려주서요! 제발 살려주서요!" 하는 비명이 터져 나왔다. 이러니 여왕은 아무리 생각해도 도무지 영문을 알 수 없었다.

홍련궁주는 관음보살께 간청하려고 자기 궁의 불당으로 갔다. 그런데 불당에 모셔진 불상이며 진열해 놓았던 향로와 꽃병, 경전들이 모두 사라져 버리고 보이지 않는 것이었다. 그녀는 마치 둥지를 잃은 새처럼, 어미를 잃은 아이처럼 땅바닥에 쓰러져 대성통곡을 했다. 한참을 그렇게 울고 있는데 허공에서 누군가의 목소리가 들렸다.

"울지 마라! 뚝 그쳐라! 이제 만사가 잘 풀렸으니, 내년 팔월 추석이면 천당에서 복을 누릴 것이니라."

홍련궁주가 그 말을 듣고 또 한참 동안 대성통곡을 했다. 그제야 상황을 알게 된 여왕이 달려 들어와 물었다.

"애야, 울지 마라. 무슨 일인지 사실대로 얘기해 봐라."

홍련궁주는 다 틀렸다고 생각하고, 보물과 바리때에 대한 이야기를 자세히 얘기했다. 그녀의 이야기는 모두 조리가 정연하고 그 사이에 비명도 지르지 않았다. 이를 듣고 나자 여왕이 말했다.

"조금 전에 살려달라고 비명을 지른 것은 무엇 때문이냐?"

"사람은 모름지기 양심에 어긋난 일을 하지 말아야 한밤중에 누

가 대문을 두드리더라도 놀랄 일이 없다고 했지요. 제가 거짓말을
하니까 바로 그런 현상이 나타났어요."

"무슨 징조라도 있더냐?"

"말을 뱉자마자 퍼런 얼굴의 귀신이 항마저를 들고 제 머리를 때
리려고 했어요. 거짓말을 하지 않으면 나타나지 않아요."

이야말로 아무리 어둠 속에서 못된 짓을 해도 신의 눈을 피할 수
없고, 인간 세상의 은밀한 말들도 하늘에서는 천둥소리처럼 크게
들린다는 격이었다. 그러니 세상 사람들이 거짓말을 하는 것은 이
퍼런 얼굴의 귀신을 보지 못했기 때문이다. 어쨌든 여왕이 말했다.

"그럼 이제 어쩔 셈이냐?"

"이제 다시는 거짓말을 못 하게 되었어요."

"그럼 바른말만 하도록 해라."

"항서를 쓰고 예물을 바쳐야만 저들이 병사를 물릴 거예요."

여왕이 항서를 쓰고 예물을 바치려 할는지는 다음 회를 보시라.

여인국은 힘이 다해 투항하고
말라카[1] 국왕은 성심을 다해 접대하다

女兒國力盡投降　滿剌伽誠心接待

西洋女兒十六七	열예닐곱 살 서양 아가씨[2]
顏如紅花眼似漆	붉은 꽃 같은 얼굴에 옻칠한 듯한 눈동자
蘭香滿路馬如飛	난초 향기 가득한 거리에서 나는 듯 말 달리는데

---

1 말라카(滿剌伽)는 1402년에 파라메스와라(Parameswara: 1344~1414, 拜里迷蘇剌)가 말레이 반도에 세운 왕국으로서 정식 명칭은 케술타난 멜라유 멜라카(Kesultanan Melayu Melaka, 馬六甲蘇丹)이며, 그 수도는 반다르 말라카(Bandar Melaka)이다. 전성기의 이 왕조는 태국 남부와 수마트라 서남부까지 영토를 넓혔으나, 1511년부터 포르투갈의 침략을 받아 1528년에 포르투갈의 식민지가 되면서 왕조가 멸망했다. 그 후 왕조의 계승자인 알라우딘 2세(Alauddin Riayat Shah II of Johor: ?~1564, 阿拉烏丁)가 지금의 조호루(Johor)에 케술타난 조호루(Kesultanan Johor) 왕국을 세웠다.

2 인용된 시는 원나라 때 살도랍(薩都拉: 1272?~1355, 자는 천석[天錫], 호는 직재[直齋])의 〈연희곡(燕姬曲)〉(〈양화곡(楊花曲)〉이라고도 함)에서 몇 글자를 바꾼 것이다. 원작은 다음과 같다. "연경의 아가씨 열예닐곱, 붉은 꽃 같은 얼굴에 옻칠한 듯한 눈동자. 난초 향기 가득한 거리에서 나는 듯 말 달리는데,

窄袖短鞭嬌滴滴	좁은 소매로 휘두르는 짧은 채찍에 교태가 뚝뚝.
春風淡蕩挽春心	하늘하늘 봄바람은 춘심을 일으키고
金戈鐵甲草堂深	황금 창에 철갑옷 입고 초가 깊이 있다네.
繡裳不暖錦鴛夢	수놓은 치마 따뜻하지 않아 고운 원앙 꿈 꾸는데
紫雲紅霧天沉沉	자줏빛 구름 붉은 안개 속에 하늘은 어둑해지네.
芳華誰識去如水	꽃다운 시절 물처럼 흘러가는 줄 뉘라서 알까?
月戰星征倦梳洗	밤새워 전쟁하느라 세수도 귀찮다네.
夜來法雨潤天街	간밤에 불법의 은택 거리를 적시니
困殺楊花飛不起	너무 피곤하여 버들 솜도 날아오르지 못하네.

그러니까 홍련궁주가 이렇게 말했다.

"항서를 쓰고 예물을 바쳐야만 저들이 병사를 물릴 거예요."

채찍 휘두르는 푸른 소매에 교태가 뚝뚝. 봄바람은 한들한들 춘심을 흔들고, 화려한 아쟁 소리 속에 은촛대 불 밝혀진 저택은 깊구나. 수놓은 이불 따뜻하지 않아 원앙의 꿈을 꾸고, 자줏빛 주렴 속 붉은 안개 속에 하늘은 어두워만 가네. 꽃다운 나이 애석하게 물처럼 흘러가나니, 나른한 봄날은 세수조차 귀찮아. 간밤의 가랑비 황도의 길 적시니, 뜰에 가득한 버들 솜 날아오르지 못하네.[燕京女兒十六七, 顔如花紅眼如漆. 蘭香滿路馬如飛, 翠袖籠鞭嬌滴滴. 春風淡蕩搖春心, 錦箏銀燭高堂深. 繡衾不煖鴛鴦夢, 紫簾紅霧天沈沈. 芳年可惜去如水, 春困著人倦梳洗. 夜來小雨潤天街, 滿院楊花飛不起]"

"일이 이렇게 됐으니 어찌 감히 어길 수 있겠느냐?"

즉시 준비를 마치고 나자 여왕이 말했다.

"얘야, 네가 가겠느냐?"

"싫어요."

하지만 그 말이 끝나자마자 그녀의 입에서는 "살려주서요! 제발 살려주서요!" 하는 비명이 터져 나왔다. 그걸 보고 여왕이 말했다.

"또 그게 시작되었구나."

"말을 하자마자 때리려 했어요."

"아무래도 네가 가야겠구나."

"알았어요. 갈게요!"

여왕이 그녀와 함께 명나라 함대를 찾아가자 삼보태감이 말했다.

"중국은 안에서 바깥을 다스리고 오랑캐는 밖에서 안을 모시는 법이오. 예로부터 지금까지 항상 그랬소. 그런데 당신네 같은 이런 여인국에서 어찌 감히 이렇게 무례하게 구는 것이오?"

여왕이 머리를 두 번 조아리며 말했다.

"이게 다 제 딸아이가 철모르고 하늘 같은 위엄에 덤벼든 탓이니, 부디 용서해 주시오!"

그러면서 두 손으로 항복을 청하는 상소문을 바치자, 삼보태감이 받아 중군의 관리에게 잘 보관하라고 분부했다. 또 항서를 바쳐서 삼보태감이 받아 읽어보니 이런 내용이었다.

여인국의 국왕 차라사리(茶羅沙里)가 삼가 위대한 명나라 흠차 정서총병초토대원수께 재배하며 올립니다.

들자 하니 명나라 황제께서 천하를 통일하여 온 대륙의 백성들이 복종한다고 하였습니다. 그런데 저희는 한낱 아녀자의 몸으로 바닷가 구석진 곳에 살고 있는 처지로서 올곧고 순종적으로 지내야 마땅하거늘, 주제넘게 감히 명을 거역하고 반항했사옵니다. 그 바람에 총사령관 왕롄잉은 미약한 아녀자의 힘으로 천자의 무력 앞에 부질없는 치욕을 당했고, 또 어린 홍련궁주는 함부로 생쥐 머리 같이 나서서 천자의 군대에 대항하다가 천벌을 받고 개미굴 같은 우리나라를 초토화할 뻔했습니다. 이에 무기를 버리고 머리 조아리며 용서를 빌게 되었사오니, 부디 진노를 푸시고 하해와 같은 은혜로 이 미천한 것들을 용서해 주시기 바랍니다. 너무나 떨리고 두려운 마음으로 이 글을 올리나이다.

모년 모월 모일 재배하며 삼가 올림

삼보태감이 읽고 나서 말했다.

"대단한 학사가 계시는 모양이구려. 글을 아주 잘 썼습니다."

여왕이 또 무릎을 꿇고 조정에 진상할 예물 목록을 바치자, 삼보태감이 말했다.

"그대들 여인국은 다른 나라와는 경우가 다르오. 그저 우리 천자의 나라가 있다는 것을 명심하고 거역하지만 않으면 되지, 조공은 전혀 바칠 필요 없소. 당당한 우리 천자의 나라에 어찌 이런 보물들이 없겠소?"

여왕이 재삼 받아달라고 간청했지만 삼보태감은 한사코 거절했다. 여왕이 또 병사들에게 베푸는 데에 쓰라며 예물 목록을 바치자 삼보태감이 말했다.

"진상품도 받지 않았는데 하물며 이런 것을 받겠소이까!"

그리고 오히려 군정사의 관리에게 여자들이 쓰는 모자며 허리띠, 옷, 홀(笏), 신발 따위를 답례로 내주라고 하면서 이렇게 분부했다.

"오랑캐의 나라가 중국을 모시는 것은 당연한 일이니, 이번 일을 굴욕으로 여기지 마시오. 그러니 이후로 다시는 우리 천자의 군대에 항거하지 마시오!"

여왕이 머리를 조아려 사례하자 삼보태감이 또 말했다.

"홍련궁주, 너는 직접 악행을 저질렀고 또 회개하지도 않으니 법률에 따라 참수해야 마땅하다!"

그리고 망나니를 불러 그녀를 끌고 나가 참수하여 효수하라고 명령했다. 이에 일단의 망나니들이 즉시 그녀를 막사 밖으로 끌고 나가자 그녀가 연신 비명을 지르며 간청했다.

"살려주셔요! 제발 살려주셔요!"

여왕도 머리를 조아리며 간청했다.

"제 딸을 살려주십시오!"

삼보태감은 절대 받아들이려 하지 않았지만, 자비로운 마음을 지닌 벽봉장로는 그 간청을 못 들은 체할 수 없었다.

"사령관, 제 얼굴을 봐서 목숨은 살려주시구려!"

"이 계집은 도가 지나쳤으니 용서할 수 없습니다!"

"살려주시구려! 저 아이는 내년 팔월 추석이면 우리나라로 올 것이외다."

"그 말씀은 믿기 어렵군요."

"믿기지 않으시거든 그 용무늬가 장식된 황금 인장을 저 아이의 등에 찍어 두시구려. 조정에 돌아가게 되면 분명히 알게 될 거외다."

삼보태감은 여전히 믿기지 않았지만 벽봉장로의 말을 거역하지 못했다. 벽봉장로는 정말 용무늬가 장식된 황금 인장을 그녀의 등에 찍고 살려 보냈다. 그러자 그녀는 머리를 조아려 감사하고 떠났다.

이어서 삼보태감은 상을 내리고 잔치를 베푼 다음, 길일을 택해 출항을 명령했다. 그런데 닻을 채 들어 올리기도 전에 전방 정찰부대의 관리가 보고했다.

"앞으로 나아갈 수가 없게 되었습니다."

"그게 무슨 말인가?"

"저희가 살펴보니 여기서 백 리 남짓 떨어진 곳은 우리 인간 세계와는 다른 곳이었습니다."

"그럼 어디란 말이냐?"

"하늘과 땅, 해와 달, 동서남북도 없이 그저 망망대해만 펼쳐져 있습니다. 그런데 그 물이 괴상해서 폭이 사오 리쯤 되는 거대한 소용돌이를 일으키면서 천지가 무너질 듯 굉음을 울리고 있습니다. 대체 어떻게 그런 게 생겼는지 모르겠습니다."

왕 상서가 삼보태감에게 말했다.

"거기는 분명 인간 세계가 아닐 겁니다."

"그걸 어찌 아십니까?"

"책에 다 기록되어 있습니다."

"그럼 거기가 어디라는 겁니까?"

"그건 물이 빠지는 바다의 눈으로서 '미려(尾閭)³라는 곳입니다."

"거기를 지나갈 수 없다면 어쩌지요?"

홍 태감이 말했다.

"그냥 여기서 돌아가지요!"

왕 상서가 말했다.

"갈 수 없는 게 아닙니다. 지금 우리 함대가 동쪽으로 조금 더 왔
으니까, 이제 서쪽으로 돌아서 가면 됩니다."

---

3 《장자》〈추수(秋水)〉에는 "천하의 물은 바다보다 큰 게 없어서 오든 하천의
물이 거기로 모이는데 언제나 가득 차게 될지 모른다. 미려에서 빠져나가
지만 언세 비게 될지 모른다.[天下之水, 莫大於海, 萬川歸之, 不知何時止而
不盈. 尾閭泄之, 不知何時已而不虛.]"라는 내용이 있는데, 이에 대한 성현
영(成玄英)의 해설에서는 미려가 바닷물이 빠지는 곳이라고 했다. 또《문
선》에 수록된 혜강(嵇康)의 〈양생론(養生論)〉에 대한 이선(李善)의 주석에서
는 다음과 같은 사마표(司馬彪)의 말을 인용했다. "미려는 바닷물에서 물이
나오는 곳을 가리킨다. 일명 옥초(沃燋)라고도 하며, 동쪽 큰 바다 가운데
있다. '꼬리[尾]'라는 것은 모든 하천보다 아래에 있기 때문에 그렇게 부르
는 것이며, '여(閭)'는 모인다는 뜻이다. 즉 물이 모이는 곳이기 때문에 그렇
게 부르는 것이다.[尾閭, 水之從海水出者也, 一名沃燋, 在東大海之中. 尾者,
在百川之下故稱尾. 閭者, 聚也, 水聚族之處, 故稱閭也.]"

"혹시 잘못 가게 되면 어쩌지요?"

"낮에는 항해하지 말고 밤에만 항해하면 되지 않습니까!"

"낮에 항해해도 잘못 갈 수 있는데, 밤에 항해하자고요?"

"밤에 하늘의 등불을 보면서 가면 한 치도 틀림없이 갈 수 있습니다."

"그거 괜찮은 생각입니다."

밤이 되자 과연 등불이 나타나서 항해를 계속할 수 있게 되었다. 이렇게 매일 낮에는 쉬고 밤에만 항해하니 무사하게 지나갈 수 있었다.

이 무렵 삼보태감이 벽봉장로를 찾아가서 물었다.

"먼젓번에는 자바 왕국의 여장군, 그리고 저번에는 여인국의 여장군을 똑같이 살려 보냈는데 어째서 하나만 자기 사부를 모셔오고, 다른 하나는 항서를 바쳤을까요?"

"먼젓번에는 미처 예방하지 못했지만, 저번에는 제가 단단히 방비했기 때문에 그런 것이외다."

"어떻게 방비하셨다는 말씀입니까?"

"제가 위타존자를 시켜서 홍련궁주를 감시하고 있다가, 그 여자가 거짓말을 하면 항마저로 때리라고 했습니다. 또 항서를 들고 우리 배에 오지 않겠다는 말을 하면 때리라고 했으니, 오지 않고는 배길 수 없었을 겁니다."

"그런데 국사님, 내년 팔월 추석에 홍련궁주가 우리나라에 온다고 하셨는데, 이건 왜 그렇습니까?"

"이 여자는 본래 무척 선량해서 관음보살을 극진히 모셨소이다. 저번에 우리 군대를 고생시킨 그 보물은 바로 관음보살이 준 정병이었지요. 그래서 제가 관음보살에게 얘기해서 보물을 회수하게 했습니다. 그런데 관음보살이 '그 아이의 호의를 저버리게 되었군요.' 하면서, 그 여자를 제도하여 내년 팔월 추석까지 우리 중국에 오도록 만들겠다고 하더이다. 그래서 제가 그 여자를 풀어준 것입니다."

"어허! 이런 기이한 일이! 국사님, 정말 노고가 많으셨습니다!"

그 말이 끝나기도 전에 호위병이 보고했다.

"전초부도독께서 백여 척의 작은 배를 붙들었는데, 거기에 수천 명의 강도가 타고 있었습니다."

삼보태감이 장백을 불러 물었다.

"그 배들과 사람들은 모두 어디서 왔소이까?"

"배는 해적선이고 사람들은 모두 강도로서 이 지역에서 노략질로 살아가고 있습니다. 우리 함대도 서양의 배인 줄 알고 몰려왔는데, 제가 그들을 붙잡았기에 이렇게 보고를 올리는 것입니다."

"여기는 어디라고 하던가요?"

"원주민들한테 물어보니 용아산(龍牙山)[4]이라고 합니다. 이곳에 있는 두 개의 산이 용의 이빨처럼 마주 보고 있다고 해서 그렇게 부

---

4 뒤쪽의 설명에 따르면 이것은 용아문(龍牙門)에 있는 산이라고 했다. 용아문에 대해서는 여러 가지 설이 있는데 싱가포르와 수마트라 사이의 링가 군도(Lingga Archipelago, 林加群島)를 가리킨다고도 하고 싱가포르의 케펠(Keppel) 항구 또는 싱가포르 자체를 가리킨다고도 한다.

른답니다."

"이곳은 교통의 요지이니 깨끗이 정리해야 할 필요가 있소이다."

"사령관님, 이 도적들을 모조리 처형하여 사람들에게 무서워서
이후로는 감히 못된 짓을 하지 못하게 만드시는 게 어떻습니까?"

"장 장군, 그건 모르시는 말씀이오. 무력으로 위협하는 것보다는
덕으로 마음을 달래는 게 더 나은 법이오. 그자들을 이리 데려오시
오. 제 나름대로 방법이 있소이다."

장백이 즉시 천몇백 명의 강도들을 끌고 오자 삼보태감이 그들
에게 물었다.

"너희는 모두 어디 출신이냐?"

그런데 사람이 많다 보니 이 지역 출신이라는 이도 있고 동서축
(東西竺)[5] 출신, 팽갱(彭坑)[6] 출신과 마일동(麻逸凍)[7] 출신도 있었다.

---

5 동서축(東西竺)은 말레이시아 조호르(Johor) 지역의 동해안에 있는 작은 섬
인 풀라우 아우(Pulau Aur, 奧爾島)를 가리키는데, 이곳은 바다에 산호가 많
아서 지금도 유명한 관광지이다. 원나라 때 왕대연(汪大淵)이 편찬한《도이
지략(島夷志略)》에서는 이곳을 '동서축'이라고 표기했다. 이 섬은 고대에 근
처를 오가는 동서양의 배들이 항로의 표지로 삼았던 곳이기도 하다.

6 말레이시아 최대의 행정구역 가운데 하나인 파항(Pahang, 彭亨)을 가리킨
다. 이 지역 행정 관청은 콴탄(Kuantan, 關丹)에 있으며, 이 지역 북부에 말
레이시아에서 가장 높은 산인 구눙 타한(Gunung Tahan, 大漢山)이 있다. 《당
서(唐書)》에서는 이곳을 파봉(婆鳳)이라고 표기했고, 이 외에도 문헌에 따
라 붕풍(朋豐)이나 봉풍(蓬豐), 팽강(彭坑), 팽항(彭杭), 팽항(彭亨) 등으로 표
기하기도 했다.

7 마일동(麻逸凍, Pulo Bintang)은 지금의 인도네시아 벨리퉁(勿里洞, Belitung)
섬에 있던 옛 왕국이다.

"그래, 너희는 여기서 무얼 하고 있느냐?"

"솔직히 말씀드리자면 노략질을 하고 있습니다."

"그걸 생업으로 삼는다는 말이냐?"

"생업이라고까지는 할 수 없습니다."

"그래, 그 노략질이 좋은 짓이더냐, 아니면 나쁜 짓이더냐?"

"좋은 짓은 아닙지요."

"그걸 알면서 왜 그 짓으로 먹고살려고 하는 것이냐?"

"저희는 농사지을 땅도 없는 오랑캐 땅에 태어나 살면서 하루하루 먹고살기가 힘들기 때문에, 어쩔 수 없이 그런 짓을 했습니다."

"너희들에게 어떤 벌을 내려야 하겠느냐?"

"저희 죄는 죽어 마땅합니다."

"강도질로 재물을 탈취한 자는 목을 베어야 한다. 그러니 너희는 오늘 모두 목을 벨 것이다."

"나리, 제발 관용을 베풀어 주십시오."

"살려주면 이후로 다시는 이런 짓을 하지 않겠느냐?"

"살려만 주시면 이후로는 절대 허튼짓을 하지 않겠습니다."

삼보태감은 군정사에서 술 열 단지를 가져와 용아문(龍牙門) 상류에 가서 물에 뿌리라고 분부했다. 그리고 강도들에게 용아문 하류에서 그 물을 마시게 했다. 잠시 후 그 명령에 따라 모두 시행하고 나자 강도들이 다시 와서 머리를 조아렸다. 그러자 삼보태감이 물었다.

"그래, 술을 물에 부으니 깨끗해졌더냐?"

"예."

"먹고 나니 배가 부르더냐?"

"솔직히 그건 아니었습니다."

"그래, 이제 깨달았느냐?"

"아직 무슨 뜻인지 잘 모르겠습니다."

"이건 이후로 너희들이 배가 고플지언정 깨끗하게 살아야지, 탁한 짓을 하면서 배불리 살지 말라는 뜻이다."

이에 강도들이 감사하고 눈물을 흘리며 떠났다. 삼보태감은 장백에게 상을 내리며 또 분부했다.

"그 사람들이 지금 당장은 못된 짓을 하지 않겠지만, 그게 오래가지는 않을 거요. 석공을 몇 명 데리고 용아문의 산에 올라가 네모반듯한 돌을 하나 찾아서 비석을 세우시오. 거기에 이 글을 적어 훗날 사람들이 보고 개과천선할 수 있게 말이오."

이에 장백이 석공들을 데리고 가서 비석을 만들고 새길 글을 달라고 하자 삼보태감이 쪽지를 한 장 주었는데, 거기에는 다음과 같이 적혀 있었다.

維天之西	하늘의 서쪽
維海之湄	바닷가
墨二子兮	피부 검은 이들은
道不拾遺	길가에 떨어진 물건도 줍지 않노라.

잠시 후 작업을 마치고 보고하자 왕 상서가 말했다.

"사람들에게 선행을 베푸는 사령관의 마음이 하늘과 땅처럼 위대하구려!"

삼보태감이 항해를 계속하라고 명령하자 호위병이 보고했다.

"항해할 수 없습니다."

"무엇 때문이냐?"

"바다에 파도가 너무 심해서 여기서 며칠 정박해야 할 것 같습니다."

삼보태감은 왕 상서와 장 천사, 벽봉장로, 그리고 장수들과 벼슬아치들을 청해 함께 밖으로 나가 살펴보니, 과연 파도가 섬을 집어삼킬 듯 높이 치솟고 수평선조차 보이지 않아 흉험하기 그지없었다. 이를 증명하는 송무광(宋務光)[8]의 시 〈바다에서[海上作]〉가 있다.

曠哉潮汐池	드넓어라, 조수 일렁이는 못이여!
大矣乾坤力	위대하도다, 천지의 힘이여!
浩浩去無際	넓고 넓어 가도 가도 끝이 없고
沄沄深不測	광활하고 깊이를 헤아릴 수 없구나.
崩騰翕衆流	어지러이 일렁이며 수많은 물길 모아
泱漭環中國	드넓게 중국을 둘러쌌구나.
鱗介錯殊品	물고기와 자라 거북 특이한 것들 섞여 있고

---

8 송무광(宋務光: ?~?)은 이름이 열(烈)이라고도 하며, 자는 자앙(子昻)이다. 그는 당나라 초기에 진사에 급제하여 낙양위(洛陽尉), 전중어사(殿中御史)를 거쳐 우대어사(右臺御史)까지 지냈다.

氛霞饒詭色	노을빛도 너무나 환상적이로다.
天波混莫分	하늘과 파도 뒤섞여 구별할 수 없고
島樹遙相識	나무처럼 선 섬들 멀리서 알아보겠구나.
漢主探靈怪	한나라 무제는 신령한 괴물 찾았고[9]
秦皇恣遊陟	진시황은 내키는 대로 나들이 가서 산에 올랐지.[10]
搜奇大壑東	큰 바다 동쪽에서 기이한 것들 모으고
竦望成山北	성산(成山)의 북쪽에서 삼가 우러러보았지.[11]
方術徒相誤	방술(方術)은 부질없이 그르쳤으니
蓬萊安可得	봉래도가 어찌 갈 수 있는 곳이겠는가?
吾君略仙道	우리 군주[12]께서는 신선 되는 길을 알아
至化孚淳默	우화등선을 돈독히 믿으셨지.
驚浪按窮溟	엄청난 물결 먼 바다를 누르고
飛航通絶域	나는 듯한 배들은 아주 먼 이역까지 왕래하지.

---

9 《사기》〈봉선서(封禪書)〉에 따르면 한나라 무제는 방사(方士)를 봉래도(蓬萊島)에 보내 불로장생의 약을 찾았다고 한다.

10 《사기》〈진시황본기(秦始皇本紀)〉에 따르면 그는 바닷가에 나들이 가서 지부산(之罘山)에 올라 갈석(碣石)을 바라보았고, 또 서복(徐福)과 노생(盧生) 등의 방사를 파견하여 신선이 되는 비법과 약을 찾게 했다고 한다.

11 성산(成山)은 영성산(榮成山)이라고도 하며, 지금의 산둥성[山東省] 룽청현[榮成縣]의 동북쪽에 있다. 《사기》〈봉선서〉에 따르면 진시황이 이 산에 올라 신들에게 제사를 지낸 적이 있다고 한다.

12 원작에서는 당나라 중종(中宗: 705~709 재위)을 가리킨다.

馬韓底厥貢	마한(馬韓)[13]에서도 조공을 바쳤고
龍伯修其職	용백(龍伯)[14]은 그 직무를 다했지.
粤我邁休明	나는 태평성대를 맞이하여
匪躬期正直	몸을 돌보지 않고 정직하게 일하리라.
敢輸鷹鸇鷙	감히 새매의 공격을 물리치고
以問豺狼忒	그로써 승냥이 같은 이들의 간특함을 파헤치리라.
海路行已殫	바닷길 이미 다 갔건만
輶軒未遑息	가벼운 수레 쉴 틈이 없구나.
勞歌玄月暮	구월 저물녘에 노동자의 노래[15] 부르며
旅涕滄浪極	푸른 파도 끝에 나그네의 눈물 뿌렸다.
魏闕渺雲端	황궁은 아득한 구름 끝에 있어
馳心負歸翼	달려가고 싶은 마음 돌아가는 새들에게 싣노라.

---

13 마한(馬韓)은 기원전 100년부터 서기 300년까지 한반도 서남쪽에 있던 부족국가로서, 백제에 의해 멸망했다.

14 용백(龍伯)은 고대 전설에 나오는 거인 왕국이다. 《열자(列子)》〈탕문(湯問)〉에 따르면 그 나라의 거인은 몇 걸음만 옮겨도 다섯 개의 산을 한 바퀴 돌 수 있고, 낚시질을 하면 여섯 마리의 커다란 바다거북[鼈]을 연달아 낚는다고 했다. 또 《산해경》〈대황동경(大荒東經)〉에 대한 곽박(郭璞)의 주석에서는 용백 왕국의 거인은 키가 서른 길이고 일만 팔천 살까지 살다가 죽는다고 했다.

15 《공양전(公羊傳)》〈선공(宣公) 15년〉의 주석에 따르면 "굶주린 이는 밥을 노래하고, 수고로운 노동자는 하는 일을 노래한다.[饑者歌其食, 勞者歌其事.]"라고 했다.

삼보태감이 말했다.

"함대는 여기 정박하고 유격대장은 근처를 살펴서 어느 곳인지 알아보도록 하라!"

이에 각 방향을 담당한 유격대장들이 임무를 수행하러 떠났다.

그로부터 며칠 후 정서유격대장군 황표가 십여 명의 오랑캐를 데리고 중군 막사로 왔다. 오랑캐들은 모두 짧은 머리에 베옷을 걸치고 간신히 사람 꼴을 하고 있는 정도였다. 그들이 절을 올리고 야자로 담근 술과 목화로 짠 천, 파초 잎으로 엮은 돗자리, 빈랑, 후추 등을 바치자 삼보태감이 물었다.

"너희는 어디서 왔느냐?"

"저희가 사는 곳은 동서축이라는 곳입니다. 바다 안에 두 개의 산이 동서로 마주 보고 있는데, 그 생김새가 천축산(天竺山)[16]의 모습을 닮았다고 해서 그렇게 부릅니다."

"그곳에는 어떤 것들이 나느냐?"

"토지가 척박해서 농사는 지을 수 없고, 지금 바치는 것들 정도만 납니다."

"그러면 너희는 무엇으로 생계를 꾸리느냐?"

"바닷물을 끓여 소금을 만들고, 어업을 하며 살아갑니다."

---

16 천축산(天竺山)은 푸젠성[福建省] 샤먼시[廈門市]에 있는 산으로서 대부분 700m 이상의 봉우리들로 이루어져 있으며, 최고봉인 천주산(天柱山)은 해발 933m이다. 이곳은 현재 중국 국가삼림공원(國家森林公園)으로 지정되어 있다.

삼보태감은 진상품을 받아 간수하게 하고, 그들에게 각기 찐 쌀[熟米]을 한 가마씩 하사했다. 이에 그들은 감사의 절을 올리고 떠났다.

그들이 떠나자마자 정서유격대장군 호응봉이 십여 명의 오랑캐를 데리고 들어왔다. 그들은 머리카락을 위로 뾰족하게 묶고, 속을 대지 않은 얇은 치마 같은 하의만 입고 있었는데 얼굴 생김새도 보기 역겨울 만큼 이상했다. 그들이 절을 하며 황숙향(黃熟香)과 침향편(沉香片), 뇌향(腦香), 강향(降香), 오색견(五色絹), 쇄화포(碎花布),[17] 구리 그릇, 쇠그릇, 고판(鼓板)[18] 등을 바치자 삼보태감이 물었다.

"너희는 어디서 왔느냐?"

"바다 남쪽 연안의 팽갱에서 왔습니다. 주위가 모두 험준하고 높은 바위로 둘러싸여 있어서 바깥은 높지만 안쪽은 지대가 낮습니다. 원래 이곳에는 팽(彭) 아무개라는 두목이 있었기 때문에 그런 지명으로 불립니다."

"그곳에는 어떤 것들이 나느냐?"

"토지가 아주 비옥하여 오곡이 풍성하니, 지희는 모두 농사를 짓고 삽니다."

"풍속은 어떠하냐?"

---

17 여러 개의 작은 꽃무늬를 염색한 천이다.

18 고판(鼓板)은 짐승 가죽으로 만든 북과 단판(檀板)이라는 두 가지 악기를 결합한 것으로서, 주로 연극을 공연할 때 악대를 지휘하는 악기로 쓰인다.

"저희 풍속은 조금 이상하게 보일 수도 있습니다. 향목으로 인형을 깎고 사람을 죽여 그 피로 제사를 지내면, 복을 기원하고 재앙을 물리치는 데에 항상 효험이 있습니다."

"천지는 생물을 중심으로 삼기 때문에, 한 사람의 목숨은 서른세 곳 하늘과 연관되어 있다. 그러니 살인을 해서야 되겠느냐? 너희들의 예물을 받아들이긴 할 테지만, 이후로는 절대 살인을 해서는 안 되느니라!"

"하지만 복을 기원하고 재앙을 물리치는 일과 관련된 것이라, 그걸 금지하면 사람들이 상당히 놀랄 것입니다."

"그건 문제없다. 내가 천사께 말씀드려서 너희에게 부적을 하나 주시라고 하마."

그가 즉시 장 천사를 모셔오자, 장 천사는 그 자리에서 부적을 한 장 쓰고, 직인을 찍고, 주문을 걸어서 그들에게 주었다. 그리고 그 부적을 나무 인형에 붙이면 복이 내리고 다시는 재앙이 생기지 않으니, 사람을 죽여 제사 지낼 필요가 없다고 설명해 주었다. 이에 그들은 머리를 조아려 절하고 물러갔다. 지금도 팽갱에는 보살이 영험한데, 전하는 바에 따르면 훗날 사리 분간을 하지 못하는 누군가가 사람의 피로 제사를 지낸 뒤에 일가족이 깡그리 죽어 버렸고, 이후로 그들은 다시는 사람의 피로 제사를 지내지 않았다고 한다.

팽갱 사람들이 떠나자 또 정서유격대장군 마여룡이 두 무리의 오랑캐를 데리고 들어왔다. 첫 번째 무리는 머리카락을 뾰족하게 묶고, 짧은 저고리와 꽃무늬를 염색한 치마 같은 천을 두르고 있었다. 그들이 절을 올리고 학정(鶴頂)과 침향(沉香), 속향(速香), 강향(降香), 황랍석(黃蠟石), 벌꿀, 사탕, 청화포(靑花布), 백화포(白花布), 청화자기(靑花瓷器), 백화자기(白花瓷器)를 바치자 삼보태감이 물었다.

"너희는 어디서 왔느냐?"

"저희는 바다 동쪽 연안의 용아가석(龍牙迦釋)[19]이라는 곳에 삽니다. 조상들이 전하는 말씀에 따르면 옛날에 석가모니 부처께서 이곳에 치아 하나를 남겨두셨는데, 생김새가 용의 이빨 같다고 해서 그런 지명이 생겼다고 합니다."

"그곳에는 어떤 것들이 나느냐?"

"이 지역은 기후가 늘 무더워서 벼농사가 잘 됩니다. 또 바닷물을 끓여 소금을 만들고, 차조[秫]로 술을 담급니다."

"풍속은 어떠하냐?"

"사람들이 순박하고 착해서 친척 어른을 공경하여, 하루라도 뵙지 못하면 술과 안주를 들고 문안 인사를 하러 갑니다."

삼보태감이 기뻐하며 말했다.

"오랑캐에게도 이런 풍속이 있다니, 정말 훌륭하구나!"

---

19 용아가모(龍牙加貌)를 잘못 쓴 것으로 보인다. 《성사승람(星槎勝覽)》에 따르면 그곳은 마일동(麻逸凍, Pulo Bintang)에서 순풍을 안고 사흘 밤낮을 항해하면 나오는 곳이라고 했다. 이곳은 지금의 인도네시아 수마트라 섬의 서쪽 해안에 해당한다고 알려져 있다.

그는 즉시 그들의 예물을 받아 간수하게 하고 두건과 모자, 옷, 신과 양말 따위를 답례로 내주게 했다. 그들이 절하고 물러나자 두 번째 무리가 앞으로 나섰다. 그들 역시 머리를 뾰족하게 묶고 상체에는 긴 장삼을, 아래에는 꽃무늬를 염색한 치마 같은 천을 두르고 있었다. 그들이 절을 올리고 대모(玳瑁)와 황랍석, 빈랑, 꽃무늬를 염색한 천, 구리로 만든 솥, 철괴(鐵塊), 그리고 사탕수수로 빚은 술 따위를 바치자 삼보태감이 물었다.

"너희는 어디서 왔느냐?"

"마일동에서 왔습니다. 조상님들 말씀에 따르면 옛날에 마의선생(麻衣先生)이 이곳에서 점집을 차렸는데, 사람들이 그게 뭔지를 몰라서 아무도 점을 치지 않았다고 합니다. 그 바람에 그 양반은 먹고살기가 어려웠고, 얼어 죽을 지경에 이르렀다 하여 그런 지명이 붙었다고 합니다."

"그곳에는 어떤 것들이 나느냐?"

"토지가 아주 비옥해서 다른 나라보다 오곡이 곱절이나 많이 생산되고, 또 바닷물을 끓여 소금을 만들고, 사탕수수로 술을 담급니다."

"풍속은 어떠하냐?"

"절개와 의리를 숭상합니다. 남편이 죽으면 아내는 머리를 깎고 면도를 한 후 이레 동안 아무것도 먹지 않은 채 죽은 남편과 함께 누워 자는데, 개중에 상당수는 같이 죽습니다. 이레가 지나도 죽지 않으면 친척들이 음식을 먹도록 권합니다. 그런데 남편의 시신을 화장하는 날 그 불길에 뛰어들어 죽는 이가 많습니다. 그리고 설령 죽지 않더라도 평생 재혼하지 않습니다."

삼보태감이 그 이야기를 듣고 껄껄 웃으며 말했다.

"오랑캐에게 이런 절개가 있다니 가상하구나! 정말 가상해!"

그는 즉시 그들의 예물을 받아 간수하게 하고 두건과 모자, 옷, 신과 양말 따위를 답례로 내주게 했다. 또 거기에 여자들이 쓰는 모자와 저고리, 주머니 따위를 내주어서 그 지역의 절개 높은 아낙들에게 전하라고 했다. 그 외에 종이로 만든 패(牌)에다 커다란 글씨로 '절개와 의리의 고을[節義之鄕]'이라고 써서 건네주면서, 바위에 그 글씨를 새겨서 번화가에 세워두라고 했다. 또 용아가석의 두목까지 다시 불러 천자의 나라에서 표창을 내린다는 의미에서 둘에게 각기 머리에 꽂을 꽃과 재앙을 쫓기 위해 걸어두는 붉은 천[掛紅], 관악기와 타악기 등을 주어서 돌려보냈다. 이들 두 무리의 오랑캐들이 감사의 절을 올리고 흥겹게 춤을 추며 돌아가자, 삼보태감은 또 세 명의 유격대장에게 상을 내리면서 특별히 마여룡에게는 두 배의 상을 내렸다. 유격대장들이 감사의 인사를 하자, 그 자리에 있던 모든 장수와 벼슬아치도 고개를 끄덕였다. 그때 왕 상서가 말했다.

"선을 권면하고 악을 징계하는 방법에 한 치도 잘못됨이 없으시고, 중국의 문화로 오랑캐를 교화하셨으니, 사령관께서는 그야말로 그 직분을 위해 타고나신 분입니다그려!"

이날은 잔치를 벌여서 군사들에게도 대대적으로 향응을 베풀었다.

저녁이 되자 풍랑이 잠잠해져서 함대는 다시 항해를 시작했다. 그렇게 이삼일 동안 가자 멀리 다섯 개의 기이한 봉우리가 나란히 치솟은 곳이 보였다. 잠시 후 호위병이 보고했다.

"앞쪽에 또 나라가 하나 나타났습니다."

"그렇다면 선봉장군에게 가서 살펴보고 오라고 해라."

그러자 왕 상서가 말했다.

"사령관님, 드릴 말씀이 있습니다."

"말씀해 보시지요."

"갑자기 군대가 들이닥치면 놀랄 수밖에 없을 겁니다. 제 생각에는 먼저 유격대의 관리를 보내서 호두패를 보이며 스스로 굴복하게 만드는 것이 좋겠습니다. 만약 굴복하지 않는 나라가 있다면, 그때 군대를 보내 포위하면 됩니다. 그러니까 저희가 정중하게 나가면 저쪽에서도 진심으로 승복할 거라는 말씀입니다. 어떻게 생각하시는지요?"

"아주 좋은 의견이십니다."

삼보태감은 즉시 정서유격대장 마여룡에게 호두패를 들고 가서 보여주라고 분부했다. 패를 받아 든 마여룡은 서너 명의 정찰병에게 길을 인도하게 하여 그곳으로 찾아갔다. 과연 그곳에는 나라가 하나 있었다. 이 나라의 동남쪽은 바다였고 서북쪽은 뭍이었는데, 중간에 다섯 개의 큰 산이 있고 나라에는 성벽과 연못 등이 갖춰져 있었다. 일행이 성안으로 들어가자 정찰병이 그곳 원주민에게 물었더니, 이런 대답이 나왔다.

"이곳은 여기 말로 말라카라고 불리는 곳인데, 지역이 협소해서 나라라고 하지도 않습니다."

일행이 다시 조금 걸어가자 성안을 흐르는 커다란 개울이 있고, 그 위에 커다란 나무다리가 있었다. 다리 위에 설치된 스무 개쯤 되는 나무 정자에서는 서역인들이 장사하고 있었다. 마여룡은 곧장 국왕을 만나러 갔다. 국왕의 거처에는 여러 채의 누각이 들어서 있었는데, 지붕에는 판자를 깔지 않고 그 대신 듬성듬성 늘어놓은 야자나무 조각을 노란 등나무 줄기로 엮어 놓아서 마치 양 우리 같았다. 그들은 여러 채의 그런 누각을 거쳐서 안쪽으로 들어갔다.

이곳에서는 손님이 오면 여러 개의 평상을 붙여서 자리를 만들고 양반다리를 하고 앉아 얘기하는 관습이 있었다. 음식을 먹거나 잠자는 것도 모두 그 위에서 해결했다. 심지어 주방과 화장실도 그 위에 있었다. 마여룡이 누각 아래 서자 오랑캐 관리가 국왕에게 보고했다. 그러자 국왕이 말했다.

"어디서 온 사람들이라고 하더냐? 무엇 하러 왔다고 하더냐?"

이에 마여룡이 호두패를 건네주었는데, 국왕이 받아 보니 거기에는 이렇게 적혀 있었다.

위대한 명나라 황제 폐하가 파견하신 흠차통병초토대원수 정 아무개가 오랑캐를 위무하고 보물을 찾는 일에 대해 고함:
천자의 나라에서 역대로 제왕들에게 전해지던 전국옥새는 지금까지 천년만년 동안 변함없이 계승되어 왔노라. 그런데 원나라 순제가 이를 훔쳐 하얀 코끼리에 싣고 서역으로 도망쳤노라. 우리 위대한 명나라 황제 폐하의 성대한 덕이 하늘의 보살핌을 받아 천하를 통일하셨거늘, 종실(宗室)의 기물을 어찌 오랫동안 없는 상태로 둘 수 있겠는가? 이에 나를 비롯한 여러 사람에게 병사를 이끌고 서역으로 와서 황량한 이역의 주민들을 위로하고 옥새의 행방을 탐문하게 하셨노라. 이에 각 나라 국왕과 장수들에게 이 패를 보이나니, 함대가 도착하는 날 옥새가 있는지를 사실대로 고하도록 하라. 이 외에는 아무 일도 없을 터이니, 무력을 믿고 함부로 덤비지 말도록 하라. 감히 고의로 이를 어길 때는 그 소굴을 모조리 초토화해 버릴 것이다!

이 패에 적힌 대로 행하라!

국왕은 그걸 읽고 나자 황급히 마여룡을 윗자리로 청하여 주인과 손님의 자리로 나누어 앉았다.

"제가 삼 년 전에 보잘것없는 진상품을 올린 적이 있는데, 장군께서도 알고 계십니까?"

"성대한 예물을 받았기에 우리 황제 폐하께서 저희를 파견하여 오색 꽃무늬가 장식된 종이에 적은 조서(詔書)와 은 도장 두 개, 오사모, 붉은 외투, 물소 뿔로 만든 허리띠, 조정의 관료들이 신는 검은색 장화를 전하며 귀하를 왕으로 책봉하셨습니다. 또 폐하께서 직접 이 나라에 말라카[滿刺伽]라는 국호(國號)를 하사하는 패(牌)를 내리셨습니다."

국왕은 그 말을 듣자 한없이 기뻐하며 황급히 수하를 불러 소와 양, 닭, 오리 등의 가축과 찐 기장, 교초(茭草) 즉 부추로 담근 술과 야생 여지(荔枝), 바라밀(波羅蜜), 바나나 등의 과일, 그리고 상추와 파, 생강, 마늘, 겨자 등으로 조촐한 선물을 준비하여 함대를 맞이하러 나갔다.

이윽고 함대가 도착하자 마여룡이 먼저 돌아가서 보고했고, 이어서 말라카 국왕이 선물을 바쳤다. 그걸 보자 삼보태감이 왕 상서에게 말했다.

"이건 모두 상서님의 은덕입니다."

"폐하의 홍복과 사령관의 위엄 때문이지, 제가 무슨 힘이 있겠습니까!"

그 말이 끝나기도 전에 머리에 하얀 띠를 두르고, 정교한 꽃무늬가 장식된 도포 모양의 장삼을 입고, 가죽 구두를 신은 말라카 국왕이 흔들흔들 가마를 타고 수하를 거느린 채 배로 올라와서 삼보태감을 만났다. 서로 인사를 나누고 자리에 앉자 삼보태감이 말했다.

"저희는 황제 폐하의 명을 받고 귀국에 조서와 은 도장을 전하면시 아울러 귀하를 말라카 국왕에 봉하기 위해 왔습니다."

"성은이 망극하옵니다! 게다가 사령관님께서도 이렇게 환대해주시니 감당할 수 없을 지경입니다!"

"대왕, 돌아가셔서 내일 정오에 조서를 받도록 준비하시기 바랍니다."

"아닙니다. 제가 이곳으로 다시 오겠습니다."

"천자의 위엄이 지척에 있으니, 어찌 감히 몸소 가져가시도록 할 수 있겠습니까?"

국왕은 그저 "예! 예!" 하고 돌아갔다.

이튿날 국왕은 성문을 활짝 열고 온 성안에 오색 비단을 내걸고, 향을 피우고, 꽃을 장식하여 삼보태감 일행을 영접할 준비를 마쳤다. 잠시 후 두 사령관이 마치 중국에서 하는 것과 똑같이 팔인교에 앉아 앞뒤로 호위병과 수행원을 거느린 채 도착했다. 오백 명의 호위병은 활에 화살을 재고 칼을 뽑아 든 채 호위했다. 좌호위 정당은 좌측을, 우호위 철릉은 오른쪽을 담당했다. 호위병들은 모두 용감무쌍한 기백을 자랑하는 정예병이었다. 온 성의 주민들은 모두 두 눈을 휘둥그레 뜬 채 혀를 빼물고 감탄했다.

"이거 정말 하늘의 신장들이 내려온 것 같구먼! 세상에, 어디서 이런 사람들이 왔지?"

국왕이 일행을 영접하며 머리를 조아려 천자의 은혜에 감사하며 조서를 받고, 은 도장과 의례에 맞는 복장과 모자를 받았다. 이어서 성대한 잔치를 여니, 두 사령관은 마음껏 즐기고 돌아갔다.

이튿날 국왕이 복식을 차려입고 가마를 타고 찾아와 삼보태감에게 감사의 상소문을 두 손으로 바쳤다. 삼보태감이 그걸 받아서 중군의 관리에게 잘 보관하라고 분부하자, 국왕이 다시 감사의 서신을 두 손으로 바쳤다. 삼보태감이 받아 보니 거기에는 이렇게 적혀 있었다.

말라카 국왕 스리 파람스와라[西利八兒速剌][20]가 삼가 재배하며 위대한 명나라 정서통병초토대원수께 바칩니다.

저희는 영토가 산천에 가로막혀 멀리 떨어져 있어서 자주 만나기가 어려우며, 도의(道義)에 대해 흘러나온 소문만 들을 뿐이고, 먼 장래에 대한 생각도 소박하기 그지없습니다. 천자의 사신이 이 나라에 와주셔서 호화로운 배가 들어오고, 또 천자의 조서를 전하시며 인장을 하사해 주셨습니다. 이로써 협소한 이 변방의 나라를 왕국의 반열로 높이 올려주시고, 머리를 뾰족하게 묶은 미개한 몸에게 성대한 모자와 의복을 하사해 주셨습니다. 천자의 보살핌이 두텁기는 하지만, 사령관의 도움도 정말 컸습니다. 영원토록 이 나라의 보배들을 바치고 싶지만, 훌륭한 옥과 같은 보배가 없으니 부끄럽기만 합니다. 삼가 이렇게 감사하오니, 부디 너그러운 은혜로 헤아려 주십시오. 부디 때맞춰 베푸시는 은혜에 순응하여 깊은 복록을 누리고자 하옵니다.

너무나 감격스럽고 황공한 마음으로 이 글을 올립니다.

---

20 고조우(顧祖禹: 1631~1692, 자는 복초[復初] 또는 서오[瑞五], 호는 경범[景范])가 편찬한 《독사방여기요(讀史方輿紀要)》 권112 〈광서(廣西)〉 7 〈외국부고(外國附考)〉 "말라카[滿剌加]" 등의 기록에 따르면, 영락 3년(1405)에 말라카 추장 스리 파람스와라(Sri Parameswara: 1344~1424, 西利八兒速剌)가 사신을 보내 조공을 바쳤다고 했다. 실제로 영락 7년에는 삼보태감 정화를 파견하여 그 추장을 왕에 책봉하는 조서를 내렸으며, 이후로 말라카에서는 계속해서 조공을 바쳤다고 했다. 참고로 《명사(明四)》에서는 그의 이름을 배리미소랍(拜里米蘇拉)이라고 표기했다. 또 영락 9년에 그는 직접 처자와 신하들 540명을 이끌고 경사로 찾아와 천자를 알현하니, 영락제가 직접 연회를 베풀어 대접하고 성대한 상을 내렸다고 했다.

모년 모월 모일 삼가 재배하며 올림.

삼보태감이 서신을 읽고 나자 국왕이 또 진상품 목록을 바쳤는
데, 거기에는 이렇게 적혀 있었다.

진주 열 알(직경 한 치), 애체(靉靆) 열 개(안경처럼 생겨서 책을 읽
을 때 도움이 되며, 값어치는 금 백 냥에 해당함), 황속향(黃速香) 열 상
자[箱], 화석(花錫) 백 섬[擔](본국에 큰 개울이 하나 있는데 그 안의 모
래를 삶아서 추출한 주석을 국자[斗] 모양으로 주조한 것을 '두석[斗錫]'이
라고 함. 무게는 하나당 한 근 여덟 냥이며, 열 개를 한 묶음으로 하여 등나
무 줄기로 묶음. 마흔 개를 묶으면 큰 묶음이 됨. 이것들은 시장을 통해 판
매함.), 검은 곰 두 쌍, 검은 원숭이 두 쌍, 흰 사슴 열 마리, 흰 노
루[麂] 열 마리. 붉은 원숭이 두 쌍, 화계(火鷄) 스무 마리(색깔은
자줏빛과 붉은색이 섞여 있으며 달걀은 껍질이 두껍고 무게는 한 전[錢]
남짓함. 껍질은 반점이 있는 것도 있고 하얀 것도 있는데, 술잔으로 쓸 수
도 있음. 이 닭은 불을 먹고 더운 기운을 토해낼 수 있어서 '화계'라고 부르
며, 팔렘방[渤淋邦]의 화계와는 품종이 다름.), 바라밀(波羅蜜) 두 상자
[匣](과일 이름. 말리면 생김새는 동과[冬瓜]와 비슷하고, 껍질에는 밤처
럼 가시가 많음. 그 가시 안에 과육이 층층이 담겨 있는데, 맛이 아주 훌륭
함.), 주타마(做打麻)[21] 두 단지(수지[樹脂]를 응결한 것으로서 밤이면

---

21 《화이고(華夷考)》에서는 이것이 나뭇가지에서 떨어지는 아교 같은 즙인
데 바닥의 흙을 파서 캐낸다고 했다. 말라카의 특산품인 이것은 송진[松
瀝青]과 비슷한데 개중에 맑고 투명한 것은 황금색 호박(琥珀) 같다고 했
다.

광채가 나고, 배에 바르면 물이 스며들지 않음), 교초(茭草)로 엮은 멍석[簟] 열 장(교초는 풀의 이름으로서, 잎은 줄풀[刀茅]처럼 생겼음. 그걸 엮어서 만든 멍석임.), 교초로 담근 술 열 단지(교초 열매는 여지[荔枝]처럼 생겼는데, 그것으로 빚은 술임.)

삼보태감이 목록을 읽어보고 나서 내저(內貯)의 관리에게 잘 거두어 보관하라고 분부하고 나자, 국왕이 또 예물 목록을 한 장 바쳤다. 거기에는 소와 양, 땔감, 쌀, 채소, 과일 따위가 적혀 있었다. 그걸 보고 삼보태감이 말했다.

"성의를 생각해서 모두 받아 두도록 하라!"

이어서 성대한 잔치를 열어 국왕을 극진히 대접했다.

그런데 잔치가 한창일 때 기패관(旗牌官)이 와서 보고했다.

"예물을 가져온 오랑캐 병사가 멀쩡한 우리 수병(水兵) 한 명을 산 채로 잡아먹어서 머리만 남겨 놓았습니다."

삼보태감은 깜짝 놀랐다.

"어찌 이런 일이!"

그러자 국왕이 즉시 자리에서 일어나 무릎을 꿇고 간청했다.

"저도 어찌 된 일인지 모르겠습니다. 제발 용서해 주십시오!"

왕 상서가 말했다.

"대왕, 일어나십시오. 그건 무슨 괴물의 소행이 분명합니다. 대왕의 수하가 사람을 잡아먹었을 리 있습니까!"

국왕이 일어나서 연신 사죄하자, 왕 상서가 기패관에게 지시했다.

"모르는 척하고 나가 있도록 하라. 내게 보고했다는 말도 하지 마라."

그리고 잠시 후 예물을 가져온 이들에게 상을 내리겠다고 불렀다. 이에 일단의 오랑캐 병사들이 일제히 들어오자 왕 상서는 그들을 한 줄로 세우고 나서, 벽봉장로에게 지혜의 눈으로 살펴봐 달라고 부탁했다. 벽봉장로가 구환석장을 들어 가리키자 오랑캐 병사들 가운데서 두 마리 호랑이가 뛰쳐나왔다. 그놈들은 각각 누런색과 붉은색 바탕에 꽃무늬가 있었는데, 중국의 호랑이보다는 약간 왜소한 듯했다. 그놈들은 입을 쩍 벌리고 펄쩍펄쩍 뛰면서 으르렁거렸다.

張牙露爪下荒山	이빨과 발톱 드러내고 황량한 산 내려왔는데
汗血淋灘尙未乾	흥건한 땀과 피 아직 마르지 않았구나.
小小身材心膽壯	조그마한 몸에 간덩이는 크고
斑斑毛尾肚量寬	알록달록 털과 꼬리 지니고 밥통도 크구나.
未曾行處山先動	움직이기도 전에 산이 먼저 진동하고
不作威風草自寒	위세를 떨치기도 전에 풀들이 저절로 떠는구나.
倘若進前三兩步	두어 걸음만 앞으로 나아가도
管敎群獸骨頭酸	뭇 짐승들 머리끝이 쭈뼛해지게 만들지.

그놈들이 나타나자 자리에 있던 모든 이들이 깜짝 놀라 어쩔 줄 몰라 했다. 그러자 삼보태감이 말했다.

"이놈의 짐승들이 상당히 버릇이 없구려. 아무래도 국사님께서 저놈들을 좀 잡아주셔야겠습니다."

"이런 일이야 장 천사더러 처리하면 되지요."

장 천사는 감히 거역하지 못하고 즉시 칼끝에 부적을 살랐다. 그 순간 시커먼 얼굴을 한 하늘 신장이 하나 나타났는데, 사람들이 살펴보니 그는 바로 용호현단(龍虎玄壇)의 조 원수였다. 그가 장 천사에게 포권하며 물었다.

"천사님, 무슨 일로 부르셨습니까?"

"여기에 호랑이 두 마리가 나타나서 우리 손님들을 놀라게 하고 있으니, 그놈들을 잡아주시구려."

그러자 조 원수가 두 눈을 부릅뜨고 호통을 쳤다.

"못된 짐승들, 어딜 도망치느냐!"

그러면서 두 놈에게 각기 한 대씩 채찍을 후려치자 그놈들은 즉시 사빠져 뒹굴었다. 조 원수는 그놈들을 잡아 한 손으로 가죽을 벗기고, 다른 한 손으로 고기를 찢어 잔치 자리로 가져와 건넸다.

"여러분, 술안주로 쓰시구려."

그 호랑이 고기를 술안주로 썼는지는 다음 회를 보시라.

선봉장 장계는 수간라[蘇乾剌]¹를 사로잡고
수마트라 추장은 명나라 군대에 자수하다
張先鋒計擒蘇乾　蘇門答首服南兵

| 猛獸野心 | 야성을 가진 맹수는 |
| 反噬非久 | 오래지 않아 배반하는 법. |

---

1 마환(馬歡)의 《영애승람》〈소문답랄국(蘇門答剌國)〉에 따르면, 수마트라에는 수마트라 왕국 외에 원래 나쿠르(Nakur, 那孤兒)와 리데(Lide, 黎代)라는 두 개의 작은 왕국이 있었다. 그러다가 나쿠르 왕국의 화면왕(花面王)이 수마트라 왕국을 침략했다가 국왕인 술탄(Sultān, 蘇丹) 하난아비진[罕難阿必鎭]이 쏜 독화살을 맞고 죽었다. 당시 그의 아들은 아직 어려서 부친의 복수를 할 수 없었다. 이에 그의 부인이 남편의 복수를 해 준 사람에게 나라를 바치고 그의 아내가 되겠다고 맹세했다. 이때 어느 어부가 나서서 복수를 해 주었고, 이에 국왕의 부인은 자신이 맹세한 대로 나라를 그에게 주고 그의 아내가 되었다. 이렇게 해서 수마트라의 국왕이 된 어부는 노왕(老王)이라고 불렸는데, 영락 7년(1409)에 명나라에 조공을 바쳤다. 그러다가 영락 10년에 장성한 하난아비진의 아들이 부족장들과 연합하여 노왕을 시해하고 왕위를 찬탈했다. 이때 노왕의 친아들 수간라[蘇乾剌]는 가족을 이끌고 근처의 산중으로 도망쳐서 영채를 세우고, 수시로 부친의 복수를 위해 수마트라를 공격했다. 하지만 영락 13년에 이곳에 도착한 정화가 군대를 파견하여 수간라를 사로잡아 수마트라 왕국의 궁궐로 압송하여 처벌하게 했다.

出柙遺害	우리를 나와 해를 끼치면
咎歸典守	그 죄는 간수에게 돌아가지.
上林淸風	황제의 사냥터에 맑은 바람 불 때
嗇夫緘口	관리²는 입을 다물지.
破樊脫檻	울타리 부수고 우리에서 벗어나
率壙以走	온 들판을 치달리지.
鬪生棄野	버려진 들에서 살기 위해 싸울 때면
猛虎飼之	사나운 호랑이가 먹여 살리지.
匪虎飼之	호랑이가 먹여 살리지 않으면
惟神賜之	신이 은혜를 베풀어 주지.
爲鬼爲魅	귀신이나 도깨비라 한들
又曷使之	또 어찌 그를 부리랴?
妖不勝德	요괴는 덕 있는 이를 이길 수 없나니
正直耻之	정직한 이들은 그걸 부끄러워하지.

　그러니까 국왕은 벽봉장로가 구환석장으로 가리켜 단번에 두 마
리 호랑이의 정체를 밝혀내고, 장 천사가 부적을 날려 하늘 신장을
내려오게 하는 모습을 보고 너무나 무섭고 놀라서 그저 부들부들

2 본문의 '색부(嗇夫)'는 여러 가지 뜻이 있다. 이것은 원래 고대의 관직 이름
　인데 시대에 따라 그 직능이 다양하다. 다만 진(秦)나라 때는 지방의 소송
　을 판결하고 부세(賦稅)를 담당하는 향관(鄕官)이었고, 한나라 때는 하급 벼
　슬아치의 일종이었다. 예를 들어서 《사기》〈장석지풍당열전(張釋之馮唐列
　傳)〉에는 '호권색부(虎圈嗇夫)'라고 해서 호랑이 우리를 관리하는 직책을 가
　리키는 뜻으로 쓰였는데, 여기서도 이런 의미로 쓰인 듯하다.

떨리기만 할 뿐이었다. 그러니 그가 감히 호랑이 고기를 안주로 삼을 만한 용기가 났겠는가? 그때 삼보태감이 말했다.

"아니, 어떻게 저기에 호랑이가 끼어들었지? 정말 괴이한 일이로군요."

국왕이 말했다.

"산에 있는 호랑이가 내려오면 사람의 모습으로 변하기도 합니다."

그러자 입이 싼 홍 태감이 말을 받았다.

"이런 호랑이는 우리나라에도 아주 많습니다."

마 태감이 물었다.

"어디에 있다는 말씀이오?"

"어디라니요! 남경 성안에만 하더라도 산을 차지한 호랑이나 저자를 횡행하는 호랑이가 많지 않습니까?"

"명색은 그렇지만 이렇게 사납지는 않지 않소이까?"

"그놈들은 사람을 잡아먹고도 피를 묻히고 다니지 않으니 더 무섭지요."

국왕이 말했다.

"우리나라 바닷가에 귀룡(龜龍)이 사는데, 키는 서너 자쯤 되고 두 개의 날카로운 송곳니, 네 개의 발이 달렸고, 온몸이 비늘로 덮였는데 비늘 사이에는 또 가시가 돋아 있습니다. 그놈은 수시로 나타나 우리 백성들을 보면 한입에 삼켜버리니, 정말 피해가 막심합니다."

삼보태감이 말했다.

"그 또한 천사님께 부탁드려 보십시오."

그러자 장 천사가 말했다.

"군중에서는 술을 권할 수 없으니, 그 용을 베는 걸로 주령(酒令)을 삼는 게 어떻습니까?"

두 사령관이 일제히 찬성했다.

"그거 아주 좋은 생각입니다!"

"그렇다면 다들 선창 밖으로 나가시지요. 용을 보면 여러분께 한 잔씩 올리겠습니다."

"좋습니다!"

장 천사는 부적을 써서 도장을 찍고 주문을 걸어서 바닷물에 떨어뜨렸다. 그러자 잠시 후 한 마리 용이 입에 부적을 물고, 마치 목을 베어달라고 하는 것처럼 수면 위로 머리를 내밀었다. 장 천사가 손가락으로 가리키자 그 용이 즉시 두 동강이 나면서 시뻘건 핏물이 치솟았다.

"자, 여러분, 한 잔씩 드시지요!"

이에 다들 술을 한 잔씩 마셨다. 또 잠시 후 한 마리 용이 부적을 입에 문 채 수면 위로 머리를 내밀었다. 장 천사가 손가락으로 가리키자 그 용이 즉시 두 동강이 나면서 시뻘건 핏물이 치솟았다.

"여러분, 한 잔씩 더 드시지요!"

이에 다들 술을 한 잔씩 마셨다. 또 잠시 후 한 마리 용이 부적을 입에 문 채 수면 위로 머리를 내밀었다. 장 천사가 손가락으로 가리키자 그 용이 즉시 두 동강이 나면서 시뻘건 핏물이 치솟았다.

"여러분, 한 잔씩 더 드시지요!"

이에 다들 술을 한 잔씩 마셨다. 그러자 국왕이 말했다.

"바닷속에는 용이 여러 마리인데, 저는 주량이 따라가지 못합니다. 다른 주령을 쓰는 게 어떻습니까?"

그러자 장 천사가 말했다.

"그렇다면 저도 억지로 권하지는 않겠습니다. 그냥 용을 베는 거나 구경하시지요."

잠시 후 한 마리 용이 부적을 입에 문 채 나타나서 장 천사의 손가락질에 즉시 두 동강이 났고, 또 잠시 후 한 마리 용이 부적을 입에 문 채 나타나서 역시 장 천사의 손가락질에 즉시 두 동강이 났다. 그렇게 그 자리에서 백여 마리의 용이 두 동강이 났다. 벽봉장로가 보다 못해 말렸다.

"장 천사, 내 얼굴을 봐서 몇 마리는 살려 주시게."

"국사님의 뜻이 그러시다니 따를 수밖에요."

벽봉장로가 바리때를 툭 던지자 그 안에 즉시 네다섯 마리의 용이 들어왔다. 그러자 그가 말했다.

"여러분, 다들 자리에 앉으십시오. 제가 한 잔 올리겠습니다."

"예!"

"지금부터 제 바리때서 용이 한 마리 나올 때마다 한 잔씩 드시는 겁니다."

"알겠습니다!"

벽봉장로가 한 손에 바리때를 받쳐 들고, 다른 한 손으로 용 한 마리를 집어서 툭 던지자 그 용은 곧 하늘로 날아갔다.

"자, 여러분, 한 잔 드시지요."

사람들이 한 잔씩 마시자 벽봉장로가 다시 용 한 마리를 집어서 툭 던지자 그 용은 곧 하늘로 날아갔다.

"자, 여러분, 한 잔 드시지요."

사람들이 또 한 잔씩 마시자 벽봉장로가 다시 용 한 마리를 집어서 툭 던지자 그 용은 곧 하늘로 날아갔다.

"자, 여러분, 한 잔 드시지요."

사람들은 다시 한 잔씩 마셨지만, 국왕은 두 잔을 마시고 나자 더는 마시지 못했다. 그러자 벽봉장로가 말했다.

"저도 더 권하지는 않겠습니다."

그러면서 바리때를 허공으로 휙 뿌리자 십여 마리의 용이 일제히 하늘로 날아갔다.

국왕이 작별인사를 하고 궁궐로 돌아가자, 여러 두목이 물었다.

"명나라의 인물들은 어떠하던가요?"

"아이고, 말씀도 마시구려!"

"아니, 왜 그러시옵니까?"

"인물들도 출중하고 능력도 뛰어난 것은 말할 것도 없고, 내가 목격한 세 가지만 얘기해 드리리다. 그 양반들은 하늘 신장을 머슴 부리듯이 마음대로 부리고, 우리나라 서쪽 산의 호랑이를 고양이 다루듯이 마음대로 다루면서 단번에 죽여 버렸소이다. 또 우리 바다의 귀룡을 무슨 미꾸라지 다루듯이 하면서 '죽어라!' 하면 바로 죽고, '살아라!' 하면 제 마음대로 죽지도 못하게 만들더이다."

그 말에 다들 너무 놀라 고개를 내저었다.

"본래 중국은 불교의 나라이니, 우리도 나중에 그 배로 중국 조정에 가서 진상품을 바칩시다. 그런 구경이라도 한 번 해야 세상살이가 헛되지 않았다고 할 수 있지 않겠소?"

국왕이 궁궐로 들어가자 많은 비빈이 몰려와서 물었다.

"명나라의 인물들은 어떠하던가요?"

국왕이 또 하늘 신장과 못된 호랑이, 귀룡에 대한 이야기를 들려주자 왕비가 말했다.

"중국이 불교의 나라인 게 우연이 아니군요! 우리도 나중에 그 배로 중국 조정에 가서 직접 진상품을 바치겠어요. 그런 구경이라도 한 번 해야 세상살이가 헛되지 않았다고 할 수 있지 않겠어요?"

"그도 그럴듯하구려."

그로부터 이틀 후에 국왕이 다시 삼보태감을 찾아왔다.

"저희가 사령관님과 함께 이 배로 직접 중국 조정에 가서 위대한 명나라 황제께 진상품을 바치고 싶은데, 어떻게 생각하십니까?"

"아주 훌륭한 생각입니다. 다만 우리가 아직 더 다녀올 데가 있으니, 금방 중국으로 돌아갈 수는 없습니다."

"그러면 돌아오실 때까지 기다리겠습니다."

이에 삼보태감이 출항을 명령하려 하자 국왕이 말했다.

"서쪽으로 가자면 아직 길이 한참 멀고 흉험한 일도 많습니다.

지금 배에 실린 보물이며 화물이 많은데, 그것들이 위험하지 않겠습니까? 제 생각에는 그것들을 잠시 우리나라에 쌓아두셨다가, 나중에 다시 싣고 중국으로 돌아가시는 게 어떨까 합니다."

왕 상서가 말했다.

"그거 괜찮은 생각인 것 같습니다."

이에 삼보태감은 즉시 정서중영대도독(征西中營大都督) 왕당(王黨)에게 병사들을 인솔하여 말라카 왕국에 목책을 세우고 담을 쌓아 그 안에 네 개의 대문과 종루(鐘樓), 고루(鼓樓)를 세우고, 또 그 안에 목책을 세워 작은 성을 만들어 그 안에 창고를 짓게 했다. 그리고 배에 실려 있던 보물과 화물, 돈과 곡식 따위를 거기에 넣고, 낮에는 번을 세워 지키게 하고 밤에는 방울을 울리며 순찰하게 했다.

모든 일을 마치자 함대는 다시 항해를 시작했다. 나흘 밤낮을 항해했을 때 유격대장 마여룡은 아루[啞魯][3]라고 하는 왕국에 호두패를 전했다. 그 나라는 국토가 아주 작고, 백성은 농사와 어업으로 생계를 유지하고 있었다. 그 나라 국왕은 패를 받아 보고 무척 기뻐했다.

"우리가 이십 년 전에 조공을 바쳤는데, 천자의 두터운 은혜를

---

3 아루(啞魯, Aru)는 인도네시아 수마트라 섬 동쪽 해안에 있던 왕국으로서, 영락 9년(1411)에 명나라에 사신을 파견한 적이 있다. 《명사》〈외국열전(外國列傳)〉에서는 이 나라를 '아로(阿魯)'라고 표기했다. 그러나 이 소설에서는 두 나라를 다른 나라로 설정해 놓았다.

입어 한없는 감격을 누렸습니다! 그런데 오늘 이렇게 사령관의 군대를 맞이하게 되었으니, 얼마나 큰 행운인지 모르겠습니다!"

함대가 도착해서 마여룡이 보고하자, 국왕이 두 명의 두목을 거느리고 몸소 영접하러 나와서 삼보태감에게 상소문을 바쳤다. 삼보태감이 받아서 중군의 관리에게 잘 보관하라고 지시하자, 국왕이 또 항서를 바쳤다. 삼보태감이 받아 보니 이렇게 적혀 있었다.

아루 왕국의 국왕 마헤레나[麻黑若賴]가 삼가 재배하며 위대한 명나라의 흠차정서통병초토대원수께 올립니다.

듣자 하니 천하의 의로움은 혼란을 통일하고, 어진 사람의 군대는 신령의 비호를 받아, 아무리 먼 곳이라 할지라도 정벌하여 빛나는 공적을 세운다고 하였습니다. 우리 보잘것없는 아루 왕국은 황량하게 먼 곳에 있지만, 올해에 행운이 깃들어 삼가 고상한 교하를 받을 수 있게 되었습니다. 오늘 이렇게 천자의 군대가 왕림할 줄 누가 알았겠습니까! 천자의 군대가 우레와 번개 같은 위엄을 보이니, 초라한 천막에 사는 저희는 사방팔방으로 간담이 서늘해집니다. 이에 짧은 글이나마 보잘것없는 저희 마음을 표하오며, 감히 저희 마음대로 대처하지 못하고 그저 분부를 기다릴 따름이옵니다.

삼보태감이 서신을 다 읽고 나자 국왕이 또 진상품 목록을 바쳤다. 그러자 삼보태감이 말했다.

"나라도 작은 데다가 백성들도 형편이 좋지 않으니, 이런 건 필요 없소이다.”

또 병사들에게 베풀 예물의 목록을 바치자 삼보태감이 또 사양했다.

“공적인 예물도 받지 않았거늘, 하물며 사적인 예물을 어찌 받겠소! 일체 사양합니다!”

그리고 각자에게 상을 내리고 돌려보냈다.

다시 하루를 항해하여 큰 섬을 지나는데, 은은한 바람에 기이한 향기가 풍겨와 상큼하게 코를 자극했다. 유격대장 마여룡이 약간의 병사를 데리고 향을 채취하러 산에 올라가 보니, 직경이 아홉 자쯤 되고 높이가 예닐곱 길쯤 되는 여섯 그루의 향나무가 있었다. 검은 꽃무늬가 조그맣게 피어 있는 그 나무는 지분처럼 부드러웠다. 이를 채취하여 바치자 삼보태감이 무척 기뻐하며 후한 상을 내렸다.

다시 하루를 항해했을 때 마여룡이 또 어느 국왕과 함께 함대를 영접하자, 삼보태감이 물었다.

“어느 나라의 왕이신지요?”

“저는 아루[阿魯] 왕국의 왕입니다. 조금 전에 사령관께서 보내신 패를 보고 함대가 여기를 지나간다는 사실을 알게 되어, 이렇게 영접하러 나왔습니다.”

삼보태감이 그와 인사를 나누고 나자 국왕이 상소문을 바쳤다. 삼보태감이 받아서 중군의 관리에게 잘 보관하라고 지시하자, 국왕이 또 항서를 바쳤다. 삼보태감이 받아 보니 이렇게 적혀 있었다.

아루 왕국의 국왕 스리 스와라마[速剌蘇剌麻]가 삼가 재배하며 위대한 명나라의 흠차정서통병초토대원수께 올립니다.

듣자 하니 하늘은 죄지은 자를 토벌하고, 의롭게 군대를 일으킨 자는 왕이 되며, 오랑캐는 반드시 중화(中華)를 섬겨야지 도리에 어긋나게 행동하면 처벌을 받는다고 했습니다. 우리 아루 왕국은 감히 외지에서 하나의 정권을 이루고 있습니다. 이에 중국의 성인을 우러르며 속히 귀의하기를 바라고 있었으며, 멀리서나마 사령관의 깃발을 바라보며 저희를 다스려 주시기를 앙망했습니다. 삼가 이 정성을 서신에 담았사오니, 이를 통해 거대한 힘으로 저희를 비호하여 온화하게 이끌어 주시기를 바라마지않사옵니다.

삼보태감이 무척 기뻐하자, 국왕이 또 진상품을 바쳤으나 삼보태감은 받지 않았다. 또 예물을 바치려 했으나 그 역시 한사코 받지 않고 오히려 많은 상을 내렸다. 국왕이 감사하고 떠나자 삼보태감이 왕 상서에게 말했다.

"이렇게 호두패를 보내서 많은 공적을 세웠으니, 이는 모두 선생의 고견 덕분입니다."

"그저 앞으로도 계속 이랬으면 좋겠습니다. 항해에 걸림이 되지 않는다면 서로에게 좋은 일이 아닙니까?"

다시 사오일 정도 밤낮으로 항해하자 마여룡이 보고했다.

"앞에 우리 조정에서 왕국으로 봉한 수마트라[蘇門答剌] 왕국이
있습니다. 그런데 지금 반란이 일어나서 국왕이 위급한 상황에 처
해 있는 터라, 사령관께서 군대를 이끌고 온다는 소식을 듣고 무척
기뻐하고 있습니다."

이에 두 사령관이 물었다.

"무슨 변이 일어났다는 것이오?"

"이 나라의 옛 국왕인 싱러[行勒]⁴가 나쿠르[那孤兒] 왕국 화면왕
(花面王)의 침략을 받아 독화살을 맞고 죽었습니다. 당시 그 아들이
어려서 그 아내가 다음과 같은 방을 내걸어 인재를 초빙했습니다.

'내 남편의 복수를 해 줄 수 있는 이에게 온 나라를 바치고, 내 몸
소 아내가 되어 섬기겠습니다.'

그로부터 사흘 후에 어느 어부가 찾아와서 큰소리를 쳤습니다.

'내가 복수를 하고 영토를 회복하겠소!'

이에 국왕의 아내가 말과 갑옷, 무기 등과 함께 일단의 병사를
내주었더니, 과연 그가 개선하여 단칼에 화면왕을 죽였습니다. 이
에 국왕의 아내는 예전의 맹세를 저버리지 않고 그의 아내가 되어,
그를 노왕(老王)으로 공경하면서 모든 보물과 세금에 대한 관리 권
한을 그에게 주었습니다. 그런데 나중에 세월이 한참 흘러서 이전

---

4 실제 역사 인물의 이름은 술탄(Sultān, 蘇丹) 하난아비진[罕難阿必鎭]이다(본
회의 각주 1을 참조할 것).

국왕의 아들 자이누 리아비딘[宰奴里阿必丁]이 성인이 되자 그 어부에게 불만을 품고, 항상 뒷전에서 '이 작자가 내 아버님의 원수야!' 하고 원망했답니다. 그러다가 어느 날 그가 일단의 병사를 이끌고 그 어부를 죽이고 스스로 왕이 되어 나라를 다스리면서 그 어미를 존장으로 모셨는데, 그 어미도 별로 상관하지 않았답니다. 다만 어부의 친아들 수간라가 지금 군대를 이끌고 식량을 나눠 주면서 제 아비의 복수를 하겠다며 매일 침공하고 있다고 합니다."

그 말을 듣고 나서 삼보태감이 말했다.

"양측의 승부는 어찌 되었소?"

"적군이 늘 승전하는 모양입니다."

"그렇다면 약한 자를 위기에서 구해 줘야지요! 좌우 선봉을 파견해서 그를 돕게 하시오. 함대도 며칠 안에 도착할 것이오."

명령을 받은 좌우 선봉은 각자 부대를 이끌고 작은 배에 올라 수마트라 왕국으로 향했다. 그들이 도착해 보니 마침 양측이 한창 전투를 벌이고 있었다. 좌선봉이 우선봉에게 말했다.

"날이 아직 저물지 않았으니, 우리가 협공해서 곤경에 빠진 저쪽을 구해 줍시다."

"일리 있는 말씀이오. 저들은 지금 사람도 말도 모두 피곤한 상태일 테니, 가서 쐐기를 박아 줍시다!"

즉시 세 번의 북소리에 이어서 함성이 울리면서 명나라 진영에서 두 장수가 나섰다. 왼쪽의 장수가 호랑이 같은 머리에 고리 같은 눈, 말려 올라간 구레나룻과 덥수룩한 수염을 기른 채 은빛 갈기의 말에 올라 표두도(豹頭刀)를 휘두르며 소리쳤다.

"수간라가 누구냐? 당장 말에서 내려 항복하라!"

오른쪽의 장수는 큰 키에 굵은 팔뚝, 높다란 코, 퉁방울 같은 눈을 하고 오명마(五明馬)에 탄 채 안령도(雁翎刀)를 휘두르며 고함을 쳤다.

"수간라가 누구냐? 당장 말에서 내려 항복하라!"

그 소리를 들은 수간라는 깜짝 놀랐다.

'저 두 장수는 우리나라 사람도 아니고 서양의 다른 나라 사람도 아닌데, 대체 어디서 나타난 조물주 같은 신장이라는 말인가! 그런데 왜 내 이름을 부르지?'

심지어 자이누 리아비딘 역시 어찌 된 영문인지 몰라 주위의 부하들에게 물었다.

"저 두 장수는 어디서 왔는데 우리를 도와주지?"

"명나라 사령관께서 파견하신 분들입니다."

"어찌 이렇게 빨리 왔단 말이냐? 아마 하늘이 나를 돕나 보구나!"

이에 그는 더욱 힘을 내서 적군을 공격했다. 예로부터 '적은 무리로는 많은 무리를 대적할 수 없고, 약한 자는 강한 자에게 상대가 되지 않는다.'라고 했듯이, 셋이서 하나를 공격하니 어려울 게 뭐가 있었겠는가? 게다가 중국의 두 장수는 만 명의 병사도 당해 내지 못할 용력을 갖추고 있었으니 수간라가 상대가 되었겠는가? 단 한 번의 격돌로 대패한 그들은 무기를 팽개치고 사오십 리 밖으로 도망쳤다가 겨우 패잔병을 수습해서 자기네 영채로 돌아갔다.

두 장수의 도움으로 대승을 거둔 국왕은 감사해마지않았다. 그가 즉시 잔치를 열어 두 장수의 노고에 보답하려 하자 좌선봉 장계가 말했다.

"저들이 예상하지 못하고 방비하지 못했을 때 공격해야 하니, 밤낮을 가리지 않고 추격해야 합니다."

그러자 우선봉 유음이 말했다.

"병법에서도 궁지에 몰린 쥐는 쫓지 말라고 했소이다."

"수간라는 궁지에 몰린 쥐가 아니외다. 그자는 매일 승리를 거두어서 기세가 올라 있었소이다. 이번에 패배했다 하지만 틀림없이 이건 우연일 뿐이라고 생각할 것이오. 그러니 어찌 우리가 추격하리라 생각하고 방비하겠소? 이야말로 의표를 찌를 것이외다."

"그럼 어떤 계획인지 들어보십시다."

"문제는 지름길로 가야 하는데, 우리가 길을 잘 모른다는 점이외다."

그러자 국왕이 끼어들었다.

"지름길은 알아보기 쉽습니다. 왜냐하면 서쪽과 북쪽은 모두 바다이고, 동쪽과 남쪽은 모두 산인데, 마침 수간라의 소굴은 정남쪽에 있기 때문입니다. 남쪽으로 가는 길은 두 개인데, 하나는 구불구불하고 미끄러운 계곡을 따라 나 있어서 말을 타고 지나기 어렵습니다. 다른 하나는 반듯하게 다듬은 산길인데, 나하령(羅訶嶺)[5]에

---

5 나하(羅訶)는 범어 arhat의 음역(音譯)인 아라한(阿羅漢) 또는 아라하(阿羅訶)를 줄여서 표현한 것이다.

이르면 양쪽이 모두 가파르고 험한 언덕이라 한 사람만 말을 타고 지나갈 수 있습니다."

장계가 말했다.

"그 좁은 길은 얼마나 가야 합니까?"

"사오 리쯤 됩니다."

그러자 장계가 유음에게 여차여차 자세히 설명했다. 유음이 출발하려 하자 국왕이 말했다.

"술도 한 잔 드리지 못했습니다."

"내일 와서 마시겠습니다."

장계는 또 나이 많은 부대장을 불러서 여차여차 자세히 설명했다. 그리고 일경이 지나자 말의 주둥이에 헝겊을 싸서 소리를 내지 못하게 하고, 대열을 이루어 출발했다. 한참을 가고 나서야 그들은 비로소 쇠가죽을 엮어 세운 천막 근처에 이르렀다. 잠시 후 한 발의 포성과 함께 하늘을 울릴 듯한 함성이 일제히 일어났다. 장계가 앞장서서 이끌고, 그 뒤로는 용맹한 정예병들이 뒤따랐다. 건장한 말과 강맹한 병사들이 일제히 쳐들어가자, 너무 놀란 수간라는 도무지 빠져나갈 길을 찾지 못했다. 그는 어쩔 수 없이 무작정 앞으로 내달렸는데, 한참 달리다가 그가 말했다.

"계곡 옆쪽의 길로 가자. 그래야 배를 타기 편할 게다."

그런데 고개를 들고 살펴보니 계곡 가에는 수많은 등불이 밝혀져 있었다. 알고 보니 장계가 파견한 부대장이 거기 매복해 있으면서 일부러 등불을 밝혀 놓아서, 수간라 일당이 그 길로 가지 못하게 했던 것이다. 이렇게 되자 그의 측근들이 말했다.

"계곡 주변에 추격병이 미리 와 있으니, 그쪽으로는 갈 수 없겠습니다!"

결국 그들은 산길을 택하는 수밖에 없었다. 나하령 아래에 이르러서 수간라가 고삐를 당겨 말을 세우자, 좌우 측근들이 물었다.

"이런 위급한 마당에 말을 세우시다니, 무슨 고견이 있으십니까?"

"이 고개는 양쪽이 모두 가파른 절벽이고 중간에는 한 사람만 말을 타고 지나갈 수 있다. 만약 변고가 생긴다면 나는 죽은 몸이 아니냐!"

"장군, 오늘은 왜 겁을 내십니까? 자이누가 설마 그렇게 대담하겠습니까? 그 조물주 같은 두 신장이야 이 길을 어찌 알겠습니까? 한 걸음이라도 더 가는 게 나으니까, 어서 가시지요!"

그 말이 끝나기도 전에 뒤쪽에서 하늘을 찌를 듯한 함성과 함께 땅을 뒤흔드는 북소리가 터져 나왔다. 이러니 수간라는 어쩔 수 없이 머리를 싸매고 정신없이 달려야 했다. 그러다가 절반을 조금 지났을 때 갑자기 이런 생각이 들었다.

'기왕 여기까지 왔으니 다른 생각을 해 봐야 소용이 없지.'

그런데 그 순간 앞쪽에서 한 발의 대포 소리와 함께 총과 대포, 불화살, 불창이 비 오듯이 쏟아졌다. 또 양양대포(襄陽大炮)는 하늘을 울리는 우레나 땅을 휩쓰는 호랑이도 따라가지 못할 정도였다. 그때 상대편 앞쪽에 선 장수가 칼을 비껴들고 말에 탄 채 고함을 질렀다.

"수간라, 어딜 도망치느냐? 당장 말에서 내려 투항하면 내 칼맛은 보지 않게 해 주마!"

알고 보니 유음이 어느새 길을 가로막고 화기들도 완벽하게 준비된 상태였으니, 그는 더 이상 도망칠 곳이 없어졌다. 후퇴하자니 뒤쪽에도 장수 하나가 칼을 비껴들고 말에 탄 채 고함을 질렀다.

"수간라, 어딜 도망치느냐? 당장 말에서 내려 투항하면 내 칼맛은 보지 않게 해 주마!"

바로 장계의 군대가 추격해 온 것이었다. 이렇게 그가 진퇴양난에 처해 있을 때, 갑자기 딱따기 소리가 울리더니 양쪽 벼랑에서 쇠갈퀴와 쇠스랑 따위의 무기들이 우수수 떨어졌다. 그 바람에 수간라는 제 아무리 용맹한들 그걸 써먹을 수도 없고, 날개가 달렸다 한들 도망칠 곳이 없어져서 그대로 생포되고 말았다.

날이 밝자 국왕이 삼보태감을 영접했다.

"두 장군님께서 간밤에 대전을 치러주신 덕분에 위기를 넘겼습니다."

그 말이 끝나기도 전에 두 선봉장이 수간라를 끌고 왔다. 삼보태감은 국왕에게 그를 옥에 가둬두고, 함대가 돌아오는 날 다시 처분을 결정하도록 하자고 했다. 국왕은 그저 "예! 예!" 하면서 상소문을 올렸다. 삼보태감이 받아서 중군의 관리에게 잘 보관하라고 지시하자, 국왕이 또 항서를 바쳤다. 삼보태감이 받아 보니 이렇게 적혀 있었다.

수마트라의 국왕 자이누 리아비딘이 삼가 재배하며 위대한 명 나라의 흠차정서통병초토대원수께 올립니다.

들자 하니 대국은 하늘이 세워 주고 천자는 하늘이 낳아 준다 고 하였습니다. 덕을 통한 교화가 황하의 발원지에서 날갯짓하 고, 무덕(武德)이 달에까지 평온함을 미쳤습니다. 이에 백성을 안 정시키라는 어명을 받들어 대군이 먼 길을 출정하였습니다.[6] 그 리하여 광대하고 빛나는 위엄으로 엄하게 죄를 추궁하셨으니, 미소한 이 나라는 크나큰 은혜를 입었습니다. 오색 폐백을 모두 갖추어 칼집의 무늬 찬란하게 빛나고, 은 도장과 조서 받으며 천 자의 말씀 공손히 경청했습니다. 돌이켜보건대 뉘라서 이런 천 자의 은총을 누리는 행운을 가질 수 있었겠습니까! 하물며 전장 에서 제 목숨까지 구해 주셨습니다! 엎드려 감사하면서도 부끄 러워 몸 둘 바를 모르겠습니다.

천자께서 계신 곳을 우러르며, 지시하는 대로 따를 것을 맹세 하는 바입니다.

삼보태감이 서신을 읽고 나자 또 진상품 목록을 바쳤는데, 거기 에 이렇게 적혀 있었다.

---

6 이 두 문장은 당나라 때 위고(韋皐)의 〈검남서천절도 피동중서문하평장사 파토번로포(劍南西川節度使同中書門下平章事破吐蕃露布)〉에서 인용한 것으 로, 원문은 다음과 같다. "德風翔乎河源, 武節憺乎月崐, 率寧人之有指, 先 元戎之啟行."

금맥(金麥) 서른 휘[斛],[7] 은미(銀米) 서른 휘, 수주(水珠) 한 쌍(행군하다가 물이 부족할 때 이것을 흙 속에 넣어두면 저절로 물이 나옴), 나자대(螺子黛)[8] 열 알(한 알에 천금의 값어치가 있는 보물임), 유리병 열 쌍, 상아(象牙) 열 개(길이는 여덟 자 내지 아홉 자), 오란(烏卵) 한 쌍(크기가 항아리[甕]만 함), 우조작(友鳥鵲) 한 쌍(키는 일곱 자이며 사람을 말을 알아들음), 활욕사(活褥蛇) 열 마리(생김새는 쥐와 비슷하고 푸른색이며, 쥐구멍에 들어가 쥐들을 모조리 잡을 수 있음), 명마 열 필(말과 용을 교배하여 태어난 품종임), 호양(胡羊) 쉰 마리(꼬리 크기가 부채만 하며, 봄에 배를 가르면 열 근 정도의 기름이 나옴. 약을 바른 실로 상처를 봉합하면 양은 원래대로 회복됨. 다만 기름을 떼어내지 않으면 죽게 됨), 죽계(竹鷄) 이백 마리(살짝 삶으면 살이 부드러워지고 맛이 아주 좋음), 오색 서역 비단 백 단(端), 붉은 실 천 근, 낙타털로 만든 요[駝毛褥] 쉰 장, 꽃무늬를 넣은 자리[花簟] 쉰 장, 금선(錦襈)[9] 백 폭(幅), 금으로 장식한 수대[金飾壽帶][10] 쉰 개, 금을 박아 장식

---

7 1휘[斛]은 원래 10말[斗]를 가리키는 용량의 단위였으나, 후세에는 5말로 바뀌었다.

8 나자대(螺子黛)는 고대 여인들이 눈썹을 그릴 때 쓰던 검푸른 안료(顔料)로서, 당나라 때는 주로 페르시아에서 수입된 것을 많이 썼다. 《설부(說郛)》에 인용된 당나라 안사고(顔師古)의 《수유록(隋遺錄)》에 따르면, 당시 페르시아에서 수입한 나자대는 한 알에 금 열 냥의 값어치가 있었다고 한다.

9 금선(錦襈)은 옷의 소매나 깃에 다는 가장자리를 위해 비단으로 만든 것을 가리킨다.

10 수대(壽帶)는 연수대(延壽帶)를 가리킨다. 이것은 속명루(續命縷)와 같이 장수를 기원하는 뜻을 나타내는 복식의 장식품으로서, 대개 단오절(端午節)이나 황제의 생일 같은 특별한 날에 착용한다.

한 허리띠[鈿帶] 쉰 개, 연환벽구(連環臂韝)[11] 쉰 개, 장미수(薔薇水) 쉰 병(이것으로 옷을 빨면 일 년 내내 향기가 사라지지 않음), 동향(楝香), 백룡뇌(白龍腦), 백사탕(白砂糖), 백월낙(白越諾),[12] 유향(乳香), 무명이(無名異),[13] 온눌제(膃肭臍), 용연향(龍涎香, 용이 싸울 때 나오는 침을 백성들이 계책을 써서 얻은 것으로서, 대단히 특이한 향이 남)[14] 각각 열 석(石), 심지과(尋枝瓜, 아주 커서 하나를 열 명이 먹을 수 있음), 편도(扁桃, 생김새가 돌처럼 넓적하지만 아주 맛이 좋음), 천년조(千年棗),[15] 석류(石榴, 하나의 무게가 예닐곱 근쯤 됨.), 취과(臭果, 길이는 여덟아홉 치쯤 되고, 쪼개면 지독한 냄새가 남. 그 안에는 하얀색의 커다란 과육이 열네 근 내지 열다섯 근 정도 들어 있는데, 달콤하고 맛있음), 산자(酸子, 크기는 배만 하고 상큼한 향이 남), 포도(크기는 달걀만 하고 맛이 아주 좋음), 미채(美菜, 다른 품종으로서 예닐곱 자까지 자람), 이상의 품목 각기 백 꾸러미[擔].

삼보태감이 내저의 관리에게 진상품을 간수하라고 분부하자, 국왕이 또 병사들에게 나눠 주라면서 예물 목록을 바쳤다. 삼보태감이 받아 보고는 채소와 과일, 땔감, 쌀 외에는 조금도 받지 않았다.

---

11 '구(韝)'는 '구(講)' 즉, 활을 쏠 때 왼팔의 소매를 걷어 매는 띠를 가리킨다.

12 백월낙(白越諾)은 하얀색의 고급 천의 일종이다.

13 무명이(無名異)는 망간이 섞인 광석의 일종이다.

14 원문에는 이 뒤에 유향(乳香)이 한 번 더 적혀 있으나, 본 번역에서는 잘못 들어간 것으로 간주하여 삭제했다.

15 천년조(千年棗)는 무루자(無漏子) 또는 해조(海棗)라고도 부르는 대추야자의 별칭이다.

이어서 국왕이 삼보태감을 위해 잔치를 준비했다고 하여 가보니, 궁전 건물이 아주 잘 정비되어 있었다. 그걸 어떻게 알 수 있느냐고? 기둥의 지붕 받침은 마노로 만들었고, 사방의 벽은 녹감석(綠甘石)을 썼으며, 기와는 수정으로 만들었고, 벽돌은 녹석(碌石)[16]으로 만들었으며, 회반죽 대신에 활석(活石)을 갈아 사용했기 때문이다. 비록 천막과 비슷하기는 했지만 온갖 꽃무늬와 오색 빛깔로 휘황찬란하게 장식되어 있었다. 조정의 양쪽으로는 좌우 승상과 태위(太尉), 태보(太保)가 늘어서 있고, 문 아래쪽에는 건장하고 용맹한 정예병이 늘어서 있었다. 이에 두 사령관은 마음껏 술을 마시며 며칠 동안 그곳에 묵었다.

그 사이에 이웃에 있던 각 나라에서 항서를 바쳤다. 개중에는 고림(故臨) 왕국[17]이 있었는데, 사람들은 옻칠한 것처럼 시커멓고 싸움을 잘해서 도적질을 일삼았다. 그 나라 국왕이 중국의 함대가 수마트라에 왔다는 소식을 듣고 다음과 같은 진상품을 바쳤다.

해계서(駭鷄犀) 한 쌍(통천서[通天犀][18]를 가리킴. 거기에 쌀을 담아

---

16 녹석(碌石)은 공작석(孔雀石)이라고도 부르며, 안료(顏料)로 쓰거나 약재로도 활용된다.

17 고림(故臨, Kulam) 왕국에 대해서는 제9회의 각주 40)을 참조할 것.

18 통천서(通天犀)는 위아래가 관통된 물소의 뿔을 가리킨다. 갈홍(葛洪)의 《포박자(抱朴子)》〈등섭(登涉)〉에 따르면, 세 치 이상의 진짜 통천서 뿔을 물고기 모양으로 조각하고 그것을 입에 물고 물에 들어가면 물이 갈라져서 길이 생긴다고 하기도 했다.

닭에게 주면 닭이 쪼려다가 놀라 달아남), 용뇌향 두 상자(생김새는 운모[雲母]와 비슷하나 색깔은 눈처럼 희고, 향기를 십 리 밖에서도 맡을 수 있음).

또 메카[默伽] 왕국[19]이라는 곳은 원래 널따란 들판이었는데, 대식국(大食國)[20]에서 플라모[蒲羅哞]라는 조사(祖師)가 그곳으로 이주해 결혼해 살면서 스마엘[司麻烟]이라는 아들을 낳았다. 이 아들은 태어나자마자 이삼일 동안 울어 대면서 한쪽 다리로 땅을 쳤다. 그런데 그 자리에서 샘물이 솟아나 매일 흐르더니 큰 우물이 만들어졌다. 또 그 우물이 상당히 영험하여 바다를 항해하던 배가 풍랑을 만났을 때, 이 우물물을 몇 방울 떨어뜨리면 즉시 바람이 멈추었다고 한다. 어쨌든 이 나라 국왕이 중국의 함대가 수마트라에 왔다는 소식을 듣고 다음과 같은 진상품을 바쳤다.

다이아몬드 반지 한 쌍, 마륵금환(摩勒金環)[21] 한 쌍.

---

19 메카[默伽] 왕국에 대해서는 제9회의 각주 49)를 참조할 것.

20 대식국(大食國)은 당나라 때 사라센(Saracen) 제국을 지칭하던 것으로서, 이후로는 아랍 또는 이란 지역의 무슬림을 통칭하는 말로 쓰였다.

21 마륵(摩勒)은 자마금(紫磨金)이라고도 하며, 황금 가운데 가장 품질이 뛰어난 것을 가리킨다. 《송서(宋書)》 권97 〈이만전(夷蠻傳)〉 〈천축가비려국 (天竺迦毗黎國)〉에 따르면 원가(元嘉) 5년(564)에 이 나라의 국왕 월애(月愛)가 사신을 보내 상소문과 함께 다이아몬드 반지와 마륵으로 만든 금팔찌, 그리고 붉은색과 흰색 앵무를 각기 한 마리씩 바쳤다는 기록이 있다.

또 나쿠르[那孤兒]²² 왕국 즉 화면왕(花面王)의 왕국이 있다. 이곳
은 영토가 넓지 않고 백성도 겨우 천여 가구에 지나지 않았으며, 논
밭이 많지 않아 쌀이 나지 않아서 대부분 어업으로 생계를 꾸리고
있었으나, 풍속은 순박했다. 남자들은 모두 어려서부터 얼굴에 화
려한 짐승 문양으로 문신을 하고, 원숭이 같은 머리에 벌거벗은 몸
에 그저 허리에 천을 하나 둘렀으며, 여자들은 꽃무늬를 염색한 천
을 두르고 수건을 머리에 썼으며, 머리 뒤쪽으로 뾰족하게 머리카
락을 묶었다. 하지만 그들은 강도질도 하지 않고 거만하지도 않아
서 제법 예의를 알았다. 어쨌든 이 나라 국왕도 중국의 함대가 수
마트라에 왔다는 소식을 듣고 다음과 같은 진상품을 바쳤다.

초할우(稍割牛) 한 마리(뿔은 네 자쯤 되는데 열흘마다 한 번씩 잘라
주지 않으면 죽음. 사람이 그 피를 마시면 오백 살까지 살 수 있으며, 소의
수명도 그와 같음), 용뇌향 한 상자.

또 그 나라의 속국(屬國)으로 미스르[勿斯里]²³ 왕국이 있는데, 그
곳은 가뭄이 심한 땅이어서 대개 팔구십 년마다 한 번씩 비가 온다
고 했다. 그 나라에는 아주 영험한 강물의 신이 있다고 한다. 이삼

---

22 고아국(孤兒國)에 대해서는 제51회의 각주 1)을 참조할 것.

23 미스르(勿斯里, Misr) 왕국은 중국의 문헌에서 밀설(密徐籬) 또는 미사이
(迷思耳), 밀석아(密昔兒), 밀걸아(密乞兒) 등으로도 표기하며, 지금의 이집
트에 속하는 곳에 위치했던 옛 왕조이다.

년마다 머리카락이 온통 하얀 노인이 강 가운데 우뚝 서 있는데, 그
때 나라 안의 모든 이들이 그를 찾아가 절을 올리고 길흉화복에 대
해 묻는다고 한다. 그때 노인이 웃으면 그 해에는 풍년이 들고 만
사가 뜻대로 이루어지지만, 노인이 시름겨운 얼굴을 하고 있으면
그 해에는 기근과 전염병에 시달리고 되는 일이 하나도 없다고 한
다. 또 그 나라에는 영험한 탑이 하나 있는데, 그 꼭대기에 신령한
거울이 하나 있어서 멀리서든 가까운 곳에서든 전쟁이 일어날 조
짐이 보이면 먼저 거기에 그 모습이 비친다고 한다. 어쨌든 이 나
라 국왕도 중국의 함대가 수마트라에 왔다는 소식을 듣고 다음과
같은 진상품을 바쳤다.

화잠면(火蠶綿) 백 근(이것으로 솜옷을 만들 때는 한 냥[兩]만 써야 하
며, 조금이라도 양이 많으면 너무 더워서 감당할 수 없음)

또 우스리[勿斯離][24]라는 아주 작은 왕국이 있는데, 그곳 백성들
은 어업으로 생계를 꾸렸다. 그 나라에는 어떤 나무가 있어서 그
열매인 포로(蒲蘆)를 채취해 먹어도 이듬해에 다시 자라는데 그것

---

24 우스리(勿斯離)에 대해서는 미스르(勿斯里, Misr)를 가리킨다는 설도 있으
나, 그와는 다른 알 마우실(摩蘇爾, al-Mawsil)을 가리킨다는 설도 있다. 알
마우실은 지금의 이라크에 속한 도시로서 알 하드바(哈德巴, al-Hadba)라
고도 불리는 곳이다. 명나라 때인 1574년에 엄종간(嚴從簡: ?~?, 자는 중가
[仲可], 호는 소봉[紹峰])이 편찬한 《수역주자록(殊域周咨錄)》 권9 〈소문답랄
(蘇門答剌)〉에서는 수마트라 왕국이 나중에 우스리(勿斯離), 비파(弼琶), 우
바(勿跋) 등의 작은 왕국으로 나뉘었다고 했다.

을 마차택(麻茶澤)이라고 하며, 삼 년째에 다시 나는 것을 몰석자(沒石子)라고 불렀다.[25] 이 나라 사람들은 대개 그것을 좋은 먹을거리로 생각한다고 했다. 어쨌든 이 나라 국왕도 중국의 함대가 수마트라에 왔다는 소식을 듣고 다음과 같은 진상품을 바쳤다.

아말라카[奄摩勒][26] 열 쟁반(향기로우면서도 시큼한 맛이 아주 훌륭함), 바라밀 다섯 쟁반(크기는 말[斗]만 하고 맛이 좋음)

또 가즈니[吉慈尼][27] 왕국이라는 나라는 아주 추운 곳으로서, 봄에도 눈이 녹지 않았다. 그곳에서 나는 눈 구더기[雪蛆]는 크기가 표주박만 한데 아주 맛이 좋고, 열병에 걸린 사람이 먹으면 신통하

---

25 이것은 한의학에서 약재로도 쓰이는 몰식자(沒食子)를 가리킨다. 사실 이것은 과일이 아니라 몰식자봉(沒食子蜂)이라는 곤충의 유충이 나무에 기생하면서 분비한 액체가 식물의 세포 분열을 촉진함으로써 만들어진 혹인데, 이것을 말리면 작은 자루가 달린 둥근 과일 모양이 된다. 이것은 직경 2mm 전후이며, 표면이 회색 또는 회갈색이고 사마귀 같은 돌기가 나 있다. 이것은 대개 지사제나 지혈제, 진통제 등의 재료로 쓰인다.

26 아말라카(庵摩羅果, āmalaka)는 인도에서 나는 과일 이름으로서 중국의 문헌에서는 아마륵(阿摩勒), 암마륵(庵摩勒) 등으로 표기하기도 했다. 또 당나라 때 현장(玄獎)의 《대당서역기(大唐西域記)》에서는 아마락가(阿摩落迦), 《유마힐경(維摩詰經)》〈제자품(弟子品)〉에서는 암마륵과(庵摩勒果)라고 표기했다.

27 가즈니[吉慈尼, Ghazni]는 지금의 아프가니스탄 동부에 있던 옛 왕국이다. 송나라 때 주거비(周去非: 1135~1189, 자는 직부[直夫])의 《영외대답(嶺外代答)》과 조여적(趙汝適)의 《제번지(諸番志)》에서는 모두 "대식제국(大食諸國)" 항목 아래 이 나라에 대해 간략히 설명하고 있다.

게도 금방 낫는다고 한다. 이 나라 국왕도 중국의 함대가 수마트라에 왔다는 소식을 듣고 용연향 쉰 근을 바쳤다.

또 말라바[麻離板]²⁸ 왕국이라는 곳은 그런대로 풍족하게 사는 곳이었다. 귀족들은 금실로 꽃무늬를 수놓은 두건으로 머리를 싸매고 다녔고, 가난한 백성들 또한 꽃무늬를 염색한 두건을 쓰고 다녔다. 아낙들은 귀걸이와 팔찌를 하고 다녀서 중국과 비슷한 면이 있는 이 나라 국왕도 중국의 함대가 수마트라에 왔다는 소식을 듣고 다음과 같은 진상품을 바쳤다.

두라면(兜羅綿)²⁹ 열 필(匹, 폭은 네다섯 자, 두께는 다섯 푼[分]이고 뒷면에 털이 나 있으며, 이곳 말로는 모헤이모르[驀黑驀勒]라고 함), 잡다한 꽃무늬를 염색한 서양 비단 열 필, 얇은 천 쉰 필(긴 것은 대여섯 길이고 폭은 네 자 남짓이며, 종류는 대여섯 가지인데 값어치는 각기 다름)

또한 리데[黎伐]³⁰이라는 작은 나라는 백성이 겨우 이삼 천 가구

---

28 마리반(麻離板)은 인도 말라바(Malabar) 해안에 있던 고대 왕국을 가리키는 듯하다. 중국 고대 문헌에서는 마라발(麻羅拔), 마리말(麻哩抹), 무리발(無離拔), 남비무리발(南毗無離拔) 등으로 쓰기도 했다. 《원사(元史)》〈역묵미실전(亦黑迷失傳)〉에서는 팔라패(八羅孛)라고 했으며, 《대당서역기》에서는 말라구타(秣羅矩吒)라고 쓰기도 했다.

29 두라(兜羅)는 인도에서 자라는 면화의 일종으로서 투라(妒羅) 또는 두사(兜沙)라고도 부르는데, 이것으로 만든 천을 가리킨다. 원작에서는 두라금(兜羅錦)으로 되어 있으나, 본 번역에서는 《영애승람》을 근거로 수정했다.

30 원작의 여벌(黎伐)은 나쿠르 왕국의 서쪽, 지금의 인도네시아 메우레우두

밖에 되지 않고, 자기들 가운데 한 사람을 뽑아 두목으로 삼고 있었다. 이 나라는 수마트라 왕국의 사신들과 함께 중국에 들어와 조공을 바친 적도 있는데, 중국의 함대가 왔다는 소식을 듣고 다음과 같은 진상품을 바쳤다.

흰 설탕 다섯 꾸러미, 길패(吉貝)[31] 한 상자, 빈철(賓鐵) 열 꾸러미

한편 바그다드[白達][32] 왕국은 나라는 작지만 진귀한 보물이 많이 나는 곳이었다. 그곳 사람들은 연유[酥]를 먹고 얇은 밀가루 떡에 고기를 산 것을 아주 좋아하며, 대부분 하얀 천으로 머리를 싸매고 다녔다. 또 그 나라 사람들은 아주 사납고 용감해서 이웃 나라에서 감히 침략하지 못했다. 이 나라 국왕도 중국의 함대가 수마트라에 왔다는 소식을 듣고 다음과 같은 진상품들을 바쳤다.

금화 이천 개, 은화 오천 개(둘 다 구멍이 없고 앞면에는 미륵불을 새기고 뒷면에는 국왕의 이름을 새겼음), 오색의 옥 각기 다섯 단(端, 파랑과 노랑, 빨강, 흰색, 검은색이 모두 있음), 야광벽(夜光璧) 다섯 개(스무 길 남짓 빛이 비침), 하얀 유리 안장 하나(어두운 방 안에 두면 십

(Meureude)에 있던 리데(黎代, Lide) 왕국을 잘못 쓴 것인 듯하다.
31 길패(吉貝)에 대해서는 제32회의 각주 11)을 참조할 것.
32 백달(白達) 왕국은 지금의 이라크 바그다드(Baghdad)에 있던 고대 왕국이다.

여 길 둘레까지 밝은 빛이 비침)

두 사령관은 이 작은 나라들이 모두 진상품을 가져오자 무척 기뻐했다. 국왕이 간절히 그들을 붙들어두려 하자, 삼보태감은 좌우 선봉에게 분부하여 서양의 각 나라를 돌아보고 오게 했다. 대략 열흘 남짓 지나자 우선봉 유음이 라우리[南浡里]³³ 왕국의 국왕과 함께 왔다. 국왕이 상소문과 함께 항서를 바쳤는데, 그 내용은 이러했다.

라우리 왕국의 국왕 부스타나[ㅏ 失陀納]가 삼가 재배하며 위대한 명나라의 흠차정서통병초토대원수께 올립니다.

듣자 하니 하늘이 성스러운 지혜를 밝히시고 신들께서 도와주시면 반드시 못된 무리를 토벌하여 징벌하고 태평성대가 이른다고 하였습니다. 저희는 이역 땅 외진 곳에 살고 있으니 어찌 하늘의 뜻에 거역하는 분란을 일으키겠습니까? 이에 강맹한 군대 앞에 머리 조아리며 대국의 교화를 받고자 하옵니다. 도적들의 분란이 모두 사라지니 천지를 비추는 태양을 우러르며, 사나운 파도와 못된 물고기 발호하지 않으니 파도를 잠재우는 대해

---

33 라우리(南浡里, Lamnbri 또는 Lawri) 왕국은 13~15세기에 수마트라 섬 서부에 있던 작은 왕국으로서, 중국의 문헌에서는 난무리(蘭無里) 또는 남무리(南巫里)라고 쓰기도 했다. 영락 7년(1409)에 국왕이 수십 명의 신하와 함께 정화의 함대를 따라 북경에 와서 조공을 바치기도 했던 이 나라는 16세기 중엽에 나라 이름을 아체(亞齊, Aceh)로 바꾸었다. 이곳은 지금의 인도네시아 아체 강 입구의 쿠타라자(Kutaraja)에 해당한다.

의 역량을 알 수 있나이다. 깊은 연민을 앙망하며 한없이 기도하나이다.

이에 흥겨운 춤을 추며 영원한 사랑에 감사하옵니다!

삼보태감이 항서를 읽고 나자 다음과 같은 진상품을 바쳤다.

산예(狻猊)[34] 한 마리(태어난 지 이레가 되도록 눈을 뜨지 못한 새끼를 데려다 기르면 습성을 바꾸기 쉽지만, 그보다 조금 더 자라면 길들이기 어려움)

삼보태감은 그것을 받으며 무척 기뻐하며, 국왕에게 성대한 잔치를 베풀어 접대했다. 그런데 잔치가 끝나기도 전에 좌선봉 장계의 몇몇 친위병이 봉두난발이 되어 황급히 달려와 보고했다.

"큰일 났습니다. 재앙이 닥쳤으니, 이를 어쩌면 좋겠습니까?"

대체 무슨 일인지는 다음 회를 보시라.

---

34 산예(狻猊)는 원래 전설 속의 돌물로서 용이 낳은 아홉 마리 새끼 가운데 하나이며, 금예(金猊) 또는 영예(靈猊), 산예(狻麑)라고도 부른다. 그 생김새는 사자와 같아서 연기 속에 앉아 있기를 좋아하며, 호랑이나 표범 같은 맹수를 잡아먹는다고 한다. 다만 여기서는 사자의 일종을 가리키는 듯하다.

선봉장들은 출전하여 넋이 나가고
왕명은 은신초(隱身草)를 얻다

先鋒出陣掉了魂　王明取得隱身草

上將秉神略	대장군은 신기한 책략 지니고 있지만[1]
至兵無猛威	뛰어난 군대 맹위를 떨칠 기회 없구나.
三軍當嚴冬	삼군은 엄동설한에
一撫勝重衣	다들 겹겹이 껴입은 옷만 문지르고 있지.
霜劍奪衆景	서릿발 같은 칼날은 모든 빛을 무색하게 하고
夜星失長輝	밤의 별빛도 빛을 잃게 만들지.
蒼鷹獨立時	사나운 매 우뚝 서 있을 때
惡鳥不敢飛	감히 날아다닐 새가 어디 있으랴?

---

1 인용된 시는 당나라 때 시인 맹교(孟郊 : 751-814, 자는 동야[東野])의 〈하양
절도사 이 대부에게 올림[上河陽李大夫]〉이다. 이 대부는 이원순(李元淳)
으로서, 그는 정원(貞元) 4년(788)에 하양삼성회주도단련사(河陽三城懷州都團
練使) 겸 어사대부(御史大夫)가 되었고, 정원 12년에는 검교공부상서(檢校工部
尙書) 겸 하양삼성회주절도사(河陽三城懷州節度使)가 되었다.

武牢鎭天關	호뢰관(虎牢關)[2]은 하늘 관문을 걸어 잠그고
河橋紐地機	하교(河橋)[3] 험준한 요새를 통제하는 지도 리라네.
大將奚以安	대장이 어찌 편안할 수 있으랴?
守此稱者稀	이곳을 지켜내는 이는 드물었거늘!
貧士少顏色	가난한 이는 안색이 초췌하고
貴門多輕肥	부귀한 이는 대개 가벼운 털옷에 날랜 말을 타지.
試登山嶽高	높은 산에 올라 보면
方見草木微	비로소 초목이 하잘것없음을 알게 되지.
山嶽恩旣廣	산악이 베푼 은혜 드넓어
草木心皆歸	초목의 마음 모두 거기에 의지하지!

한편 장계의 친위병들이 황망히 보고했다.

"이번에는 보통 큰일이 아닙니다."

두 사령관이 깜짝 놀라서 물었다.

"대체 무슨 일이기에 그러느냐?"

친위병들이 황급히 무릎을 꿇고는 말도 하지 못하고 그저 가슴

---

2 호뢰관(虎牢關)은 지금의 허난성[河南省] 잉양[滎陽] 서북쪽의 쓰수이진[汜水鎭]에 있는 군사 요충지이다. 당나라 후기에는 피휘(避諱) 때문에 무뢰관(武牢關)으로 바꾸어 불렀다.

3 하교(河橋)는 지금의 허난성 멍현[孟縣] 서남쪽, 멍진현[孟津縣] 동북쪽의 황하에 놓인 다리로서, 당나라 때는 일반적으로 하양교(河陽橋)라고 불렸다.

만 치고 있자, 삼보태감이 물었다.

"설마 장 장군이 무슨 곤욕을 치른 것이냐?"

친위병들이 고개를 끄덕이자 삼보태감이 물었다.

"어느 나라에서 일어난 일이더냐?"

친위병들이 여전히 말을 하지 못하고 헝클어진 머리카락을 손으로 몇 번 털자, 삼보태감이 말했다.

"설마 살발국(撒髮國)이란 말이냐?"

친위병들이 고개를 다시 끄덕이자 왕 상서가 말했다.

"일단 자리에 앉아서 차분히 얘기해 봐라."

이에 그들이 정신을 가다듬고 숨을 고른 다음, 다시 보고하기 위해 자리로 나왔다. 삼보태감이 물었다.

"어느 나라이더냐?"

"살발국인가 하는 나라입니다."

"너희 장군이 어떻게 곤욕을 당했다는 것이냐?"

"장군님께서는 적에게 생포되셨습니다!"

"어쩌다가 그리되었느냐?"

"장군님의 실수가 아니라 하필 이상한 적수하고 맞부딪치는 바람에 그리되었습니다."

"그게 무슨 소리냐?"

"살발국에서 무슨 둥근 눈의 티무르[圓眼帖木兒]라고 하는 장수가 나왔는데, 말도 타지 않고 칼도 들지 않았습니다. 하지만 그가 이상한 물건을 두드리자 구리방울이 울리는 듯한 소리가 들렸는데, 그 소리가 세 번 울리자 장군께서 갑자기 말에서 거꾸로 떨어져서 그대로 사로잡혀 가버렸습니다."

왕 상서가 말했다.

"또 무슨 요사한 술법인가 보군요."

삼보태감이 말했다.

"살발국은 여기서 얼마나 멀리 떨어져 있느냐?"

"이레나 여드레쯤 가야 도착할 수 있습니다."

왕 상서가 말했다.

"길이 아무리 멀더라도 당장 군대를 정비해서 그곳으로 가야 합니다. 머뭇거릴 때가 아닙니다."

그 즉시 배를 출발하여 여드레쯤 가자 과연 어느 왕국이 나타났다. 그 나라의 바닷가에는 봉반관(鳳磐關)이라는 관문이 있었다. 그 안에는 성이 하나 있었고, 성 안팎은 모두 온몸이 시커멓고 머리카락이 시뻘건 백성들이 살고 있었다. 삼보태감이 왕 상서에게 물었다.

"이건 사람이 아닌데, 어떻게 여기까지 왔을까요?"

"기왕 잘못된 거 끝까지 가보는 수밖에 없는 마당이라, 저자들이 오지 말았어야 한다느니 하는 말은 아무 소용이 없을 것 같습니다."

"사람도 아니고 귀신도 아니고, 전쟁도 전쟁 같지 않으니, 이걸 어쩌면 좋겠소이까?"

"그렇긴 해도 일단 한 번 공격해서 어떻게 나오는지 봐야 하지 않겠습니까?"

삼보태감은 장수들에게 군대를 이끌고 출전하게 했지만, 사흘 내리 패전하면서 세 명의 장수만 잃고 말았다. 첫째 날은 정서유격장군 황회덕(黃懷德)이 출전했다가 오랑캐 장수가 그 물건을 세 번 두드리자 그대로 말에서 떨어져 생포되었고, 둘째 날은 우선봉 유음이 출전했다가 같은 신세가 되었다. 셋째 날은 낭아봉 장백이 출전했는데, 오랑캐 장수가 무언가를 두드리자 낌새를 눈치챈 그는 한 번 두드리는 소리가 울리자마자 재빨리 말머리를 돌려 돌아왔다. 하지만 그가 아무리 빨리 말을 달려도 결국 말에서 거꾸로 떨어지고 말았다.

삼보태감이 근심에 빠지자 왕 상서가 말했다.

"아무래도 이번 일은 국사님께 도움을 청해야겠습니다."

"일단 장 천사께 도움을 청하고, 저쪽에서 어떻게 나오는지 봅시다."

"연달아 몇 번을 패했으니 일이 아주 급하게 되었습니다. 그러니 아무래도 국사님께서 나서 달라고 청하는 게 낫지 않을까요?"

그들이 찾아가자 벽봉장로가 말했다.

"선재! 선재로다! 이건 도저히 거절할 수 없는 일이구려."

그러면서 그는 속으로 생각했다.

'간밤에 천문을 살펴보니 교두대소성(翹頭大掃星)이 나타났던데, 거기에 맞춰서 우리 함대에서 괜찮은 사내를 하나 골라 공을 세워 상을 받게 해야겠구나. 그런데 누가 거기에 맞을지 모르겠구나.'

그가 한참 생각에 잠겨 말이 없자, 두 사령관은 그저 그가 정신을 가다듬고 있는 줄로만 알았지 그런 고심을 하고 있는지 모르고, 좋은 대책이 없겠느냐고 재촉했다.

"사령관, 저한테 영전(令箭)을 하나 빌려주시구려."

삼보태감이 즉시 하나를 꺼내 바치자, 벽봉장로가 받아 들고 호위병을 불러 그 화살을 주며, 각 군영에 그걸 보이면서 모든 새소리를 알아들을 수 있는 사람이 있으면 불러오라고 분부했다. 얼마 후 어느 병사가 그 화살을 들고 중군 막사로 찾아와 고개를 조아렸다. 벽봉장로가 물었다.

"그대 이름은 무엇인가? 지금 어디에 소속되어 있는가?"

"저는 왕명(王明)이라고 하옵고, 원래 남경 용탄좌위순라(龍灘左衛巡邏)에 소속된 병졸이옵니다."

"지금은 어디 소속인가?"

"전영대도독 왕량 장군의 부하로 있사옵니다."

벽봉장로가 살펴보니 왕명은 제비 같은 목에 호랑이 수염을 하고 있었으며, 키는 아홉 자에 얼굴은 보름달처럼 둥글고 눈동자는 유성처럼 밝았다.

'과연 쓸 만한 자로구나.'

다시 지혜의 눈을 뜨고 살펴보니 과연 그는 교두대소성이 인간의 몸을 빌려 태어난 존재였는지라, 벽봉장로는 아주 기뻤다. 잠시 후 그가 다시 물었다.

"그대가 모든 새소리를 알아들을 수 있다고 했는가?"

"예. 나리들 앞인지라 감히 허풍을 치지 못하오나, 예로부터 지금까지 새의 소리를 알아들을 수 있는 사람은 둘밖에 없었습니다."

삼보태감이 물었다.

"그게 누구더냐?"

"옛날 공자의 제자였던 공야장(公冶長)[4]과 여기 있는 저뿐입니다."

"공야장도 새소리를 알아들었다는 게냐?"

"그렇습니다. 그와 관련해서 이런 이야기가 있습니다. 어느 날 공야장이 사촌 동서인 남궁괄(南宮适)[5]과 한담을 나누다가 어떤 새가 지저귀는 소리를 듣고 이렇게 말했습니다.

'여보게, 잠깐 앉아 계시게. 양을 한 마리 가져와서 양고기 국수[羊肉麵]를 만들어 줄 테니, 먹고 가시게.'

그리고 정말 잠시 후에 통통하게 살찐 양을 한 마리 끌고 오더니 양고기 국수를 만들어 둘이 배불리 먹었습니다. 그런 다음에 남궁괄이 물었습니다.

---

4 공야장(公冶長: 기원전 519~기원전 470)은 자가 자장(子長) 또는 자지(子芝)이며 춘추시대 제(齊)나라 사람이다. 공자의 문하에서 뛰어난 인물로 꼽히는 일흔두 명 가운데 스무 번째로 꼽히는 그는 재능과 덕망을 겸비하여 공자가 사위로 삼았다.

5 남궁괄(南宮适: ?~?, 자는 자용[子容])은 노(魯)나라 사람으로서 남궁적(南宮適) 또는 남용(南容)이라고도 불렀다. 공자가 '군자(君子)'라고 평가하면서 자신의 질녀의 남편으로 삼기도 했던 그는 당나라 때 정백(鄭伯)에 봉해졌고, 송나라 때는 공구후(龔丘侯)에 봉해졌다가 나중에 여양후(汝陽侯)로 바뀌었다.

'형님, 그런데 이 양은 어디서 난 겁니까?'

'조금 전에 그 새가 나보고 끌고 오라고 하더구먼.'

'아니, 그게 무슨 말씀입니까?'

'아까 그 새가 지저귀는 소리는 바로 '공야장, 공야장, 남쪽 산발
치에 양이 한 마리 있으니, 당신은 고기를 먹고 나는 내장을 먹읍시
다!'라는 뜻이었네. 그러니 나더러 그 양을 끌고 오라는 소리가 아
닌가?'

'거 참 신기한 일이로군요! 알고 보니 형님은 새소리를 알아들을
줄 아셨군요.'

그러고 나서 둘은 잠시 한담을 나누다가 헤어졌습니다. 하지만
그 새는 내장을 먹지 못했기 때문에 원망을 품었습니다. 그래서 어
느 날 또 이렇게 지저귀었습니다.

'공야장, 공야장, 북쪽 산발치에 양이 한 마리 있으니, 당신은 고
기를 먹고 나는 내장을 먹읍시다!'

공야장은 저번에 아주 맛있게 먹었던 일이 생각나서 서둘러 북
쪽 산발치로 달려가 이리저리 살펴보았습니다. 하지만 양은 보이
지 않고, 죽어 있는 사람만 하나 있었습니다. 그런데 그 지역 사람
들이 그가 살인을 저질렀다며 관청에 고발하는 바람에, 그는 삼 년
동안 옥살이를 해야 했습니다. 그래서 공자께서도 '공야장은 비록
옥에 갇힌 적이 있지만, 그 죄는 날아다니는 놈 때문이다.[6]'라고 하

---

6 이 부분의 원문은 "公冶長雖在縲絏之中, 飛其罪."인데, 이것은 《논어》〈공
   야장(公冶長)〉에 들어 있는 "공야장은 비록 옥에 갇힌 적이 있지만, 그의 죄

셨습니다. 공자께서 말씀하신 '날아다니는 놈'은 바로 공야장을 놀린 새를 가리키는 것이니, 그 죄는 하늘에서 날아내린 것이라는 뜻입니다. 어쨌든 이 이야기는 공야장이 새소리를 알아들었다는 것을 말해 주지 않습니까?"[7]

삼보태감이 물었다.

"그럼 너는 공야장에 비해 어느 정도이냐?"

"저는 공야장보다 더 잘 알아듣는 정도는 되는데, 그보다 못하지는 않습니다."

"그걸 어떻게 알 수 있느냐?"

때문이 아니다. [公冶長雖在縲絏之中, 非其罪也.]"라는 구절에서 나온 것이다. 즉 '비(非, fēi)'와 '비(飛)'의 중국어 발음이 같다는 것을 이용한 말장난인 것이다.

7 이상의 이야기는 명나라 때 동사장(董斯張: 1587~1628, 원명은 사장[嗣章], 자는 연명[然明], 호는 하주[遐周] 또는 차암[借庵])이 편찬한 《광박물지(廣博物志)》에 수록된 이야기를 변형한 것이다. 《광박물지》에 따르면 공야장이 벼슬이 없어 먹고살기가 힘들 때 참새가 날아와서 남산에 호랑이가 양을 끌어다 놓았으니 얼른 가져오라고 했다. 이에 그가 산속으로 들어가서 정말 큰 양을 한 마리 얻었다. 그런데 양을 잃은 주인이 그의 집에서 뿔을 발견하고 그가 양을 훔쳤다고 고발하자, 노(魯)나라 군주가 그를 옥에 가두었다. 얼마 후 참새가 다시 옥에 찾아와서 제(齊)나라가 침략할 테니 서둘러 막아야 한다고 했다. 공야장에게서 그 얘기를 전해 들은 간수가 보고했지만, 노나라 군주는 믿지 않았다. 하지만 얼마 후 과연 제나라 군대가 침공해 오자, 군주는 공야장에게 군대를 이끌고 나가서 대적하게 했다. 이 전투에서 승리하여 그는 석방되었고, 군주가 대부(大夫)의 벼슬을 내리려 했으나 그는 날짐승 덕분에 벼슬살이하는 것은 창피한 일이라고 생각해서 사양했다. 이 때문에 결국 후세에는 새소리를 알아듣는 방법이 전해지지 않았다는 것이다.

"저는 평생 고기만 먹었지만 여태 벌을 받아 본 적은 없습니다. 지금까지도 공야장 얘기만 할 뿐, '종실의 친척이 양 때문에 통곡하는[宗政哭羊]'[8] 짓은 하지 않습니다."

왕 상서가 말했다.

"얘기는 그럴듯하게 잘했다만, 글자의 뜻은 좀 불분명하구나."

"글자의 뜻은 그렇지만, 발음은 알아들을 수 있지 않습니까?"

그러자 벽봉장로가 말했다.

"말만 가지고는 믿기 어려우니, 직접 보여주게. 그대가 새소리를 잘 알아듣는다고 했는데, 그럼 봉황의 알 두 개를 찾아와 보게. 알들 가운데 하나는 수컷이고 하나는 암컷이어야 하지. 짧은 시일 안에 제대로 찾아온다면 후한 상을 내리겠네."

그 말을 듣고 왕명이 생각했다.

'봉황은 모든 새의 왕이라 찾기도 어려운데, 심지어 그 알을 어떻게 찾아? 게다가 알도 찾기 어려운데, 하나는 수컷이고 하나는 암

---

8 '종정곡양(宗政哭羊)'은 《백가성(百家姓)》에 나열된 복성(複姓) 가운데 "담대 공야(澹臺公冶), 종정복양(宗政濮陽)"을 잘못 알아듣고 멋대로 만들어 낸 구절이다. 종정(宗政)은 복성이기도 하지만 종정(宗正)과 같은 뜻으로 쓰이기도 한다. 종정(宗正)은 진(秦)나라 때부터 동진(東晉) 때까지 황제의 친족이나 외척 등을 관리하는 일을 담당했던 관직 이름으로서 종백(宗伯)이라고도 하는데, 대개 이 벼슬 역시 황실의 친족에게 주어졌다. 여기서 왕명은 공야장이 '소왕(素王)' 공자의 사위이고, 또 노나라 군주로부터 여러 차례 대부(大夫) 벼슬을 내리겠다는 제안을 받은 적이 있기 때문에 그를 '종정'이라고 부른 듯하다. 또한 '복양(濮陽, púyáng)'을 발음이 비슷한 '곡양(哭羊, kūyáng)'으로 바꿔서 이런 묘한 구절을 만들어냈다. 그렇기 때문에 왕 상서도 "글자의 뜻이 좀 불분명하다."라고 했던 것이다.

컷이 든 걸 찾아야 한다고?'

그는 아무리 생각해도 찾기 어려울 것 같았지만, 말로는 문제없다고 했다.

"봉황은 저도 압니다만, 그 알을 금방 찾기는 어렵습니다. 나리, 며칠만 시간을 주십시오."

"그건 급히 쓸 데가 있어서 찾는 것인데, 어떻게 시간을 넉넉하게 줄 수 있겠는가?"

"아무래도 이 나라에는 봉황이 없을 것 같아서 드리는 말씀입니다."

"저기 관문 이름이 봉반관이라고 하지 않았는가? 만약 이 나라에 봉황이 없다면 어찌 그런 이름을 붙였겠는가?"

"그래도 금방 찾을 수는 없으니, 그러면 나리의 대사를 그르치게 되지 않겠습니까?"

"한 가지 더 알아둘 게 있네. 봉황의 알을 찾지 못하면 황새 둥지[9]

---

9 황새 둥지[老鸛窩]는 꿈에라도 돌아가고 싶은 고향을 의미한다. 명나라 때 산서(山西) 홍동현(洪洞縣)에 있는 광제사(廣濟寺) 산문 옆에 오래된 홰나무가 있었는데, 근처의 분하(汾河) 모래밭에 있던 황새들이 그 나무에 여러 층의 둥지를 틀었다. 오랜 세월이 흐른 뒤에, 특히 겨울이 되어 나뭇잎이 다 떨어질 때면 가지에 걸린 그 둥지들이 특히 장관을 이루었다. 그런데 명나라 초기에 백성들을 강제 이주시킬 때 관청에서는 그 나무 아래 이주시킬 백성들을 모아놓고 이주할 지역을 안배했다. 그러다가 백성들이 해당 지역으로 떠날 때가 되면 차마 발걸음을 옮기지 못하고 계속 뒤를 돌아보게 되었는데, 그때마다 눈에 보이는 것이라고는 그 나뭇가지에 걸린 그 둥지들뿐이었고, 이 때문에 그것은 꿈속의 영혼이 되어서라도 돌아가고 싶은 고향의 표지가 되었다고 한다.

의 알이라도 괜찮네."

'그거라면 어렵지 않지.'

왕명은 즉시 "예!" 하고 물러나, 마치 교룡이 물에서 나오듯이 팔을 쭉 펴며 호랑이가 산으로 돌아가듯이 씩씩하게 걸어갔다. 그렇게 몇 리쯤 가자 멀리 높은 산이 하나 보였다. 가까이 다가가서 살펴보니 산발치에 '봉황산(鳳凰山)'이라는 글씨가 커다랗게 새겨진 돌비석이 하나 서 있었다. 그는 무척 기뻐하며 생각했다.

'폐하의 홍복과 국사님의 오묘한 법력 덕분이로구나! 이 산이 봉황산이라면 여기에 분명 봉황이 살 테지.'

그리고 고개를 들어 살펴보니 과연 멋진 산이었으니, 이를 증명하는 시가 있다.

鳳去空山歲月深	봉황 떠난 빈 산에 세월이 깊었는데
偶來春色趁登臨	우연히 봄날에 거기 오르게 되었지.
孤根天造分南北	외로운 나무뿌리 저절로 남북을 나누고
絶壁潮生自古今	절벽에서는 예로부터 지금까지 파도가 일어나지.
便欲振衣凌蜃閣	옷자락 떨치고 신기루에 오르려 하니
將困搔首借鰲簪	머리 긁기 곤란하여 거북의 비녀 빌리지.[10]
他鄕愁見天連水	타향에서 시름겨워 살펴보니 하늘은 수평

---

10 이 구절의 의미는 정확히 알 수 없다. 다만 본문의 오잠(鰲簪)은 종종 봉래산(蓬萊山)을 가리키는 뜻으로 쓰이기도 한다.

선에 닿아 있어

不盡蒼茫故國心　　아득한 향수를 달래지 못하겠구나.

왕명이 잠시 살펴보니 산꼭대기에 나무가 하나 서 있는데, 그 생김새가 상당히 괴상했다. 왜냐? 둘레는 네다섯 자요, 높이는 수십 길인데, 줄기는 마치 창처럼 반듯하게 서 있었다. 그리고 꼭대기에는 가지와 잎이 무성해서 마치 허공에 걸린 우산 같았다. 그리고 그 위에는 어느 한쪽으로 치우치지도 않고 삐딱하게 비틀어지지도 않도록 반듯하게 둥지가 하나 있었다. 그는 그것을 한참 쳐다보다가 중얼거렸다.

"나무는 이렇게 기이한데 둥지는 저렇게 반듯하니, 분명 봉황의 둥지일 거야. 봉황의 둥지라면 보물을 넣어두려고 저걸 만들었겠지. 그러니 알뿐만 아니라 보물도 들어 있을 거야. 일단 올라가서 살펴보자. 봉황 둥지가 아니라면 다시 찾아보면 되지 뭐!"

그는 서둘러 외투를 벗고 나막신을 벗은 다음, 나무줄기를 단단히 끌어안고 온 힘을 다해 올라갔다. 꼭대기에 올라가 보니 과연 둥지가 하나 있기는 한데, 그 안에 어떤 새도 들어 있지 않아서 봉황의 둥지인지도 알 수 없었다. 게다가 둥지 속은 텅 비어 있어서 괜히 생고생만 하고 만 셈이 되었다. 하지만 그는 올라가느라 너무 힘이 들어서 팔다리에 맥이 다 풀렸기 때문에, 잠시 나뭇가지 위에서 그대로 쉬기로 했다. 그런데 그때 그 둥지 안에서 무언가 번쩍거리는 것 같았다. 하지만 막상 다시 살펴보니 아무것도 보이지 않는 것이었다.

'혹시 보물이 반짝였을까? 둥지를 뜯어서 살펴봐야겠어.'

그는 둥지를 이리저리 주무르며 하나씩 뜯어냈다. 한참 뜯어내다 보니 길이는 두 자가 채 되지 않지만 밝은 빛이 나는 깜찍한 풀이 하나 보였다. 그가 손에 들고 이리저리 살펴보니, 보면 볼수록 마음에 들었다. 그는 그걸 잘 떼어내며 중얼거렸다.

"생김새는 우리 남경의 우근초(牛筋草)[11]하고 비슷한데, 투구를 묶는 끈으로 쓰면 딱 좋겠구나."

그러면서 그는 그 풀을 머리에 묶었다. 그는 그것이 그저 좀 특이한 풀이라고만 생각하고 손안에서 이리저리 뒤집으며 갖고 놀았다.

그런데 그때 나무 아래에 어느 나무꾼이 있었다. 그가 문득 고개를 들고 살펴보니 나무 위에 누군가 앉아 있는데, 금방 보였다가 또 금방 사라지는 것이었다.

'이렇게 줄기가 매끈한 나무를 어떻게 올라갔지? 그런데 저게 사람이라면 어떻게 잠깐 보였다가 또 사라질 수 있는 거지? 아하! 봉황산은 원래 신선이 출몰하는 곳이지! 오늘 내가 인연이 있어서 하늘나라에서 내려온 신선을 만나게 되었나 보다. 이 좋은 기회가 생겼으니 저분을 그냥 보내서는 안 되지!'

---

11 우근초(牛筋草)는 벼과(Gramineae)의 일년생 풀로서 천천답(千千踏) 또는 첨자초(忝仔草)라고도 부른다. 이 풀은 종종 해열제나 황달(黃疸), 이질(痢疾) 등의 치료제로 쓰이기도 한다.

나무꾼은 낫을 내려놓고 공손히 머리를 조아려 절을 올렸다. 그는 네 번의 절을 올린 다음 큰 소리로 불렀다.

"나무 위의 신선님, 부디 제게 가르침을 내려 주십시오!"

왕명은 절을 올리는 나무꾼을 보고 미친놈이려니 생각하고 있었는데, '신선' 어쩌고 하는 소리를 듣자 이내 그가 자신을 신선으로 착각했음을 눈치챘다. 그는 손에 든 풀로 나무꾼을 가리키며 말했다.

"나는 신선이 아니오."

나무꾼은 갑자기 왕명의 모습이 사라지자 다급하게 고함을 질렀다.

"신선님, 왜 갑자기 사라지신 겁니까? 설마 제 인연이 아직 모자라다는 것입니까?"

왕명이 그 풀을 내려놓자 나무꾼이 다시 절을 올리며 말했다.

"신선님, 다시 나타나셨군요. 역시 제가 인연이 조금 있는 모양입니다."

그러자 왕명은 이상한 생각이 들었다.

'풀을 들면 저 사람이 내가 보이지 않는다고 하고, 풀을 내려놓으면 다시 나타났다고 하잖아? 혹시 이 풀이 무슨 수작을 부린 건가? 어디 다시 한번 시험해 보자.'

그가 다시 풀을 들자 나무꾼은 역시 그가 사라졌다고 하고, 풀을 내려놓자 또 나타났다고 좋아했다. 그제야 그는 이 풀이 보물이라는 것을 알았지만, 마땅한 이름이 없다는 점이 마음에 걸렸다.

'이건 본래 풀인데 내 몸을 숨겨주는 효능이 있으니까, 이제부터 은신초(隱身草)라고 부르도록 하자.'

그렇게 생각하고 있는 차에 나무 아래의 나무꾼이 또 소리쳐 물었다.

"어느 신선이신지요? 제게 가르침을 내려 주십시오!"

왕명은 꾀를 생각해내고 곧 신선인 척하며 아래쪽을 향해 물었다.

"뭐라고 하는 것인가?"

"어느 신선이신지 여쭈었습니다요."

"너는 잘 모를 것이다. 나는 두라천(兜羅天)의 대락천선(大樂天仙)이니라. 오늘 일이 조금 있어서 이 산에 오게 되었느니라."

"신선한테도 일이 있습니까?"

"반도연(蟠桃宴)[12]에서 옥황상제께 바칠 봉황의 알을 두어 개 찾으려고 이 산에 왔노라."

그런데 공교롭게도 나무꾼이 이렇게 말하는 것이었다.

"이 산은 봉황산이라고 하온데, 여기에 봉황의 굴이 있사옵니다. 그러니 봉황의 알이라면 수없이 많아서, 원하시는 대로 얻고도 남을 것이옵니다."

'옳거니! 오늘은 그야말로 일거양득이로구나!'

---

12 반도연(蟠桃宴)은 서왕모(西王母)가 요지(瑤池)에서 하늘나라의 신령한 복숭아인 반도(蟠桃)를 따서 신선들과 함께 먹기 위해 마련한 잔치라고 한다.

그가 풀쩍 뛰어 내려오자, 그를 진짜 신선으로 여긴 나무꾼이 다급히 큰절을 올렸다.

"일어나라. 오늘 나를 만나게 된 것도 네게 인연이 있기 때문일 테지."

그러자 나무꾼이 무척 기뻐하며 말했다.

"신선님, 제가 가서 봉황의 알을 가져다드리겠습니다. 작은 성의로 받아 주십시오."

"그럼, 나하고 함께 가자꾸나."

그리고 그는 나무꾼을 앞장세우고 따라갔다.

알고 보니 이 봉황은 나무 위나 풀숲에 있었던 게 아니었다. 한참을 걸었는데도 봉황의 굴이 나오지 않자 왕명이 물었다.

"혹시라도 거짓말을 했다면 곤란해질 거야."

"제가 오늘 요행히 신선님을 만나게 되었는데, 어찌 감히 거짓말을 해서 화를 자초하겠습니까?"

"그래, 얼마나 더 가야 하느냐?"

"바로 여깁니다. 여기는 월혈봉(月穴峰)이라는 곳인데, 이 오동나무 아래가 바로 그곳입니다."

"어디 꺼내 봐라."

나무꾼은 "예! 예!" 하며 커다란 바위틈에 두 손을 집어넣고 한참 동안 이리저리 더듬더니 알을 하나 꺼냈다. 그리고 또 한참이 지나서 또 하나를 꺼냈다.

왕명이 받아서 살펴보니 그 두 개의 알은 오색 꽃무늬가 들어 있고 찬란한 노을빛이 피어나서 너무나 사랑스러웠다.

'봉황 알은 얻었는데, 이렇게 많은 절을 올리고 고생하며 이걸 구해 준 이 사람을 그냥 보낼 수는 없지 않은가?'

그는 잠시 고개를 숙이고 생각하다가 한 가지 꾀를 떠올렸다.

"여보게, 이리 좀 와 보게. 내가 해줄 말이 있네."

나무꾼이 다시 무릎을 꿇으며 물었다.

"무슨 분부가 계시옵니까?"

"오늘 자네는 인연은 있지만 복은 아직 모자라네."

"그게 무슨 말씀입니까?"

"내가 이 봉황 알을 구하려고 서둘러 오는 바람에 신선의 보물이나 과일 같은 것을 챙겨 오지 못했다네. 그래서 자네한테 감사할 물건이 없으니 복이 아직 모자라다고 한 걸세."

그러자 나무꾼이 속으로 생각했다.

'천신만고 끝에 신선을 만났는데 빈손으로 돌아가라니, 이게 말이 돼?'

하지만 그가 고개를 들고 돌아보니 온 산에 바위들만 어지러울 뿐이었다. 그는 평생의 힘을 다 끌어내서 팔구십 근이나 나가는, 푸른 이끼 자국이 선명한 바위 하나를 들어다가 왕명의 앞에 놓으며 말했다.

"신선님, 저도 별다른 사례는 바라지 않습니다. 다만 신선들은 돌을 금으로 바꾸는 능력이 있다고 들었사오니, 이 돌을 금덩어리로 바꿔 주십시오. 다는 아니더라도 칠팔 할 정도만 금으로 바꿔 주셔도 됩니다."

그러자 왕명은 깜짝 놀랐다. 이런 큰 돌뿐만 아니라 조그마한 자갈 하나도 금으로 바꿀 수 없는데, 이 일을 어쩌면 좋단 말인가! 하지만 그는 영활한 머리를 타고난 덕분에 금방 거짓말로 둘러댈 수 있었다.

"여보게, 잘 모르는 모양인데, 옛날 신선들은 이런 일을 하곤 했지만, 요즘 신선들은 다들 마음을 가다듬어서 이런 일은 하지 않는다네."

"아니, 왜 요즘 신선들은 달라졌다는 말씀입니까?"

"달라진 게 아니라네. 옛날에 여동빈 노조께서 악양루(岳陽樓)에서 술을 마시다가 제법 많은 술값을 빚졌다네. 그래서 땅바닥에 있던 청석(靑石)을 발견하고, 곧 자기 호로에서 녹두알 만 한 금단(金丹)을 하나 꺼내서 그 돌에 묻혔지. 그러자 잠시 후 그 돌이 노란 황금으로 변해서, 그걸로 술값을 냈다네. 하지만 낙양 땅에서 여러 차례 취하도록 마셔도 알아보는 사람이 없어 그분은 홀연히 동정호(洞庭湖)를 날아 건넜다네. 호수 중간에 이르렀을 때 동정호의 신이 그를 초청해서 차를 마시면서 물었지.

'조금 전에 술값으로 준 금덩어리는 나중에 다시 돌로 변하겠지?'

'오백 년 뒤에는 다시 돌이 될 걸세.'

'어이쿠, 이 양반아! 눈앞의 부귀만 탐하다가 오백 년 뒤의 중생을 그르쳤구먼!'

그 말을 들은 여동빈은 깜짝 놀랐지.

'일깨워주셔서 고맙소이다!'

그는 바로 그 자리에서 공덕을 증명하기 위해 단단히 맹세했다네.

'이후로 다시는 돌을 금으로 만들지 않겠소!'

그러자 동정호의 신이 이렇게 말했다네.

'그렇지. 자네도 요즘 신선들처럼 재물을 챙기는 주문 따위를 외는 것을 배워서는 안 되지!'

'요즘 신선들이라면 내 후손들인데, 만약 돌을 금으로 만드는 자가 있다면 즉시 속세로 떨어뜨려 영원히 신선 세계로 들어오지 못하게 해버리겠소!'

이렇게 여동빈 조사가 단단히 맹세했기 때문에, 이후의 신선들은 이런 일을 하지 않게 되었던 것일세."

"신선님, 돌을 금으로 만들어 주시지는 않더라도, 저와 한 번 만났다는 사실을 잊지 말아 주십시오."

이에 왕명이 또 거짓말로 둘러댔다.

"내일 다시 여기로 오게. 내가 불로장생의 단약을 한 알 가져다 주겠네."

나무꾼은 그 말을 진짜로 여겼다.

'금은 죽은 보물이니, 설령 신선께서 이 돌을 금으로 만들어 주시더라도 내 연분이 얕다면 나중에 다 쓰지도 못할 거야. 차라리 신선의 단약을 먹고 반로환동(反老還童)하여, 흰머리가 검어지고 천년만년 수명을 누리는 게 훨씬 낫겠지!'

이에 그는 무척 기뻐하며 말했다.

"단약을 내려 주신다면 더욱 좋겠지요. 다만 약속을 저버리지 말아 주십시오!"

"남아일언중천금(男兒一言重千金)일세. 하물며 하늘나라의 천선이 약속을 어길 리 있는가? 황석공(黃石公)이 무너진 다리에서 했던 일[13]을 떠올려 보게. 어쨌든 내가 기다리지 않게 조금 일찍 오기나 하게."

왕명의 거짓말을 알아챌 리 없는 나무꾼은 뛸 듯이 기뻐서 흥얼흥얼 노래를 부르며 집으로 돌아갔다.

나무꾼에게서 벗어난 왕명은 보물도 얻고 봉황 알도 얻어서 더욱 기분이 좋았다.

'이 알을 가져가서 국사님께 보고하면 후한 상을 내리실 테니 마음껏 즐길 수 있겠지. 그리고 이 은신초를 이용해 적장의 목을 베는 공을 세우면, 벼슬을 얻어 넉넉하게 살면서 부모님도 영광을 누리시고 처자식한테도 음덕을 쌓게 되겠지.'

그는 너무나 기분이 좋아서 시간이 얼마나 되었는지, 발길이 어디로 향하는지도 몰랐다. 그러다가 문득 고개를 들어 살펴보니 어느새 해가 저물어 사방에서 어둑한 구름이 피어나고 있었다. 그는 당황해서 잠시 걸음을 멈추고 주위를 살펴보았다. 날은 저물었는데 사방에 잠잘 곳도 없었다. 어쩔 수 없이 다시 몇 걸음 앞으로 나

---

13 황석공(黃石公)의 일에 대해서는 제42회의 각주 101)을 참조할 것.

아가니 멀리 어느 가게가 보였다.

'다행히 여기에 묵을 곳이 있구나.'

그가 잰걸음으로 다가가며 살펴보니, 그것은 가게가 아니라 패루(牌樓)였다. 그 안쪽에 있는 건물을 보니 바로 어느 사당이었다. 대문에는 커다란 글씨로 '의용무안왕(義勇武安王)'이라고 적힌 현판이 걸려 있었다. 사당 안에는 봉황의 눈과 누에 같은 눈썹, 붉은 대추 같은 얼굴에 긴 수염을 휘날리는 관제(關帝)가 모셔져 있었다.

"관제님, 정말 영험하시군요! 서양 오랑캐 땅에도 관제님을 모시는 사당이 있을 줄이야! 정말 십만 리 밖을 환히 보는 눈과 하루에 구천 개의 계단을 오르는 능력을 지니신 분이십니다. 저는 어쩔 수 없이 오늘 나리의 사당에서 하룻밤 묵어가야겠습니다."

그는 얼른 무릎을 꿇고 머리를 몇 번 조아린 다음 이렇게 기도했다.

"위대한 명나라 황제 폐하의 흠차정서대원수 휘하의 병사 왕명이 국사님의 분부로 봉황의 알을 찾아 이 산에 왔는데, 어느새 날이 저물어 앞길이 막막해졌습니다. 어쩔 수 없이 나리의 사당에서 하룻밤을 묵어야겠는데, 혹시 밤사이에 오랑캐 장수가 이곳에 오게 되면 저 혼자 힘으로는 막을 수 없사오니, 부디 나리의 위엄과 신령함으로 보호해 주시옵소서!"

그런 다음 그는 커다란 돌 판자를 사당 문에 기대 세우고 곧 바닥에 누웠다.

그가 잠이 든 후 일경이 될 때까지는 아무 일도 일어나지 않았고, 이경이 되었을 때도 조용했다. 그런데 그가 한창 꿈속에 빠져 있던 삼경 무렵이 되었을 때, 갑자기 관성대제(關聖大帝)가 호통을 쳤다.

"누가 내 사당을 더럽히느냐?"

그러자 주창(周倉)[14]이 보고했다.

"교두대소성이 와 있사옵니다."

"무슨 일로 온 것이더냐?"

"봉황의 알을 찾으러 왔다가 오게 되었습니다."

"저자의 몸에서 빛나는 저것은 무엇이냐?"

"은신초입니다."

"그 보물을 얻었다면 서양에서 수행할 임무의 성공 여부는 태반이 저자에게 달렸구나. 다만 출신이 미천하고 체력이 모자라고 칼솜씨가 능숙하지 않아. 창아, 이리 좀 와 봐라."

"예! 무슨 분부가 계십니까?"

"네 두 팔의 힘을 저자에게 빌려주어라. 그리고 내 도법(刀法)을 전수해 주도록 해라."

"알겠습니다!"

주창은 즉시 왕명을 일으키더니 그의 두 어깨에 각기 세 번씩 주

---

14 주창(周倉: ?~220, 자는 원복[元福])은 소설 《삼국지연의》에 등장하는 관우의 충성스러운 부하이다. 우람한 키에 시커먼 얼굴, 덥수룩한 수염을 가진 것으로 묘사된 그는 관우가 피살되자 스스로 칼로 목을 그어 자살했다. 이후 각 지역의 관제묘(關帝廟)에는 관우의 신상 옆에 관우의 아들인 관평(關平)과 주창의 신상이 호위하듯이 세워지게 되었다.

먹을 치며 소리쳤다.

"칼을 받아라!"

그리고 관제의 칼을 그의 손에 쥐어주고, 그의 팔을 잡은 채 몇
바퀴 돌렸다. 그런 다음 그 칼로 왕명의 머리를 치자, 그는 마치 제
사상 위에서 방바닥으로 굴러떨어지듯이 그대로 나자빠졌다. 퍼뜩
잠이 깨서 보니 한바탕 꿈이었다. 그리고 눈을 뜨고 살펴보니 어느
새 날이 밝아 있었다.

"나더러 교두대소성이라니 그게 뭐지? 정말 이상한 꿈일세."

그가 부스스 일어나 살펴보니 관제 왼쪽의 틀에 얹힌 강철 칼은
옛날 관우가 사용하던 청룡언월도(靑龍偃月刀)의 모양 그대로였고,
칼에는 '무게 여든네 근'이라고 새겨져 있었다.

'관제 나리께서 힘을 빌려주셨으니, 이 칼로 시험해 보자.'

그는 가까이 다가가 한 손으로 칼을 집어 들면서 중얼거렸다.

"이런 칼을 들려면 신력(神力)이 있어야지, 그렇지 않고선 들 수
나 있겠어? 그나저나 기왕 들었으니 꿈에서 배운 도법을 연습해 볼
까?"

그는 몸을 비틀며 위로 세 번, 아래로 네 번, 왼쪽으로 다섯 번,
오른쪽으로 여섯 번 칼을 휘두르며 산화개정(撒花蓋頂),[15] 고수반근
(枯樹盤根),[16] 요요천정(繞腰穿頂)[17] 등의 수법을 연습해 보았는데, 꿈

---

15 산화개정(撒花蓋頂)은 칼을 어지럽게 휘둘러 상대의 눈을 현혹하면서 머
　리를 공격하는 수법이다.

16 고수반근(枯樹盤根)은 다리를 앞뒤로 엇갈린 상태로 구부려서 마치 나무

속에서 했던 것과 전혀 차이가 없었다. 왕명은 관성대제가 자신을 도와주었다는 것을 알고, 황망히 칼을 내려놓고 신상 앞에 두 무릎을 꿇었다.

"과분하게 제게 은혜를 베푸시어 힘을 빌려주시고, 또 도법까지 가르쳐 주셨군요. 이후로 제가 출세하게 되면 자손 대대로 영원히 대제님께 제사를 올리도록 하겠습니다."

그가 은신초를 챙기고, 봉황 알을 집어 들고, 서둘러 함대로 돌아가자 삼보태감이 물었다.

"어떻게 이틀이나 걸린 것이냐?"

"금방 찾을 수 없어서 조금 늦었습니다."

"봉황 알은 가져왔느냐?"

"예."

"어서 국사님께 드려라."

벽봉장로는 군정사의 관리에게 봉황의 알을 간수해 놓으라고 분부하고 이렇게 말했다.

"이 나라를 얻는 일은 모두 이 알에 달렸소이다."

마 태감이 말했다.

"그렇다면 왕명이 고향을 떠나 부모와 처자식을 두고 서양으로 온 보람이 있겠군요."

뿌리가 얽힌 듯한 자세로 숙이면서 칼을 내리긋는 수법이다.

17 요요천정(繞腰穿頂)은 상대의 허리 주변을 공격하다가 재빠르게 칼끝을 치켜 올려 턱이나 얼굴을 공격하는 수법이다.

그리고 군정사의 관리에게 그의 공을 장부에 기록하게 했다. 군정사의 관리는 장부를 펼치고 먹을 갈아 붓에 듬뿍 적셔서 남경 용강좌위(龍江左衛) 순라군사(巡邏軍士) 왕명까지 쓰고 '알[卵]'이라는 글씨를 쓰기가 뭐해서 삼보태감에게 물었다.

"제가 장부에 공로를 기록할 때는 어느 장수가 어느 나라나 관문을 점령했다든지, 누구의 수급을 베었다든지 하는 것을 일일이 기록했습니다. 그런데 오늘 왕명이 두 개의 알을 가져온 것은 글로 쓰기가 어색한데, 어떻게 하는 게 좋을지 몰라 이렇게 여쭙습니다."

"이런 쓸모없는 놈 같으니! 그냥 언제 봉황의 알 두 개를 구해 왔다고 쓰면 될 게 아니냐?"

그 관리가 삼보태감이 일러준 대로 기록하려 하자, 왕명이 앞으로 나아가 저지했다.

"잠깐만요!"

그리고 삼보태감을 향해 말했다.

"사령관님, 저를 생각해 주신 것은 감사하지만 이 공로는 장부에 기록할 만한 것이 아닌 것 같습니다."

"그게 무슨 소리냐?"

"나중에 작은 벼슬이라도 얻어서 경사로 돌아갔을 때 얘기하기가 좀 거시기합니다."

"아니 왜?"

"남경 사람들은 말버릇이 고약해서, 길거리에서 저를 보면 회랑 밑에 숨어서 욕을 할 거 아닙니까?

'얼씨구? 운도 좋은 놈! 서양까지 가서 기껏 불알을 가져오는 공을 세웠다며?'

이렇게 말입니다. 사정을 아는 사람이야 제가 봉황 알을 가져온 걸 알겠지만, 그렇지 않은 사람들은 그 얘기를 들으면 제가 별다른 공을 세우지 못했는데도 벼슬을 얻은 걸로 여기지 않겠습니까? 그러니 이건 장부에 기록할 만한 것이 아닌 것 같다는 말씀입니다."

왕 상서가 피식 웃으며 말했다.

"이런 멍청한 놈! 달걀 두 개 때문에 나라를 지킬 만한 장수를 버리지 말라는 얘기를 듣지 못했느냐? 그 바람에 구변(苟變)[18]은 역사에 찬란한 이름을 남겼거늘, 어째서 그게 장부에 기록할 만하지 않다는 것이냐?"

그러자 왕명도 감히 대꾸하지 못했고, 군정사의 관리는 그대로 장부에 기록했다. 그때 벽봉장로가 왕명을 불렀다.

"장부에 기록하는 일은 별거 아닐세. 잠깐 이리 오게. 내가 물어볼 말이 있네."

"무슨 분부가 계시옵니까?"

---

18 구변(苟變)은 전국시대 위(衛)나라의 명장이다. 자사(子思)가 위나라 군주에게 그를 장수로 추천했는데, 위나라 군주는 그가 세금을 걷을 때 백성의 집에서 달걀 두 개를 먹었다는 이유로 등용하려 하지 않았다. 이에 자사는 용맹하게 호위할 장수를 구해야 할 시급한 마당에, 겨우 달걀 두 개 때문에 나라를 지킬 만한 인재를 버려서야 되겠느냐고 설득했다고 한다.

"그 알을 어디서 구했는가?"

"봉황은 새들의 왕이요 가장 영험한 새로서, 제왕이 나타날 상서로운 조짐을 알리기 위해 월혈산에서 나옵니다. 오동나무가 아니면 둥지를 틀지 않고, 대나무 잎이 아니면 먹지 않습니다. 그래서 저는 월혈산 오동나무 아래의 푸른 바위틈에서 그 알을 구했습니다."

"거기 있는 줄 어찌 알았는가?"

왕명은 벽봉장로가 그저 보통의 승려인 줄 알고 거짓말로 둘러댔다.

"처음에는 찾지 못했지만, 나중에 두 마리 참새가 제게 이렇게 지저귀었습니다.

'봉황 오빠, 봉황 오빠, 바위틈의 둥지가 정말 멋지군요! 거기 있는 알 두 개는 정말 웃겨요!'

그래서 그곳을 뒤져서 알을 찾았습니다."

"거기서 누굴 만나지 않았는가?"

"아닙니다. 저 혼자뿐이었습니다. 아무도 만난 사람이 없습니다."

"그래 다른 둥지는 보지 못했는가?"

"봉황이 나무 위에 없다는 것을 알았기 때문에, 다른 둥지는 찾아보지 않았습니다."

"무슨 보물을 얻지도 않았고?"

"길도 먼 데다 마음이 조급한 마당에 보물을 찾을 틈이 어디 있었겠습니까?"

그러자 벽봉장로가 고개를 두어 번 끄덕였다.

그가 왜 고개를 끄덕였는지는 다음 회를 보시라.

왕명은 계략을 써서 적의 사령부에 들어가고
계략을 써서 오랑캐의 천서(天書)를 가져오다

王明計進番總府　王明計取番天書

何處名僧到水西	어느 곳 명승이 수서산(水西山)에 왔는가?[1]
乘舟弄月宿涇溪	배 타고 달 구경하며 경계(涇溪)[2]에서 묵는구나.
平明別我上山去	새벽녘에 나와 작별하고 산으로 올라가는데
手携金策踏雲梯	석장 짚고 구름 속 돌길을 밟고 가는구나.
騰身轉覺三天近	높은 곳에 오르면 문득 세 하늘[3]이 가까워

---

1 인용된 시는 당나라 이백의 〈산승과 작별하다[別山僧]〉에서 일부를 바꾼 것이다. 수서산(水西山)은 이백이 이 시를 지은 경현(涇縣)에서 서쪽으로 5리 떨어진 곳에 있는 산이다. 제6구의 '만국(萬國)'을 원작에서는 '만령(萬嶺)'이라고 했고, 제9~10구는 "이 나루터에서 작별하면 언제 다시 만날까? 그리움에 밤새도록 눈 감고 원숭이 울음소리 들으리니![此度別離何日見, 相思一夜瞑猿啼]"라고 했다.

2 경계(涇溪)는 경현에서 서남쪽으로 1리 떨어진 곳에 있는 계곡으로서, 그 물줄기는 무호(蕪湖)에 이르러서 장강과 합쳐진다.

3 《운급칠첨(雲笈七籤)》 권3에 따르면, 옥청(玉淸)과 상청(上淸), 태청(太淸)의

진 듯하고

擧足迴看萬國低　발걸음 옮기며 돌아보면 온 나라들이 낮게 보이겠지.

謔浪肯居支遁下　거침없는 장난질은 어찌 지둔(支遁)[4]보다 아래이랴?

風流還與遠公齊　풍류는 또한 원공(遠公)[5]과 나란하다네.

笑殺王明無遠見　우습구나, 멀리 내다볼 줄 모르는 왕명이여!

迷邦懷寶不堪提　어지러운 나라에서 보물을 품고도[6] 감히

삼청(三淸)을 삼천(三天)이라고도 하는데, 그곳은 바로 청미천(淸微天)과 우여천(禹餘天), 대적천(大赤天)이라고 했다. 여기서는 신선 세계를 가리킨다.

4 《법원주림(法苑珠林)》권89에 따르면 진(晉)나라의 승려 지둔(支遁: 314~366, 자는 도림[道林])은 진류(陳留) 사람이다. 그는 호쾌하고 영민한 사람으로서 노장(老莊) 사상과 불교 풍류로 가장 뛰어난 사람이었다고 한다. 특히 그는 당시의 명사인 사안(謝安)과 왕희지(王羲之) 등과 교유하면서 현묘한 이치에 대해 담론을 나눈 것으로 유명했다.

5 원공(遠公)은 승려 혜원(慧遠)을 가리킨다. 《신승전(神僧傳)》에 따르면 그는 본래 성이 가(賈)씨이고 안문(雁門) 누번(樓煩) 사람으로서 젊어서 제생(諸生)이 되었는데, 유가 경전뿐만 아니라 노장사상에도 조에가 깊었고 호탕한 성품으로 많은 이들의 존경을 받았으나, 승려 도안(道安)이 《반야경(般若經)》에 대해 강설하는 것을 듣고 문득 깨달음을 얻어서 머리를 깎고 승려가 되었다고 한다. 그는 여산(廬山) 동림사(東林寺)에 기거했던 것으로 알려져 있으며, 유유민(劉遺民: 352~410, 본명은 정지[程之], 자는 중사[仲思]), 종병(宗炳: 375~443, 자는 소문[少文]), 서림각적대사(西林覺寂大師) 혜영(慧永: 332~414) 등 18명과 함께 백련사(白蓮社)라는 시 창작 모임을 결성하기도 했다. 또 30여 년 동안의 승려 생활을 하면서 정토종(淨土宗)의 초조(初祖)로 추존(推尊)되기도 했다.

6 《논어》〈양화(陽貨)〉: "보물을 품고도 나라를 어지럽힌다면 어질다고 하겠

꺼내놓지 못하는구나.

그러니까 벽봉장로는 머리를 두어 번 끄덕이며 생각했다.

'다른 중생은 제도하기 쉬워도 사람은 제도하기 어려우니, 사람 대신 차라리 다른 중생을 제도하라고 하더니! 이 자는 산에 가서 나무꾼을 속이고, 보물을 얻고, 관제를 만나 힘을 빌리고 도법을 배웠으면서도 거짓말만 하면서 솔직히 털어놓지 않는구나. 어쩔 수 없이 몇 번 더 물어보고 뭐라고 대답하는지 봐야겠구나.'

그리고 다시 물었다.

"왕명, 간밤에는 어디서 묵었는가?"

"저도 모르는 사이에 날이 저물어서 그냥 풀밭에서 되는 대로 하룻밤을 보냈습니다."

"그래, 좋은 꿈을 꾸었는가?"

왕명은 질문이 조금 이상하다는 것을 눈치채고 한참 동안 감히 대답하지 못했다. 그러자 벽봉장로가 다시 다그치며 물었다.

"오늘 아침 도법은 잘 연습했는가?"

정곡을 찔린 왕명은 황급히 무릎을 꿇고 머리를 조아렸다. 그는 더 이상 거짓말하지 못하고, 어제 낮과 밤에 있었던 일들을 사실대로 상세히 얘기했다. 그러자 벽봉장로가 물었다.

습니까?[懷其寶而迷其邦, 可謂仁乎.]" 원래 이것은 보물로 비유된 공자를 두고도 벼슬을 주지 않아 나라의 정치가 엉망이라면 그 군주가 어진 군주 겠느냐는 뜻이지만, 여기서는 왕명이 가진 은신초를 가리킨다.

"그래, 그 풀은 어디 있는가?"

왕명이 두 손으로 바치자 벽봉장로가 살펴보더니 이렇게 말했다.

"잘 간수하도록 하게. 이건 자네 몸을 지켜 줄 보물일세. 명심하게. 자네가 가문을 일으키고, 조상을 빛내고, 처자식에게 음덕을 베풀며 황금 허리띠를 차게 될 수 있는지 여부가 모두 이 풀에 달려 있네."

그 말을 듣고 왕명은 속으로 무척 기뻐했다.

'그냥 황금 허리띠라면 석 섬[石] 여덟 말의 쌀을 받는 부천호(副千戶)나 네 섬 두 말의 쌀을 받는 정천호(正千戶) 정도겠지. 그보다 더 빛나는 황금 허리띠라면 다섯 섬 여덟 말을 받는 지휘첨사(指揮僉事)에서 여섯 섬 두 말을 받는 지휘동지(指揮同知)로 승진하는 정도일 거야. 만약 천지신명이 불쌍히 여겨서 꽃무늬가 새겨진 황금 허리띠를 차게 해주신다면, 여덟 섬 네 말을 받는 지휘사(指揮使)가 될 수 있을 거야. 하지만 내 운수가 풀려서 지휘사로서 공을 세운다면 유격대장으로 승진할 테고, 또 거기서 공을 세운다면 참장(參將)으로, 부총병(副總兵)으로, 그리고 도장을 차게 되는 정총병(正總兵)으로 승진하겠지. 거기서부터는 승진하기가 더 쉬워지. 내 복이 맞아떨어진다면 도독(都督)으로, 백(伯)으로, 국공(國公)으로 승진할 수 있겠지. 두답(頭踏)[7]을 세우고, 커다란 양산을 받쳐 들게 하

---

7 두답(頭踏)은 고대 관리가 행차할 때 행렬의 앞쪽에 세우는 의장(儀仗)으로서 두답(頭答) 또는 두탑(頭搭), 두달(頭達)이라고도 한다.

고, 네 명이 메는 가마를 타고 다닐 테니, 얼마나 그럴듯하겠어!"

벽봉장로는 또 군정사의 관리에게 술을 가져오라고 해서 왕명에게 석 잔을 상으로 내렸다. 그런데 그가 술잔을 들기도 전에 호위병이 와서 보고했다.

"오랑캐 장수가 싸움을 걸어왔습니다."

그러자 벽봉장로가 말했다.

"왕명, 자네가 나가서 공을 세워 볼 텐가?"

"갈 수는 있습니다만, 한 가지 걸리는 게 있습니다."

"무슨 얘기인가?"

"제가 나설 능력은 있지만, 입고 나갈 갑옷이 없어서요."

벽봉장로가 삼보태감에게 갑옷을 주라고 하자, 삼보태감이 말했다.

"갑옷은 장수의 위엄을 보이는 것이니 없어서는 안 되지!"

그리고 서둘러 갑옷을 한 벌 꺼내서 그에게 주었다. 왕명은 투구를 쓰고 갑옷을 걸친 다음, 말에 안장을 얹고 채찍을 들었다. 예로부터 사람은 옷이 날개요, 부처님은 금물을 씌워야 위엄이 생긴다고 하지 않았던가! 왕명이 갑옷을 차려입고 말에 오르니 그야말로 구리산(九里山) 앞의 초패왕(楚霸王) 항우(項羽) 같은 당당한 위풍이 절로 풍겼고, 호통을 한 번 치면 그야말로 파릉교(灞陵橋) 위의 장비(張飛)가 따로 없다고 할 만큼 어엿한 장군의 풍모를 풍겼다. 그러자 벽봉장로가 말했다.

"왕명, 이 술이나 마시고 나가도록 하게."

왕명은 술잔을 들고 잠시 생각하더니 이렇게 말했다.

"아무래도 안 되겠습니다."

삼보태감이 물었다.

"군중에서는 농담을 하지 않는 법이거늘, 어째서 조금 전에는 나 갈 수 있다고 하더니 다시 말을 바꾸는 것이냐?"

"사령관님, 나무 하나로는 숲이 될 수 없듯이, 혼자 힘으로는 일을 제대로 하기 어려운 법이 아닙니까? 그러니 저 혼자 어찌 나갈 수 있겠습니까?"

"병사 한 부대를 내주고 세 발의 대포를 울리고 세 번의 함성으로 뒤를 밀어줄 테니, 걱정하지 마라. 너도 다른 지휘관처럼 나설 수 있을 게다."

"배려해 주셔서 감사합니다만, 이 병사들은 모두 저하고 계급이 같은데 어떻게 제 명령을 따르겠습니까? 만에 하나 명령을 따르지 않고 군법을 어지럽히면, 제 목숨까지 위태로워지고 사령관님께서도 좋은 기회를 놓치는 결과가 나오지 않겠습니까?"

'이놈이 일개 사병이기는 하지만 제법 기지가 있으니, 우습게 보면 안 되겠구나.'

이렇게 생각한 삼보태감이 말했다.

"왕명, 여기서 단을 쌓아 너를 장수로 임명하려고 해도 시간이 없고, 그냥 직책만 내려서는 다른 병사들이 마음으로 복종하지 않을 것 같구나."

그러면서 그는 즉시 보검을 뽑아 들었다. 그 보검은 정말 훌륭한

것이었다.[8]

崑吾鐵冶飛炎烟	곤오산(崑吾山)[9]의 쇠를 다듬으니 불꽃 연기 날리고
紅光紫氣俱赫然	붉은 빛과 자줏빛 기운 모두 찬란하게 피어났지.
良工鍛鍊凡幾年	뛰어난 장인이 몇 년을 단련했던가?
鑄得寶劍名龍泉	보검을 주조하여 용천(龍泉)이라 이름 붙였지.[10]
龍泉顏色如霜雪	용천검의 빛깔은 눈 서리 같아
良工咨嗟歎奇絶	장인도 감탄하며 너무나 훌륭하다고 했지.
琉璃玉匣吐蓮花	유리옥갑[11] 속에서 연꽃 같은 빛을 토하고
錯鏤金環映明月	금을 박아 장식한 손잡이는 밝은 달빛에

---

8 인용된 시는 곽진(郭震: 656~713, 자는 원진[元振] 또는 부진[符振])의 〈고검편(古劍篇)〉(〈보검편(寶劍篇)〉이라고도 함) 가운데 일부이다.

9 《산해경》〈중산경(中山經)〉에는 "곤오산(崑吾山)에는 적동(赤銅)이 많다."라는 구절이 있는데 이에 대한 곽박(郭璞)의 주석에서는 이 산에서 나는 구리는 색깔이 불꽃처럼 붉은데, 그것으로 칼을 만들면 옥을 진흙 가르듯이 자를 수 있다고 했다.

10 《월절서(越絶書)》〈외전기보검(外傳記寶劍)〉에 따르면 구야자(歐冶子)와 간장(干將)이 자산(茨山)을 파서 철광을 얻어 세 자루 보검을 만들어 각기 용연(龍淵)과 태아(泰阿), 공포(工布)라는 이름을 붙였다고 한다. 당나라 때는 고조(高祖) 이연(李淵)의 피휘(避諱)를 위해 용연을 용천(龍泉)으로 바꿔 불렀다.

11 《서경잡기(西京雜記)》 권1에 따르면 한나라 고조(高祖)가 백사(白蛇)를 자른 검을 오색 유리로 만든 상자[匣]에 넣어두었다고 한다.

비추었지.

삼보태감이 검을 들어 올리며 말했다.

"이 검은 황제 폐하께서 직접 내게 하사하시면서, 죄를 지은 자는 먼저 처단하고 나중에 보고하라고 하신 것이다. 이걸 잠시 네게 줄 테니, 명을 어기는 자는 단칼에 목을 베도록 해라."

예로부터 조정에서 천자는 세 번 명령을 내려야 하지만, 궁궐 밖에서 장수는 한 번만 명령을 내린다고 했다. 이렇게 막강한 권력을 잠시나마 가지게 되었으니, 이제 왕명의 지시를 무시하는 자는 당장 군령에 따라 처벌받을 수밖에 없게 되었다.

왕명은 보검을 받자 부대를 이끌고 한 발의 포성과 세 번의 함성에 맞춰 곧장 앞으로 돌격했다. 명나라 진영에서 일단의 인마가 몰려오는데, 오랑캐 진영의 입구에 세워진 깃발 아래에서 어느 장수가 고함을 질렀다.

"거기 오는 장수는 누구인가? 성명을 밝혀라!"

'거참 장수라고 부르니 부끄럽구먼. 어쩐다?'

하지만 옛말에 '때맞춰 부는 바람에 등왕각에서 송별하고, 금종을 옮겨가니 작은 울림이 퍼진다.'라고 하지 않았던가? 복을 받으면 마음도 영활하게 바뀌기 마련이라, 왕명은 얼른 이렇게 대답했다.

"위대한 명나라 정서통병초토대원수 정 나리 휘하의 장수 왕명이다!"

그 말에 병사들도 다들 이렇게 쑤군거렸다.

"왕극신(王克新)¹²을 우습게 보다가는 큰코다치지! 도독도 대장이고 원수도 대장, 도사(都司)나 참장도 대장이고, 우리 지휘관도 대장이지. 왕극신은 우습게 볼 사람이 아니라고!"

왕명도 상대방을 향해 고함을 질렀다.

"너는 누구냐?"

"나는 살발국의 총사령관인 둥근 눈의 티무르이다!"

"우리 명나라의 장수 세 명을 생포한 자가 너였더냐?"

"그렇다!"

"천한 오랑캐 놈! 무례하기 짝이 없구나!"

왕명이 칼을 들어 그의 머리를 쪼갤 듯이 휘두르자, 티무르는 황급히 커다란 도끼를 들어서 막았다. 둘은 그렇게 한 덩어리가 되어서 치열하게 격전을 벌였다. 그 모습을 보고 명나라 군사들이 다들 감탄했다.

"왕극신은 과연 대단한 능력을 지녔구나!"

"국사님께서 천거한 인물이 아닌가! 역시 영웅호걸은 묻혀 있을 수 없다니까?"

상대의 칼솜씨가 뛰어나다는 것을 실감한 티무르는 더 싸울 생각이 나지 않았다. 그가 도끼를 휘두르는 척하다가 재빨리 말머리를 돌려 달아나자 왕명이 재빨리 쫓아갔다. 그러자 주위의 병사들

---

12 앞에서는 따로 설명하지 않았으나, 이 문맥에서 보면 극신(克新)은 왕명의 자(字)인 듯하다.

이 말했다.

"저자는 요사한 술법을 부리니까 쫓아가면 안 됩니다. 쫓아갔다 가는 낭패를 당할 겁니다."

하룻강아지 범 무서운 줄 모르기도 하거니와, 기세를 타고 내달리는 말에게는 채찍질이 필요 없는 법. 왕명은 주위의 만류에도 아랑곳하지 않고 계속 쫓아갔다. 그때 티무르가 무슨 보물을 꺼내서 세 번 두드리자, 왕명은 머리 위로 순간적으로 혼이 빠져나가는 바람에 그만 말에서 떨어지고 말았다. 그때 오랑캐 진영에서 딱따기 소리가 울리더니 일단의 병사들이 그를 끌고 가려고 우르르 달려왔다. 왕명은 안 되겠다 싶어서 얼른 은신초를 꺼내 들었다. 그 순간 그의 모습이 사라져 버리자, 티무르가 깜짝 놀라 중얼거렸다.

"아니, 이런 이상한 일이! 조금 전에 분명히 말에서 떨어졌는데, 갑자기 어디로 사라져 버린 거지?"

명나라 진영의 병사들은 왕명이 말에서 떨어지고 오랑캐 병사들이 달려오는 것을 보고, 그가 생포되었으리라고 여기고 그대로 삼보태감에게 보고했다. 그러자 삼보태감이 탄식했다.

"그러니까 쫓아가지 말았어야 하거늘!"

홍 태감이 말했다.

"왕명이 붙들려 간 거야 별거 아니지만, 사령관님의 보검까지 잃어버렸으니 문제로군요."

왕 상서가 말했다.

"왕명에게는 다른 수단이 있으니 절대 붙잡아 놓을 수 없을 겁니다.”

그러자 병사들이 말했다.

“저희가 똑똑히 보았습니다. 분명히 잡혀갔습니다.”

그 말이 끝나기도 전에 왕명이 중군 막사로 걸어 들어왔다.

“너희들이 제대로 보지 못한 모양이구나? 그 많은 눈이 아무 소용이 없었어!”

그가 말은 쉽게 했지만, 그 소리를 들은 병사들은 모두 혼비백산 놀랄 수밖에 없었다. 그러자 왕 상서가 말했다.

“그러니까 왕명에게는 다른 수단이 있다고 하지 않았느냐?”

삼보태감이 왕명에게 물었다.

“정말 말에서 떨어졌느냐?”

“제 무예가 모자라서가 아니라, 그자가 무슨 보물을 두드리자 제 정수리 위로 혼이 빠져나가는 바람에 말에서 떨어지고 말았습니다.”

“그런데 왜 생포되지 않았느냐?”

“솔직히 말씀드리자면 저한테도 보물이 하나 있기 때문에 생포되지 않았습니다.”

“너도 보물을 두드려서 그자의 혼이 빠져나가게 해서 말에서 떨어뜨리지 그랬느냐?”

“제 보물은 다른 겁니다. 이건 그저 자신을 방어할 수만 있을 뿐, 다른 사람을 말에서 떨어뜨리지는 못합니다.”

“이놈의 요사한 술법 때문에 우리 장수가 셋이나 생포되었는데,

그들이 어찌 되었는지 모르겠구나."

"내일 제가 출전해서 그자를 치겠습니다."

"그자가 보물을 두드리면 재빨리 빠져나와서 돌아오도록 해라."

"내일은 일부러 붙잡혀가서 그 안에서 일을 도모하려고 합니다. 그러니 병사들이 패전해서 돌아오더라도 그들을 처벌하지 말아 주십시오."

"너도 조심해서 일을 그르치지 않도록 해라."

"허풍이 아니라, 그자가 아무리 저를 붙들어 놓으려 해도 안 될 것입니다."

이튿날 티무르가 다시 찾아와 고함을 지르자 왕명이 말했다.

"기왕 일을 맡았으니 다른 사람 귀찮게 하지 말아야지. 이 몸이 책임지겠다!"

그는 말에 뛰어올라 한 발의 포성과 함께 병사들에게 일자로 진세를 펼치게 했다. 티무르는 어제 싸웠던 왕명이 다시 나타나자 화가 치밀어 욕을 퍼부었다.

"이런 쥐새끼 같은 놈! 무슨 요사한 술법을 써서 우리 병사들을 현혹하는 것이냐?"

"천한 오랑캐 놈, 사술이야 네놈이 써 놓고 감히 남에게 뒤집어 씌우는구나!"

그러자 티무르는 대답도 하지 않고 다시 그 보물을 꺼내 두드렸다. 왕명은 말을 멈추고 그대로 있다가 상대가 보물을 세 번 두드리자 그대로 말에서 떨어졌다. 하지만 오랑캐 병사들이 잡으러 달려오자 다시 그의 모습이 사라져 버렸다. 그러자 티무르가 말했다.

"아 자식은 분명히 사람이 아니라 무슨 정령이나 요괴일 거야."

결국 그는 군사를 돌려 돌아갔다. 왕명은 혼자 중얼거렸다.

'저 보물은 세 번만 두드리면 우리 장수 하나를 생포하니 서른 번이면 열 명, 삼백 번이면 백 명을 생포하겠구나. 이러다가는 함대에 장수가 남아나지 않겠어. 마침 내 운수가 대통한 마당이니까, 일찌감치 이 병을 치료해야 뒤탈이 없겠구나. 내 보물을 이용해서 저자들을 따라 성안으로 들어가서 상황을 살펴보자. 거기서 손을 쓸 만하면 해치우고, 속여먹을 만한 일이 있으면 속여먹어야겠어.'

한편 훈련장으로 돌아온 티무르는 쇠가죽으로 만든 막사에 앉아 부하들에게 분부했다.

"중국 측에서 이번에 왕명이라는 귀신 장수가 나왔는데, 또 생포하지 못했다. 너희는 성을 튼튼히 방비하고 세작이 있는지 잘 감시하도록 해라. 벌써 세작이 성안으로 몰래 들어왔을지도 모르니 말이다. 그리고 병사 쉰 명을 따로 선발해서 내 보물을 단단히 지키도록 하라."

"예!"

그렇게 분부를 마치고 그는 자신의 집으로 돌아갔다. 하지만 세작을 찾아내라는 분부를 내려놓고도 그는 왕명이 바로 자기 옆에서 모든 말을 빠짐없이 듣고 있다는 사실은 꿈에도 몰랐다.

'쉰 명의 병사가 있다면 나한테는 그야말로 길잡이인 셈이지!'

잠시 후 쉰 명의 오랑캐 병사가 티무르의 집으로 가서 대문을 들어서자 왕명도 따라 들어갔다. 중문을 지나 셋째 대문 안으로 들어갈 때도 마찬가지였다. 보물창고 앞에 이르자 그곳에는 관리 하나가 사람들의 초상화가 그려진 명부를 놓고 병사들과 대조하고 있었다. 두 짝으로 된 창고 문은 하나는 닫혀 있고, 다른 하나는 겨우 한 사람이 드나들 수 있을 정도의 공간만 남겨 놓고 있었다. 관리는 병사의 이름을 하나씩 점검하고 한 명씩 들여보냈다. 이렇게 병사들이 꿰인 생선들처럼 딱 들러붙어 안으로 들어가니 왕명이 끼어들 자리가 없었다. 그 바람에 그는 옆에서 멀쩡히 쳐다보면서도 도무지 대책이 없었다. 한참 후 마흔여덟 번째 병사를 점검하는 차례가 되자, 왕명은 더욱 다급해졌다.

　　'이제 두 명만 더 들어가면 여기까지 온 게 말짱 헛일이 되잖아!'

　　다행히 하늘이 기회를 주었다. 마흔아홉 번째 병사는 아비를 대신해서 나온 아들이라 나이와 생김새가 달라서, 관리가 그 병사와 옥신각신하며 들여보내 주지 않았다. 그 사이에 틈이 생기자 왕명이 재빨리 안으로 들어갔다. 그런데 안으로 들어가 사방을 한 바퀴 둘러보았으나 보물 같은 것은 보이지 않았다. 그때 쉰 명의 병사가 들어와 맑은 물이 고인 연못을 단단히 에워쌌다. 왕명은 무슨 영문인지 알 수 없었는데, 저녁 여덟 시 무렵이 되자 그는 오랑캐 병사 가운데 한 사람의 목소리를 흉내 내서 탄식했다.

　　"이런 물 따위를 왜 지켜야 하는 거야?"

　　그러자 개중에 입이 싼 병사가 말했다.

"이 물을 설마 너 혼자 다 지키라고 하겠어? 이 안에 나리의 보물이 들어 있는데 말이야."

그제야 왕명은 그 물속에 어떤 보물이 들어 있다는 것을 알았다. 하지만 보물이 있는 줄은 알아도 쉰 명의 병사가 졸지도 않고 눈을 부릅뜨고 지켜보는 마당이라 손을 쓸 방법이 없었다. 그는 잠시 생각하다가 한 가지 계책을 떠올리고, 다시 오랑캐 병사의 목소리를 가장해서 투덜거렸다.

"밤새 잔치를 해도 잠자는 것보다는 못한 법인데, 우리는 꼼짝없이 여기서 하룻밤을 새게 생겼구면!"

그러자 또 다른 병사가 대답했다.

"중요한 보물이니 진득하게 좀 앉아 있지 그래?"

왕명이 또 투덜거렸다.

"우리는 정말 바보야! 쉰 명을 둘로 나누어 반반씩 교대로 지키면, 고생도 덜 되고 일거양득이 아니냐 이거야."

그러자 개중에 졸음이 오는 병사가 있었는지 다들 찬성하고 나섰다.

"일리 있는 말이야. 두 반으로 나누어서 지금 졸리지 않는 쪽은 연못가를 지키고, 졸리는 쪽은 동쪽 처마 아래에서 잠깐 자는 게 좋겠어."

'옳거니! 걸려들었어!'

잠시 후 스물다섯 명의 병사가 단잠에 빠지자, 왕망은 갑자기 살심이 솟구쳐서 그 스물다섯 명을 모두 오이를 자르듯이 하나씩 칼로 잘라 버렸다.

'아주 속이 시원하군!'

그리고 나머지 스물다섯 명을 죽이려 하던 차에 갑자기 시간을 알리는 병사가 말했다.

"이런! 벌써 이경하고도 절반이 지났잖아! 어이, 거기 자고 있는 친구들, 얼른 일어나서 우리랑 교대하자고!"

왕명은 얼른 졸린 목소리로 둘러댔다.

"일어났어. 너희도 가서 좀 자라고."

그러자 스물다섯 명의 병사가 모두 서쪽 처마 아래로 가서 잠을 잤다.

'풀을 베고 뿌리까지 없애지 않으면 후환이 남게 되지.'

잠시 후 그들이 단잠에 빠진 것을 확인한 왕명은 그 스물다섯 명도 모조리 두 동강을 내 버렸다. 이렇게 보물을 지키는 병사가 모두 제거되자 그는 느긋하게 연못가로 와서 안을 살펴보았다. 물 밑바닥에는 작은 구멍이 있었는데, 그 안에 두 개의 보물이 들어 있었다. 하나는 둘레가 세 치쯤 되는 둥근 종이었고, 다른 하나는 둘레가 한 자쯤 되는 경쇠[磬]였다. 집어 들고 등불 아래에서 살펴보니 종에는 '흡혼종(吸魂鐘)', 경쇠에는 '추혼경(追魂磬)'이라고 적혀 있었다.

'어이쿠! 알고 보니 이 두 가지 보물은 사람의 혼을 빼앗는 것이로구나! 어쩐지 우리 장수들이 꼼짝도 못 하고 사로잡히더라니. 좋아. 그건 그랬다 치고, 나중에 내가 이 보물로 그놈한테 똑같이 되갚아 주겠어! 아냐. 이 서양 놈은 아주 교활하니까 이게 만약 진짜라면 이대로 가져가도 되겠지만, 만약 가짜라면 그놈을 어쩌지도 못하고 사령관께 꾸지람만 들을 거야. 좋아. 이걸 가지고 가서 일단 누구한테 시험을 해보자.'

하지만 주변에 사람은 보이지 않고, 게다가 날이 점점 밝아오고 있었다. 왕명이 창고 밖으로 나오자 한 무리 병사들이 순찰을 돌고 있었다. 그걸 발견하고 그가 보물을 꺼내 세 번 두드렸더니, 순찰병 가운데 하나가 털썩 땅바닥에 쓰러졌다.

'오호! 이거 진짜잖아!'

그가 그 보물들을 가지고 함대로 돌아가자 삼보태감이 물었다.

"어제 나갔다가 오늘에야 돌아왔구먼. 밤에는 어디서 잤느냐?"

"살발국 총사령관의 집에 들어가 보물을 찾았습니다."

"그자의 보물을 찾았다는 말이냐?"

"예."

"무슨 보물이더냐?"

"알고 보니 두 가지였는데 하나는 흡혼종이고, 다른 하나는 추혼경이었습니다. 이걸 세 번 두드리면 사람을 혼을 빼앗을 수 있습니다. 그러니 상대가 아무리 뛰어난 능력이 있고 지옥을 뒤흔들 신통력이 있다 해도 꼼짝없이 말에서 떨어지고 맙니다."

"어쩐지 세 명의 장수가 모두 그자에게 당했다 했지."

그러자 마 태감이 끼어들었다.

"그런 보물이 있다면 그자와 싸워 이길 수 없으니, 차라리 일단

남경으로 돌아가 대책을 마련해서 다시 오는 게 낫겠습니다."

왕명이 말했다.

"보물이 대단하기는 하지만 제가 속임수를 써서 가져왔습니다."

그러자 두 사령관이 무척 기뻐했다.

"옳거니! 잘했구먼! 그게 있으면 그자를 겁낼 이유가 없지! 어디 좀 보여주게."

왕명이 보물을 꺼내자 삼보태감이 받아서 모두 함께 살펴보았다.

"이게 어찌 그리 대단하다는 것이지? 여보게, 왕명, 이건 어떻게 다루는 건가?"

"눈으로 상대를 쳐다보면서 두드리는 것입니다."

그러자 마 태감이 왕명에게 말했다.

"어디 한 번 보여주게."

왕명 또한 콧대가 높은 사람인지라 마 태감을 쳐다보며 보물을 세 번 두드렸다. 순진한 마 태감은 자신이 시험 대상이 될 줄은 꿈에도 몰랐기 때문에 엉겁결에 쓰러지고 말았다. 잠시 후 그는 화가 나기도 하고 믿기지도 않아서 어기적어기적 기어 일어나며 말했다.

"사령관님, 정말 대단한 보물입니다!"

삼보태감이 말했다.

"왕명, 고생이 많았구먼. 내일 출전해서 오랑캐 장수를 잡아 공을 세우도록 하게."

하지만 티무르는 쉰 명의 병사가 살해되고 보물을 도둑맞은 사실을 알고, 하루 내내 화를 내며 밖으로 나오지 않았다. 이튿날 그는 이를 빠득빠득 갈며 병사를 이끌고 달려와 고함을 질렀다.

"왕명, 이 도둑놈아! 우리 병사 쉰 명을 죽인 것은 그렇다 치고, 왜 내 보물까지 훔쳐 갔느냐? 얌전히 머리에 이고 와서 내게 돌려 줘라! 거역할 낌새만 보여도 여기 있는 놈들을 모조리 모조리 바닷물에 처박아 죽여 버리겠다!"

왕명은 삼보태감에게 보고하고 출전하면서, 부하들에게 당부했다.

"갈고리하고 오랏줄을 많이 준비하게."

왕명이 나오는 걸 본 티무르는 원수를 만난 것처럼 눈이 시뻘겋게 변해서 고함을 질렀다.

"너 이 도둑놈아! 왜 우리 병사 쉰 명을 죽이고 내 보물을 훔쳐 갔느냐? 감히 나를 사로잡으려고?"

왕명은 아무 대답도 하지 않고 소매에서 흡혼종을 꺼내서 치려고 했다. 하지만 그가 종을 치기도 전에 티무르가 손에 들고 있던 부채를 한번 흔들자, 왕명이 가지고 있던 보물들이 한 줄기 바람에 휩쓸려 그의 손으로 들어가고 말았다. 이렇게 되자 왕명은 영문도 모른 채 화가 나서 눈을 부릅떴다. 그 사이에 티무르가 보물을 세 번 두드려서 또 왕명을 말에서 떨어뜨리고 소리쳤다.

"여봐라, 저놈을 묶어라!"

하지만 왕명의 모습은 다시 사라져 버렸다. 티무르는 왕명을 사로잡지는 못 했지만 보물을 되찾아서 돌아가 버렸다. 그걸 보고 왕명은 생각에 잠겼다.

'오랑캐 장수는 잡지 못하고 보물만 잃어버렸으니 사령관에게 뭐라고 보고하지? 에라! 일단 시작한 일은 철저하게 끝내야지! 차라리 저자를 따라 성에 들어가서, 그 보물을 가져간 것은 또 뭔지 알아봐야겠다. 그리고 기회를 봐서 그 자를 처치해 버리면 되잖아!'

그는 서둘러 한 손에는 은신초를, 다른 한 손에는 칼을 들고 티무르를 따라갔다.

자기 집에 도착한 티무르는 말에서 내려서 갑옷과 투구를 벗고 운판(雲板)을 세 번 두드리더니 안방으로 들어갔다. 잠시 후 멀찍이서 네 명의 하녀를 거느린 부인이 그를 맞이하러 나오며 물었다.

"연일 출정하셨는데 승부는 어찌 되었나요?"

"부인, 말하기 곤란하오."

"승패는 군대에서 흔히 있는 일인데 왜 그러서요?"

"중국 쪽에서 왕명인가 하는 놈이 나왔는데, 그 도적놈이 제법 대단했소."

뒤에서 그 말을 들은 왕명은 하마터면 웃음을 터뜨릴 뻔했다.

'이 작자는 정말 싸가지가 없군. 입만 열면 나더러 도둑놈이라고 하다니!'

그때 티무르의 아내가 말했다.

"겨우 한 명인 것 같은데, 그 사람이 뭐가 대단하다는 거예요?"

"재간이야 별거 아니지만, 말에서 떨어뜨리기만 하면 금방 사라져 버리니 문제라오."

"그렇다면 손을 뗄 수 있을 때 떼어 버리면 되잖아요?"

"하지만 그자가 나를 놓아주지 않소."

"왜요?"

"그제 저녁에 내 보물창고에 몰래 들어와서 쉰 명의 병사를 죽이고 보물을 훔쳐 갔지만, 아무도 그를 보지 못했소. 내 보물이 많지 않았더라면 오늘 내 목숨도 그자의 손에 끊어질 뻔했다오."

"그자가 무슨 보물을 훔쳤는데요?"

"흡혼종하고 추혼경 두 가지요."

"오늘은 어떻게 그것들을 되찾아오셨어요?"

"보물의 어미를 썼다오."

"어머? 무슨 이름이 그렇대요?"

"무슨 보물이든 이게 부르면 바로 달려오게 되어 있으니 그렇게 부르는 거요."

"신기하군요. 그건 어떻게 생겼어요?"

"그건 바로 부채라오."

뒤에 서 있던 왕명이 속으로 생각했다.

'알고 보니 부채였구나. 그럼 그걸 훔치면 되겠군!'

그때 티무르의 아내가 또 말했다.

"저는 늘 보면서도 그게 보통 부채라고 생각했는데, 그런 놀라운 묘용이 들어 있었군요. 그런데 한 가지 문제가 있네요. 뭐냐 하면 그런 보물을 함부로 두었다가 잃어버리기라도 하면 나머지 두 개의 보물도 안전하지 않으니, 나중에 후회해 봐야 늦지요."

"그것도 걱정 없소. 나한테는 또 천서(天書)가 한 권 있는데, 여기에도 상당한 묘용이 들어 있소. 거기 적힌 진언(眞言)을 외며 주문을 읊조리면, 그 보물들이 어디 있든 상관없이 모두 되돌아오게 되어 있소. 보물이 우리 서우하주뿐만 아니라 동승신주나 남선부주, 북구로주에 있다 해도 순식간에 내 손으로 돌아오게 된다 이 말이오!"

뒤에 서 있는 왕명은 그 말에 깜짝 놀라 가슴을 쓸었다.

'이 작자는 정말 대단하구나! 알고 보니 무슨 천서인가 하는 것까지 가지고 있군그래. 그나저나 그걸 어디에 뒀을까? 은신초가 있다 한들 거길 찾을 수는 없는데 말이야.'

그때 티무르의 부인이 물었다.

"여보, 그 천서는 어디에 뒀어요?"

"작은 정원의 서재 안에 있소."

"거긴 그래도 경비가 튼튼하여 안전한 편이니까, 이 세 가지 보물도 거기다 갖다 두세요."

이에 티무르는 하인을 불러 세 가지 보물을 뒤쪽 서재에 갖다 두라고 분부했다. 그러자 그의 아내가 말렸다.

"그건 안 돼요! 이런 보물을 다른 사람 손에 맡기다니요? 당신이 직접 갖다 두세요. 제가 함께 가 드릴게요."

"고맙소."

티무르 부부는 곧 뒤쪽 서재로 갔다. 왕명은 무척 기뻐하며 그

부인에게 감사했다.

'고맙게도 길잡이가 되어 주시는군!'

그리고 살금살금 그들을 뒤따랐다. 부부는 왼쪽으로 구부러진 길을 가다가 오른쪽으로 모퉁이를 돌고, 다시 왼쪽으로 갔다가 오른쪽으로 돌아 결국 뒤쪽 정원으로 갔는데, 그곳에는 조그마한 서재가 하나 있었다. 그때 티무르의 아내가 말했다.

"천서는 어디에 있어요?"

"이 주홍색 상자 안에 있소."

"제대로 있나 다시 한번 살펴보셔요."

티무르는 상자를 열고 책을 꺼내 살펴보았다. 왕명도 옆에 서서 살펴보았으나 무슨 글자인지 알아볼 수 없었다. 티무르가 천서를 집어 들고 그 상자에 세 가지 보물을 넣었다. 그러자 그의 아내가 물었다.

"천서는 왜 넣어두지 않는 거예요?"

"왕명 그 도적놈에 대한 증오가 내 골수까지 스며들어 있소. 내일은 이 세 가지 보물을 쓰지 않고, 이 천서만 가지고 그놈을 사로잡을 작정이오."

"그 천서는 보물만 불러들일 수 있는 게 아니라 사람도 잡아들일 수 있나 보군요?"

"부인, 아직 잘 모르는 모양인데, 이 천서를 들고 진언을 외고 주문을 읊으면서 요괴를 잡는 밧줄을 공중에 던지면, 왕명 같은 놈은 열 놈이 있다 해도 절대 빠져나가지 못할 것이오."

그러자 뒤에 서 있던 왕명이 속으로 생각했다.

'이 나쁜 놈! 내일 공격할 거라면서 오늘부터 미리 나를 해치려고 수작을 꾸미고 있구나. 하지만 나한테도 대책이 있다는 건 꿈에도 모를 거다!'

티무르가 천서를 소매에 간수하자, 그의 아내가 술상을 차려서 둘이 마주 앉아 흥겹게 술을 마셨다. 그리고 술기운이 거나하게 오르자 티무르가 옷을 벗어 한쪽에 던져두었다. 그리고 계속해서 술을 마시면서 시권(猜拳)[13] 놀이도 하고, 칼춤을 추기도 하고, 창을 들고 춤을 추기도 했다.

왕명은 그가 옷을 벗어 던져놓자 재빨리 소매 속에서 천서를 꺼내 챙겨서 함대로 돌아갔다. 삼보태감이 물었다.

"오늘도 말에서 떨어졌다던데, 보물은 어디 있는가?"

"제가 그놈을 사로잡으려 했는데, 흡혼종을 한 번 두드리기도 전에 그자가 또 무슨 보물의 어미라고 하는 부채를 슬쩍 흔들자마자 두 가지 보물이 모두 그자의 손으로 돌아가 버렸습니다."

"저런! 정말 아깝게 되었구먼!"

"저는 어쩔 수 없이 또 그자를 따라 성안으로 들어가서 그 부채를 훔쳐 오려고 했습니다. 그런데 뜻밖에도 그 자에게는 천서라는 게 있었습니다. 그걸 들고 진언을 외고 주문을 읊으면 나머지 세 가지 보물들이 순식간의 그자의 손에 들어가게 된다는 겁니다."

---

13 시권(猜拳)은 술을 마시면서 하는 주령(酒令) 놀이의 일종으로서, 우리나라의 가위바위보와 비슷한 것이다.

그 말에 두 사령관은 깜짝 놀랐다.

"아니, 그런 진귀한 책이 어떻게 그자의 손에 들어갔지?"

그러자 왕명이 말했다.

"염려 마십시오. 제 나름대로 대책이 있습니다."

그에게 무슨 대책이 있다는 것인지는 다음 회를 보시라.

왕명은 적군 총사령관의 목을 베고
장 천사는 금모도장과 대결하다

王明砍番陣總兵　天師戰金毛道長

五月濤聲走白沙　　오월의 강물 소리 백사장을 달리고[1]

沙邊石氣盡雲霞　　모래 옆의 바위들은 오색구름처럼 빛난다.

峰陰寒積何年雪　　그늘진 봉우리에 차갑게 쌓인 눈은 몇 해

---

1 인용된 시는 명나라 때 장가윤(張佳胤: 1526~1588, 자는 초보[肖甫])의 〈양비에서 금치로 가다[自漾備趨金齒]〉에서 일부 글자를 바꾼 것이다. 명나라 때 사조제(謝肇淛: 1567~1624, 자는 재항[在杭], 호는 무림[武林] 또는 소초재주인[小草齋主人], 산수로인[山水勞人])가 편찬한 《전략(滇略)》 권8 〈문략(文略)〉에 수록된 원작은 다음과 같다. "오월의 강물 소리 백사장을 달리고, 모래 옆의 바위들은 오색구름처럼 빛난다. 그늘진 봉우리에 차갑게 쌓인 눈은 몇 해나 된 것이던가? 독기 품은 빗속에서 오래된 나무의 꽃이 향기를 풍긴다. 황량한 남방에서 홀로 나그네 되어, 언제나 북두칠성 바라보며 삼파로 가는 길 물었지. 난진은 이미 내일 건넌다고 말했으니, 외딴 곳에 부질없이 중원의 사신을 보냈구나.[五月江聲走白沙, 沙邊石氣盡雲霞. 峰陰寒積何年雪, 瘴雨香生古樹花. 獨立南荒成萬里, 每憑北斗問三巴. 蘭津已說明朝渡, 絶域虛疑漢使槎.]" 난진(蘭津)은 지금의 윈난성[雲南省] 용핑현[永平縣] 서남쪽에 있는 나루터로서, 명나라 성화 연간(成化: 1465~1487)에 이곳에 철사를 엮은 줄을 이용해 조교(弔橋)를 만들고 제홍교(霽虹橋)라고 불렀다.

나 된 것이던가?

瘴雨香生古樹花	독기 품은 빗속에서 오래된 나무의 꽃이 향기를 풍긴다.
獨立南荒成絶域	황량한 남방에 홀로 선 외진 곳의 나그네 되어
每憑北斗間京華	언제나 북두칠성 바라보며 경사로 가는 길 물었지.
王明不盡英雄膽	왕명은 영웅의 담력 한없이 발휘하여
萬古爭傳漢使槎	만고의 역사에서 다투어 중국의 사신으로 기록해 전했지.

그러니까 두 사령관이 왕명에게 물었다.

"무슨 대책이 있다는 것인가?"

왕명이 무릎을 꿇고 말했다.

"솔직히 말씀드리자면 그 천서는 이미 제가 훔쳐 왔습니다."

삼보태감도 환관인지라, 훔쳐 왔다는 소리를 듣자 손뼉을 치며 깔깔 웃었다.

"아이고, 내 새끼! 이번 서양 원정에서는 네가 제일 큰 공을 세웠구나! 그래, 그건 지금 어디 있느냐? 가져와서 우리에게도 좀 보여다오."

왕명이 두 손으로 천서를 바치자 두 사령관이 돌아가며 살펴보았으나 거기에 적힌 내용을 도무지 알 수 없었다. 이에 삼보태감이 왕 상서에게 물었다.

"내용을 알 수 없으니 어쩌면 좋겠소?"

"천사님이나 국사님을 모셔 와서 여쭤보면, 분명 두 분 중에 한 분은 알아보실 겁니다."

그 말이 끝나기도 전에 마침 벽봉장로가 찾아왔다. 삼보태감이 맞이하면서 천서에 관한 이야기를 들려주자, 벽봉장로가 말했다.

"어디 있소이까? 저도 한 번 봅시다."

삼보태감이 두 손으로 바치자, 벽봉장로가 처음부터 끝까지 한 번 살펴보더니 탄식을 터뜨렸다.

"아미타불! 선재로다! 왕명, 자네한테 공무를 맡겨서는 안 되겠구먼!"

삼보태감이 물었다.

"아니, 그게 무슨 말씀입니까?"

"이 책을 가져온 것은 사람으로서 할 짓이 아니기 때문입니다. 왕명, 이걸 어디에 쓸 셈이었는가? 어떻게 이렇게 불공정하고 불법적인 짓을 벌인 게야! 내 말대로 어서 주인한테 돌려주도록 하게!"

"나리, 제가 호랑이 굴로 들어가고 용문을 올라 구사일생으로 간신히 그 책을 구해 왔는데, 또 어떻게 쉽게 돌려주라는 말씀입니까?"

"책에 적힌 내용이 모조리 도리를 해치는 것뿐이니 그러는 걸세."

"제가 밤에 그 오랑캐 장수가 중얼거리는 소리를 들었는데, 무슨 도리를 해치는 일은 일어나지 않았습니다."

"못 믿겠거든 내가 외어 볼 테니 들어보게."

벽봉장로는 책을 펼치고 처음부터 끝까지 한 번 읽었다. 그런데 다 읽자마자 허공에서 바람 소리가 들리더니 흡혼종과 추혼경, 보물의 어미라는 부채까지 일제히 날아와 중군 막사 아래에 놓였다. 두 사령관은 너무 기뻐서 아낙처럼 얼굴이 발그레해졌다. 장수들과 관리들도 너나없이 환호성을 질러댔다.

마 태감이 말했다.

"아이고, 왕명, 내 새끼야! 네가 서양을 정벌하는 데에 제일 큰 공을 세웠구나. 너를 내 양아들로 삼고 싶은데 어떠냐?"

"좋긴 한데 태감님의 성씨가 좀 거시기해서 감히 받아들일 수 없습니다."

"남들이 말이라고 놀릴까봐 그러냐? 나귀나 노새라고 놀리는 것보다는 낫지 않느냐?"

그러자 후(侯) 태감이 말했다.

"그럼 내 양아들이 되어라."

"태감님의 성씨는 발음이 좀 거시기해서 감히 받아들일 수 없습니다."

"남들이 원숭이라고 놀릴까봐 그러느냐?"

이번에는 홍 태감이 말했다.

"그럼 내 양아들이 되어라."

"감히 받아들일 수 없습니다."

"왜 그러느냐? 게다가 내 성이 이상한 것도 아니지 않느냐?"

"성이 문제가 아니라 태감님께는 다른 아들이 없으시니, 혼자 쓸 쓸하지 않겠습니까?"

이번에는 왕 태감이 나섰다.

"나하고는 성이 같으니까, 내 양아들이 되어라."

"감히 받아들일 수 없습니다."

"왜 또 그러느냐? 나한테 아들이 없을까봐. 벌써 일곱이나 있다. 그러니 너는 여덟 번째가 되는 거야."

"양아들이 되는 건 좋지만, '왕팔(王八)²'은 감당하기 어렵지 않겠 습니까!"

한편 티무르는 천서가 사라지고 또 나머지 세 보물까지 날아가 버리자 화가 치밀어 견딜 수가 없었다. 그는 즉시 갑옷을 입고 말 에 올라 달려와서 고함을 질렀다.

"왕명, 이 도둑놈아! 내 천서를 훔치고 보물들까지 가져가 버리 다니!"

"그래. 내가 한 일이다. 어쩔 테냐?"

티무르는 더 이상 대화하지 않고 한 손으로 투구를 벗고 다른 한 손으로 머리카락을 풀어헤치더니, 두어 마디 주문을 외면서 서쪽 을 향해 침을 탁 뱉으며 "빨리!" 하고 소리치고, 이어서 "어서!" 하

---

2 중국에서는 성에다가 형제의 서열을 붙여서 부르는 경우가 흔하다. 그러 므로 왕씨 집안의 여덟 번째 아들이면 '왕팔(王八)'이 되는데 이것은 거북이 나 자라의 속칭(俗稱)이기도 하고, 오입질하는 남자 또는 수치를 모르는 철 면피에게 하는 욕설로 쓰이는 말이기도 하다.

고 소리쳤다. 그러자 서쪽에서 사나운 바람이 일어나면서 바위가 구르고 모래가 날리기 시작하더니, 그것들이 모조리 명나라 진영을 향해 덮쳐왔다. 그뿐 아니라 오랑캐 진영에서 이삼백 마리의 사나운 코끼리가 나타났다. 온몸이 불에 달궈진 석탄 같고, 주둥이는 피를 담은 대야처럼 생겼고, 코는 주렴처럼 말려 올라갔고, 상아는 강철 칼처럼 생긴 그놈들은 보기만 해도 무시무시했으니, 이를 증명하는 부(賦)가 있다.[3]

> 남방에서 훌륭한 것은 양산(梁山)의 물소와 코끼리일세.[4]
>
> 주징국(周澄國)의 상소에서는 그 씻은 물로 병을 고칠 수 있다고 했지.[5]
>
> 지혜로운 창서(蒼舒)는 무게를 달기 위해 배에 자국을 새겼다지.[6]

3 인용된 부는 송나라 때 오숙(吳淑)의 《사류부(事類賦)》 권20 〈수부(獸部)〉 〈상(象)〉이다. 인용된 문장 가운데 일부 잘못된 글자는 원작에 따라 수정하여 번역했다.

4 이것은 《회남자》 〈지형훈(墬形訓)〉에 들어 있는 말이다.

5 《책부원귀(冊府元龜)》 권168 〈제왕부(帝王部)〉 〈각공헌(却貢獻)〉: 함형(咸亨) 2년(671) 5월에 주징국(周澄國)에서 사신을 보내 다음과 같은 내용의 상소문을 올렸다. 가가국(訶迦國)에 하얀 코끼리가 있는데… 그것이 있는 곳은 땅이 풍요롭고 신령함이 깃들어 있다. 또 재난을 종식시키고 열 마리 코끼리의 힘을 지니고 있어 사람 백 명을 제압할 수 있다. 그 상아를 씻은 물을 마시면 병을 고칠 수 있다. 그러니 병사를 보내 가져와서 바칠 수 있게 해달라는 것이었다. 하지만 고종(高宗) 이치(李治)는 국익을 해칠 뿐만 아니라 무익하니, 그런 신기한 코끼리 같은 것은 필요 없다고 거절했다.

6 등애왕(鄧哀王) 조충(曹沖: 196~208, 자는 창서[蒼舒])은 어려서부터 성인처

그 코에 칼을 묶기도 하고,[7] 꼬리에 불을 매달기도 했지.[8]

몸통은 소보다 크지만 눈은 돼지보다 크지 않지.

처음에는 삼 년에 한 번 젖을 먹었지만,[9] 결국 상아 때문에 목숨을 잃었지.[10]

한편 형산(荊山) 남쪽에 풀어주기도 했고,[11] 고택(皐澤)에서 기

럼 지혜로워서 조조(曹操)가 아끼던 아들이었다고 한다. 한 번은 손권(孫權)이 커다란 코끼리를 선물로 보냈는데, 조조가 그 무게를 알고 싶어 했으나 신하들 가운데 누구도 문제를 해결하지 못했다. 이때 조충이 말하기를, 그 코끼리를 커다란 배에 싣고 물이 잠기는 곳에 표식을 새겨두었다가, 나중에 다른 물건들을 실어서 거기까지 잠기게 하고 그 물건들의 무게를 달아 보면 알 수 있다고 해서 조조가 무척 기뻐하며 상을 내렸다고 한다.

7 당나라 구열(丘悅: ?~714?)의 《삼국전략(三國典略)》에 따르면, 북주(北周)의 군대가 강릉(江陵)을 공격하자 양(梁)나라 사람들이 두 마리 코끼리에 갑옷을 입히고 코에 칼을 묶어서 곤륜노(崑崙奴)에게 몰아서 공격하게 했는데, 양충(楊忠: 507~568, 자는 엄우[揜于])이 활을 쏘자 코끼리들이 거꾸로 달아났다고 한다.

8 《좌전(左傳)》〈정공(定公) 4년〉에 따르면 오(吳)나라가 초(楚)나라를 공격하자 침윤(鍼尹) 고(固)가 소왕(昭王)과 함께 배를 타고 저수(雎水: 지금의 장쑤성 쉬저우[徐州] 일대)를 건너 탈출하는데, 소왕이 코끼리 꼬리에 횃불을 매달아 오나라 병사들을 향해 돌진하게 했고, 그 사이에 일행은 무사히 탈출했다고 한다.

9 《설문해자(說文解字)》 권9 하(下)에 따르면 코끼리는 삼 년에 한 번 젖을 먹는다고 했다.

10 《좌전》〈양공(襄公) 24년〉: "코끼리는 상아가 있어서 목숨을 잃게 되니, 그걸로 뇌물을 바치기 때문이다.[象有齒以焚其身, 賄也.]"

11 《책부원귀》 권41 〈제왕부(帝王部)〉〈인자(仁慈)〉: 덕종(德宗)은 대력(大歷) 14년(779) 5월에 즉위했는데 문선국(文單國)에서 여러 차례 진상한 길들인 코끼리가 모두 42마리나 되어 궁중에서 기르고 있었다. 개중에 춤을 잘 추는 것들은 원단(元旦)의 조회가 열릴 때 조당(朝堂)에 진열하곤 했다. 그

르기도 했지.[12]

비록 요광성(瑤光星)의 정기를 타고났지만,[13] 결국 남방 아이에게 제압당했지.[14]

또한 이수(伊水)의 모래섬에서 나고,[15] 건타국(乾陀國)과 같은 이역에서 태어나기도 하지.[16]

러나 이때 이르러 덕종은 그 코끼리들을 모두 형산(荊山) 남쪽에 풀어주라고 분부했다.

12 《책부원귀》권29 〈수부(獸部)〉 "상(象)"에 인용된 《진제공찬(晉諸公贊)》에 따르면 진(晉)나라 때 남월(南越)에서 길들인 코끼리를 진상하여 고택(皐澤)에서 기르게 했다. ……원단의 조회가 열릴 때면 항상 조정에 들였다. 황제가 행차할 때는 코끼리가 끄는 수레로 길을 인도하여 교량(橋樑)이 튼튼한지를 살폈다. 나중에 코끼리가 코로 사람을 쳐서 다치게 하자 형벌을 담당하는 관리가 코끼리를 죽이게 했는데, 코를 늘어뜨리고 눈물을 흘리면서 피가 땅에 흘러도 함부로 움직이지 않았다. 이후 조정에서는 조회에서 논의하여 코끼리가 아무 도움이 되지 않는다고 결론을 내리고 모두 남월로 돌려보냈다.

13 《춘추운두추(春秋運斗樞)》에 따르면, 북두칠성의 일곱 번째 별인 요광성(瑤光星)의 빛이 흩어서 코끼리가 된다고 했다.

14 《논형(論衡)》〈물세편(物勢篇)〉: "그러므로 열 살짜리 소가 어린 목동에게 채찍질을 당하며 몰아지고, 긴 코의 코끼리가 남방 아이의 갈고리에 끌려가는 것은 편리한 세력이 없기 때문이다.[故十圍之牛爲牧豎所驅, 長仞之象爲越僮所鉤, 無便故也.]"

15 일본의 승려 신서(信瑞)가 편찬한 《정토삼부경음의집(淨土三部經音義集)》권3 "상왕(象王)"에 인용된 왕소지(王韶之: 380~435, 자는 휴태[休泰])의 《시흥기(始興記)》에 따르면, 이수(伊水)에 넓이가 십 리에 이르는 큰 모래섬이 있는데, 여기에 코끼리와 들소가 무리를 지어 살고 있다고 했다. 이수(伊水)는 허난성[河南省] 서쪽에 있는 강이다.

16 《태평어람》권890 〈수부이(獸部二)〉 "상(象)"에 인용된 《후위서(後魏書)》에 따르면 건타국(乾陀國)은 정복 전쟁을 좋아하는데, 전투에 쓰는 코끼리

쓸개는 달에 따라 몸 안을 돌고,[17] 코가 입의 역할을 하지.

사자를 만나면 반드시 도망치고, 상아가 빠지면 애석해하지.[18]

새끼의 가죽을 보면 눈물 흘리는데,[19] 사람들은 다투어 그 코를 먹으려 하지.[20]

형장(刑場)에서는 눈물 흘리며 피를 흘렸다 하고, 암컷이 죽어도 눈물을 흘리지.[21]

가 700마리나 되며, 코끼리 한 마리에 무기를 든 병사 열 명이 타고, 코끼리 코에는 칼을 묶어 둔다고 했다. 건국국(乾陀國)은 인도의 옛 왕국으로서 문헌에 따라 건타라(健馱邏, Gandhara) 또는 건타위(犍陀衛), 건타월(犍陀越) 등으로 쓰기도 한다.

17 당나라 때 유순(劉恂)이 편찬한 《영표이록(嶺表異録)》 상(上): "코끼리에게는 열두 종류의 살이 있으며, 쓸개가 간에 붙어 있지 않고 달에 따라 살들 사이를 돌아다닌다. 예를 들어서 정월은 인월(寅月)이니 쓸개가 호육(虎肉)에 있고, 나머지 달도 이와 마찬가지 방식으로 돌아다닌다.[象肉有十二種, 膽不附肝, 隨月轉在諸肉中. 假如正月建寅, 膽在虎肉上, 餘月率同此例.]"

18 동한(東漢) 양부(楊孚: ?~?, 자는 효원[孝元]) 《이물지(異物志)》: "코끼리의 상아는 해마다 빠지는데, 이를 애석하게 여겨서 땅을 파서 묻어 둔다. 사람들이 가짜 상아를 만들어서 몰래 바꿔치기한다.[象牙歲脱, 猶愛惜, 掘地藏之. 人作假牙潛易之.]"

19 장제(蔣濟: 188~249, 시호는 경후[景侯]) 〈만기론(萬機論)〉: "장주는 아내가 죽자 노래를 불렀다. 무릇 코끼리도 새끼의 가죽을 보면 눈물짓는데, 그는 어찌 그럴 수 있었단 말인가[莊周婦死而歌. 夫象見子皮而泣, 周何忍哉.]"

20 《영표이록》 상: "광주(廣州)의 속군(屬郡)인 조주(潮州)와 순주(循州)에는 야생 코끼리가 많은데, 그곳 사람들은 코끼리를 잡게 되면 다투어 그 코를 먹으려 했다. 그들 얘기로는 부드럽고 아삭한 맛이 나며 특히 구워 먹으면 좋다는 것이었다.[廣之屬郡潮循州, 多野象. 潮循人或捕得象, 爭食其鼻, 云肥脆, 尤堪作炙.]"

21 《초학기(初學記)》 권29 〈수부(獸部)〉에 인용된 장화(張華)의 《박물지(博物

구진군(九眞郡)과 일남군(日南郡)에서 태어나 창오산(蒼梧山)과
회계(會稽)에서 밭을 갈았지.

저 꿈속에 들어가 장무(張茂)에게 재앙의 징조 보여주었고[22]
코끼리를 춤추게 한 공로 또한 하제(賀齊)에게 돌아갔지.[23]

南方之美者, 梁山之犀象焉.

周澄上言, 可洗之而療疾.

蒼舒有智, 亦稱之而刻船.

志)》에 따르면, 남해(南海)에 암수 두 쌍의 코끼리가 있었는데, 그중에 암
컷 한 마리가 죽자 수컷이 백일 남짓 몸에 진흙을 바르고 지내며, 술과 고
기를 먹지 않았다. 이에 사육을 담당하는 관리가 이유를 묻자, 코끼리가
슬픈 표정으로 눈물을 흘렸다고 한다.

22 《태평광기》권276 〈몽일(夢一)〉에 인용된 《이원(異苑)》의 기록에 따르면
동진(東晉) 때 장무(張茂: ?~?, 자는 우강[偉康])가 꿈에 큰 코끼리를 보고 만
추(萬推)에게 해몽해 달라고 하자, 만추는 그가 큰 군(郡)을 다스리는 태수
가 될 테지만 코끼리가 상아 때문에 사람에게 살해당하듯이 결국 뒤끝이
좋지 않을 거라고 했다. 이후 그는 과연 오흥군수(吳興郡守)가 되었지만,
훗날 왕돈(王敦: 266~324, 자는 처중[處仲])이 왕위를 찬탈할 계획을 세우고
반란을 일으켜 그를 포섭하려 했을 때 끝내 뜻을 굽히지 않다가 결국 멸
문지화를 당했다고 한다.

23 《삼국지(三國志)》권60 《오서(吳書)》15 〈하전려주종리전(賀全呂周鍾離傳)〉
에 따르면 하제(賀齊: ?~227, 자는 공묘[公苗])가 신도태수(新都太守)로 있을
때 길 떠나는 손권(孫權)을 위해 길의 신에게 제사를 지내고 전별(餞別) 잔
치를 하면서 풍악에 맞춰 춤을 추는 코끼리들을 동원했다. 이에 손권이
그에게 "이제 천하가 평정되어 특이한 풍속을 지닌 이민족들이 진귀한 진
상품을 바치고 흉맹한 들짐승들이 따라와 춤을 추는데, 이를 그대가 아니
면 누구와 함께 즐기겠는가?" 하고 말하고, 그에게 가벼운 수레[軒車]와
준마(駿馬)를 하사했다고 한다.

則有束刃於鼻, 繫燧於尾.

雖質大於牛, 而目不逾狶.

初一乳而三年, 卒焚身而以齒.

若乃放於荊山之陽, 養之皐澤之中.

雖稟精於瑤光, 終見制於越童.

至若出伊水之長洲, 生乾陀之異域.

膽隨月轉, 鼻爲口役.

遇獅子而必奔, 顧脫牙而尙惜.

見皮而泣, 爭鼻而食.

臨刑旣聞於泣血, 喪雌亦致於漣洏.

出九眞於日南, 耕蒼梧及會稽.

入彼夢思, 旣見災於張茂.

俾之率舞, 亦歸功於賀齊.

　그 코끼리들은 바람을 따라 명나라 진영으로 달려들어 병사며 말들을 코로 마구 휘감아 던졌다. 그대로 두어서는 안 되겠다고 생각한 왕명은 은신초를 입에 물고 두 손으로 칼을 휘둘러 코끼리들을 베었다. 하지만 그가 아무리 칼로 내리쳐도 코끼리들은 전혀 아무렇지도 않은 것 같았다. 이에 그는 어쩔 수 없이 다시 칼을 휘둘러 코끼리들의 상아를 마구 내리쳤다. 그랬더니 이번에는 효과가 조금 있었다. 원래 코끼리들의 상아는 뿌리가 얕게 박혀 있기 때문에, 이렇게 두드리자 견뎌내지 못하고 모조리 빠져 버렸던 것이다. 그런데 코끼리들은 본래 상아를 아끼기도 하거니와 또 칼로 거기를 두드리자 아프기도 해서 다들 땅바닥을 어지럽게 뒹굴었다. 또 다행히 바람 방향이 동풍으로 바뀌자 왕명은 병사들에게 그 바람을 따라 화포와 총, 불화살 따위를 쏘게 했다. 이렇게 해서 바람도 거세도 불길이 활활 타오르자, 코끼리들은 감히 다가오지 못하고 오랑캐 진영을 향해 거꾸로 내달렸다. 그 바람에 오랑캐 병사들이 절반 가량 짓밟혀 버렸고, 티무르는 상가(喪家)의 개처럼, 겨우 그물에서 빠져나온 물고기처럼 초라한 몰골이 되어 패주해야 했다.

왕명이 병사들에게 상아를 주워 모으게 해서 중군 막사로 돌아오자, 삼보태감이 기뻐하며 물었다.

"그자가 오늘은 무슨 보물을 가져왔더냐?"

"정말 대단한 작자더군요. 보물도 없이 빈손으로 엄청난 바람을 불러일으키고 또 이삼백 마리의 코끼리를 몰아왔습니다. 그 못된 코끼리들이 우리 병사들과 말을 코로 휘감아 내던지는 바람에 멀쩡한 인마를 반 정도 잃었습니다."

"그래서 어떻게 대처했더냐?"

"어쩔 수 없이 칼로 그놈들을 쳤는데 도무지 상처조차 입힐 수가 없었습니다. 그래서 다시 상아를 내리쳐서 수많은 상아를 뽑아 버렸습니다. 그리고 바람을 이용해서 화포와 총, 불화살 따위를 쏘는 등 온갖 방법을 써서 겨우 물리쳤습니다."

"그럼 그 상아를 주워 왔느냐?"

"예."

그가 상아를 바치자 후 태감이 와서 세어보더니 이렇게 말했다.

"장하구나, 팔십 마리가 넘게 때려잡았어!"

삼보태감이 말했다.

"아니 그걸 어찌 아나?"

"상아가 백육십 개군요. 한 마리에 두 개씩이니까 팔십여 마리를 잡은 게 아니겠습니까?"

"상아가 네 개인 코끼리도 있고 하나도 없는 녀석도 있지."

"상아가 없는 녀석은 코끼리도 아니라고 할 수 있지 않습니까? 어쨌든 저도 대충 세어 봤을 뿐입니다."

그 말이 끝나기도 전에 호위병이 보고했다.

"오랑캐 군대가 또 싸움을 걸어오고 있습니다."

알고 보니 티무르는 대패해서 돌아가다가 생각해 보니, 먼저 큰소리를 쳐 놓은 게 있는지라 왕을 만나러 가기 쑥스러워서 그냥 자기 집으로 돌아가 말없이 있었다. 그런데 왕이 또 사람을 보내 부르자 마음이 더욱 불편했다. 그때 그의 아내가 말했다.

"여보, 벼슬살이까지 하면서 왜 이렇게 걱정하셔요?"

"명나라 군대의 왕명이라는 도적놈이 내 필생의 원수가 될 줄 어찌 알았겠소? 저번에는 보물을 훔쳐 가더니, 이번에는 코끼리 부대까지 격파해 버렸소. 이러니 내가 무슨 수를 쓴단 말이오?"

"그건 아니지요! 당신은 진짜 훌륭한 능력을 지니고 있으니까, 그자를 두려워할 이유가 없어요. 미혼진(迷魂陣)과 정신법(定身法)을 쓰면 왕명 따위를 잡지 못할 까닭이 있겠어요?"

이는 그야말로 한마디 말로 나라를 일으키기도 하고 망하게도 하는 것이었다. 그 말을 들은 티무르는 퍼뜩 깨달은 게 있어서 아주 기뻐하며, 곧 정신을 차리고 군마를 점검하여 다시 질풍처럼 공격해 왔던 것이다.

"왕명, 이 도둑놈아! 이번에는 너를 기필코 붙잡아 천참만륙을 내주겠다!"

왕명은 호위병이 보고하는 소리를 듣자마자 즉시 삼보태감에게 아뢰었다.

"이번에는 군사나 깃발, 북을 쓰지 않고 혼자 나가 저 오랑캐 장수의 목을 베어 중군 막사에 바치겠습니다."

"그래, 이번에는 반드시 공을 세우도록 해라!"

왕명이 말에 오르자 후 태감이 그의 어깨를 치며 말했다.

"좋아! 서양 정벌의 제일 큰 공은 네가 세우도록 해라!"

그 말에 왕명은 한없이 기세가 올랐다. 그 자리에 있던 장수와 벼슬아치도 다들 황금 허리띠를 찬 몸으로서 자기들은 일개 사병보다 못하다고 털어놓으면서 격려했다. 왕명은 출전하면서 속으로 계책을 생각했다.

'싸움에서는 먼저 공격하는 게 최고지! 괜히 손을 섞고 진세를 갖춰 겨루는 것보다, 배후를 급습해서 그자의 수급을 취하면 모든 게 끝이 아니겠어?'

그는 곧 한 손에 은신초를, 다른 한 손에는 칼을 들고 살금살금 티무르의 뒤쪽으로 갔다.

티무르는 화가 치밀어 계속 왕명을 도둑놈이라고 욕하며 고래고래 고함을 지르고, 이번에는 반드시 그를 잡아서 돌아가겠노라고, 왕명을 천참만륙으로 응징하지 않으면 자기가 사람이 아니라고 큰 소리를 치고 있었다. 하지만 그가 전혀 눈치채지 못하는 사이에 그의 뒤쪽으로 다가온 왕명이 두 손으로 칼을 움켜쥐고 힘껏 내리쳤다. 어쨌든 눈에 보이는 창은 쉽게 피할 수 있어도 은밀하게 날아오는 화살은 피하기 어려운 법. 그 한 번의 칼질로 티무르는 즉시 사지가 잘리고 말았다. 그 바람에 깜짝 놀란 오랑캐 병사들은 어쩔 줄 모르고 쥐구멍을 찾듯이 뿔뿔이 도망쳐 버렸다.

"어디서 누가 칼을 들고 있는지도 보이지 않았는데, 어떻게 저렇게 사지가 잘릴 수 있지?"

그 말이 끝나기도 전에 이놈의 머리가 잘리고 저놈의 목이 베였다. 조금 전까지 도망치고 있던 놈의 목이 사라지고, 조금 전까지 뭐라고 떠들던 녀석의 주둥이가 잘려 버리는 것이었다. 불쌍하게도 오랑캐 병사들은 하늘을 향해 울부짖었다.

"아이고, 하늘이 우리를 죽이는구나! 하늘이 우리를 죽여!"

그들은 머리를 싸매고 목을 움츠린 채 뿔뿔이 살길을 찾아 도망쳤다. 왕궁으로 도망친 놈들도 있었지만 왕명이 거기까지 쫓아갔고, 오문(午門) 안으로 도망쳐도 소용이 없었다.

오문 안까지 쫓아 들어간 왕명은 살심이 치밀어 오랑캐 왕까지 해치워 버리려고 했다. 그런 사실을 까마득히 모르는 오랑캐 왕은 계속 병사들에게 물었다.

"총사령관이 어쩌다가 사지가 잘렸단 말이냐?"

오랑캐 병사들도 영문을 모르는 마당이어서 대답이 중구난방이었다.

"자살했습니다."

"하늘이 죽였습니다."

왕이 버럭 고함을 질렀다.

"말도 안 되는 소리! 하늘이 어찌 사람을 죽일 수 있으며, 또 그 사람이 갑자기 자살할 까닭이 없지 않느냐?"

그 사이에도 왕명은 왕을 해치울 때를 노리고 있었으나 마땅한 기회가 오지 않고 있었다. 그때 궁전 동쪽에서 도사 하나가 나타났다.

龐眉皓髮鬢如絲	희끗한 눈썹에 새하얀 머리 귀밑머리도 가늘고
遣興相忘一局棋	소일거리 바둑 두며 잡생각 없네.
松柏滿林春不老	숲에 가득 소나무 잣나무에 봄은 시들지 않고
高風千載付君知	영원히 이어지는 고상한 기풍 그대에게도 알리네.

그 도사는 국왕을 향해 다섯 번 절을 올리고 머리를 세 번 조아리더니 옷자락을 털며 발을 굴렀다. 국왕이 물었다.

"그대는 누구인가?"

"저는 호국군사(護國軍師) 금모도장(金毛道長)이옵니다."

"그래, 무슨 일로 찾아왔는가?"

"지금 조정에 명나라 자객이 대왕마마를 해치려고 와 있어서, 제가 죽음을 무릅쓰고 아뢰는 바입니다."

"하하! 그게 무슨 말씀이오? 여기 자객이 있다면 어찌 내 눈에 보이지 않는다는 말씀이오? 나만 보지 못하는 게 아니라, 여기 가득한 문무 대신들도 보지 못하고 있지 않소?"

"이 자객은 오직 저만 볼 수 있사옵니다."

"그럼 그자를 나타나게 해서 과인이 볼 수 있게 해 주시구려."

"그거야 어렵지 않습니다."

그 말에 깜짝 놀란 왕명은 모골이 송연해졌다.

'이 도사가 어떻게 나를 볼 수 있지? 설마 이 은신초가 오늘은 효험이 없어진 건가? 안 되겠다. 일찌감치 내빼는 게 좋겠어. 가만! 천신만고 끝에 여기까지 왔는데, 일단 저자가 어쩌나 두고 보는 게 좋지 않을까? 혹시 속임수일지도 모르니까 말이야.'

그때 도사가 일어서서 계단 위에 서더니 품에서 붉은 비단 주머니를 꺼냈다. 그리고 거기에서 자그마한 거울을 하나 꺼냈다. 그러자 오랑캐 왕이 물었다.

"선생, 그건 무슨 거울이오?"

"세상에 유명한 거울이 세 개 있습니다. 하나는 헌원경(軒轅鏡)이고 다음은 연마경(煉魔鏡), 세 번째는 조요경(照妖鏡)이옵니다."

"그것들은 어디에 쓰는 것이오?"

"이걸 꺼내 비추면 명나라 자객이 어떻게 생긴 누구인지 알 수 있사옵니다."

"좋소! 아주 훌륭하오! 여봐라, 역사들은 어디 있느냐?"

그러자 계단 양쪽에 시립해 있던 두 명의 역사가 일제히 "예!" 하고 다가와 두 손으로 거울을 받아 섬돌 위에 놓았다. 문무백관이 자세히 살펴보니 과연 둥근 투구를 쓰고, 노란 갑옷을 입고, 가죽 허리띠를 찬 채, 각반을 매고 가죽신을 신은 명나라 병사가 왼손에는 풀을 하나 들고, 오른손에는 칼을 들고 서 있었다. 하지만 왕명은 아직 일개 사병인지라 전혀 서두르지도 않고, 제아무리 조요경이 있다 한들 겁내지 않고 도망치려 하지 않았다. 문무백관 모두 그가 은신초로 몸을 숨긴 명나라 사람인 줄 알아본 상황이었는데도 말이다! 뒤이어 딱따기 소리가 울리면서 오랑캐 병사들이 달려들어 왕명을 밧줄로 묶어 왕 앞에 끌고 갔지만, 그는 당당하게 버티고 서 있었다. 그러자 오랑캐 왕이 호통을 쳤다.

"네 이놈! 왜 무릎을 꿇지 않는 것이냐?"

"머리를 베건 목을 치건 마음대로 해라. 그런다고 무릎을 꿇을 줄 아느냐?"

"이 간덩이 큰 도적놈 같으니라고! 너는 계속해서 우리 영토를 침범해 병사들을 죽이고, 보물을 훔치고, 심지어 우리 총사령관까지 살해했다. 그런데 오늘은 어찌 내 조정에까지 잠입했느냐? 네 놈을 잡기가 두꺼운 얼음을 깨고 물을 푸거나 모래를 짜서 기름을 얻는 것처럼 어려울 줄 알았겠지만, 제 발로 사지에 들어온 줄은 몰랐겠지! 결국 네놈 스스로 저지른 잘못이니 살아서 돌아가지는 못

할 것이다. 여봐라, 망나니를 불러 저자의 목을 쳐서 효수하도록
하라!"

'목이 잘리면 다시 나기 어렵겠지? 아무래도 수를 써서 이 자리
를 빠져나가야겠구나.'

망나니가 칼을 뽑아 드는 것을 보면서 왕명은 느긋하게 말했다.

"죽일 테면 죽여라. 하지만 저쪽에 아직 많은 군사가 남아 있으
니, 나중에 한꺼번에 달려와서 복수를 해 줄 것이다!"

"아직도 너 같은 놈들이 많이 있다고?"

오랑캐 왕은 급히 그를 다시 불러서 물었다.

"네가 저지른 일은 스스로 감당해야 하니, 너는 죽어 마땅하다.
그런데 아직 많은 군사가 남아 있다는 게 무슨 말이냐?"

왕명이 다시 느긋하게 대답했다.

"나야 사람됨이 조금 순진하지만, 우리 함대에는 성질 고약한 인
간들이 상당히 있지. 그들이 너한테 할 말이 제법 있을 거야."

"성질 고약한 인간들이라니?"

"나하고 같은 해 같은 달 같은 날 같은 시간에 같은 마을에서 태
어나 같은 스승에게 같은 수법과 술법을 배운 사람들이다. 그들도
나처럼 살인의 기술이 뛰어나고 붙잡기 어려운 이들인데, 모두 칠
칠이 사십구 명이다. 오늘 나 하나를 죽인다면 나머지 마흔여덟 명
이 너를 가만둘 줄 아느냐?"

"그래, 네놈은 그래도 조금 순진하구나. 그렇다면 아예 모조리
털어놓도록 해라."

왕명이 또 일부러 꾸며 말했다.

"내가 그 마흔여덟 명의 성명을 모두 말해 줄 테니 앞으로 조심하도록 해라."

"종이와 붓을 줄 테니 그자들의 이름을 모두 적어라."

왕명은 글씨를 쓰도록 오랏줄을 풀어 주게 만들 속셈이었지만 입으로는 전혀 다르게 말했다.

"그냥 말로 하겠다."

"네가 너무 빨리 말해 버리면 미처 받아 적을 수 없지 않겠느냐?"

"밥통 같으니라고! 머리가 나쁘다면 마흔여덟 명을 불러와라. 한 사람이 이름 하나씩만 기억하면 되지 않겠느냐?"

오랑캐 왕은 그 말을 진짜로 믿었다.

"이자는 정말 제법 순진하구나. 하지만 그냥 네가 직접 쓰도록 해라."

그리고 즉시 문방사우를 가져다가 섬돌 위에 놓게 했다.

'제대로 먹혔군!'

어쨌든 오랏줄에 묶인 상태로는 글을 쓸 수 없으니, 오랑캐 관리들은 서둘러 그의 손을 풀어주었다. 그리고 그들은 각자 먹을 갈고, 종이를 펴고, 붓을 가져왔다. 왕명이 왼손을 내밀어 붓을 받자 오랑캐 관리가 물었다.

"알고 보니 왼손잡이였구먼?"

"나는 양손을 다 쓴다."

그리고 왼손으로 붓을 잡으며 오른손으로 은신초를 꺼내 들었다. 그 순간 그의 모습이 사라져 버렸다. 그러자 오랑캐 국왕이 한숨을 내쉬며 말했다.

"명나라 놈들은 솔직한 줄 알았더니, 그게 아니로구나."

그러자 관리가 말했다.

"다행히 솔직하니까 내달려 달아날 줄만 알았지, 그렇지 않았더라면 날아다녔을 겁니다!"

그때 금모도장이 말했다.

"대왕마마, 걱정하지 마시옵소서. 제가 보기에 이자들은 하찮은 벌레와 같은 미천한 존재들에 지나지 않으니, 입에 올릴 가치도 없습니다. 제가 재주는 미천하오나 군사를 조금 내주신다면, 출전하여 반드시 왕명을 사로잡아 뼈를 바르고 몸뚱이를 만 조각으로 쪼개고 말겠습니다!"

"그건 그저 잠시 짐의 근심을 풀어주는 듣기 좋은 말씀에 지나지 않소. 왕명을 우습게 보지 마시오. 잡았다 싶으면 금방 사라져 버리는데, 천지에 통달한 신선이나 지옥을 드나드는 귀신도 이 정도까지는 아닐 지경이오. 그자는 우리 병사 쉰 명의 목을 베고 총사령관까지 살해했소. 이런 자를 어찌 쉽게 잡을 수 있겠소?"

"왕명뿐만 아니라 그 함대에 타고 있는 모든 것들의 목숨은 다 제 손안에 있사옵니다."

"그것도 아닌 것 같구려. 총사령관의 얘기로는 그 배에 인화진인이라는 도사가 있는데, 비바람을 부르고 귀신을 부릴 줄 안다고 했소. 또 호국국사라는 승려는 해와 달을 가슴에 품고 천지를 소매

안에 담을 수 있다고 했소. 그들을 너무 쉽게 생각하시는 게 아니오?"

"그건 적의 사기만 올려주고 우리 편의 기세를 꺾는 말씀이 아닌가 하옵니다. 제가 출전해서 그 도사와 승려를 사로잡지 못한다면, 대왕마마께 제 수급을 바치겠나이다."

오랑캐 왕은 위풍당당하고 기세등등한 그의 모습을 보자 오히려 속으로 겁이 나서 얼른 사과했다.

"그렇다면 그대만 믿겠소이다. 부디 큰 능력을 발휘하여 과인의 사직을 구해 주시구려! 개선하시면 태자의 지위뿐만 아니라 그보다 더한 보상을 내리겠소."

그리고 석 잔의 술을 내려 출전을 격려했다. 금모도장은 훈련장으로 가서 병사를 점검하고 곧장 봉반관으로 오면서 생각했다.

'명나라 도사가 비바람을 부르고 구름과 안개를 탈 줄 안다고 하는데, 나도 도사이니 구름을 타지 못할 리 있나? 하지만 이렇게 두답(頭踏)을 앞세우고 행군하는 마당에 어떻게 구름을 탄단 말인가?'

그는 잠시 더 생각하다가 한 가지 방법을 떠올렸다. 그리고 즉시 참요검(斬妖劍)을 들어 동쪽을 향해 몇 번 휘두르면서 뭐라고 중얼중얼하더니 "나타나라!" 하고 소리쳤다. 그러자 동쪽에서 키가 세 길 네 자쯤 되고 까까머리에 얼굴이 푸르뎅뎅한 신이 걸어와서 절을 올렸다.

"무슨 일로 부르셨는지요?"

"그대는 어떤 신이오?"

"갑을인묘목(甲乙寅卯木)의 동방(東方)을 맡고 있는 청룡신(靑龍神)입니다."

"그렇다면 동방청릉구기기(東方靑陵九氣旗)에 자리를 잡고 내 두답이 되어 주시오."

"예!"

금모도장은 다시 참요검을 들어서 남쪽을 향해 몇 번 휘두르면서 뭐라고 중얼중얼하더니 "나타나라!" 하고 소리쳤다. 그러자 남쪽에서 키가 세 길 네 자쯤 되고 시뻘건 머리카락에 주둥이가 툭 튀어나온 신이 걸어와서 절을 올렸다.

"무슨 일로 부르셨는지요?"

"그대는 어떤 신이오?"

"병정사오화(丙丁巳午火)의 남방을 맡고 있는 주작신(朱雀神)입니다."

"그렇다면 남방단릉삼기기(南方丹陵三氣旗)에 자리를 잡고 내 두답이 되어 주시오."

"예!"

금모도장은 다시 참요검을 들어 서쪽을 향해 몇 번 휘두르면서 뭐라고 중얼중얼하더니 "나타나라!" 하고 소리쳤다. 그러자 서쪽에서 키가 세 길 네 자쯤 되고 머리카락이 덥수룩하며 새하얀 얼굴을 한 신이 걸어와서 절을 올렸다.

"무슨 일로 부르셨는지요?"

"그대는 어떤 신이오?"

"경신신유금(庚辛申酉金)의 서방을 맡고 있는 백호신(白虎神)입니다."

"그렇다면 서방교룡오기기(西方皎陵五氣旗)에 자리를 잡고 내 두 답이 되어 주시오."

"예!"

금모도장은 다시 참요검을 들어 북쪽을 향해 몇 번 휘두르면서 뭐라고 중얼중얼하더니 "나타나라!" 하고 소리쳤다. 그러자 북쪽에서 키가 세 길 네 자쯤 되고 길쭉한 머리에 시커먼 얼굴을 한 신이 걸어와서 절을 올렸다.

"무슨 일로 부르셨는지요?"

"그대는 어떤 신이오?"

"임계자축수(壬癸子丑水)의 북방을 맡고 있는 현무신(玄武神)입니다."

"그렇다면 북방현룡칠기기(北方玄陵七氣旗)에 자리를 잡고 내 두 답이 되어 주시오."

"예!"

금모도장은 다시 참요검을 들어 산 위를 향해 몇 번 휘두르면서 뭐라고 중얼거렸다. 그러자 키가 세 길 여덟 자의 여우 정령 두 마리가 나타났다. 손발에 털이 덥수룩하게 덮여 있고 주둥이와 코가 움푹 들어간 그들은 금모도장을 보자 두 무릎을 꿇었다.

"못된 짐승 놈, 너희 가운데 하나는 저 표미기(豹尾旗)를 들어라. 그리고 이거 아느냐? 병법에 이르기를 '장수는 전장에 임하면 몸을 돌보지 않고, 군중에서는 군주의 명이라도 거역할 경우가 있다.'라고 했느니라. 이게 바로 이 깃발을 가리키는 말이다. 알겠느냐?"

두 마리 여우 정령이 일제히 대답했다.

"예!"

금모도장은 다시 참요검을 들어 바다를 향해 몇 번 휘두르면서 뭐라고 중얼거렸다. 그러자 물속에서 키가 세 길 여덟 자의 벽수어(碧水魚)가 나타났다. 붉은 비늘에 덮인 채 커다란 머리와 커다란 꼬리지느러미를 가진 그놈은 금모도장을 보자 두 무릎을 꿇었다.

"얘야, 이리 오너라. 내 너를 타고 출전할 것이다. 알겠느냐? 하늘로 오르고 땅속으로 들어가고, 구름과 안개를 타는 일이 모두 네게 달렸느니라."

벽수어가 고개를 조아리며 "예!" 하고 대답했다.

금모도장은 일단의 병사를 거느리고, 수많은 흉신악살(凶神惡煞)을 두답으로 앞세우고, 벽수어를 탄 채 곧 봉반관 앞에 진세를 펼쳤다.

한편 왕명이 티무르의 수급을 바치자 삼보태감은 무척 기뻐하며 후한 상을 내렸다.

"이 자를 죽이고 어떻게 또 성안으로 들어갔더냐?"

"오랑캐 왕의 궁전까지 들어가 그자의 목을 치려고 했습니다."

"그래, 성공했더냐?"

"한참 순조롭게 진행되고 있는 판에 무슨 금모도장인가 하는 작자한테 들켜 버렸습니다. 제가 재간이 모자랐더라면 키가 한 자쯤 줄어들 뻔했습니다."

"그게 무슨 소리냐?"

"투구하고 머리까지 합치면 한 자쯤 되지 않습니까? 그런데 목이 잘리면 키가 한 자쯤 줄어들게 된다는 뜻입니다."

"저런! 여봐라, 군정사에서 술을 한 병 가져오도록 해라. 왕명의 놀란 가슴을 진정시켜 줘야겠다."

그 말이 끝나기도 전에 호위병이 들어와 보고했다.

"오랑캐 왕이 도사를 하나 보냈습니다. 그 도사는 일단의 군사를 거느리고 흉신악살을 두 답으로 앞세운 채, 커다랗고 신령한 물고기를 타고 있습니다. 자칭 금모도장이라고 하면서 천사님과 국사님을 지명하며 나오라고 하고 있습니다."

왕명이 말했다.

"제가 나가서 저 요사한 도사를 사로잡아 오겠습니다."

삼보태감이 말했다.

"교만한 군대는 패배하기 마련이고, 적을 우습게 보면 망하는 법이다. 너는 안 된다. 그자가 천사님과 국사님을 지명했으니, 그 두 분께 부탁을 드려야겠구나."

그러자 왕 태감이 말했다.

"그자도 도사라고 하니 장 천사께서 출전하시면 딱 맞겠습니다!"

이에 장 천사에게 얘기하자 그는 선뜻 나섰다. 세 번의 북소리에 이어 세 번의 함성이 울리면서 일단의 병사가 우르르 앞으로 나갔다. 금모도장이 살펴보니 명나라 진영에는 도사와 도동이 두 줄로 늘어서 있고, 중간에 커다란 글씨로 '강서룡호산 인화진인 장 천사'라고 적힌 검푸른 깃발이 세워져 있었다. 그리고 그 아래에는 구량건(九梁巾)을 쓰고, 구름무늬가 들어 있는 학창의를 입고, 칠성검을 든 채, 갈기 푸른 말을 타고 있는 말쑥하게 생긴 장수가 자리 잡고 있었다.

'저자가 바로 구름과 안개를 타고 귀신을 부린다는 작자로구나. 어디 말을 한 번 걸어 볼까?'

금모도장이 고함을 질렀다.

"그대가 명나라의 천사인가?"

"내가 바로 위대한 명나라 황제 폐하를 모시는 인화진인 장 천사이다. 너는 누구냐?"

"흥! 우습게 보지 마라. 내가 바로 살발국 호국진인 금모도장이다."

"천하의 진인은 오직 나뿐이라, 한나라 이래 대대로 유전되어 왔다. 기린전(麒麟殿)에 적수가 없고, 용호산에서 제일가는 몸이라는 말이다! 어디서 이름조차 들어 본 적이 없는 놈이 나서서 설치느냐?"

"괜한 분란을 일으켜 백성을 괴롭히는 못된 놈! 어째서 감히 아무 이유 없이 우리나라를 침범하고, 하잘것없는 무명 말장(末將)을 부추겨 우리 총사령관을 살해했느냐? 내 이번에는 맛을 톡톡히 보여주마!"

그가 칼을 휘두르며 달려들자 장 천사가 속으로 생각했다.

'청룡, 백호, 주작, 현무를 보면 이 자도 정일파(正一派)의 도사인데, 여우 정령이나 벽수어를 보면 요사한 도사라고 할 수 있겠구나. 그런데 어찌 이리 무례하다는 말인가? 대대로 천사의 직위를 계승해온 이 몸이 저런 작자를 곱게 놔둘 수 없지!'

그는 즉시 칠성검을 들어서 막았다. 이렇게 둘이 치고받으며 한참 동안 한 덩어리가 되어 싸우다가 장 천사는 문득 다른 생각이 들었다.

'출가한 몸이 칼질로 승부를 내려고 하면 어찌 쉽게 공을 세울 수 있겠는가!'

그는 얼른 검을 거두어 태양을 향해 세 번 휘저었다. 그러자 칼끝에서 "팍!" 하는 소리와 함께 불꽃이 일어나면서 부적을 하나 태웠다. 장 천사의 능력을 모르는 금모도장이 비아냥거렸다.

"이봐, 당신 칼끝에 불이 났구먼. 아마 지금 당신 속도 그렇게 타고 있겠지?"

"마음의 불길을 없애고 부처님 앞의 등불을 밝히라는 얘기는 아는 모양이로구나?"

그 말이 끝나기도 전에 장 천사의 칼끝에서 시퍼런 얼굴에 날카로운 송곳니를 드러낸 귀신이 나타났다.

이 귀신이 어떤 귀신인지는 다음 회를 보시라.

벽봉장로는 금모도장을 설득하여 교화하고
하늘나라 궁궐을 샅샅이 조사하다

金碧峰勸化道長　金碧峰遍查天宮

將軍辟轅門	장군은 원문(轅門)을 열고[1]
耿介當風立	용맹하게 바람 앞에 섰다.
諸將欲言事	장수들은 할 말이 있어도
逡巡不敢入	머뭇거리며 감히 들어가지 못한다.
劍氣射雲天	검의 기운 하늘의 구름 위로 쏘아지고
鼓聲振原隰	북소리는 들판의 습지를 진동한다.
黃塵塞路起	누런 먼지 변방의 길에 일어나고
走馬追兵急	말을 달려 병사들은 급히 추격한다.
彎弓從此去	활을 당겨 쏘니

---

1 인용된 시는 당나라 때 유희이(劉希夷: 651?~679, 일명 정지[庭芝], 자는 연지[延芝])의 〈장군행(將軍行)〉에서 몇 글자를 바꾼 것이다. 원작에서는 제13구의 번마(番馬)가 대마(代馬)로, 제14구의 번인(番人)이 잔병(殘兵)으로, 제16~20구는 "有事常討襲. 乘我廟堂運, 坐使干戈戢. 獻凱還帝京, 軍容何翕習."으로 되어 있다.

飛箭如雨集	화살들은 비처럼 날아간다.
截圍一百重	백 겹의 포위를 뚫고
斬首五千級	오천 개의 수급을 벤다.
番馬流血死	오랑캐의 말들은 피 흘리며 죽어가고
番人抱鞍泣	오랑캐들은 안장 끌어안고 눈물 흘린다.
古來養甲兵	예로부터 군대를 양성하는 것은
萬里當時襲	만 리 이역에서 때맞춰 공격하기 위함이지.
乘此廟堂算	이를 타고 나라를 정복하여
坐使干戈戢	전쟁을 종식시키지.
佇看獻凱歸	개선가 부르며 돌아오는 모습 우두커니 바라보니
天師何翕習	장 천사의 기개 어찌나 왕성하던지!

그러니까 장 천사의 칼끝에서 시퍼렇고 털이 덥수룩한 귀신이 튀어나오자, 장 천사가 손가락으로 가리켰다. 그러자 그 귀신이 휙 날아가 청룡신을 두 쪽으로 찢어 버렸다. 잠시 후 장 천사가 다시 부적을 날리자 온몸이 시뻘건 털북숭이 귀신이 나타나 주작신을 두 쪽으로 찢어 버렸다. 또 부적을 날리자 온몸이 새하얀 털북숭이 귀신이 나타나 백호신을 두 쪽으로 찢어 버렸다. 다시 부적을 날리자 온몸이 새까만 털북숭이 귀신이 나타나 현무신을 두 쪽으로 찢어 버렸다. 당황한 금모도장이 이리저리 칼을 휘둘렀으나 그 귀신들을 어쩔 수 없었다. 순식간에 두답을 맡고 있던 네 명의 신이 사라지자, 장 천사가 생각했다.

'여우 정령밖에 남지 않았으니, 이건 쉽게 해치울 수 있겠구나.'

그리고 "쌩!" 하고 칠성검을 날려 여우 정령들을 단번에 네 조각으로 만들어 버렸다. 어떻게 그렇게 되었느냐고? 두 놈을 각기 두 동강 내버렸으니 그럴 수밖에. 금모도장이 더욱 당황하여 보물을 하나 꺼내서 허공으로 던졌다. 그리고 공중으로 뛰어오르더니 몸을 돌려 장 천사의 머리를 쪼갤 듯이 칼을 내리쳤다. 심상치 않은 낌새를 눈치챈 장 천사가 재빨리 옆으로 피하면서 칼을 막아 내고, 손바닥에서 번개를 일으켜 금모도장의 얼굴을 향해 내질렀다. 그 순간 양쪽 진영에서 징 소리가 울리면서 양측 모두 병사를 거두었다.

이튿날 금모도장이 다시 찾아오자 장 천사가 중얼거렸다.

"바둑에서는 한 수만 잘못 두어도 패하는 법이니, 오늘은 더 이상 저 자에게 허튼짓할 틈을 주지 않겠다!"

그리고 즉시 금모도장을 향해 번개를 내지르자, 어찌할 바를 몰라 당황하던 금모도장은 그대로 돌아서서 달아나는 수밖에 없었다. 이렇게 사흘 동안 세 차례 번개를 내지르고 나서 장 천사가 다시 생각했다.

'이 자도 제법 재간이 있구먼! 이런 번개로는 시간만 낭비할 뿐이지 끝장을 낼 수는 없겠어.'

그는 눈살을 찌푸리며 생각에 잠겨서 계책을 생각했다.

이튿날 금모도장이 다시 오자 장 천사는 일찌감치 네 장의 부적을 살라 네 명의 하늘 신장을 불러 내렸다. 사방팔방에 모두 하늘 신장이 보이자 금모도장은 그들을 장 천사가 불러낸 것인지 모르고 속으로 생각했다.

'이 신장들은 무슨 문서를 주겠다고 내게 온 걸까? 어디 한 번 물어보자.'

"네 분은 혹시 마 원수와 조 원수, 온 원수, 관 원수가 아니신지요?"

그러자 네 신장이 버럭 화를 냈다.

"우리 이름을 누가 감히 함부로 부르는가? 옥황상제가 아니면 감히 그렇게 부르지 못하거늘! 네놈은 대체 누구인데 감히 우리를 그렇게 부르느냐?"

그리고 마 원수는 벽돌을, 조 원수는 채찍을, 온 원수는 몽둥이를, 관 원수는 칼을 각기 손에 쥐고 공격할 태세를 갖추었다. 깜짝 놀란 금모도장이 중얼거렸다.

"하늘 신장들이 갑자기 왜 안면을 바꾸었지?"

그는 황급히 보물을 꺼내 허공을 향해 내던져 공중에 낮게 던져졌는데, 그것은 신장 하나를 향해 쏟아졌다. 다행히 신장들은 눈썰미가 밝았다.

"알고 보니 그 작자로구먼!"

이에 신장들은 모두 각자의 무기를 거두고 장 천사에게 말했다.

"천사님, 저희는 도와드릴 수 없습니다."

그리고 일제히 상서로운 구름을 타고 떠나 버렸다. 장 천사는 신장들도 금모도장을 어쩌지 못하자 기분이 몹시 상했지만, 당장 아무 대책이 서지 않았다. 그가 머뭇거리고 있을 때 금모도장이 보물을 던져 공격해오자, 미처 방비하지 못하고 있던 장 천사는 어쩔 수 없이 푸른 갈기의 말과 함께 짚으로 엮은 용을 타고 돌아올 수밖에 없었다.

삼보태감이 물었다.

"연일 노고가 많으십니다."

"고생만 하고 공은 세우지 못하니, 부끄럽기 짝이 없습니다!"

"서양을 정벌하기가 이렇게 어려울 줄 몰랐습니다!"

"정말 그렇군요. 그자가 무슨 요괴인지 도무지 모르겠습니다. 이름도 처음 들어보는데 무슨 보물까지 지니고 있더군요. 도무지 단서가 없어서 창졸간에 어찌 손을 써 볼 방도가 떠오르지 않습니다."

그러자 후 태감이 말했다.

"이후로는 어찌하실 겁니까?"

"일단 국사님의 의견을 들어 봐야겠습니다."

이에 삼보태감이 벽봉장로를 찾아가 그간의 상황을 설명했다. 살발국의 무슨 총사령관은 다행히 왕명이 사지를 잘랐지만, 뜻밖에 금모도장이라는 도사가 또 무슨 보물을 써서 괴롭히고 있는데, 도무지 단서가 없으니 어쩌면 좋겠냐고 물었다. 모든 얘기를 듣고 나서 벽봉장로가 말했다.

"서양은 오랑캐의 땅이라 우리 중국과는 다르지요."

"천사께서는 국사님께서 나가서서 해결해 주셨으면 하던데, 괜찮으시겠습니까?"

"선재! 선재로다! 저는 출가한 승려인데 어떻게 전장에 나가 살인을 할 수 있겠소이까?"

"국사님께서 나서려 하지 않으시면, 이 일은 송충이처럼 처치 곤란해집니다!"

"일단 내가 한 번 설득해 보겠소이다."

"그럴 수만 있다면 그것도 좋지요. 그저 국사님만 믿겠습니다."

벽봉장로는 비로모를 바로 쓰고 승복 자락을 털고 발을 굴러 신발의 먼지를 털더니, 수염을 한 번 쓸고 나서 한 손에는 바리때, 다른 한 손에는 석장을 들고 휘적휘적 걸어 나갔다. 금모도장이 그를 보고 중얼거렸다.

"우리 서양에는 중이 없는데, 저자가 혹시 김벽봉이 아닐까? 어디 한 번 말을 걸어 보자."

그리고 그가 큰소리로 물었다.

"그대가 혹시 명나라의 김벽봉장로인가?"

천둥처럼 귀를 울리는 그 소리를 듣자 벽봉장로가 나직하게 대답했다.

"그렇소이다."

"김벽봉, 나는 네가 여덟 마리 말도 마음대로 다루고 아홉 마리소도 한 손으로 잡아끄는 괴력을 가진 살아 있는 천신이나 지옥의 귀신인 줄 알았는데, 알고 보니 너나 나나 그저 사람일 뿐이구나. 그런데 어째서 군대를 이끌고 서양에 와서 우리 영토를 침범하느냐? 이제 나를 알겠느냐? 도망치지 말고 내 칼을 받아라!"

그가 칼을 휘두르며 달려들자 벽봉장로가 말했다.

"선재! 선재로다! 저 같은 까까머리가 어찌 이런 칼을 감당하겠소? 이거 잘못하다가는 쪼개진 표주박 신세가 되겠구려!"

말은 그렇게 하면서도 그는 속으로 생각했다.

'석장으로 맞서자니 살계를 범하거나 분노가 일어날까 걱정이고, 그렇다고 그냥 칼을 맞을 수도 없지 않은가?'

그는 곧 구환석장으로 풀이 우거진 땅바닥에 줄을 휙 그었다. 그러자 금모도장을 태운 벽수어가 깜짝 놀라 사오십 걸음이나 물러나 버렸고, 그 바람에 금모도장의 칼은 허공만 내리그었다.

"아니, 벽수어가 무얼 봤기에 이러지? 아하! 저 석장에서 무슨 소리가 나서 놀란 모양이구나."

그리고 다시 벽수어를 몰아 달려들며 칼을 휘둘렀다. 하지만 벽봉장로가 다시 석장으로 줄을 긋자 이번에도 벽수어가 움찔하며 사오십 걸음이나 물러나 버렸다. 화가 치민 금모도장이 버럭 소리를 질렀다.

"이놈의 중, 감히 내 탈 것에게 겁을 줘?"

그는 즉시 진언을 외며 주문을 읊었다. 그 순간 북쪽에서 사나운 바람이 일면서 바위가 구르고 모래가 날리더니 빗방울처럼 벽봉장로에게 몰아쳤다. 처음에는 그것들이 그래도 참새 알만큼 하더니 점점 달걀, 오리 알, 거위 알, 기러기 알처럼 커지는 것이었다. 그걸 보고 벽봉장로가 실소를 터뜨렸다.

"허허! 그놈의 돌들 참 매섭게 날아오는구나. 보통 사람이라면 고깃덩어리 신세를 면치 못하겠어."

그는 느긋하게 승모를 벗어 까까머리를 드러냈다. 그리고 두 시간 반쯤 지나자 사방팔방에 어지럽게 바위들이 쌓였다.

금모도장은 벽봉장로가 죽었으려니 여겼는데, 잠시 후에 살펴보니 벽봉장로는 머리에 멍 자국 하나도 생기지 않은 상태였다.

'이놈의 중이 과연 제법 재간이 있구나. 그 도사 놈하고는 차원이 달라!'

그는 서둘러 부적을 하나 태우며 주문을 외었다. 그 순간 서쪽에서 수많은 하늘 신들과 지옥의 귀신들, 땅의 잡귀들, 별신들, 바위 도깨비, 산 도깨비, 꽃의 신[花神], 나무 도깨비 등이 용이며 뱀, 호랑이, 표범, 물소, 코끼리, 사자 등의 맹수를 타고 나타나 일제히 벽봉장로를 향해 달려들었다.

벽봉장로가 실소를 터뜨렸다.

"허허! 자칭 신선가라고 하더니, 알고 보니 요사한 사술이나 부리는 작자로구먼. 이따위 것들로 뭘 어쩌겠다는 겐지 원!"

그는 느긋하게 노란 콩을 하나 꺼내 입에 물어 잘근잘근 씹더니, 남쪽을 향해 "퉤!" 하고 뱉었다. 그 순간 남방의 화덕성군(火德星君)은 부처님의 호출을 받자 감히 늑장을 부리지 못하고 즉시 불 까마귀와 화마(火馬), 화룡(火龍), 불창, 불화살 따위를 일제히 쏘아서 그 도깨비들과 맹수들을 모조리 태워 본색이 드러나게 만들어 버렸다. 그들의 본색은 어떠했을까? 알고 보니 도깨비들은 모두 종잇조각에 지나지 않았고, 맹수들은 모두 풀 조각들이었다. 금모도장은 술법이 깨지자 더욱 화가 치밀었다.

'이놈의 중이 제법이구나. 내 술법을 깨뜨렸다고 가만둘 줄 알았더냐?'

그는 재빨리 주문을 외며 물을 한 모금 머금어 동쪽을 향해 뿜었다. 그러자 순식간에 먹구름이 사방을 뒤덮어 손바닥을 들어도 보이지 않을 만큼 깜깜해졌다.

벽봉장로가 실소를 터뜨렸다.

"허허! 해를 가리는 이런 술법은 문외한들한테나 먹힐 뿐이지, 나 같은 전문가가 눈이라도 깜박할꼬?"

그는 느긋하게 소매에서 동전만 한 크기의 빨간 종이를 꺼내서 서쪽을 향해 훅 불면서 손가락 하나를 들어 가리키며 소리쳤다.

"구름아, 당장 흩어져라!"

그 즉시 구름이 모두 사라지고 서쪽으로 기우는 빨간 해가 나타났다.

모든 술법이 다 통하지 않자 깜짝 놀란 금모도장은 철군하고 싶었지만, 오랑캐 왕에게 큰소리를 쳐 놓은 게 마음에 걸렸다. 그렇다고 돌아가지 않자니 당장 상대를 이길 대책도 떠오르지 않았다. 그가 속으로 고민하고 있을 때, 속내를 눈치챈 벽봉장로가 말했다.

"날이 저물면 전투를 멈추는 법이니, 잠시 돌아가셨다가 내일 다시 오시구려."

금모도장으로서는 듣던 중 반가운 소리였다.

"오늘은 그냥 보내지만 내일은 단단히 맛을 보여주마!"

이튿날 다시 찾아온 금모도장은 멀찍이서 벽봉장로가 보이자마자 이런저런 말도 하지 않고 즉시 진언을 외고 주문을 읊으며 칼을 들어 바다를 가리키며 흔들었다. 그 즉시 바닷물이 위로 솟구쳐 수백 길의 파도가 일면서 사납게 덮쳐왔다. 그걸 보자 벽봉장로가 다시 실소를 터뜨렸다.

"허허! 그대가 바다를 뒤집는 재주가 있다면, 나한테도 산을 옮기는 재주쯤은 있지."

그는 느긋하게 소식을 전하는 향기를 한 줄기 피웠다. 그 향기는 곧장 영산의 석가모니 부처에게 전해졌다. 석가모니 부처는 아난에게 산을 하나 가져다가 바닷가를 막으라고 분부했다. 예로부터 흙은 물을 이긴다고 하지 않았던가? 게다가 불가의 명산을 하나 가져왔으니 바닷물이 넘칠까 걱정할 필요는 전혀 없었다. 그렇게 해놓고 벽봉장로가 생각했다.

'이 도사가 제법 여러 가지 수단을 써서 자기 신통력이 대단하다는 것을 자랑하고 있구먼. 그렇다면 나도 더는 수수방관만 하고 있을 수 없지! 어떻게든 이 나라를 지나가야 할 테니까 말이야. 하지만 출가인으로서 독한 마음을 일으켜 저자를 해치는 짓은 절대 할 수 없고, 직접 손을 써서 붙잡는 것도 오계(五戒)를 범하는 일이니 곤란하구나.'

그는 궁리 끝에 위타존자를 불렀다.

"저 금모도장의 정체가 뭔가? 그대가 공중에서 항마저로 한 번

쳐 보게. 저자가 진짜 진인이라면 나름대로 신통력이 있어서 막아낼 테지만, 요괴나 귀물이라면 항마저에 맞고 본색을 드러내거나 멀리 도망쳐 버리겠지."

"하지만 평범한 인간의 몸이라면 고깃덩어리가 되어 버리지 않겠습니까? 그 역시 부처님의 살계를 범하는 것이 될 텐데요?"

"저런 대단한 신통력을 지닌 것을 보면 결코 평범한 인간이 아니니, 안심하고 해보게나."

위타존자가 곧 상서로운 구름을 몰아 공중으로 날아올라 구름 끝에서 내려다보니, 그 도사의 정수리에서 한 줄기 금빛이 피어나 그대로 북천문(北天門)으로 들어가는 것이었다.

'이 진인은 역시 평범한 인간의 몸이 아니고 요괴나 귀물도 아니었어. 그나저나 부처님께서 분부하신 일이니 어길 수는 없지.'

그는 즉시 십만 팔천 근의 항마저를 들어 금모도장의 정수리를 향해 힘껏 내리쳤다. 신령한 눈을 가진 금모도장은 이미 그걸 눈치채고 속으로 생각했다.

'위타존자가 왜 갑자기 안면을 바꾸었지?'

그는 황급히 품에서 보물을 하나 꺼내 공중으로 던졌다. 위타존자의 항마저와 금모도장의 보물이 중간에서 부딪치자 천지를 뒤흔드는 굉음이 울렸다. 그뿐 아니라 수만 갈래 금빛과 자줏빛 안개가 피어나서, 구름 위의 위타존자도 연거푸 칠팔십 번이나 항마저를 휘두르며 정신을 차리지 못했다! 그는 곧 벽봉장로에게 돌아가 보고했다.

"그 항마저는 태상노군의 화로에서 단련해서 만든 것인데도 견뎌내지 못했습니다."

그 말에 벽봉장로도 속으로 무척 놀랐다. 이때는 이미 날이 저물어서 각자 자기 진영으로 돌아갔다.

이튿날 금모도장이 다시 오자 벽봉장로가 생각했다.

'하늘 병사를 빌려오지 않으면 이 도사를 잡을 수 없겠구나.'

그는 느긋하게 승모를 벗고 정수리에서 한 줄기 금빛을 내쏘며 즉시 남천문으로 들어갔다. 연등고불이 온다는 소식이 담긴 향기를 감지한 옥황상제는 즉시 신들을 소집했다. 천봉원수(天蓬元帥)와 흑살신(黑煞神)이 각기 좌우를 호위하고, 왼쪽 반열에는 서른여섯 천강(天罡)이, 오른쪽에는 일흔두 지살(地煞)이 시립했으며, 또한 이십팔수와 구요성군(九曜星君), 그리고 마(馬), 조(趙), 온(溫), 관(關)의 네 원수를 비롯해서 등(鄧), 신(辛), 장(張), 도(陶), 방(龐), 유(劉), 구(苟), 필(畢) 등의 신장들, 나아가 바람과 우레, 번개, 비를 비롯해 삼라만상을 관장하는 신들과 불교의 수호신들까지 일제히 모였다.

"지금 연등고불께서 명나라 함대의 군대를 이끌고 서양을 정벌하는데, 살발국에서 길이 막혀서 금모도장을 사로잡도록 하늘 군대를 파견해 달라는 소식을 전해 오셨노라. 그대들 가운데 누가 사령관의 직책을 맡아 출전하겠는가?"

그 말이 끝나기도 전에 키가 세 길 넉 자요, 양손에 각기 황금탑과 화첨창(火尖槍)을 든 신장이 나서서 허리를 숙여 절하고 엎드려 아뢰었다.

"제가 재주는 미흡하오나 그 직무를 맡아볼까 하옵니다."

이에 옥황상제는 탁탑천왕에게 사령관의 직인을 내리고 또 물었다.

"선봉장의 직책을 맡을 이는 누구인가?"

그 말이 끝나기도 전에 키가 세 길 여섯 자에 세 개의 머리와 여섯 개의 팔을 갖고 있고, 얼굴은 시퍼렇고 머리카락은 시뻘건 데다가 여섯 개의 손에 각기 다른 여섯 개의 무기를 든 신장이 나서서 허리를 숙여 절하고 엎드려 아뢰었다.

"제가 재주는 미흡하오나 그 직무를 맡아 볼까 하옵니다."

옥황상제는 나타태자(哪吒太子)가 나선 것을 보고 무척 기뻐했다.

"진세를 펼치는 데에는 부자(父子)가 군대를 이끄는 것만 한 게 없지. 오늘은 반드시 요사한 도사를 사로잡을 수 있겠구나. 어서 선봉장의 직인을 내리도록 하라!"

이렇게 해서 탁탑천왕과 나타태자는 하늘 병사들을 이끌고 남천문을 나섰다. 그러자 허공에서는 찬란한 금빛과 자줏빛 안개가 무성하게 피어나면서, 바다와 강물을 뒤집을 듯한 신령한 바람이 거세게 불기 시작했다. 금모도장은 사방팔방에서 하늘 신장들과 하늘 병사들이 겹겹이 자신을 에워싸자 무척 당황했다.

'이놈의 중이 우리 하늘나라에서도 대단한 두 양반과 친한 사이로구나! 나한테 이 보물이 없다면 이번엔 정말 낭패를 당할 뻔

했어!'

그는 서둘러 보물을 꺼내 공중으로 던졌다. 그러자 그 보물에서 수만 갈래의 금빛과 자줏빛 안개가 피어나면서 열 번, 백 번, 천 번, 만 번의 변화를 보이며 천지를 울릴 듯이 사방으로 퍼졌다. 그 바람에 탁탑천왕은 황금탑을 돌볼 겨를이 없었고, 나타태자도 세 개를 머리를 움츠렸으며, 하늘 병사들도 모두 종적도 없이 도망쳐 버렸다! 그들은 그렇게 하루 내내 아무 소용없는 헛수고만 하고 자기 자리로 돌아가 버린 것이다.

저녁이 되자 벽봉장로가 중얼거렸다.

"기껏해야 도사 하나인데 어찌 이리 엄청날 수 있지? 아무래도 내가 직접 살펴봐야겠구나."

그런데 그는 어떻게 살펴본다는 것일까? 원래 사람을 알아보는 데에는 세 가지 방법이 있었다. 신선이라면 정수리에서 한 줄기 하얀 기운이 공중으로 피어나고, 요괴는 검은 기운이 피어나며, 평범한 인간이라면 석 자 길이의 불빛이 피어나는 법이었다. 그래서 벽봉장로는 자신이 직접 살펴보겠다고 생각했던 것이다.

그는 곧 인간의 몸에서 벗어나 본래 모습을 드러냈다. 그리고 한 줄기 금빛으로 변해 허공으로 올라가 지혜의 눈을 뜨고 살펴보았다. 그랬더니 과연 금모도장의 정수리에서 한 줄기 하얀 기운이 피어나 북천문으로 들어가는 것이었다. 그런데 그 하얀 기운 안에는 또 한 줄기 금빛이 섞여 있었고, 그 금빛 안에는 또 그의 본래 모습이 들어 있었다. 알고 보니 그는 세 길 네 자의 키에 동그란 눈과 자줏빛 수염이 나 있었으며, 검은 도포를 입고 옥대를 차고 있었는데, 머리카락은 아교를 바른 듯이 한쪽으로 들러붙어 있었다. 또 그 머리카락을 묶고 조그마한 금관을 쓰고 있었다.

'틀림없이 보통 인간은 아닌데, 요괴도 아니고 신선도 아니며, 자세히 보니 어느 호법천신(護法天神) 같지 않은가? 이런 천신이라 해도 왜 이리 사로잡기가 힘들지? 그리고 보니 옛날에 대붕금시조(大鵬金翅鳥)가 모든 중생의 두개골을 다 먹어 치워 버리겠다고 맹세한 적이 있지. 그런 흉악한 신도 내게 제압되었는데, 어떻게 지금 이런 자잘한 신 하나를 어쩌지 못하는 걸까?'

이튿날 다시 맞서게 되자, 금모도장은 주문을 외고 말 것도 없이 대뜸 보물을 공중으로 던져 벽봉장로의 정수리로 쏟아지게 했다.

"아미타불! 선재로다!"

그렇게 그저 염불을 한 번 했을 뿐인데, 갑자기 벽봉장로의 머리 위에 천엽연화가 피어나더니, 그대로 공중으로 날아올라 금모도장의 보물을 공중에 받았다. 그 순간 연꽃의 꽃잎들이 오므라들어 보물을 가두려 하자 금모도장이 재빨리 거둬들였다.

'역시 보통 중이 아니로구나. 어떻게 저런 까까머리에서 천엽연화가 피어날 수 있지? 어디 다시 한번 시험해 보자!'

그가 다시 보물을 던지자 벽봉장로가 다시 염불을 외었다.

"아미타불! 선재로다!"

그렇게 그저 염불을 한 번 했을 뿐인데, 갑자기 그의 소매에서 하얀 코끼리가 튀어나와 하늘의 구름에 닿을 듯이 몸집이 커지더니 그 보물을 막았다. 동시에 코끼리의 코가 점점 휘감기면서 보물을 붙들려 하자, 금모도장이 재빨리 거둬들였다.

'갈수록 태산일세! 어떻게 소매에서 코끼리가 튀어나와? 어디 이번에는 어쩔 테냐?'

그가 다시 보물을 던지자 벽봉장로도 다시 염불을 외었다.

"아미타불! 선재로다!"

그렇게 그저 염불을 한 번 했을 뿐인데, 갑자기 그의 발밑에서 시퍼런 사자 한 마리가 튀어나와 보물을 막더니, 그 사자 역시 몸집이 점점 커지는 것이었다. 금모도장은 이번에도 재빨리 보물을 회수했다. 그걸 보자 벽봉장로가 속으로 생각했다.

'이런 식으로는 안 되겠구나. 게다가 이 자는 도무지 그만둘 생각이 없으니, 잠깐 눈을 속이고 한 이틀 몸을 피해서 내가 직접 자세히 조사해 봐야겠다.'

그렇다면 그는 어떤 식으로 금모도장을 속이겠다는 것인가? 알고 보니 그는 인간의 육신을 잠깐 죽은 것처럼 만들어서 상대를 속이려 했던 것이다. 아니나 다를까, 금모도장이 다시 보물을 던져서 벽봉장로의 정수리를 노렸다. 그 순간 벽봉장로는 손가락으로 물을 가리키며 그 속에 숨어 버렸다. 이를 모르는 금모도장은 드디어 벽봉장로를 죽였다고 생각하고, 신나게 개선가를 부르며 오랑캐 왕에게 돌아가서 자신의 공로를 떠벌렸다. 왕은 곧 정갈한 잔칫상을 마련하여 그를 접대했는데, 이 잔치는 이삼일 동안 계속되었다.

한편 중군 막사로 돌아온 벽봉장로는 삼보태감에게 지금까지의 일을 자세히 들려주었다.

"국사님, 노고가 많으셨습니다. 그런데 어떻게 그자가 싸움을 멈추고 돌아가게 했습니까?"

"사령관, 제 불당에 몇 군데 종이를 붙여 봉쇄해 두고, 내일 진시삼각(辰時三刻)[2]에 열어 보시구려. 그 사이에 저는 한 가지 할 일이 있소이다."

"예. 알겠습니다."

벽봉장로가 불당 안으로 들어가자 밖에서 종이를 붙여 문을 봉쇄했다. 그러자 그는 곧 한 줄기 금빛으로 변해 영산으로 가서 석가모니 부처를 만났다.

"살발국에 금모도장이라는 진인이 있는데 키는 세 길 네 자쯤 되고, 동그란 눈과 자줏빛 수염이 나 있었으며, 검은 도포에 옥대를 차고, 머리카락을 묶고 조그마한 금관을 쓰고 있었소이다. 혹시 불가에서 자리를 벗어난 호법천신이 있소이까?"

석가모니 부처는 연등고불의 물음에 공손히 대답하며 불가의 신과 부처들을 꼼꼼히 조사했지만, 자리를 벗어난 호법천신은 없었다. 이에 벽봉장로는 다시 한 줄기 금빛으로 변해서 동천문의 화운궁으로 가서 삼청조사를 만났다.

"살발국에 금모도장이라는 진인이 있는데 키는 세 길 네 자쯤 되

---

2 진시 삼각(辰時三刻)은 오늘날의 시각으로 오전 7시 45분 전후에 해당한다.

고, 동그란 눈과 자줏빛 수염이 나 있었으며, 검은 도포에 옥대를 차고, 머리카락을 묶고 조그마한 금관을 쓰고 있었소이다. 혹시 도가에서 자리를 벗어난 호법천신이 있소이까?"

삼청조사는 연등고불의 물음에 공손히 대답하며 도가의 신들을 꼼꼼히 조사했지만, 자리를 벗어난 호법천신은 없었다. 이에 벽봉장로는 다시 한 줄기 금빛으로 변해서 남천문의 영소보전으로 가서 옥황대천존을 만났다.

"살발국에 금모도장이라는 진인이 있는데 키는 세 길 네 자쯤 되고, 동그란 눈과 자줏빛 수염이 나 있었으며, 검은 도포에 옥대를 차고, 머리카락을 묶고 조그마한 금관을 쓰고 있었소이다. 혹시 하늘나라에서 자리를 벗어난 호법천신이 있소이까?"

옥황대천존은 연등고불의 물음에 공손히 대답하며 하늘나라의 신들을 꼼꼼히 조사했지만 자리를 벗어난 호법천신은 없었다.

그렇다면 이 세 곳에 자리를 벗어난 호법천신이 없다는 것을 어찌 알았을까? 원래 연등고불은 금모도장의 체격과 얼굴 생김새, 차림새를 가지고 그에 맞는 호법천신을 찾았던 것인데, 막상 찾아보니 체격이 맞으면 얼굴 생김새가 다르고, 얼굴 생김새가 맞으면 체격이 다르고, 체격과 얼굴 생김새까지는 맞는데 차림새가 다르고, 차림새는 맞는데 체격과 얼굴 생김새가 달랐다. 그러니 이 세 곳에서 모두 어느 천신도 자리를 벗어나지 않았음을 알 수 있었던 것이다.

'혹시 무슨 악귀(惡鬼)인 걸까?'

벽봉장로는 다시 한 줄기 금빛으로 변해서 지옥의 삼라전(森羅

殿)으로 가서 십제염군(十帝閻君)³을 만났다.

"살발국에 금모도장이라는 진인이 있는데 키는 세 길 네 자쯤 되고, 동그란 눈과 자줏빛 수염이 나 있었으며, 검은 도포에 옥대를 차고, 머리카락을 묶고 조그마한 금관을 쓰고 있었소이다. 혹시 지옥에서 자리를 벗어난 악귀가 있소이까?"

십제염군은 연등고불의 물음에 공손히 대답하며 지옥의 악귀들을 꼼꼼히 조사했지만, 자리를 벗어나 인간 세계로 간 악귀는 없었다.

'설마 물의 신[水神]인가?'

벽봉장로는 다시 한 줄기 금빛으로 변해서 네 바다의 용궁으로 가서 사해용왕(四海龍王) 형제들을 만났다.

"살발국에 금모도장이라는 진인이 있는데 키는 세 길 네 자쯤 되고, 동그란 눈과 자줏빛 수염이 나 있었으며, 검은 도포에 옥대를 차고, 머리카락을 묶고 조그마한 금관을 쓰고 있었소이다. 혹시 용궁에서 자리를 벗어난 물의 신이 있소이까?"

---

3 십제염군(十帝閻君)은 지옥에 있다는 십전염왕(十殿閻王) 가운데 다섯 번째인 염라왕(閻羅王)을 가리킨다. 《염왕경(閻王經)》의 기록에 따르면 십전염왕은 십전염라(十殿閻羅) 또는 십전염군(十殿閻君)으로도 불리며 각기 제1전 진광왕(秦廣王) 장(蔣), 제2전 초강황(楚江王) 여(厲), 제3전 송제왕(宋帝王) 여(余), 제4전 오관왕(五官王) 여(呂), 제5전 염라왕(閻羅王) 천자포(天子包), 제6전 변성왕(卞城王) 필(畢), 제7전 태산왕(泰山王) 동(董), 제8전 도시왕(都市王) 황(黃), 제9전 평등왕(平等王) 육(陸), 제10전 전륜왕(轉輪王) 설(薛)이다. 이 가운데 일반적으로 제5전 염라왕이 지옥의 염왕을 대표한다.

용왕은 연등고불의 물음에 공손히 대답하며 용궁의 신들을 꼼꼼히 조사했지만, 자리를 벗어나 인간 세계로 간 물의 신은 없었다.

"부처님께서 말씀하신 것을 들어보면, 아무래도 천신(天神)이지 우리 지하에 있는 존재는 아닌 것 같습니다."

"문제는 그게 누구냐는 것일세."

벽봉장로는 잠시 생각하다가 다시 한 줄기 금빛으로 변해서 대라천(大羅天) 팔경궁(八景宮)으로 가서 삼관대제(三官大帝)[4]를 만났다.

"살발국에 금모도장이라는 진인이 있는데 키는 세 길 네 자쯤 되고, 동그란 눈과 자줏빛 수염이 나 있었으며, 검은 도포에 옥대를 차고, 머리카락을 묶고 조그마한 금관을 쓰고 있었소이다. 혹시 대라천에서 자리를 벗어난 천신이 있소이까?"

삼관대제는 연등고불의 물음에 공손히 대답하며 대라천의 신들을 꼼꼼히 조사했지만, 자리를 벗어나 인간 세계로 간 천신은 없었다. 그러자 연등고불이 탄식했다.

---

4 삼관대제(三官大帝)는 '삼원대제(三元大帝)'라고도 불리는 초기 도교에서 섬기던 세 명의 신인 천관(天官)과 지관(地官), 수관(水官)을 가리킨다. 이들은 각기 복을 내리고, 죄를 용서해 주고, 재앙을 해결해주는 역할을 한다고 한다. 《원시천존설삼관보호경(元始天尊說三官寶號經)》에서는 이들에 대해 각기 상원일품(上元一品) 사복천관(賜福天官) 자미대제(紫微大帝), 중원이품(中元二品) 사죄지관(赦罪地官) 청허대제(清虛大帝), 하원삼품(下元三品) 해액수관(解厄水官) 동음대제(洞陰大帝)라고 칭했다. 또 《삼원품계경(三元品戒經)》에 따르면 이들은 순서대로 각기 옥청경(玉清境)과 상청경(上清境), 태청경(太清境)에 속한 신이라고 했다.

"허! 어떻게 천신 하나를 어디에서도 찾아낼 수 없다는 말인가!"

그때 삼관대제의 탁자 아래에서 시중을 들던 어린 신이 말했다.

"천신이라면 찾는 게 뭐 어렵나요?"

연등고불이 삼관대제에게 물었다.

"저 아래에서 얘기하는 이는 누구요?"

"제 수호신인 신내아(神奶兒)입니다."

"이리 좀 나오라고 해 주시오."

이에 신내아가 탁자 아래에서 기어 나와 부처님 주위를 세 바퀴 돌고 여덟 번의 절을 올렸다. 처음에 그는 호도만큼 하더니 점점 커져서 복숭아만 한 크기로, 포도송이만 한 크기로, 호박만 한 크기로 변했다. 키도 조금씩 늘어나서 오이만큼 해지더니, 다시 또 오이만큼 늘어나서 한 자가 조금 못 되게 바뀌었다. 이에 연등고불이 물었다.

"너처럼 조그마한 신이 어찌 감히 끼어들어 입을 놀리는 게냐?"

"부처님, 설마 제가 태어날 때부터 이러했겠습니까? 다만 수관(水官)께서 저를 거두시면서 이렇게 만드셨기 때문입니다. 원래는 밤에도 함부로 다리를 펴지 못할 정도였습니다. 여차하면 잠결에 도리천(忉利天)을 발길질해서 뒤집어 버릴 수도 있었으니까요!"

"허허! 원래는 너도 상당히 대단했구나?"

"제 출신에 대해 말씀드리자면 얘기가 깁니다."

"그래? 어디 한 번 들어보자."

"제 부친은 하늘나라의 용이었고, 모친은 산 아래의 호랑이였습니다. 그래서 제가 용의 머리에 호랑이 몸, 용의 수염에 호랑이의 발톱을 갖고 있습니다. 용을 조금 닮긴 했지만 용이 아니고, 그보다는 호랑이를 많이 닮긴 했지만 그렇다고 호랑이도 아닙니다. 부친께서는 제가 당신을 조금 닮았기 때문에 저를 혼강랑(混江郎)이라고 부르셨고, 모친께서는 제가 당신을 조금 많이 닮았기 때문에 하산자(下山子)라고 부르셨습니다. 이렇게 제 이름을 놓고 두 분이 다투시다가 저를 아주 깊은 계곡에 버려두고 부친은 하늘로, 모친은 산으로 돌아가 버리셨습니다. 저는 그 계곡에서 너무나 춥고 허기진 나날을 보냈고, 어려서부터 공부도 제대로 하지 못해서, 그저 길을 가로막고 사람을 잡아먹으며 하루하루를 보냈습니다. 그 바람에 거기를 왕래하는 상인들이나 나그네가 점점 줄어들고 해골만 산더미처럼 쌓였습니다. 그러니 더욱 찾아오는 사람이 없어졌습니다. 결국 먹을 것이 없어지자 저는 땅의 짐승들을 깡그리 잡아먹고, 나중에는 하늘을 나는 새들까지 잡아먹기 시작했습니다. 눈에 보이는 족족 다 잡아먹었습니다. 심지어 익더귀나 매처럼 고기도 별로 없는 것들은 깃털까지 먹었습니다. 이 바람에 그 계곡은 응수간(鷹愁澗) 또는 고루담(骷髏潭)이라고 불렸고, 호랑이가 사람은 잡아먹지 못한다고 명성만 구겼습니다. 하지만 뭐 먹을 게 있어야 하지 않겠습니까? 그러던 어느 날, 한 노인이 그곳을 지났습니다. 수염과 귀밑머리가 눈처럼 새하얗고 하얀 이와 발그레한 얼굴을 가진 멋진 노인이었습니다. 저는 너무 배가 고팠기 때문에 이것저것 가릴 틈이 없어 당장 그를 잡아먹으려 했습니다. 그런데 알

고 보니 그 노인은 다섯 가지 몸을 숨기는 법과 세 가지 몸을 빼내
는 술법을 알고 있어서, 순식간에 흙의 장막 속으로 몸을 숨겨 버렸
습니다."

　이 노인이 누구인지는 다음 회를 보시라.

삼보태감三寶太監
서양기西洋記 통속연의通俗演義 {4권}

초판 인쇄 2021년 6월 23일
초판 발행 2021년 6월 30일

저   자 | (명) 나무등
역   자 | 홍상훈
발행자 | 김동구
디자인 | 이명숙·양철민
발행처 | 명문당(1923. 10. 1 창립)
주   소 | 서울시 종로구 윤보선길 61(안국동)
            우체국 010579-01-000682
전   화 | 02)733-3039, 734-4798, 733-4748(영)
팩   스 | 02)734-9209
Homepage | www.myungmundang.net
E-mail | mmdbook1@hanmail.net
등   록 | 1977. 11. 19. 제1~148호

ISBN 979-11-91757-04-0 (04820)
ISBN 979-11-91757-00-2 (세트)

20,000원